Las dos vidas del señor Roos

Crimen y Misterio

Håkan Nesser

Las dos vidas del señor Roos

Serie Inspector Barbarotti, 3

Traducción de Martin Lexell y Alberto Sevillano

DESTINO

PEFC Certificado

Este libro procede de bosques gestionados de forma sostenible

PEFC

PEFC/14-38-00305 www.pefc.es

Título original: *Berättelse om herr Roos*

Ediciones Destino, un sello editorial de Editorial Planeta, S. A.
Avda. Diagonal, 662-664, 08034 Barcelona (España)
www.edestino.es
www.planetadelibros.com

Adaptación de la cubierta: Booket / Área Editorial Grupo Planeta
Imagen de la cubierta: © Jonathan Stead / Millennium Images, UK
Primera edición en Colección Booket: febrero de 2025

Depósito legal: B. 252-2025
ISBN: 978-84-233-6692-7
Impresión y encuadernación: QP Print
Printed in Spain - Impreso en España

Biografía

Håkan Nesser (1950) es uno de los autores de novela negra más destacados del mundo; sus obras se publican en más de treinta países y acumulan más de veinte millones de ejemplares vendidos. Doctor *honoris causa* por la Universidad de Örebro (Suecia), trabajó como profesor de secundaria hasta que en 1988 publicó su primera novela. De entre los muchos premios que ha recibido, destacan el Glass Key, el European Crime Fiction Star Award y el SNCF de Francia. Además, es el único autor galardonado hasta en tres ocasiones con el premio a Mejor Novela Negra Escandinava otorgado por la Academia Sueca de Escritores. La serie protagonizada por el inspector Barbarotti la componen, hasta el momento, las novelas *La noche más oscura* (Destino, 2021), *La raíz del mal* (Destino, 2022) y *Las dos vidas del señor Ross* (Destino, 2023).

Las ciudades de Kymlinge y Maardam no existen en la realidad, a diferencia del escritor rumano Mircea Cărtărescu, al que se cita en algunos pasajes de este libro.

Llevo toda la vida anhelando
un sitio como este.

PER PETTERSON,
Salir a robar caballos

I

Capítulo 1

El día antes de que todo cambiara, Ante Valdemar Roos tuvo una visión.

Paseaba por el bosque con su padre. Era otoño y caminaban cogidos de la mano; la luz del sol se filtraba por las copas de los pinos en lo alto. Avanzaban por un estrecho sendero que serpenteaba entre matas de arándanos rojos y piedras cubiertas de musgo. Se respiraba un aire fresco y puro. Aquí y allá olía a setas. Tendría unos cinco o seis años, a lo lejos se oían las llamadas de los pájaros y los ladridos de algún perro.

Esto es Gråmyren, dijo su padre. Aquí suele estar el alce.

Eran los años cincuenta. El padre llevaba un chaleco de piel y una gorra a cuadros. Se la quitó, soltó la mano del hijo y se secó la frente con la manga de la camisa. Sacó el tabaco y la pipa y empezó a cargarla.

Mira a tu alrededor, hijo mío, dijo. La vida nunca será mejor que esto.

Nunca mejor que esto.

No estaba seguro de que realmente hubiera ocurrido. De si se trataba de un recuerdo verdadero o si solo era una imagen que afloraba desde el misterioso pozo del pasado. Una añoranza de algo que quizá nunca había sucedido.

Hoy, más de cincuenta años después de aquel día, estaba sentado en una piedra agradablemente cálida, al lado de su coche, con los ojos cerrados y la cara levantada hacia el sol, y no resultaba fácil determinar lo que era verdad y lo que no era más que un producto de su imaginación. Era agosto, y le quedaban treinta minutos de la hora de la que disponía para comer. Su padre había fallecido en 1961, cuando Valdemar solo tenía doce años, y los recuerdos a menudo portaban ese ilusorio brillo de un idilio propio de tiempos remotos. Solía pensar que no le extrañaría si resultara que nunca había pasado. Ese recuerdo y otros tantos. En tal caso...

Pero esas palabras de su padre le habían parecido de verdad; no le daba la sensación de que se las hubiese inventado.

La vida nunca será mejor que esto.

Y guardaba un vívido recuerdo de la gorra y el chaleco. Cuando murió, tenía cinco años menos de los que yo tengo ahora, reflexionó. Apenas cincuenta y cuatro.

Apuró lo que quedaba del café y subió al coche. Reclinó el asiento hacia atrás al máximo y volvió a cerrar los ojos. Bajó la ventanilla para que le llegara la suave brisa.

Dormir, pensó, me da tiempo a dormir un cuarto de hora.

Quizá pueda ver ese momento en el bosque de nuevo. Quizá reviva otro bonito recuerdo.

En Wrigmans Elektriska fabricaban termos. Desde la fundación de la empresa a finales de la década de los cuarenta hasta unos diez años después, había estado orientada hacia productos eléctricos, como ventiladores, robots de cocina y secadores de pelo, pero a partir de mediados de los años setenta la producción se centró en los termos. El cambio se debió sobre todo al hecho de que el fundador, Wilgot Wrigman, por poco se esfumó literalmente al incendiarse un transformador en octubre de 1971. Cosas así podían dar mala fama a una empresa de electricidad. La gente no olvida con tanta facilidad.

Con todo, se conservó el nombre; los había que consideraban que Wrigmans Elektriska era ya toda una institución. La fábrica se ubicaba a las afueras de Svartö, a una veintena de kilómetros al norte de Kymlinge, empleaba a unas treinta personas y Ante Valdemar Roos había ocupado el cargo de jefe de contabilidad desde 1980.

Veintiocho años ya. Cuarenta y cuatro kilómetros en coche todos los días; con lo que si luego se contaban unas cuarenta y cuatro semanas laborables al año —aunque fuera solo por una bonita simetría— y cinco días a la semana, se sumaban 271.040 kilómetros, el equivalente a dar la vuelta al mundo unas siete veces. El viaje más largo que Valdemar había hecho en su vida fue a la isla griega de Samos, ese segundo verano con Alice hacía ya doce años. Digas lo que digas del tiempo, lo que está claro es que pasar, pasa, pensó.

Pero también existía otro tipo de tiempo; en ocasiones, Ante Valdemar Roos se imaginaba que en realidad había dos conceptos de tiempo muy diferentes.

Por un lado, el tiempo que pasaba volando —que iba sumando un día tras otro, una arruga tras otra y un año tras otro—; con ese tiempo poco se podía hacer más que seguirlo lo mejor que se podía, como unos perros corriendo detrás de una perra en celo o unas moscas detrás del culo de una vaca.

Sin embargo, el otro tiempo, el recurrente, era otro cantar. De naturaleza lenta y correosa, a veces incluso se detenía, o al menos eso parecía; como esos eternos segundos y minutos cuando estabas al volante esperando al semáforo en rojo del cruce de Fabriksgatan con Ringvägen con dieciséis coches por delante. O cuando te despertabas media hora antes de la hora habitual y no había manera de volver a conciliar el sueño, y te quedabas tumbado en la cama, de lado, limitándote a observar el despertador en la mesilla de noche e intentando reconciliarte poco a poco con la llegada del amanecer.

Y ese tiempo anodino valía su peso en oro. Cuanto más mayor se hacía, más claro le quedaba a Valdemar.

Las pausas, solía pensar; es en las pausas entre los acontecimientos —y mientras se va formando el hielo en el lago una noche de noviembre, si quieres ponerte un poco poético— donde se halla mi hogar.

Donde se halla el hogar de gente como yo.

No siempre había pensado así. Solo durante los últimos diez años, más o menos. Quizá la idea se le había ido colando de forma gradual y casi desapercibida, pero hubo una ocasión especial en la que tomó conciencia de que era así, cuando fue capaz de formularlo en palabras. Fue un día del mes de mayo hace cinco años, cuando el coche se le murió de repente a medio camino entre Kymlinge y Svartö. Sucedió por la mañana, algún que otro minuto después de haber pasado la bifurcación a la altura de la iglesia de Kvartofta. Valdemar se quedó parado en la cuneta e intentó arrancar el coche, pero no había ni asomo de vida en el motor. Llamó primero a Red Cow para avisar de que iba a llegar tarde, y luego a Assistance, que prometieron acudir con un coche de repuesto en media hora.

Transcurrió hora y media, y fue durante esos noventa minutos, mientras Valdemar estaba sentado al volante observando los pájaros que volaban en el despejado cielo matinal de mayo, la luz que flotaba suspendida sobre los campos de cultivo y las venas de sus manos, por las que la sangre circulaba bombeada con la ayuda de su viejo y fiel corazón, cuando comprendió que era en momentos así que su alma encontraba un espacio en el mundo donde crear su morada. Justo en momentos así.

No le importó que la grúa tardara. No le molestó que Red Cow llamara para preguntarle si es que se había dado a la fuga o algo por el estilo. No sintió la necesidad de hablar con su mujer ni con ninguna otra persona.

Debería haber sido un gato, pensó Ante Valdemar Roos. Sí, joder, un gato gordo de los que toman el sol delante del establo en una granja. Eso habría sido una maravilla.

Seguía pensando en el gato cuando se despertó y echó un vistazo al reloj. El descanso del almuerzo acabaría dentro de cuatro minutos. Ya era hora de regresar a Wrigmans.

No le llevó más que dos minutos. Hacía un año que había encontrado ese escondido claro del bosque, situado al lado de una carretera forestal poco transitada y a un tiro de piedra de la fábrica. A veces iba andando hasta allí, pero por lo general cogía el coche. Le gustaba echar una cabezadita de un cuarto de hora, y entonces le resultaba bien agradable sentarse en el coche, reclinar el asiento y dejarse ganar por la modorra. Un hombre que dormía tirado en el suelo en el lindero del bosque podría haber levantado sospechas.

La sala del personal en Wrigmans Elektriska tenía unos quince metros cuadrados, un suelo cubierto por linóleo marrón oscuro y las paredes revestidas de un laminado de tonos lilas. Una noche, tras haber pasado una eternidad de horas comiendo allí dentro, Ante Valdemar Roos soñó que se había muerto y que había ido a parar al infierno. Debió de ser en 2001 o en 2002, y el diablo en persona lo recibía, abriéndole la puerta al recién llegado con su sonrisa sardónica tan característica, y el espacio al que accedía era precisamente la sala del personal en Wrigmans. Red Cow estaba sentada en su rincón habitual con su pasta calentada en el microondas y sus horóscopos, y ni siquiera levantaba la vista para saludarlo.

A partir del día siguiente, Valdemar empezó a tomar su sándwich, el yogur y el café sentado en su mesa, a veces acompañados por un plátano y unas galletas de jengibre que guardaba en el cajón superior derecho.

Y últimamente, al menos cuando el tiempo así lo permitía, prefería coger el coche para desconectar por completo durante una hora o cincuenta minutos.

Red Cow consideraba que Valdemar era un tipo raro, opinión que no hacía ningún esfuerzo por ocultar, y no solo en lo referente a sus hábitos de almuerzo, así que Valdemar había aprendido a pasar de ella.

A decir verdad, los demás pensaban lo mismo. Nilsson y Tapanen, y el propio Walter Wrigman. Todos los que poblaban la oficina. Valdemar sabía que les parecía un tipo complicado. Había oído a Tapanen emplear justo esa expresión una vez, cuando hablaba por teléfono y creía que nadie lo oía.

Bueno, ya sabes, ese Valdemar Roos es un tipo complicado, hay que dar gracias a Dios por no estar casado con alguien así.

¿Alguien así? Valdemar aparcó en su sitio habitual, al lado del oxidado contenedor del que llevaban diciendo que debían deshacerse desde mediados de los años noventa. Tapanen apenas tenía dos años menos que Valdemar y llevaba trabajando en Wrigmans casi tanto tiempo como él. Tenía cuatro hijos con la misma mujer, pero estaba divorciado desde hacía algún tiempo. Apostaba en las carreras de caballos y durante las últimas mil ochocientas semanas no había parado de afirmar que solo era cuestión de tiempo que le tocara el gran premio que le permitiría despedirse de esa maldita empresa apolillada. Tenía siempre mucho cuidado de decirlo de tal forma que Walter Wrigman lo oyera; y el jefe solía limitarse a darle una vuelta a la porción de *snus* que llevaba bajo el labio superior y pasarse la mano por la calva antes de explicarle a Tapanen que nada le daría una mayor alegría que eso. Nada.

A Valdemar nunca le había caído bien Tapanen, ni siquiera en aquella época en la que había gente que todavía le caía bien. Había algo mezquino y malvado en él; Valdemar solía pensar que Tapanen pertenecía a esa categoría de personas que traicionaría a sus compañeros en las trincheras. No sabía realmente lo que significaba ni de dónde se había sacado esa imagen, pero le parecía tan inherente a Tapanen como las verrugas a un jabalí verrugoso.

En cambio, Nilsson siempre le había caído bien. Aunque era cierto que el encorvado norteño se pasaba la mayor parte del tiempo en la carretera, pero de vez en cuando ocupaba su sitio a la derecha de la cabina acristalada de Red Cow. Solo tenía cuarenta años; o sea, hoy por hoy, antes era más joven. Se trataba de un hombre callado y amable que estaba casado con una mujer aún más callada de Byske, o tal vez de Hörnefors. Tenían cinco o seis niños y eran miembros de alguna congregación pietista, pero Valdemar nunca se acordaba de cuál de ellas. Nilsson había empezado en Wrigmans unos seis meses antes del cambio de milenio, asumiendo el cargo de Lasse «Patacoja», quien había fallecido en trágicas circunstancias relacionadas con un accidente de pesca por la zona de Rönninge.

Poseía un aire de seriedad, Nilsson, un carácter algo grisáceo, como el liquen, que almas menos sensibles, como por ejemplo Tapanen, tildarían de soso; y es verdad que Valdemar, por mucho que quisiese, era incapaz de traer a su memoria a Nilsson diciendo algo que pudiera considerarse divertido. Incluso resultaba imposible determinar si alguna vez se había reído durante sus casi diez años en Wrigmans Elektriska.

Así que probablemente el hecho de que Nilsson le cayera bien también decía algo de Ante Valdemar Roos. O, mejor dicho, que le hubiera caído bien. Antes.

Sea como fuere, aquella imagen del paseo con su padre no se le iba de la cabeza. Los troncos de los pinos, altos y rectos, las matas de arándanos rojos, las hondonadas húmedas con reina de los prados y mirto de Brabante. Una vez de vuelta en su mesa y encendido el ordenador, era como si las palabras del padre siguieran dando tumbos en bucle en su cabeza. Una y otra vez, sin descanso.

La vida nunca será mejor que esto.

Nunca mejor que esto.

La tarde transcurrió marcada por la tristeza. Era viernes. Era agosto. Época de canículas. Y el verano se resistía, la primera semana de trabajo tras las vacaciones pronto llegaría a su fin, y ante sus ojos se desplegaba el futuro más inmediato como un tramo de vía ferroviaria horriblemente mal colocada: fiesta en casa de los cuñados en la parte vieja de Kymlinge, al lado de la iglesia.

Se trataba de una tradición. El viernes después del segundo jueves de agosto, se organizaba una cangrejada en casa de Hans-Erik y Helga Hummelberg. No se descuidaba ni un solo detalle del ritual: se ponían gorritos de papel en colores alegres, se tomaban al menos seis tipos diferentes de cerveza y aguardiente casero de hierbas, y se comían los cangrejos sorbiendo ruidosamente con todos los acompañamientos de rigor. Solían ser una docena de personas, dos arriba o dos abajo, y Valdemar llevaba ya tres años seguidos quedándose dormido en el sofá.

No era por culpa de un consumo excesivo de bebidas espirituosas, sino más bien por tedio. Tenía fuerzas para conversar, mostrar la gracia y la elocuencia justas e interesarse por todo tipo de chorradas esotéricas durante dos o tres horas; luego era como si se desinflara. Empezaba a estar más incómodo que una foca en el desierto. Se pasaba media hora en el baño y, si nadie se había percatado de su ausencia cuando volvía a la mesa, se daba el lujo de permitirse otra media hora más. Se quedaba sentado allí en el asiento de madera laqueada de un inodoro que no le resultaba familiar, con los pantalones y los calzoncillos bajados hasta los tobillos reflexionando sobre cómo proceder si un día decidiera quitarse la vida. O matar a su mujer. O huir a Katmandú. Había aprendido a usar el baño que llamaban «de los niños», situado en la parte de la casa donde vivían los adolescentes de la familia; y como estos nunca asistían a las fiestas de sus padres, Valdemar podía estar allí todo el tiempo que quisiera sin ser molestado, regodeándose en la sensación de no ser querido, bajo una nube de ponderaciones pesimistas.

Pero algo iba mal, pensó el año pasado, algo en esta vida iba de veras mal si a la edad de unos sesenta años un hombre no podía encontrar una solución mejor que encerrarse en el baño cuando estaba en una fiesta.

Así que ¿qué podía hacer?, pensó cuando la semana laboral de repente se hubo acabado y de nuevo estuvo sentado al volante. *¿Qué podía hacer?* ¿Dar un puñetazo en la mesa? ¿Oponer resistencia y explicar de forma amable pero firme que no tenía la menor intención de acompañar a su mujer a casa de Hans-Erik y Helga?

¿Por qué no? ¿Por qué no simple y llanamente explicarle a Alice que no soportaba a su hermano y su círculo, como le pasaba con la música rap y los blogs y las portadas de los tabloides, y que nunca más pretendía poner un pie en casa de esa panda de cursis pseudointelectuales?

Mientras recorría los veintidós kilómetros que había de vuelta a Kymlinge, esas cuestiones rebotaban de un lado para otro en el desolado vacío de su cabeza. Sabía que eran ideas ficticias, que no eran de verdad; solo se trataba de la habitual letanía de cobardes protestas que rondaba en su interior de manera prácticamente continua. Preguntas, comentarios y frases venenosas que jamás lograban atravesar sus anémicos labios y que no servían a otro objetivo que desanimarlo y entristecerlo aún más.

Estoy muerto, pensó cuando pasó por delante del nuevo hipermercado Coop en Billundsberg. En todos los aspectos importantes, hay menos vida en mí que en una planta de plástico. No les pasa nada a los demás, el problema soy yo.

Siete horas más tarde estaba, como no podía ser de otro modo, enclaustrado en el cuarto de baño. La predicción se había cumplido al pie de la letra, con la pequeña variación de que estaba borracho. De puro tedio y en un intento de infundir algo de sentido a su existencia se había tomado cuatro chupitos de aguardiente, una considerable cantidad de cerveza, así como dos o tres copas de vino blanco. También había contado a toda la mesa una larga historia sobre una prostituta de Odense, pero cuando se iba acercando al final resultó que, lamentablemente, se le había olvidado cómo terminaba. Cosas que pasan incluso en las mejores familias, pero la mujer de una pareja nueva —una psicoterapeuta, rubia de bote y de generoso pecho, que venía de Stora Tuna— lo había contemplado con una sonrisa de interés profesional, y había visto cómo Alice apretaba tanto los dientes que sus mandíbulas se volvían blancas.

No sabía cuánto tiempo llevaba sentado en la tapa de madera laqueada, pero el reloj marcaba la una menos cuarto y no creía que se hubiera quedado traspuesto. Según la experiencia de Ante Valdemar Roos resultaba casi imposible dormirse sentado en un inodoro. Tiró de la cadena, se puso de pie y se ajustó la ropa. Se echó agua fría a la cara varias veces e intentó peinarse los finos mechones que todavía crecían aquí y allá en su irregular cabeza formando algún tipo de extraño peinado. Cogió un poco de pasta de dientes e hizo gárgaras.

Acto seguido salió tambaleándose del baño y puso rumbo al gran salón, donde la música de guitarra española se mezclaba con ruidosas voces y alegres risas. Si no se ha ido alguien más a esconderse en algún sitio, deben de ser once personas allí dentro, pensó Valdemar; un equipo de fútbol entero de personas en varias fases de la mediana edad, triunfadores, ingeniosos y disfrutando de una merecida embriaguez.

Le invadió una repentina indecisión. De pronto se sintió auténticamente viejo, genuinamente fracasado y desprovisto de todo atisbo de ingenio. Su mujer era once años más joven que él y todos los demás del grupo tenían entre cuarenta y cincuenta años, podría ser incluso que la psicoterapeuta no tuviera más que treinta y tantos. A Valdemar, por su parte, solo le quedaban un par de meses para cumplir los sesenta.

No tengo nada que decirle a ninguno de ellos, pensó. Ninguno de ellos tiene nada que decirme a mí.

Ya no quiero participar en esto, como mucho quiero ser un gato.

Miró a su alrededor en el recibidor. Decorado en blanco y aluminio. No había ni un solo objeto que le interesara. Si hubiera sido un ladrón, no se habría llevado nada de nada. Resultaba muy triste.

Dio la vuelta, salió con sigilo por la puerta a la calle y se encontró con el aire nocturno clarificador y fresco.

Nunca será peor que esto, pensó.

Capítulo 2

A las doce y media del día siguiente, Ante Valdemar Roos estaba sentado en el sofá de su casa intentando leer el periódico.

No le iba muy bien. El texto centelleaba ante sus ojos. Sentía la cabeza como algo que se hubiera dejado demasiado tiempo en el horno. El estómago no lo tenía mucho mejor, y parecía haber algún tipo de malévolo diente de león creciendo en la periferia de su campo de visión.

Alice no le había dirigido la palabra en todo el día, pero la hija más joven, Wilma, le había comentado —justo antes de escaparse por la puerta con su madre— que se iban a ir de compras unas horas. Wilma tenía dieciséis años y es posible que sintiera un poco de pena por su padrastro.

La hija mayor, Signe, estaba en el balcón fumando. Ni Wilma ni Signe eran hijas biológicas de Valdemar, habían formado parte del paquete de Alice cuando se casaron hacía ya once años. En ese momento tenían cinco y nueve años. Ahora habían alcanzado la edad de dieciséis y veinte, respectivamente. Una cierta diferencia, pensó Valdemar. No se podía decir tampoco que la cosa hubiera mejorado con el tiempo. Era difícil que pasara un día sin que rezara a ese poder supremo en el que no creía en realidad para pedirle que Signe se pusiera las pilas y se fuera de casa. Llevaba al menos tres años hablando del tema, pero aún no había pasado a la acción.

Ante Valdemar Roos, por su parte, tenía un hijo sangre de su sangre. Un chico llamado Greger, fruto de un confuso primer matrimonio con una mujer que se llamaba Lisen. No era un nombre muy normal ni siquiera en aquel entonces, y Valdemar solía pensar que probablemente ella tampoco había sido una mujer muy normal. Ni así en general ni en ningún momento concreto.

Ahora estaba muerta. Falleció en una expedición al Himalaya dos años antes del cambio de milenio. La idea había sido, si Valdemar lo había entendido bien, alcanzar la cumbre de alguna montaña justo el día de su cincuenta cumpleaños.

Llevaban casados siete años cuando ella confesó que había mantenido una relación con otro hombre durante casi todo ese tiempo. Se divorciaron sin mayores dramas. Ella se mudó a Berlín y se llevó a Greger, pero Valdemar había visto con regularidad al chaval durante su infancia.

No mucho, pero algo. Vacaciones y festivos, senderismo en Laponia en una ocasión y un par de viajes: una semana lluviosa en Escocia y cuatro días en el parque de atracciones de Skara Sommarland. Hoy en día Greger era un hombre recién entrado en la mediana edad que vivía en Maardam, donde trabajaba en un banco y convivía con una mujer de color de Surinam. Valdemar nunca la había conocido en persona, pero la había visto en fotografías. Tenían dos niños, y Valdemar solía enviarle un correo electrónico a Greger cada tres o cuatro meses. La última vez que se vieron fue en el entierro de Lisen en un ventoso cementerio en Berlín. Habían pasado diez años desde entonces.

Signe entró desde el balcón.

—¿Cómo estás? —preguntó.

—Bien —dijo Valdemar.

—Tienes mala cara.

—¿Ah, sí?

—Mamá ha dicho que anoche te pasaste con las copas.

—Bah —bufó Valdemar, y se le cayó el periódico al suelo.

Signe se sentó en el sillón enfrente de él y se ajustó la toalla que se había envuelto alrededor del pelo. Llevaba su gran albornoz amarillo. Valdemar constató que le había dado tiempo a darse una ducha antes del primer pitillo matutino.

—Dice que desapareciste de la fiesta.

—¿Que desaparecí?

—Sí.

Recogió el periódico y sintió cómo le latía la frente al inclinarse hacia delante. Los dientes de león florecían con exuberancia.

—Me... me di un paseo.

—¿Todo el camino desde la casa de mi tío?

—Sí. Hacía buena noche.

Signe bostezó.

—Te oí llegar.

—¿Ah, sí?

—Solo diez minutos después de que yo llegara, de hecho. A las cuatro y media.

¿Las cuatro y media?, pensó, y una ola de malestar le recorrió el cuerpo. ¿Será posible?

—En fin, tú lo has dicho, se tarda un buen rato andando desde allí —explicó.

—Ya —soltó Signe con una sonrisa socarrona—. Y luego estuviste en el Prince tomándote unas cuantas cervezas. Eso también lleva su tiempo.

Se dio cuenta de que tenía razón. Signe estaba igual de bien informada que siempre. Había pasado por delante de un bar que había en Drottninggatan, y como lo encontró abierto, entró. No recordaba que se llamara Prince, pero de repente se acordó de que había estado sentado en una reluciente barra bebiendo una cerveza. Y de que también había hablado con una mujer, de pelo rojo y voluminoso, con un pañuelo palestino o al menos algún tipo de pañoleta a cuadros, y quizá la había invitado a una copa también. O a dos. Si mal no recordaba, llevaba un nombre masculino tatuado en el interior del brazo. ¿Hans? No, ¿Hugo, tal vez? ¡Uf!, pensó Ante Valdemar Roos.

—Cilla, mi amiga, te vio. Estabas un poco achispado, dijo.

Valdemar decidió no hacer comentarios. Hojeó el periódico fingiendo que la conversación no le interesaba. Como si no fuera con él.

—También dijo que tenías quince años más que cualquier otra persona en el local. Y que la bruja con la que estuviste hablando bien podía ser la segunda en el podio.

Dio con las páginas de deportes y empezó a leer los resultados. Signe permaneció callada unos segundos mirándose fijamente las uñas. Luego, por fin, se levantó.

—Mamá está un poco mosqueada, ¿verdad? —dijo, y se fue a su habitación sin esperar una respuesta.

Y así un día y otro también, pensó Ante Valdemar Roos antes de cerrar los ojos.

Aprovechó las primeras horas de la tarde para echarse una siesta, y cuando se despertó sobre las cuatro pudo constatar, para su asombro, que estaba solo en casa. Dónde se habían metido Wilma y Signe era una incógnita, pero Alice había dejado una nota en la mesa de la cocina.

Estoy en casa de Olga. Llegaré tarde. A

Valdemar hizo una bola del papel y la tiró a la basura. Se tomó dos pastillas para el dolor de cabeza y bebió un vaso de agua. Por un momento pensó en Olga. Era rusa, y una de las innumerables amigas de su mujer. Tenía los ojos oscuros, hablaba despacio con un tono un poco misterioso y una voz profunda, casi de barítono, y una vez soñó que hacía el amor con ella. Se trataba de un sueño muy nítido, los dos acostados en un mar de helechos, ella a horcajadas sobre él con su larga y negra melena bailando al viento; justo antes de correrse lo despertó el ruido de la aspiradora que Alice había encendido a apenas medio metro de la cama para luego preguntarle si estaba enfermo o qué le pasaba.

De eso hacía ya unos años, pero le costaba olvidar aquellos helechos.

Abrió la puerta del frigorífico preguntándose si se esperaba de él que preparara la cena para las niñas. Quizá sí, quizá no. Allí dentro había ingredientes para hacer un rudimentario plato de pasta; decidió aguardar a ver qué ocurría. Alguna de ellas aparecería seguramente dentro de poco, a lo mejor preferían que les diera algo de dinero para que pudieran llenar el buche fuera. Nunca se sabía.

Buscó el boleto de la quiniela y se dejó caer en el sofá delante de la tele para ver el partido.

Poco sospechaba Ante Valdemar Roos en ese momento que su vida estaba ante un cambio radical y fatídico.

Justo esa frase de lo más ridícula reaparecería una y otra vez en su cabeza durante las semanas venideras, y en cada ocasión, con toda la razón del mundo, le provocaría una sonrisa.

Fue su padre quien había empezado con la quiniela. Antes de que se ahorcara, fue durante ocho años al estanco en Gartzvägen en K– a echar la misma apuesta simple. Cada miércoles antes de las seis, a veces dejaba que Valdemar lo acompañara.

¿La misma apuesta?, solía preguntar Pohlgren, el flemático estanquero.

La misma, contestaba el padre.

La mayoría de los que apostaban a la quiniela, había entendido Valdemar, probaban suerte con una apuesta múltiple de cinco u ocho columnas, o con un pequeño sistema, pero Eugen Roos se contentaba con una apuesta simple.

Tarde o temprano, hijo mío, explicaba, tarde o temprano saldrá. Cuando menos lo sospechas; solo se trata de tener paciencia.

Paciencia.

Tras la muerte de su padre, Valdemar siguió con la costumbre. El primer miércoles después de la desgracia fue a la tienda de Pohlgren y rellenó el boleto con exactamente la misma apuesta simple y pagó los cuarenta céntimos que costaba por aquel entonces.

Y luego continuó; semana tras semana, año tras año. Cuando se amplió el número de partidos de doce a trece, Valdemar les siguió el ejemplo. De una columna a tres columnas. Y el decimotercer y último partido lo aseguró con un triple pronóstico.

Por lo tanto, el mismo boleto desde 1953. A veces se le ocurría que a lo mejor se trataba de algún tipo de récord del mundo. Al fin y al cabo, habían pasado más de cincuenta años a estas alturas, un período de tiempo considerable, se viera como se viera.

Lo raro era que ni a él ni a su padre les había tocado ni una sola corona nunca. En veintidós ocasiones habían acertado nueve partidos; tres veces diez, pero en ninguna de esas tres ocasiones acertar diez partidos había reportado algo de dinero.

Paciencia, solía pensar. Si le doy el pronóstico en herencia a Greger, un buen día será millonario.

Se durmió un rato en el sillón, era inevitable. Entre los minutos veinte y cuarenta y cuatro del segundo tiempo, más o menos, pero se había espabilado del todo a la hora de la presentación de los resultados de la jornada. Seguía solo en casa. Extendió el brazo para coger un boli mientras pensaba que, si no podía ser gato en una próxima vida, al menos podía pedir que lo dejaran volver a la soltería.

Y luego, mientras el mundo seguía su curso, mientras vientos imprevisibles soplaban desde todas las direcciones posibles y nada o todo tenía lugar, o no, el milagro se puso en marcha.

Partido tras partido, resultado tras resultado, pronóstico tras pronóstico; lo primero en lo que pensó Valdemar al acabar todo era que, de hecho, había estado supervisando todo el procedimiento. Que era gracias a él —y a su concienzuda supervisión— que todo había salido bien. No solía hacerlo, ver el programa de los partidos en directo, o al menos en muy raras ocasiones. En general se contentaba con comprobar el resultado en el teletexto o en el periódico del domingo o del lunes, constatando que no había acertado más que cinco o seis partidos, como de costumbre, y que no le quedaba otra que volver a probar suerte la semana siguiente.

Trece aciertos. Pleno.

Saboreó la palabra. La pronunciaba en alto para sí mismo. *Pleno*.

De repente no supo si estaba despierto. O si estaba vivo siquiera. La penumbra que envolvía el salón y toda la casa se le antojaba irreal, como una mortaja, quizá realmente había muerto; aparte de la televisión no había otra fuente de luz encendida, y por primera vez también advirtió que estaba lloviendo, allí fuera en el mundo exterior, y que el cielo sobre Kymlinge estaba oscuro como el asfalto recién puesto.

Se pinchó la aleta de la nariz, carraspeó ruidosamente, movió los dedos de los pies y, tras haber pronunciado su nombre y fecha de nacimiento con voz nítida y firme, llegó a la tímida conclusión de que no estaba dormido ni tampoco muerto.

Luego se anunció el premio.

Un millón...

El dolor de cabeza le dio una patada, abrió los ojos de par en par y se inclinó más cerca del televisor.

Un millón novecientas cincuenta...

Sonó el teléfono. Alexander Graham Bell, *go and play with yourself*, pensó Ante Valdemar Roos. Uno se podía preguntar por qué precisamente una frase como esa, encima en una lengua extranjera, aparecía en su cerebro convaleciente, pero así fue, aunque pronto no solo desaparecería, sino que también la olvidaría.

Un millón novecientas cincuenta y cuatro mil ciento veinte coronas.

Encontró el mando a distancia, apagó la televisión y se quedó quieto en el sillón durante diez minutos. Si mi corazón no se para ahora, viviré hasta los cien años, pensó.

Cuando Alice volvió de su visita a casa de Olga, ya eran las nueve y media de la noche y Valdemar se había recuperado en todos los sentidos.

—Pido disculpas por lo de anoche —dijo—. Los chupitos de aguardiente me sentaron mal.

—¿Te *sentaron*? —repitió Alice—. Creí que los *tomaste*.

—Sí, así fue —admitió Valdemar—. En cualquier caso, fueron demasiados.

—¿Las niñas no están?

Valdemar se encogió de hombros.

—No.

—Wilma me llamó al móvil y dijo que llegaría a las nueve.

—¿Ah, sí? —dijo Valdemar—. No, ninguna de ellas ha estado en casa en toda la tarde.

—¿Has puesto la lavadora?

—No.

—¿Y has regado las plantas?

—Tampoco —reconoció Valdemar—. No me encontraba muy bien, como te he dicho.

—Supongo que tampoco has llamado a Hans-Erik y Helga para pedirles disculpas.

—Correcto —confirmó él—. Otra cosa que he dejado por hacer.

Alice se fue a la cocina. Valdemar la siguió porque quería ver adónde iría a parar la situación.

—¿Sabes? —empezó ella—. A veces me haces sentir tan triste que casi me dan ganas de morirme. ¿Lo entiendes?

Ante Valdemar Roos se quedó pensando.

—No era mi intención —explicó—. No era mi intención irme de la fiesta. Pero era una noche tan agradable y luego pensé que...

—Esa historia que contaste, ¿te parecía apropiada para la situación?

—Sé que se me olvidó el final —reconoció—. Pero la verdad es que es una historia bastante divertida. Ahora me acuerdo de cómo terminaba, si quieres te puedo...

—Ya basta, Valdemar —lo interrumpió ella—. Ahora mismo no puedo más. ¿De verdad quieres seguir casado conmigo?

Valdemar se sentó a la mesa mientras ella se quedaba de pie mirando por la ventana. Durante un buen rato no pasó nada. Valdemar se limitó a permanecer sentado allí con los codos apoyados en la mesa mientras contemplaba fijamente la planta, una soleirolia medio marchita, y los dos diminutos saleros que habían comprado en el casco viejo de Estocolmo durante un lluvioso fin de semana hacía siete u ocho años. O, mejor dicho, un salero y un pimentero, claro. Alice le daba la espalda, con su amplio trasero vuelto hacia él, y Valdemar pensó que era justo en esa voluminosa parte de su anatomía en la que se basaba su matrimonio. Sí, de hecho, así era. Bien era cierto que ella no tenía más que cuarenta y ocho años, pero no resultaba fácil encontrar una nueva pareja cuando cargabas con unos veinte kilos de sobrepeso, no en estos tiempos tan marcados por la apariencia, la superficialidad y la delgadez; y, pensándolo bien, quizá tampoco era el caso en otros tiempos. Valdemar sabía que no había nada que asustara más a Alice que tener que vivir sola.

La ecuación ya estaba formulada y resuelta cuando se casaron. A Valdemar le sobraban diez años, en cambio a Alice le sobraban veinticinco kilos; ninguno de los dos había explicitado esa triste verdad, pero Valdemar estaba convencido de que ella era igual de consciente de su existencia como él.

En el nombre de esa misma y sombría verdad —pudo constatar mientras estaba allí esperando con los codos apoyados en la mesa— Alice, no obstante, había bajado de peso unos kilos durante su matrimonio. Valdemar, a cambio, no había correspondido en la misma medida quitándose años.

—No hemos hecho el amor en más de un año —dijo ella entonces—. ¿Tan repulsiva te parezco, Valdemar?

—No —contestó él—. Pero me encuentro a mí mismo repulsivo, ese es el problema.

Pensó de inmediato si lo que había dicho era verdad o solo una ingeniosa ocurrencia, y probablemente lo mismo hacía Alice, porque se dio la vuelta y lo contempló con una mirada algo triste a la par que inquisitiva. Parecía sopesar algún comentario más, pero terminó por dar un profundo suspiro antes de desaparecer en dirección al cuarto de la lavadora.

Dos millones, pensó Ante Valdemar Roos. Si sumo el premio también de los doce aciertos, debe de superar los dos millones. ¿Qué diablos voy a hacer?

Y de repente esa imagen del padre en el bosque apareció en su perforada consciencia. Otra vez. Llevaba la pipa en la mano y su cara parecía acercarse, y cuando Valdemar cerró los ojos pudo ver que los labios del padre se movían. Como si quisiera comunicarse con su hijo.

¿Qué?, pensó. ¿Qué es lo que quieres decir, papá?

Y, de hecho, en el mismo momento en el que oyó a su mujer poner en marcha la secadora, pudo oír también la voz de su padre. Débil y lejana se abría camino entre el ruido de fondo de todas las décadas pasadas, aunque inconfundible y lo bastante nítida para que Valdemar pudiera comprender sin problemas el mensaje.

La próxima semana no hace falta que eches la quiniela, hijo mío, dijo.

Y ya no hace falta que tengas paciencia.

Capítulo 3

Después de tres semanas en el centro de rehabilitación Elvafors, Anna Gambowska sabía que tenía que escaparse.

No había vuelta de hoja.

La primera semana la había pasado llorando de sol a sol. A veces también toda la noche. Había algo en su alma que necesitaba la humedad de todas esas lágrimas para ablandarse y volver a la vida. Justo así lo sentía. Se trataba de un llanto bueno, cuyo objetivo era la curación, aunque brotaba de una tristeza muy grande.

No era la primera vez que pensaba en su alma en esos términos. Como una pequeña y mísera planta a la que había que regar y alimentar para que pudiera aguantar. Crecer y ocupar su lugar en este mundo árido y hostil. Pero cuando la vida se volvía demasiado difícil era mejor que permaneciera oculta allí en el fondo de la tierra helada fingiendo que ni siquiera existía.

Su alma al fondo de la tierra helada. O al revés, la tierra helada al fondo de su alma, así también podía formularse, y sonaba como un ejercicio de gramática del colegio.

Llevaba un tiempo así. Toda la primavera y todo el verano como poco, quizá aún más. Su alma se había quedado olvidada al fondo de ese gélido agujero que era su interior, y si no hubiera llegado al centro Elvafors a tiempo, su alma perfectamente podría haberse apagado por completo.

Cuando esa idea pasó por su cabeza, lloró aún más. Era como si su alma se nutriera de su propia tristeza. Sí, en efecto, así era. Parecía que su alma, a pesar de todo, poseía una cierta capacidad de supervivencia.

Fue su madre la que descubrió lo que le pasaba. Anna le había robado dinero para comprar heroína para fumar, y también fue su madre la que se aseguró de que las autoridades tomaran cartas en el asunto.

Se había llevado cuatro mil coronas. Resultaba incomprensible que su madre guardara tanto dinero en casa; y cuando Anna, durante los primeros días en el centro, pensaba en lo que había hecho —lo que en el programa de doce pasos se llamaba «colapso ético»—, su alma se retorcía y pedía retirarse de nuevo a las profundidades. Su madre trabajaba en una guardería, cuatro mil coronas era más de lo que ganaba en una semana entera, y había estado ahorrando el dinero para comprar una bici para Marek.

Marek tenía ocho años y era el hermano pequeño de Anna. En lugar de una bici para él, el dinero se había destinado a heroína para su hermana mayor.

Eso también le hacía llorar. Lloraba por la vergüenza que sentía y por ser tan mísera e ingrata. No obstante, su madre la quería, lo sabía. La quería aun así y a pesar de todo. Aunque tenía sus propios problemas con los que lidiar. Cuando se dio cuenta de que faltaba el dinero, se puso furiosa, pero se le pasó enseguida. Abrazó a Anna, la consoló y le dijo que la quería.

Sin su madre nunca sería capaz de dar un giro a su vida, eso lo sabía Anna Gambowska.

Quizá ni siquiera con su ayuda, pero de ninguna manera sin ella.

Llegó a Elvafors el 1 de agosto. Ocho días después de que su madre la hubiera pillado, y en el día de su vigesimoprimer cumpleaños. En el camino se habían parado en una cafetería para celebrarlo con un café y un trozo de tarta. Su madre la había cogido de las manos, las dos lloraron y se prometieron que ahora iban a empezar una nueva vida. Que ya estaba bien.

Yo también tuve que cargar con un dolor muy grande cuando tenía tu edad, le contó su madre. Pero se puede superar.

¿Cómo lo superaste tú?, le preguntó Anna.

Su madre dudó. Te tuve a ti, dijo al final.

¿Así que piensas que debería quedarme embarazada?, quiso saber Anna.

Ni se te ocurra, dijo su madre, y las dos se echaron a reír tanto que los empleados del café se intercambiaron miradas asombradas.

Le había sentado bien estar en ese café anónimo riéndose de todo, pensó Anna. Había sido un buen momento. Darle una patada en el culo a todas las dificultades y a toda la miseria, ¿tal vez esa era la manera de ganarle la partida a esta maldita vida? Quizá no había método mejor.

Tenía quince años cuando probó el hachís por primera vez. Durante los tres últimos años, desde que había dejado el instituto y se había puesto a trabajar, primero en un kiosco y después en un café y en una gasolinera, fumaba al menos tres veces por semana. Desde que en febrero se mudó a su propia casa, prácticamente todos los días. En abril conoció a Steffo y empezó a trapichear con droga. Él tenía contactos, era seis años mayor, y se fue a vivir con ella en mayo. Un par de veces también había conseguido cosas un poco más fuertes: anfetaminas y morfina y éxtasis. La heroína había sido de alguna forma el paso definitivo. En total la había fumado en cuatro ocasiones, y cuando lloraba recordando esas experiencias era como si las lágrimas fuesen de sangre pura.

O sangre contaminada, más bien.

Su madre no sabía gran cosa de Steffo, solo que existía. Anna se lo había ocultado a los trabajadores sociales, así como a la policía, y se preguntaba adónde había ido a parar después de que su madre vaciara el apartamento.

Pero había lugares de sobra para gente como Steffo, de eso estaba convencida. Y camas también, no era nada de lo que debiera preocuparse.

Y esperaba que hubiera conocido a otra chica. Lo esperaba por su propio bien, pues había algo en Steffo que le daba miedo, y no poco; probablemente por eso había mantenido su identidad oculta.

Me perteneces, le había dicho. Que no se te olvide nunca que ahora eres de Steffo.

También le había dicho que se tatuara su nombre en la pierna, mejor en el interior del muslo, aunque eso ella había conseguido evitarlo dándole largas. Es un regalo, había explicado, es mi regalo para ti. Esperaba de verdad que Steffo hubiera conocido a otra chica.

Al pensar en Steffo también surgieron otras preguntas. Flotaban justo por debajo del llanto y sabía que buscaban sus respuestas como un ternerito perdido busca a su madre.

¿Por qué? ¿Por qué quieres arruinar tu vida? ¿Por qué te tiras de cabeza directa al infierno? ¿Qué sentido tiene, Anna?

Se lo preguntaba a sí misma y todos los demás también se lo preguntaban. Su madre. Los trabajadores sociales. Su tía Majka. No tenía respuesta. Si hubiera una respuesta, no haría falta hacerse la pregunta, solía pensar.

Una oscuridad, eso era. Una oscuridad con una enorme fuerza de atracción.

Sí, una fuerza más poderosa que ella misma, al igual que lo solían expresar durante las terapias de grupo.

Cuando vio el centro Elvafors por primera vez, pensó que se parecía a un dibujo de un libro de cuentos. Se ubicaba junto a un lago redondo lleno de hojas de nenúfares. Una pendiente cubierta de césped y con nudosos árboles frutales conducía a la residencia, y en los alrededores se extendía el bosque en todas las direcciones. El edificio principal era una antigua y encantadora casa de madera pintada de amarillo y blanco; en la planta de arriba había ocho dormitorios, y en la planta baja una cocina y otras cuatro habitaciones un poco más grandes. Anexa se encontraba otra casita más pequeña donde estaban la oficina y dos cuartos donde los empleados podían pasar la noche. En el lindero del bosque, había otro edificio: una cabaña roja con un dormitorio y cocina; a esa cabaña la llamaban la «esclusa intermedia» y la habitaban las dos residentes que más habían avanzado en el tratamiento, que pronto se mudarían a la «esclusa final» en Dalby para luego volver a la vida normal.

Aquí solo había mujeres. Una directora que se llamaba Sonja Svensson, media docena de trabajadoras, varias de ellas extoxicómanas, y luego las residentes: mujeres jóvenes a las que había que salvar del deshonroso pantano del alcohol y las drogas. De momento eran ocho. El mismo día que llegó Anna, también lo hizo una chica de dieciocho años de Karlstad que se llamaba Ellen.

Llegaban de diferentes partes del país, pero sobre todo de Suecia central y occidental. Se había aprendido sus nombres ya el primer día, eso era una parte fundamental de la terapia, según le había explicado Sonja antes de soltar su risa un poco seca.

¿Cómo nos vamos a respetar si no conocemos nuestros nombres?

Todo giraba en torno al respeto en el centro Elvafors.

Al menos sobre el papel.

Aun así, fue la falta de respeto lo que hizo que Anna Gambowska al final decidiera escaparse.

¿No era precisamente eso?, se preguntó.

Pues, sí, en efecto, se trataba de eso.

En el centro Elvafors había una serie de sencillas reglas. Al entrar, Anna tuvo que firmar un papel en el que certificó que aceptaba esas reglas. El tratamiento era voluntario pero financiado por las autoridades sociales de los municipios de donde provenían las jóvenes mujeres. Si se diera el caso de que no se encontraban a gusto, por supuesto, era mejor que cedieran su plaza a alguna otra persona necesitada.

Y esas personas no escaseaban precisamente. El tratamiento solía durar entre seis meses y un año, y siempre se invitaba a las chicas a mantener el contacto con el centro también después de haber sido dadas de alta. No era raro que recibieran visitas de anteriores residentes agradecidas, cosa que comentaba Sonja Svensson ya el primer día. Nada raro en absoluto.

La regla más importante era mantener el mínimo

contacto posible con el mundo exterior. Era en el mundo exterior donde las chicas —ninguna de ellas superaba los veintitrés años, así que a Anna le costaba llamarlas mujeres— habían recibido sus golpes y donde tenían sus malos contactos y sus redes destructivas. Se trataba de romper hábitos, tanto interiores como exteriores. En Elvafors no se permitían los teléfonos móviles, pero se podía hacer una llamada a la semana a un número indicado con anterioridad, por lo general un progenitor. Por otro lado, los familiares podían llamar si así lo deseaban, aunque se les pedía que adoptaran una actitud restrictiva en sus contactos. A cambio, se organizaban dos veces al año eventos que se conocían como «días de la familia».

No había ordenadores ni internet en el centro Elvafors, con la excepción de una habitación interior en la oficina, a la que las chicas no tenían acceso.

Sin embargo, había radio y un reducido número de canales de televisión.

Durante los primeros dos meses no se concedían permisos, y en caso de que los hubiera, pasado este tiempo inicial, la responsabilidad era compartida por la residente y, al menos, un familiar.

De la preparación de todas las comidas, al igual que del lavado de los platos, de la limpieza y demás quehaceres domésticos, se encargaban las propias internas. Un mínimo de dos veces por semana hacían excursiones todas juntas, a menudo al pueblo más cercano, Dalby, que estaba a dieciocho kilómetros. Jugar a los bolos, visitar un café o ir a nadar a la piscina eran las actividades programadas de forma habitual.

Elvafors tenía un emplazamiento retirado, lo cual no era ninguna casualidad. Cuando Sonja Svensson montó el centro hacía trece años, la ubicación geográfica había sido su primera prioridad.

Ninguna civilización que molestara. Ningún peligro. Ningún transporte público.

El tratamiento propiamente dicho se basaba en cuatro pilares: franqueza, camaradería, ayuda a la autoayuda y el programa de doce pasos. Después del desayuno se reunían todas en la sala grande. Se sentaban en sillas en un círculo y, en resumidas cuentas, hablaban de cómo se sentían. Duraba tanto tiempo como fuera necesario. A continuación venían los ejercicios individuales de análisis y luego hablaban un rato del programa de doce pasos.

Después del almuerzo había algún tipo de actividad o una excursión o algo relacionado con el centro. Los martes y los viernes acudía un psicólogo para hablar individualmente con las chicas. A veces Sonja Svensson también convocaba a alguna de sus protegidas para una conversación en privado.

Y entonces llegaba la hora de la cena, con su trabajo de preparación y la posterior recogida de platos, y por último una nueva reunión sentadas en círculo a eso de las diez para hablar de las experiencias positivas y negativas del día.

Con todo, había tiempo de sobra para hacer otras cosas. Para estar a solas. Leer o escribir o ver la tele. Había un piano y Anna había traído su guitarra, aunque nunca se hablaba de organizar sesiones comunes de música. Entre las otras chicas no había nadie especialmente musical, pero a muchas de ellas les gustaba que Anna tocara; solía tener a una o dos de ellas sentadas en su cama todos los días.

Al menos al principio.

Una vez superada la semana de llanto, se inició un período de relativa calma. Le gustaba la rutina estable y tranquila del centro. Intercambiar experiencias con las otras chicas también le parecía provechoso, aunque la asustaba un poco. Comprendió pronto que, cuando se trataba de experiencias desagradables y crueles, ella era algo así como una novata. Cuatro chicas, la mitad, habían estado antes en centros de rehabilitación. Marit de Gotemburgo iba ya por su cuarto centro y solía decir que ya no era capaz de llorar. Probablemente fuera la verdad, se reía a menudo, una risa alta y bulliciosa, pero que nunca se reflejaba en sus ojos. No tenía nada que ver con cómo Anna y su madre se habían reído en aquel café.

Dos de las otras, Turid y Ebba, se habían prostituido a pesar de que aún no habían cumplido los veinte años, y Malin había sido la amante secreta de su padrastro desde que tenía doce años.

Pero, como Sonja Svensson y otros miembros del personal solían subrayar, mirar hacia atrás era muy fácil, lo importante era mirar hacia delante.

Una vez, mientras Anna estaba en la cocina haciendo una ensalada para la cena, Maria, la mayor y con más experiencia del grupo, le abrió los ojos a una visión más crítica del centro.

Ganan dinero con nosotras, ¿no lo entiendes?, dijo mientras echaba vistazos por encima del hombro para asegurarse de que nadie las escuchaba. ¡Los servicios sociales pagan mil coronas al día por cada una de nosotras! Sonja y su marido son unos millonetis.

¿Sería esto cierto? Maria no tenía fama de decir cosas agradables, pero en este caso quizá tenía razón. Este es mi último descanso, solía explicar cuando nadie del personal podía oírla. Cuando salga, voy a pasarme un par de semanas metiéndome de todo hasta que me muera, va a ser la hostia.

Tenía veintitrés años.

Anna se fijó además en otras cosas, no lo podía evitar.

Que ella parecía ser un bicho raro también aquí, por ejemplo. Como lo había sido siempre. Ninguna de las otras chicas leía libros, y cuando le contó que solía escribir poemas a Ludmilla, una chica de veinte años de Borås, esta de repente se cabreó y la llamó engreída y pedante.

Sacó el tema a colación en la reunión matinal el día siguiente. Que le había sentado muy mal lo que le había dicho Ludmilla. Estuvieron las ocho sentadas en sus duras sillas echándose la bronca unas a otras durante casi una hora. Sonja Svensson no estaba, en su lugar había otra empleada, una mujer de carácter bastante débil que se llamaba Karin y que intentó calmar los ánimos.

Al final quedó la sensación de que no habían aclarado nada, y al día siguiente Anna tuvo una conversación en privado con Sonja Svensson.

No te pases todo el tiempo con la nariz pegada a un libro, le recriminó Sonja. Tienes que intentar adaptarte.

Pero me gusta leer, explicó Anna.

Eso forma parte de tu cuadro patológico, respondió Sonja. Te aíslas. Guitarra y poesía y no sé qué. Mañana vamos a jugar al fútbol en el polideportivo de Dalby, eso es lo que te hace falta en la vida.

Soltó su risa seca y luego echó a Anna de su despacho.

¿Qué está pasando?, pensó Anna. ¿Lo decía en serio? ¿Qué tiene de malo la música? ¿Cómo pueden formar parte de un cuadro patológico la poesía y los libros?

Desde ese día se cuidaba muy mucho de cerrar la puerta de su habitación. Cuando tocaba la guitarra o simplemente leía o escribía. Para no molestar a nadie y para que no pensaran que se daba ínfulas, pero al parecer no era la estrategia adecuada, porque una noche, después de haber ido todas a Dalby a nadar, se enteró de que Sonja había cogido su guitarra y la había guardado bajo llave en su despacho.

Tendrás que vivir sin la guitarra una semana, explicó. Te vendrá bien.

En la reunión de la mañana del día siguiente, Anna habló de lo triste y ofendida que se sentía porque le habían quitado la guitarra. Sonja Svensson no dio ninguna oportunidad a las otras chicas de comentarlo, se limitó a decir que no era el momento de hablar de eso ahora y continuó con las demás y sus estados de ánimo.

Esa misma noche su madre la llamó. Para no preocuparla, Anna no mencionó el incidente de la guitarra. Solo dijo que todo estaba bien, que se sentía cada vez mejor y que estaba escribiendo una larga carta a Marek. Su madre le contó que su hermano, después de todo, ya tenía su bici, pero que ella no estaba muy allá, sus rodillas habían vuelto a darle problemas. Quizá se vería obligada a pedir la baja, y si algo no le gustaba era estar de baja.

Esa noche Anna permaneció despierta durante horas llorando un nuevo tipo de lágrimas. Al principio no entendió en qué consistía lo nuevo, solo que le resultaba extraño.

Pero de pronto cayó en la cuenta.

No eran lágrimas por ella misma y su pobre alma rota, era un llanto por el mundo.

Por el estado de las cosas en general. Por la vida

misma, por la estrechez de miras, la estupidez, la crueldad, y por las guitarras que tenían que estar encerradas en sórdidos despachos porque formaban parte de un cuadro patológico.

No todo estaba mal en Elvafors. Sonja Svensson seguramente tenía buenas intenciones con todo al principio, de eso no dudaba Anna. Pero cuanto más se alejaba de las drogas, con mayor nitidez veía las grietas. Los empleados carecían de formación; todos habían tenido algún problema con las drogas en el pasado, o eran amigos de Sonja. Dos de ellos eran familiares. En todo aquello relativo al tratamiento, Sonja siempre sabía qué era lo mejor y no permitía que nadie discrepara. Es cierto que siempre lograba que sonara como si sus ideas fueran lo mejor para el bien común, y como si todos hubieran sido partícipes de las decisiones que se tomaban. Pero no era así ni de lejos: era Sonja la que decidía, y todo tenía que hacerse en grupo. Si alguien no quería participar —si no te apetecía ver tal o cual *reality* de la tele o si no tenías ningún interés por jugar al parchís—, se consideraba una conducta anormal y signo de recaída. Quizá no una recaída en la drogadicción, pero sí en unas pautas que podían conducir a ello y que, por consiguiente, había que detener. Una especie de terror ejercido por la mayoría, pensó Anna, y se suponía que esa no era la idea inicial del centro.

¿Y mil coronas por persona y día? Ocho mil cada día, eso ascendía a una suma vertiginosa en tan solo unas pocas semanas. El tratamiento no podía suponer unos costes tan altos, ¿quizá había algo de verdad en lo que decía Maria a pesar de todo?

Un fin de semana a finales de agosto, Ludmilla no

volvió después de un permiso. Unos días más tarde, Sonja informó de que la habían hallado desnuda e inconsciente con una sobredosis en una cuneta en el extrarradio de Estocolmo. La habían violado y su estado era crítico.

Lo contó en la reunión después de la cena. Se notaba algo en su voz cuando lo decía. En los detalles. Anna miró a su alrededor a las demás chicas, mudas, preguntándose si también lo habían advertido.

Ese pequeño atisbo de... sí, ¿de qué? ¿Satisfacción?

Pero las demás solo parecían conmocionadas y asustadas.

Así se sentía Anna también, y suponía que esa era la intención, el sentido que tenía.

¿El sentido?, pensó cuando estaba tumbada en la cama un cuarto de hora más tarde. ¿Cuál era el puto sentido de nada?

Y esa misma noche por primera vez pensó que ya no quería seguir allí.

Capítulo 4

Cuando Ante Valdemar Roos salió de las oficinas del Swedbank en la plaza Södra Torg de Kymlinge la tarde del jueves, por un breve instante el sol lo deslumbró y comprendió que se trataba de una señal. Aliado con los poderes, su vida burbujeaba como una botella de champán recién abierta y sintió ganas de cruzar la plaza bailando.

O de pegar un elegante salto dando un taconazo en el aire, al menos, como esa Stina no sé qué solía hacer en la tele. Joder, pensó. Esta vitalidad no la he sentido desde... ¿desde cuándo? Bueno, no lo sabía decir.

¿Desde que pidió a Lisen que se casara con él y recibió un sí por respuesta, quizá? Aunque ella ya estaba embarazada, así que esa respuesta, al fin y al cabo, tal vez no fuera tan sorprendente.

Pero cuando contó los dedos de los pies de Greger, su recién nacido, y pudo constatar que eran diez y que el chaval a todas luces estaba completamente sano: ese sí que había sido un momento grandioso. Entonces había albergado la misma sensación burbujeante en el cuerpo.

Las mismas ganas de vivir. La misma ansia por ponerse en marcha y hacer cosas.

Todo había salido bien, sin contratiempos. Tenía

en una nueva cuenta la suma de dos millones cien mil coronas. La transferencia automática a la cuenta de su nómina estaba programada para el 25 de cada mes: 18.270 coronas, la suma exacta que le solía pagar Wrigmans Elektriska después de las retenciones de impuestos. Dejándolo así, le duraría ciento veinte meses, sin contar los intereses.

Diez años. Caramba.

Pero no tenía intención de dejar pasar tanto tiempo. No exactamente. Dentro de unos pocos años empezaría a cobrar su legítima y bien merecida pensión. Alice nunca sospecharía nada. No tendría ni idea. Ella disponía de una tarjeta para esa cuenta suya, y mientras el dinero entrara al ritmo habitual, no tendría el más mínimo motivo para controlar nada. No conocía a los compañeros de trabajo de Wrigmans Elektriska y no recordaba que ninguno de ellos jamás hubiera llamado a casa. No en todo el tiempo en el que Alice y él habían compartido número de teléfono, lo que quizá podía incluso considerarse un poco raro.

Y él nunca la llamaba desde el trabajo, y ella nunca lo llamaba allí. Posiblemente alguna de las hijas hubiera contactado con él en alguna ocasión durante las horas de trabajo, pero siempre a su móvil. Le había enseñado a Alice dónde estaba situada la fábrica una vez cuando habían pasado con el coche, eso era todo. Las niñas no la encontrarían ni con un mapa en la mano.

Sonrió y pasó por delante del estanco donde siempre echaba la quiniela sin entrar. Buena suerte, pobres diablos, pensó. Todo es cuestión de paciencia.

El primer millón lo dedicaría a eso. Debería durar sin problema hasta su jubilación dentro de unos años. A la edad de sesenta y tres o sesenta y cuatro, algo así estaría bien. O sesenta y cinco si le apeteciera, tan vivo como se sentía ahora no le extrañaría llegar a los cien años.

Pero el segundo millón lo iba a gastar. De forma sigilosa; la discreción era una cuestión de honor.

Y sabía cómo, a qué fin lo destinaría. No había tenido que devanarse los sesos mucho con ese detalle, casi nada, pero cada cosa a su tiempo. Primero tenía que ocuparse de Walter Wrigman.

Cuando cruzó el puente Oktoberspången sobre el río de Kymlinge, tomó conciencia, para su gran asombro, de que estaba silbando.

Tengo que calmarme, pensó Ante Valdemar Roos. Debo esforzarme por..., ¿cómo lo llaman ahora? ¿Mantener el perfil bajo? ¿No despertar la liebre? ¿O es levantar la liebre lo que se decía?

En fin, ¿qué más da? Además, el Señor no creó la prisa. Valdemar eliminó todo rastro de emoción de sus facciones y se acercó a su casa con pasos pesados.

—¿Qué quieres decir? —preguntó Walter Wrigman la mañana siguiente mientras se subía las gafas a la calva—. ¿Qué diablos estás diciendo?

—Que me voy —repitió Valdemar—. Que ya está bien.

Las mandíbulas de Walter Wrigman masticaron un rato en el vacío, arriba y abajo y de lado a lado, pero sin que saliera de allí ni una sola palabra. Las gafas se le cayeron de la calva y aterrizaron con un discreto chasquido en el puente de la nariz donde había una profunda ranura morada precisamente destinada a eso.

—Que dimito —aclaró Valdemar—. Preferiría irme ya, si no te importa, pero estoy dispuesto a quedarme una semana más si lo consideras oportuno. No hace falta que me pagues ninguna indemnización.

—¿Qué... qué vas a hacer? —preguntó Walter Wrigman con voz llena de estupor.

—Tengo planes —dijo Valdemar.

—¿Cuánto tiempo llevas pensando en esto?

—Un tiempo —contestó—. Creo que Tapanen se puede hacer cargo de mis tareas.

—Es muy mal momento —le recriminó Wrigman.

—No me lo parece —repuso Valdemar—. Tampoco es que tengamos muchos pedidos. Y ya encontrarás a alguien más joven para sustituirme.

—Joder, Valdemar —soltó Wrigman.

—No quiero ni tartas ni flores ni mierdas de esas —dijo Valdemar al tiempo que le tendía la mano a Walter Wrigman—. He pensado quedarme un ratito más esta tarde para recoger mis cosas, si no te importa.

—Joder, Valdemar —repitió Wrigman.

Tú tampoco es que andes sobrado de encanto precisamente, pensó Valdemar mientras mantenía la mano extendida.

—Gracias por estos veintiocho años. Podría haber sido peor.

Walter Wrigman meneaba incrédulo la cabeza, pero ignoró la mano tendida. Permaneció callado unos instantes mordiéndose el labio inferior.

—Vete a la mierda —soltó al final.

Ya me lo imaginaba, pensó Ante Valdemar Roos. Pedazo de cabrón.

Antes de abandonar Wrigmans Elektriska por última vez, cogió el coche y subió al claro del bosque donde solía tomar su almuerzo. Apagó el motor, bajó la ventanilla y reclinó el asiento.

Paseó la mirada a su alrededor. Por los campos, por la pedregosa pendiente cubierta de enebros, por las lindes del bosque. La luz era diferente, eran casi las cinco de la tarde, y se dio cuenta de que nunca había estado allí a esa hora del día. Siempre había sido a mediodía, entre las doce y la una, y de repente se le antojó un lugar del todo distinto. Los abetos no filtraban la luz del sol como acostumbraban, los campos tenían un color más oscuro y los enebros parecían casi negros.

Así son las cosas, pensó Ante Valdemar Roos. El tiempo y el espacio se cruzan en un mismo punto solo una vez al día. Una hora antes o después implica estar ante un nuevo cruce; así es, de hecho.

Sí, precisamente así se relacionan el tiempo y las cosas, continuó filosofando. Con lo que rodea y con lo que pasa por el medio. Por tanto, no hace falta moverse para que la existencia alrededor de uno cambie, de eso se encarga la vida por sí sola. Basta con estar sentado quieto en el mismo sitio. En efecto, así es.

Y se dio cuenta de que esa verdad, de alguna misteriosa manera —que aún no entendía del todo, pero que un día llegaría a comprender—, estaba relacionada con aquello que su padre le había dicho en el bosque.

La vida nunca será mejor que esto.

Aquel día y en aquel momento que posiblemente ni siquiera habían tenido lugar aún.

En cuanto entró por la puerta, supo de inmediato que las dos hijastras estaban en casa.

Tenían sus habitaciones a derecha e izquierda del recibidor y habían dejado las puertas entreabiertas. Del lado de Signe salía una especie de música que creía recordar que se llamaba «techno». En todo caso, sonaba como algo electrónico que se había rayado; lo había puesto muy alto porque así tenía que ser, habían discutido ese detalle más de una vez. En la habitación de

Wilma se oían risas enlatadas de algún programa estadounidense de entrevistas de la tele, como el de Lennart Hyland más o menos, aunque más ruidoso y más vulgar, solía pensar Valdemar. Obesidad extrema e incesto y no sé qué más.

Atravesó el fuego cruzado y entró en el salón. Aquí también estaba puesta la tele, pero nadie la veía, de modo que recogió el mando del suelo y la apagó.

Alice estaba en el dormitorio, tirada en una esterilla de goma amarilla en pantalones rojos de chándal haciendo abdominales. Recordaba un poco a una tortuga que se ha quedado bocarriba e intenta ponerse de pie. Sin mucho éxito. Vio que llevaba auriculares, de modo que no se molestó en entablar conversación con ella. En la cocina había ingredientes de algo que probablemente desembocaría en un wok; o sea, como solía pensar, igual que un guiso de pollo con verduras y arroz. Por un momento dudó si se esperaba de él que empezara a cortar las verduras, pero decidió aguardar a tener instrucciones.

Se sentó delante del ordenador. Estaba encendido; por lo visto una de las chicas, o las dos, había estado chateando un poco, o en *eskaip* o en *feisbuk* o lo que sea que se llamara, para pasar el rato del viernes por la tarde, porque en la pantalla parpadeaba un mensaje rodeado de corazones rojos —«corazón de melón, eres tan guapa que te quiero comer!!!»— y estaba bastante seguro de que no iba dirigido a él. Cerró cinco o seis programas y abrió su correo. No tenía mensajes. Llevaba ya diez días seguidos sin mensajes, y por un instante se preguntó por qué se había hecho con una dirección de correo. ¿Quizá podría pedir que le mandaran un poco de ese *spam* del que hablaban tanto? Oyó cómo entraba Signe a su espalda.

—Necesito quinientas coronas.

—¿Por qué? —dijo Valdemar.

—Voy a salir esta noche y se me ha acabado el dinero.

—Pues entonces tendrás que quedarte en casa —propuso Valdemar.

—¿Qué coño te pasa? —soltó Signe—. ¿No estás bien de la cabeza?

Valdemar sacó la cartera y le tendió un billete de quinientas coronas.

—¿No te han pagado? —preguntó.

—He dejado esa mierda de tienda.

Ajá, pensó Valdemar. No ha conseguido superar un mes en ese trabajo tampoco.

—Vaya, de modo que ahora estás buscando un nuevo trabajo, ¿no?

Su cara se torció en una mueca.

—¿Te veo en el Prince esta noche o qué? —dijo. Se metió el billete en el sujetador y se fue.

Valdemar apagó el ordenador y decidió ir a darse una ducha.

—No le pasa nada a Signe —dijo Alice cuatro horas más tarde, cuando la casa estaba relativamente tranquila; las dos hijas habían salido y lo único que se oía era el lavavajillas y la lavadora retumbando en sus tonalidades habituales en sus lugares habituales—. Cosas de la edad.

Al vecino Högerberg, que enseñaba a tocar el piano a su hija de seis años, también le oía, advirtió Valdemar. ¿No deberían estar durmiendo ya a estas horas los niños de seis años?, se preguntó. Alice estaba sentada en el sofá hojeando un libro que hablaba del índice glucémico. Valdemar no sabía lo que era. Él, por su parte, ocupaba uno de los dos sillones y hacía lo que podía para mantenerse despierto a la espera de que empezara la película que habían acordado ver. Según la ficha del suplemento de televisión del periódico, se trataba de una comedia estadounidense de acción. En TV3, así que se preguntaba cuántas veces interrumpirían la película con anuncios, pero comprendió que nunca lo sabría, ya que tenía previsto dejarse llevar por el sueño en cuanto ese bodrio arrancara.

—Sí, claro —dijo un segundo antes de que se olvidara de lo que estaban hablando—. Supongo que lo único que necesita es un hombre y un trabajo.

—¿Qué quieres decir con eso? —preguntó Alice—. ¿Un hombre y un trabajo?

—Bueno, pues... —explicó Valdemar—. Lo que quiero decir es eso, supongo... un hombre y un trabajo. Al menos, un trabajo.

—No es fácil ser joven hoy en día —comentó Alice.

—Nunca en toda la historia de la humanidad ha sido más fácil vivir que hoy en día —aseguró Valdemar—. Al menos en este país.

—No entiendo qué te pasa —le reprochó ella—. Las niñas piensan lo mismo. Te has vuelto muy arrogante. Wilma me ha dicho hoy que casi no te reconocía.

—¿Ha dicho eso?

—Sí.

—Pero si siempre he sido así —se defendió Valdemar con un suspiro—. No soy más que un viejo cabrón. Los viejales somos así.

—No te rías de nosotras, Valdemar.

—No me estoy riendo de nadie.

—Las niñas están en una edad sensible, Valdemar.

—Yo pensaba que estaban en edades distintas.

—Va a empezar la película. ¿Puedes hacer el favor de poner la tele y dejar de ser tan borde, Valdemar?

—Perdona, Alice, cariño, no era esa mi intención.

—Bueno, déjalo y pon la tele para que no nos perdamos el comienzo de la película. Y ayúdame a terminar con este chocolate, no está muy bueno.

Pulsó el botón y se dejó hundir aún más en el sillón. Qué alivio que haya vuelto a hablar, pensó. Porque así era: daba igual lo que Alice dijera, con tal de que no lo castigara con el silencio. Bostezó, sintió que las verduras le habían dado acidez de estómago, y se preguntó si merecería la pena levantarse a por un vaso de agua.

Pero eran más de las diez y el cansancio pudo con él ya antes de que hubieran llegado siquiera a la primera tanda de anuncios.

Contado de manera un poco optimista, se podía afirmar que Ante Valdemar Roos tenía un buen amigo.

Este se llamaba Espen Lund, era de la misma quinta que Valdemar y trabajaba de agente inmobiliario en Lindgren, Larsson y Lund, una inmobiliaria de Kymlinge, situada en Vårgårdavägen.

Espen Lund era soltero y se conocían desde el instituto. No se veían nunca en los últimos tiempos, desde que Valdemar se había casado con Alice, pero hubo un período entre Lisen y Alice —unos quince o veinte años, a decir verdad— en el que se vieron con bastante frecuencia; sobre todo para salir, pero también para hacer algún que otro viaje a ver partidos de fútbol o carreras de caballos. Espen era muy aficionado al deporte y un jugador empedernido. Podía enumerar todos los medallistas de oro masculinos de los Juegos Olímpicos de verano desde Melbourne en adelante, y siempre se había reído de la ridícula quiniela que echaba Valdemar. Sin embargo, ese no era el motivo por el que Valdemar lo llamó la tarde de ese domingo.

Esperó hasta quedarse solo en casa. Alice y Wilma acababan de marcharse a los cines Zeta para ver una película de Hugh Grant. Valdemar detestaba a Hugh Grant. Signe, a todas luces, se había echado novio durante la noche del sábado y no se sabía nada de ella desde entonces.

—¿Me puedo fiar de ti? —preguntó Valdemar.

—No —dijo Espen Lund—. Vendería a mi abuela por una cajita de *snus*.

Se trataba de la típica guasa de Espen Lund. Al menos eso era lo que suponía Valdemar. Espen siempre solía responder lo contrario de lo que se esperaba; o sea, en la vida privada, no en su profesión, donde siempre se veía obligado a decir exactamente lo que se esperaba de él. El propio Espen afirmaba que el fenómeno se debía a ese triste hecho. Si le comentabas que hacía buen tiempo, Espen Lund te podía contestar que para él llovía demasiado y el viento era terrible. Si le decías que tenía buena cara, podía soltarte que acababa de enterarse de que sufría un tumor cerebral y que le quedaban dos meses de vida.

—Necesito tu ayuda —explicó Valdemar.

—Pues entonces estás en un buen lío —replicó Espen.

—Quiero que el asunto se lleve de manera discreta y que nadie se entere.

Espen tosió un rato y Valdemar oyó cómo al final se encendía un cigarrillo como antídoto.

—Vale —terminó por decir—. Cuéntame.

Bien, pensó Valdemar, se acabaron las bromas.

—Estoy buscando una casa.

—¿Te vas a divorciar?

—No, claro que no. Pero necesito una pequeña casa donde me pueda retirar... con un proyecto.

Esa última frase le salió de la nada. ¿Proyecto?, pensó. Bueno, ¿por qué no? Podía significar cualquier cosa. Como, por ejemplo, estar sentado en una silla contemplando los cambios en el tiempo y en el espacio.

—¿Qué es lo que tienes en mente? —quiso saber Espen Lund.

—Una casa en el bosque —dijo Valdemar—. Lo más apartada posible. Pero no demasiado lejos de la ciudad.

—¿Cómo de lejos? —preguntó Espen.

—Unos veinte kilómetros quizá —precisó Valdemar—. No más de treinta, diría.

—¿Tamaño? —continuó Espen.

Valdemar reflexionó.

—Pequeña. Solo necesito una casa pequeña. Una vieja casita rústica o algo así. No hacen falta muchas comodidades, aunque no estaría mal que tuviera luz y agua, claro.

—¿Desagüe?

—No estaría mal tampoco.

—¿Precio?

Valdemar advirtió que Espen había empezado a masticar algo. Probablemente una pastilla para la garganta. Espen Lund consumía una media de dos cajitas de pastillas al día.

—Bueno —dijo—. Pagaré lo que pidan. Pero nada fuera de lo razonable, claro.

—¿Te has forrado de repente?

—Tengo algo ahorrado —reconoció Valdemar—. Pero, insisto, es importante que..., bueno, que no se entere Alice. Y ninguna otra persona tampoco. ¿Se puede hacer así?

—La compra debe registrarse de acuerdo con la ley —explicó Espen—. Pero eso es todo, no hace falta gritarlo a los cuatro vientos. Bueno, y luego tendrás que incluirlo en la declaración de la renta, por supuesto.

—Ya me preocuparé de eso, cada cosa a su tiempo —contestó Valdemar.

—Hmm —dijo Espen—. ¿Qué pasa? ¿Hay alguna mujer por medio?

—En absoluto —negó Valdemar—. Ya no tengo edad para correrías con mujeres.

—No digas eso. ¿Tienes acceso a internet?

—Claro. ¿Por qué?

—Puedes entrar en nuestra página web y echar un vistazo. Lo tenemos todo allí, y creo que hay un par de casas que podrían interesarte. Está bien que hayas decidido comprar ahora en otoño, es mucho más barato.

—Ya me lo imaginaba —dijo Valdemar.

—Mira a ver si encuentras algo, y luego me llamas y vamos a verlo. O vas tú solo, si lo prefieres. ¿Te parece bien que lo hagamos así?

—Perfecto —respondió Valdemar—. Y ni una sola palabra a nadie. Cuídate.

—Ni se me pasa por la cabeza —dijo Espen Lund, que le dio la dirección de internet antes de colgar.

Ya en la cama, a Valdemar le costaba dormir.

Alice estaba tumbada de espaldas a su lado, respirando como de costumbre con cierto esfuerzo. Ella dominaba el difícil arte de conciliar el sueño nada más apoyar la cabeza en la almohada. Valdemar, en cambio, tenía facilidad para quedarse dormido en cualquier sitio sin importar el momento del día que fuera, pero cuando realmente llegaba la hora de la verdad, cuando se metía entre las sábanas y apagaba la luz después de otro largo día sin sentido, no era inusual que se quedara bloqueado.

Como un corcho que quiere hundirse pero no lo consigue, solía pensar, porque más o menos así lo sentía. El sueño estaba allí abajo en las profundidades, ese sueño bueno y reparador, pero arriba, en la clara y despierta superficie, Ante Valdemar Roos flotaba a la deriva, perdido, sin saber qué hacer.

Esta noche en concreto había motivos de sobra para el insomnio, desde luego. Mañana sería el primer día del resto de su vida, como había leído en una de esas ridículas pegatinas en alguna ocasión, ya en los años ochenta, si mal no recordaba. ¿El resto de mi vida?, pensó ahora. ¿Qué voy a hacer con todos estos días? Se acordó de Alexander Mutti, el estoico profesor de filosofía del instituto, y cómo había procurado meter a martillazos su regla de oro en sus melenudas cabezas.

Solo tú mismo puedes dar sentido a tu vida. Si dejas las decisiones en manos de otros, aun así sigue siendo decisión tuya.

¿Espen?, pensó de forma imprevista. ¿Tiene su vida en sus propias manos?

Quizá sí, quizá no. Salir por ahí, ver partidos de fútbol, perder dinero apostando. Leer a Hemingway, también, los mismos libros año tras año. Patearse la ciudad enseñando casas y pisos a malhumorados clientes unas cuarenta o cincuenta horas a la semana.

¿Eso podría ser algo?

Para Espen posiblemente sí, a pesar de todo, pensó Valdemar. Para él, sí, pero no para mí.

¿Y qué es lo que yo quiero hacer?

¿Qué diablos es lo que quieres exprimir de tus últimos años sobre esta tierra, Ante Valdemar Roos?

La pregunta le intimidaba un poco, la verdad. O más bien era la respuesta la que creaba esa presión en el pecho.

Porque no había respuesta. O al menos ninguna que sonara muy sensata.

Quiero estar sentado en una silla delante de mi casa en el bosque y mirar a mi alrededor. A lo mejor dar un paseo de vez en cuando. Entrar si hace frío.

Encender la chimenea.

¿Sería esa la idea? ¿Qué coño sucedería si nadie hiciera nada más que pasarse la vida sentado en una silla mirando a su alrededor y encendiendo chimeneas?

Bueno, pensó Valdemar, ese no es mi problema. Sin duda yo no soy como los demás, pero espero que, a pesar de todo, me quede un poco de bondad en algún sitio en lo más profundo de mi alma.

Un poquito.

No sabía por qué apareció lo de la bondad, pero después de ese resumen de la situación a los pocos minutos consiguió conciliar un profundo y misericordioso sueño.

Capítulo 5

El lunes empezó con un par de ligeros chaparrones; tanto Alice como Wilma llevaban chubasqueros cuando salieron en tropel de casa, pero cuando él cruzó la calle para ir al aparcamiento que había detrás de la panadería Liljebageriet, el cielo se había estabilizado. Una masa uniforme de un gris pálido se extendía de horizonte a horizonte, la temperatura parecía rondar los veinte grados, y no pensaba que el grueso jersey que había metido en la bolsa del almuerzo le fuera a hacer falta al final.

Tampoco parecía que fuera a llover más, y el suave viento era débil y venía del sudoeste. Al abrir el coche sintió de nuevo ese burbujeo en el cuerpo, como el que le había brotado por dentro cuando salió del banco y le entraron ganas de bailar en la plaza. Algo me está pasando, pensó. ¿Cómo se llamaban esas plantas cuyas semillas solo crecían después de un incendio forestal? «Pirófilas», ¿no?

Soy una persona pirófila, se dijo Ante Valdemar Roos, ese es el problema. No me despierto más que una vez cada cien años o algo así.

Puso rumbo al norte hasta la rotonda de Rocksta, el mismo camino que llevaba veintiocho años recorriendo, pero en lugar de seguir todo recto, giró a la izquierda, hacia el oeste, y esa mínima novedad le hizo gritar «¡Yupi!» por la ventanilla medio abierta. Era algo que no se podía detener, su alma vibraba de gozo en el pecho.

Recuperó el control y miró el reloj. Eran las ocho y media en punto, la hora a la que siempre solía pasar la rotonda de Rocksta. Pero en la carretera 172 había menos tráfico, notó; considerablemente menos de lo que era habitual en la carretera de Svartö. Además, se trataba más que nada de vehículos que iban en dirección contraria, entrando en la ciudad, solo alguno que otro salía.

Como él. Salía.

En Flatfors llegó a la altura del lago Kymmen, y un par de kilómetros más tarde, en el pueblo de Rimmingebäck, paró en la gasolinera de Statoil a repostar y a comprar algo de provisiones: un sándwich de albóndigas con ensaladilla de remolacha envuelto en plástico, una botella de agua Ramlösa y una tableta de chocolate. Es cierto que llevaba su almuerzo habitual en la bolsa, pero nunca se sabía. Pasar un reconstituyente día entero al aire libre quizá le daría más hambre de lo normal.

Antes de continuar sacó los mapas. Tanto el de carreteras que llevaba en el coche como otros dos que había sacado de internet. No debería ser difícil encontrar los lugares. El primero se llamaba Rosskvarn y estaba situado prácticamente a orillas del lago Kymmen, al norte, a unos quince kilómetros al norte de la ciudad, si había calculado bien. Un terreno demasiado abierto quizá, y con toda probabilidad habría vecinos.

Creía que la segunda casa, a la que llamaban Lograna en los prospectos de la inmobiliaria, era la más interesante, pero había decidido pasar primero por Rosskvarn de todos modos.

Tenía tiempo de sobra.

Ante Valdemar Roos tenía todo el tiempo del mundo, y cuando arrancó el coche por segunda vez esa histórica mañana atisbó su cara en el retrovisor interior mal ajustado y descubrió que estaba sonriendo.

No hay nadie, pensó, ni un solo diablo en todo el mundo que sepa dónde estoy.

Y en algún lugar por la zona de la laringe, donde todas las emociones fuertes se alimentan y encuentran su expresión, sintió la vertiginosa vibración de algo que tenía que haber sido felicidad.

El presentimiento resultó ser bastante acertado.

Rosskvarn era una casa ubicada en una alargada hondonada cerca del lago, que se divisaba a unos centenares de metros a través de una rala cortina de árboles de hoja caduca. Un rebaño de ovejas pastaba en los alrededores y se oía un ruido agudo como de una moto. O quizá se trataba de una sierra mecánica. No había nada malo con la casa de por sí, pensó Valdemar al pasar por delante ralentizando la velocidad del coche, pero estaba muy cerca del camino y había otras tres casas, al menos, a la vista. Ni siquiera bajó del coche, solo continuó hacia delante, y unos pocos minutos después estaba de vuelta en la carretera.

Consultó el reloj. Las nueve y diez. Decidió seguir enseguida hasta Lograna. Debería estar a unos veinte o veinticinco kilómetros, primero un trecho por la 172, luego, justo antes de Vreten, la 818 hacia Dalby en dirección norte. Se le había olvidado poner a cero el cuentakilómetros cuando se fue de casa, pero en el mapa había estimado que la distancia era de unos treinta y cinco o cuarenta kilómetros. Es decir, desde Kymlinge.

Quizá un poco lejos, pensó, pero la distancia no era lo más importante. No, lo fundamental era la ubicación de la casa, al igual que se lo había explicado a Espen Lund. ¿O no lo había hecho? Sea como fuere, se dijo Valdemar, estoy dispuesto a comprar cualquier casucha con tal de que se encuentre en un lugar donde me dejen en paz.

Advirtió que esa mañana había una seguridad en sus pensamientos a la que no estaba acostumbrado. Una especie de fuerza. Pero teniendo en cuenta las circunstancias, probablemente no debía sorprenderlo ni preocuparlo. «*Money talks*», como alguien había espetado desde la comisura del labio en una comedia de gánsteres que había visto en la tele con Alice hacía unos días; justo al principio de la película, seguro, porque luego no se acordaba de cómo continuaba.

Había visto dos fotos de mala calidad de Lograna en internet, una hecha desde fuera, otra desde dentro, pero no decían gran cosa. Y en la descripción simplemente ponía «casita rústica de campo»; el precio que pedían era de solo 375.000 coronas, poco más de la mitad de lo que querían para Rosskvarn. Suponía que se debía a que no había ningún lago cerca.

Tras apenas veinte minutos, justo después del pueblo de Rimmersdal, llegó al desvío para Dalby. Entró en una carretera considerablemente más estrecha pero todavía asfaltada. Empezó a apetecerle un poco de café, y se dio cuenta de que el descanso programado en Wrigmans tendría lugar dentro de un ratito. A las nueve y cuarenta y cinco. No resultaba nada extraño que hubiera desarrollado un reloj interior después de todos esos años.

Nada extraño. He arruinado mi vida en esa maldita madriguera de termos, pensó Valdemar Roos. Espero que no sea demasiado tarde para repararme.

Estuvo a punto de pasar por alto el siguiente desvío, lo cual tampoco era nada raro. Justo después de una curva apareció, rodeado por un denso bosque de abetos, un pequeño camino con un letrero oxidado donde ponía RÖDMOSSEN. Lo enfiló y detuvo el coche. Comprobó el mapa y la descripción. Estaba bien. Este era el camino que debía seguir. Ahora avanzaba por grava y en un camino tan estrecho que si se cruzaba con otro coche había que tener muy claro qué hacer. Después de unos setecientos metros debía girar a otro camino aún más angosto a la izquierda, justo después de un pequeño prado cercado. Ningún letrero, solo una estrecha pista por el bosque, por la que debía avanzar unos quinientos metros, y allí estaría situada la casa. Lograna.

Ideal, pensó Valdemar. ¡Que me aspen si no es una ubicación ideal!

No se cruzó con ningún coche, de modo que no hizo falta realizar ninguna maniobra durante los setecientos metros que lo separaban del último desvío, y, pensándolo bien, hacía mucho que no había visto ningún vehículo. Al menos unos diez o quince minutos. Increíble lo vacía que Suecia podía llegar a estar, y eso que no se encontraba en Norrland.

Y tan llena de bosques... Se acordó de la tormenta Gudrun que había pasado por el país hacía unos años arrasando grandes extensiones forestales. Aquí parecía que la mayor parte del bosque se había podido salvar, pero era verdad que se hallaba en una región un poco más al norte de las zonas más afectadas.

La pista forestal, por donde avanzaba con mucho cuidado sorteando los baches, no debía de ser muy transitada. Por el centro se extendía una gruesa franja de vegetación, podía oír las hierbas altas susurrar y raspar contra la parte inferior del coche. Un bosque bonito a ambos lados, constató; habían talado algo, pero solo para entresacar. Un montón de troncos estaba pulcramente colocado al lado del camino. Pasó por delante al tiempo que sentía la excitación acelerarse por todo su cuerpo.

Rodeó una pequeña colina y llegó a una zona más abierta. A esta colina podría subir para tener un panorama general sobre el paisaje, pensó. Luego una curva larga a la derecha, una cuesta abajo y un último y pequeño giro a la izquierda.

Allí estaba.

Me la quedo, pensó ya antes de que ni siquiera hubiera apagado el motor y bajado del coche.

La primera media hora se quedó sentado, quieto, observando. Escuchando e inspirando los olores. Entrelazó las manos y dejó que los sentidos se reanimaran y se espabilaran. Las semillas pirófilas en su interior picoteaban para abrir sus cáscaras.

Estaba sentado en un tajo. Era bajo y estaba muy gastado, situado al lado de un pequeño cobertizo, donde también había una considerable cantidad de leña apilada contra la pared.

Se tomó una taza de café, un par de tragos de Ramlösa y, pensativo, masticó su sándwich de albóndigas.

Al cabo de un rato, empezó a llorar. Sin duda, llevaría veinte años sin hacerlo y al principio intentó pararlo; se sonó la nariz resueltamente con la mano y se secó los ojos con la manga de la camisa.

Pero después dejó correr las lágrimas.

Aquí estoy, llorando, pensó, y durante un buen rato ese fue el único pensamiento que cabía en su cabeza.

Estoy llorando.

Luego se acordó de algo que había leído en un libro hacía muchos años; no era una de sus novelas habituales, más o menos complejas, sino un libro de viajes. No recordaba el nombre del autor, pero era inglés, creía saber, y hablaba de los aborígenes australianos. Decía que ellos veían la vida como una larga caminata, y cuando uno sentía que se acercaba el final trataba de buscar el lugar donde debía morir. El lugar predeterminado.

«Song-lines», pensó, ¿no era así como se llamaba?

Lograna, pensó. Qué extraños los caminos que me han llevado hasta aquí.

Grande no era. Una mísera casita rústica de campo con fundamentos de piedra y cubierta de teja. Nada más. Tenía el mismo aspecto que todas las demás casitas de campo, más o menos. Pintada de rojo Falun, con las esquinas blancas y la pintura un poco desconchada por todas partes. Una sola estancia más cocina, probablemente, como mucho un pequeño dormitorio también. Quizá aquí vivió un soldado hace ciento cincuenta años, pensó Valdemar. Un soldado y su mujer.

El jardín, donde la hierba crecía alta bajo dos nudosos manzanos y alrededor de unos groselleros, no medía más de veinticinco por veinticinco metros. En una dirección, hacia el sur, por lo que podía ver, había un campo de cultivo más o menos de la misma superficie, pero estaba cubierto por maleza de abedul y álamo que había crecido tanto que alcanzaba un par de metros de altura. En las otras tres direcciones, y más allá del campo de cultivo, solo se veía bosque. Abetos y pinos, sobre todo, pero también abedules y quizá algún otro árbol de hoja caduca. Justo en el límite del jardín, hacia el norte, había una vieja bodega de raíces.

Y luego el destartalado cobertizo junto al que estaba sentado, con el retrete en la fachada lateral. Eso era todo.

Se preguntaba cuánto tiempo llevaba en venta. En cualquier caso no parecía haber sido habitada durante muchos años. Un cable bajaba desde el camino hasta la chimenea construida de ladrillos, de modo que suponía que había electricidad. O quizá se trataba de una vieja línea telefónica, no lo sabía. En medio del jardín había una vieja bomba de agua como testimonio de que seguramente no había tuberías instaladas dentro de la casa.

¿Un pozo excavado en profundidad? Era una expresión que había oído. Espero que se pueda beber el agua, pensó, y advirtió que había dejado de llorar y que ya estaba haciendo planes.

Entonces le invadió el miedo. ¿Y si otra persona ya la había comprado? ¿Y si ya era demasiado tarde? Se levantó y sacó el móvil del bolsillo, solo para constatar que no había cobertura.

Cálmate, pensó. ¿Quién más que yo querría ser propietario de algo así?

¿Alguien como yo? No había muchos.

Pero quizá había otros. Mejor no cantar victoria todavía.

Dio una vuelta alrededor de la casa, con cautela. Echó un vistazo por una de las ventanas; intentó abrir la puerta también, pero estaba cerrada con llave. Solo había cuatro ventanas, y tres de ellas tenían el estor bajado, pero en la cuarta al parecer se había soltado y subido un poco. Cuando apretó la cara contra el cristal y protegió los ojos del sol con las manos pudo ver algo allí dentro.

Una mesa con un mantel de ganchillo y tres sillas.

Una cómoda.

Una cama.

Un cuadro y un espejo en la pared y una puerta a algo que debía de ser la cocina.

Una chimenea. Por lo que veía, el sitio tampoco se le antojaba demasiado deteriorado. Y los cristales de las ventanas estaban enteros. La teja de la cubierta también parecía en bastante buen estado, quizá habría que reponer alguna que otra teja, como mucho.

Se acercó a la bomba de agua. Tiró un par de veces de la manilla arriba y abajo. Chirriaba y gruñía y resollaba allí abajo en las profundidades. Llevaba mucho tiempo sin que nadie la hubiera tocado, y él sabía que estas bombas de agua necesitaban tiempo para funcionar.

Sin embargo, no tenía ni idea dónde había aprendido eso.

¿Bombas de agua que necesitan tiempo?

Se quedó parado, de pie, en medio de la alta hierba. De nuevo miró a su alrededor. Cerró los ojos intentando aguzar el oído.

El leve susurro del bosque, eso era todo lo que se oía. Como un mar casi, aunque lejano, muy lejano.

El aroma de hierba y tierra. Y de algo que probablemente solo era bosque. Una especie de olor general a bosque. De repente el sol se filtró entre las nubes; abrió los ojos, tuvo que entrecerrarlos. Regresó al cobertizo y consiguió franquear la puerta; la cerradura no era más que una chapa con un ojal y un pestillo de gancho. Allí dentro: un cuarto lleno de viejos trastos. Olía a moho y humedad. Encontró una manida silla plegable. La desplegó y se sentó junto a la pared.

Volvió su rostro al sol.

Cerró los ojos de nuevo y pudo oír la voz de su padre a través de los tiempos.

Nunca mejor que esto.

Una hora más tarde subió a la pequeña colina por la que había pasado en el camino. Tenía buenas vistas en todas las direcciones, puede que no decenas de kilómetros, pero aun así estaba muy bien; ni una sola casa hasta donde llegaban los ojos. Lograna estaba situada al amparo de una pequeña loma y solo en el extremo norte pudo divisar campo abierto, a unos dos kilómetros al menos. Por lo demás, bosque y más bosque.

Y, como había previsto, aquí arriba tenía cobertura, de modo que marcó el número de información y pidió que le pusieran con la inmobiliaria Lindgren, Larsson y Lund.

Se puso Lindgren. Lund había salido con unos clientes, le explicó.

Le dio su número de móvil y lo marcó enseguida. Espen Lund dejó sonar bastantes tonos antes de contestar.

—Dígame, aquí Lund. Estoy ocupado ahora mismo.

—Soy Valdemar —dijo al tiempo que se sentaba en un tocón—. Te compro Lograna.

—Lo siento, amigo mío. Se vendió esta mañana.

Ante Valdemar Roos cayó hacia delante y aterrizó de rodillas en un montón de ramitas y maleza. Sintió que la sangre se le iba de la cabeza y que el campo de visión se le reducía con rapidez en los bordes.

—No es posible... —consiguió pronunciar—. No...

—Es una broma —lo tranquilizó Espen—. Eres la primera persona interesada desde esta primavera.

—Joder, Espen —soltó Valdemar entre jadeos al tiempo que volvía a sentarse en el tajo—. Pero bueno, gracias.

—El problema es que la vieja se niega a bajar el precio —continuó Espen despreocupadamente—. Me temo que vas a tener que desembolsar las trescientas setenta y cinco mil coronas.

—No hay problema —dijo Valdemar—. Ningún problema en absoluto. ¿Cuándo podemos firmar?

—Impaciente como un gato en celo —comentó Espen—. ¿Puedes pasarte mañana por la mañana...? Ah, no, estarás trabajando, claro.

—Puedo tomarme un par de horas libres —aseguró Valdemar—. ¿A qué hora?

—Tengo que hablar con la señora primero. Si no te llamo, pásate sobre las diez.

—Querría...

—¿Sí?

—El tema ese de la discreción.

Espen hizo una breve pausa y tosió un par de veces.

—No te preocupes —dijo al final—. Tanto Lindgren como Larsson habrán salido a esa hora. Estaremos solo tú y yo, y la señora.

—Perfecto —contestó Valdemar—. ¿Cómo... cómo se llama?

—Anita Lindblom —informó Espen Lund—. Como la cantante. Pero no es ella. Esta mujer tiene más de ochenta y cinco años. Y, por cierto, solo tiene un brazo. No tengo ni idea por qué, pero son cosas que pasan.

—Así es la vida —comentó Valdemar.

—Eso es —asintió Espen.

Cuando terminaron la conversación, Valdemar echó un vistazo al reloj. La una menos cuarto. Hora de volver a la casita y comer algo.

Le dio la sensación de que todo su cuerpo cantaba cuando bajó de la colina hacia el camino. Casi como Anita Lindblom.

CAPÍTULO 6

La noche del 28 de agosto ardió Friheten, «la Libertad».

Se trataba de una pequeña construcción de madera, pintada de blanco, algo entre un cenador y una casita de juegos, situada junto a un matorral de lilas a una decena de metros de la orilla del lago. En realidad solo consistía en un suelo de madera y un techo del mismo material y se mantenía en pie gracias a cuatro postes en las esquinas. Entre estos había dos bancos bajos, colocados uno enfrente del otro, y una mesa muy pequeña en el medio. Las chicas solían sentarse allí a fumar y charlar. De dónde venía el nombre, Anna no lo sabía. Se conocía como Friheten simplemente.

Todas las chicas del centro fumaban, el abuso de drogas resultaba bastante impensable si uno no había empezado primero con el tabaco normal y corriente. Anna recordaba cómo había sido en el instituto cuando al equipo directivo se le había ocurrido registrar a todos los alumnos que fumaban; habían mandado cartas a los padres en las que insinuaban que sus hijos podían estar en la llamada zona de riesgo. Se armó un pitote tremendo. Vulneración de la intimidad, formas fascistas, imputación falsa; algunos de los fumadores eran miembros de las juventudes socialdemócratas y habían asistido a un curso sobre derechos democráticos de los ciudadanos. El asunto incluso dio como resultado una huelga escolar de media jornada.

Aun así, el pobre director había tenido razón de alguna manera. Anna había pensado mucho en ello. Los jóvenes que no empezaban a fumar tampoco se metían en drogas.

Aunque, por supuesto, eso no impedía que hubiera gente que fumaba sin consumir además sustancias más fuertes. Bastante gente; la mayoría, a decir verdad.

En cualquier caso, el tabaco estaba permitido en el centro Elvafors. Al aire libre y dentro de la casita de Friheten. Intentar que las chicas dejaran tanto las drogas como el tabaco a la vez habría sido mucho pedir. Cada cosa a su tiempo; primero los problemas más grandes, luego los pequeños, solía decir Sonja Svensson. Ella, por su parte, no fumaba, pero más de uno del personal lo hacía y, por lo que Anna sabía, ninguno de ellos pensaba que tuviera nada de malo.

Anna tampoco lo pensaba, aparte de que costaba dinero. Recibían una especie de paga semanal en el centro. Doscientas coronas; aprender a asumir la responsabilidad sobre la economía se consideraba como algo fundamental cuando se trataba de poner orden en sus vidas. Todas las chicas, sin excepción, tenían deudas; cartas de agencias de cobro y montones de facturas sin pagar. Durante las primeras semanas, Lena-Marie, una prima de Sonja que tenía cierta formación económica —al menos, había estudiado la asignatura de economía en el instituto—, realizaba entrevistas individuales con cada una de las chicas para intentar arreglar esa enrevesada parte de su ya enrevesada existencia. La idea era que poco a poco las propias chicas contactaran con las personas o entidades a las que debían dinero para tratar de establecer algún tipo de plan de pago a plazos. Sonaba vertiginosamente complicado, pensó Anna, y todas las demás también.

Sea como fuere, de la paga semanal más de la mitad se le iba en cigarrillos, así estaban las cosas.

No obstante, el incendio no se debía a un descuido por parte de alguna fumadora, en absoluto. Ya la mañana siguiente todo el mundo sabía que había sido intencionado.

Fue Conny, el marido de Sonja y único representante de su sexo que pisaba Elvafors, el que encontró un bidón de gasolina vacío detrás de un trastero. El bidón provenía originalmente de ese trastero, donde se guardaban todo tipo de cosas que se necesitaban en el centro: herramientas, paquetes enormes de papel higiénico y demás.

La puerta no estaba cerrada con llave, no se solía hacer porque no había nada de valor que robar allí dentro. De modo que cualquier persona podría haberse colado con sigilo a eso de las once de la noche —el fuego se había iniciado a las once y cuarto— para coger el bidón, echar gasolina a Friheten y acercarle luego el mechero. Conny era bombero voluntario y había visto de todo, así que no cabía duda de lo que había ocurrido.

O sea, alguna de las chicas lo había incendiado. En teoría podría haber sido cualquier persona que pasara por allí, pero solo en teoría. Sonja Svensson rechazaba decididamente esa posibilidad; ¿qué motivo tendría una persona ajena al centro para prender fuego a Friheten?

Tampoco quería abordar la cuestión del posible motivo que pudiera haber tenido alguna de las chicas para hacerlo. Durante la reunión después del desayuno, Sonja les echó una severa reprimenda en la que dejaba claro que si la culpable no confesaba durante el transcurso del día, las castigaría a todas.

Si no asumías tu responsabilidad individual, todo el grupo tendría que hacerlo, dijo Sonja. Era una regla sencilla, que valía para la vida, así como para el centro Elvafors.

Por la tarde, Anna estaba al lado del lago fumando con Turid, una chica de Arvika que vivía en la «esclusa intermedia», y le preguntó si creía que iban a llamar a la policía.

—¡La policía! —bufó Turid—. Jamás. Sonja tiene un miedo de la hostia de todo lo que pueda dar mala fama a Elvafors, ¿no lo entiendes?

—¿Y eso por qué? —preguntó Anna.

—Porque si los tipos de los servicios sociales se enteraran de que las cosas no funcionan muy bien aquí, dejarían de enviar a gente. Valemos mil coronas al día, que no se te olvide. Y esto no está lleno precisamente.

Tras pensárselo un momento, Anna terminó asintiendo con la cabeza. Era verdad, después de que desapareciera Ludmilla, solo quedaban cinco chicas en la casa grande y había sitio para otras cuatro más. Y Turid y Maria pronto se mudarían a una «esclusa exterior» en Dalby, por lo que se rumoreaba.

—Quizá empiezan a escasear las tías drogatas en el país —dijo en un intento de bromear.

—Y una mierda —repuso Turid, que casi nunca se reía de nada, y Anna pensó que con su pasado en realidad no resultaba muy raro que no lo hiciera—. Pero creerán que no merece la pena gastar dinero en gente como nosotras. Mejor si nos morimos jóvenes, así no somos una carga para la sociedad.

Anna sintió un nudo en la garganta y tragó saliva.

—¿Quién crees que le prendió fuego? —preguntó.

—Joder, ¿y quién va a ser? —dijo Turid antes de tirar la colilla al agua—. La loca de Marie, cómo no, eso lo sabe todo el mundo.

—¿Marie? —repitió Anna asombrada—. ¿Estás segura?

—La vi —zanjó Turid, dio la espalda a Anna y echó a andar hacia la casa.

¿Marie?, pensó Anna, y el nudo en la garganta volvió. ¿Por qué Marie querría pegar fuego a Friheten? Si hubiera podido elegir una de las chicas como confidente —o como compañera de piso de la «esclusa intermedia» más adelante—, habría escogido a Marie. Sin dudar apenas. Le caía bien. Simple y llanamente; algunas personas te caían bien, otras no. No podría querer a alguien como Turid nunca, ni siquiera intentándolo toda la vida.

Marie era de Corea, y guapa como una muñeca. Había sido adoptada por sus padres suecos cuando tenía dos o tres años. No sabía ni en qué día ni en qué año había nacido. Era callada y amable, pero había sufrido abusos de varios chicos y de uno de sus tíos; además, tenía un hijo cuya custodia había perdido. A partir de su ingreso en Elvafors un par de semanas antes de que llegara Anna, había empezado a creer en Dios. Al menos eso decía, a su manera tranquila y tímida. Y es verdad que Anna la había visto leyendo la Biblia.

¿Por qué demonios querría Marie incendiar Friheten?

Pero Anna se dio cuenta de que en realidad no la conocía. De hecho, se dio cuenta de que no conocía a ninguna de las chicas. Cualquiera de ellas podría decir lo que fuera de alguna de las otras y ella no sabría si era verdad o no.

Y eso dependía en gran medida de ella misma, comprendió. Mientras subía despacio hacia la casa siguiendo a Turid, pensó en lo que había dicho su primo Ryszard, el que vivía en Canadá y que intentaba parecerse a Johnny Depp, ese único verano que lo había visto.

Pero si tú eres una *loner*, Anna, una solitaria, eso es así. Tú y tu jodida alma tenéis tantas cosas de las que hablar que nunca os queda tiempo para nadie más.

Lo había dicho en inglés, porque ya no se apañaba muy bien en polaco.

You and your fucking soul, Anna.

¿Era así? Sí, reconoció en silencio para sí misma. Quizá era así.

Quizá también se podía sustituir una letra de la palabra inglesa *loner*.

Loser.*

Esa misma noche, Sonja fue a su habitación y la avisó de que tenía una llamada de teléfono esperándola en su despacho.

Era su madre. Anna notó de inmediato en su voz que algo iba mal. Algo que por una vez no se debía a Anna.

—No puedo ir a verte la semana que viene.

Habían acordado que haría una visita de media jornada el viernes siguiente. Para saber cómo le iba a Anna, los progresos que había hecho durante sus primeras semanas en Elvafors, y para tener la oportunidad de pasar un tiempo juntas. No era uno de los días

* *Loner* es la voz inglesa para «solitario», y *loser* para «perdedor». *(N. de los t.)*

de la familia, pero era costumbre que algún pariente hiciera una breve visita al cabo de un mes aproximadamente.

—¿Por qué no? —preguntó Anna, y se le escapó un sollozo. Esperaba que su madre no se diera cuenta.

Y no lo hizo.

—Mamá... —dijo—, o sea, tu abuela está enferma. Tengo que ir a Varsovia para cuidarla.

—¿Está... es...?

—No lo sé —respondió la madre—. No, no creo que se vaya a morir. Tan grave no parece. Pero, aun así, tengo que ir. Wojtek dice que ya no tiene fuerzas para cuidarla, y como de todos modos estoy de baja por mis rodillas... La verdad es que no me queda otra, Anna, tienes que perdonarme.

—Claro que te perdono. ¿Y qué pasa con Marek?

—Se quedará con Majka y Tomek de momento. Pero, Anna...

—¿Sí?

—Prometo ir a verte en cuanto vuelva.

Continuaron hablando unos minutos más, y Anna luchaba todo el tiempo con las lágrimas. Pero aguantó, gracias a Dios; lo último que quería era darle a su madre más mala conciencia de la que ya tenía. Tras colgar, se quedó sentada un rato en el oscuro despacho procurando serenarse. Intentó comprender por qué de repente se había sentido tan triste y abandonada. Pero, claro, habían pasado tantas cosas...: el incendio de Friheten; Turid echándole la culpa a Marie; su pobre madre y su abuela y el pequeño Marek; la vida en general, la desesperanza que sentía (a pesar de que había recuperado su guitarra). Sí, había muchos factores que contribuían a su estado de ánimo.

Y otra cosa más. Se le ocurrió después, como si al

principio no hubiera querido reconocerlo del todo, pero quizá este tema era el más difícil de todos.

Su madre no estaba sobria cuando hablaron. Seguramente se habría pimplado cuatro o cinco copas de vino antes de llamarla.

Ella también, pensó Anna cuando cruzó el patio. Lo he heredado por ambos lados.

Más tarde, cuando se había acostado, se quedó despierta durante mucho tiempo pensando en su familia. Estaba tumbada de lado, mirando por la ventana hacia el lindero del bosque al otro lado del camino y hacia las pocas estrellas que habían empezado a encenderse allí arriba.

En su familia y en su vida.

En el hecho de que podían ocurrir muchísimas cosas entre las generaciones. Y en lo rápido que podía pasar. Su abuela, la que ahora estaba muy enferma, había nacido en 1930 en un pequeño pueblo de Polonia, una veintena de kilómetros al sur de Varsovia, donde todavía vivía. Anna había estado allí dos veces, y se había sentido como transportada a 1930 o aún más atrás. A otra época y otra vida. En total solo había visto a su abuela en cinco o seis ocasiones, y en cada una de ellas le había parecido que había algo en ella que le daba un poco de miedo. Le recordaba en cierta manera a la Morran de los libros de los Mumin. Algo le pasaba en la cabeza también, con su salud mental, pero su madre no había dicho nada del tema.

Y ahora al parecer estaba ingresada en un hospital de Varsovia. Y tenía una nieta internada en un centro de rehabilitación para mujeres toxicómanas en un pueblo perdido en Suecia, un país que cada vez que lo visitaba, por obligación, le gustaba menos. No había ni religión ni honor, solía decir. Dios lo había abandonado a su suerte. Y la verdad era que el pueblo perdido donde tenían encerrada a la nieta era aún más pequeño que ese pueblo polaco.

¿Encerrada? Anna sacudió la cabeza intentando reírse, pero no le salió.

Su madre había llegado a Suecia en 1984. Cuando nació Anna, en 1987, su padre Krzysztof ya se había liado con otra mujer. Pero no se divorciaron hasta que Anna cumplió seis años, por alguna razón desconocida; su madre nunca había sido capaz de explicar por qué. Sea como fuere, antes de que Krzysztof cumpliera cuarenta años, tenía hijos con cuatro mujeres diferentes, todas ellas polacas que habían inmigrado a Suecia durante los años ochenta. Todas residentes en Örebro o Västerås o alrededores. Era un hombre guapo y débil, las mujeres se perdían en sus ojos melancólicos, le había dicho su madre una vez. Él, por su parte, se perdía en el alcohol.

Nació con alma de artista, decía también; aunque lamentablemente sin ningún tipo de talento.

Quizá me pasa lo mismo, pensó Anna. Con mi guitarra y mis patéticas canciones.

Marek, su hermano pequeño, era de otro padre que se llamaba Adam; otro hombre de poco fiar, según su madre. Parecía ser el caso de todos los hombres en ese ambiente polaco-sueco en el que Anna se había criado. Eran las mujeres quienes eran fuertes, quienes mantenían unidas las familias y las relaciones sociales, se ocupaban de los niños y sacaban adelante sus vidas de alguna manera. Los hombres bebían, se las daban de profundos e incomprendidos y hablaban de política.

Pero Anna no había sido fuerte, y se preguntaba cómo estaba en realidad su madre. No era capaz de quitarse de la cabeza ese timbre ebrio de su voz durante la llamada telefónica.

Y si su madre no tenía fuerzas, ¿cómo iba a poder encontrar ella las suyas?

Sueca o polaca, lo cierto es que daba igual. Mientras estaba en el instituto pasándolo mal, antes de dejarlo, le había dado por echar la culpa de todo a su doble identidad. Pero luego, en honor a la verdad, comprendió que no era más que una excusa cobarde. No había tanta diferencia entre Suecia y Polonia. Por ejemplo, por su aspecto no se podía ver de dónde venía, podría perfectamente haber nacido en una familia sueca de pura cepa en Estocolmo o en Säffle o donde fuera.

Tenía las riendas de su vida, así era. Si quería tirarla por la borda, era elección suya, al igual que decían siempre cuando estaban sentadas en círculo analizando sus fracasos. No se trataba de las circunstancias. Se trataba de una misma.

Tan jodidamente fácil de decir, y tan difícil de poner en práctica.

A no ser que siguieras el programa de doce pasos, esa era la salvación. Una fuerza más poderosa que una misma...

Y de repente apareció Steffo en su cabeza. Otra fuerza poderosa.

¿Cómo coño había podido dejar entrar en su vida a alguien como Steffo? Esa era la cuestión más desagradable de todas, la que más detestaba y la que no quería tocar ni con un palo. Jamás había estado ni de cerca enamorada de él. Ni siquiera le parecía en especial guapo.

Aunque la respuesta era sencilla. Él la había provisto de drogas, y al hacerlo se había convertido en la persona más importante de su vida. Pasaba lo mismo con las otras chicas, se repetía el patrón en el que una de forma inevitable caía si era adicta a las drogas y del sexo débil, como se solía decir. Todas las chicas de Elvafors habían estado con tíos muy cabrones, a cada cual más malvado y egoísta que el otro. Puede que Steffo no fuera el peor, si bien solo habían estado juntos durante unos meses, así que no sabía cómo habría evolucionado la cosa si hubiesen seguido más tiempo.

Aunque malvado sí que era. De repente le vino a la memoria un episodio, y cuando pensó en ello, se dio cuenta de que decía mucho de él.

Se trataba de una cosa que él le había contado. Había estado en la consulta de una especie de psicóloga, una mujer a la que a todas luces despreciaba. Ella le había hablado de la empatía, de la capacidad de comprender cómo se sienten los demás y cómo piensan.

Cuando algunos niños hacen daño a un animal, por ejemplo, había dicho la psicóloga al parecer, no entienden que los animales sienten dolor. Y hay personas que tampoco lo entienden de adultos.

¿Crees que yo soy una de esas personas?, le había preguntado Steffo a la psicóloga. Ella le había contestado que esperaba que no lo fuera.

Entonces Steffo había dicho que en eso tenía toda la razón, porque cuando él tenía doce años y les arrancó las alas a los dos canarios de su hermana pequeña, no le había quedado duda de que habían sentido dolor.

Porque si no, no tenía ningún puto sentido.

Se había reído al contárselo a Anna. Como si estuviera orgulloso. Tanto de lo que les había hecho a los pobres pájaros como de lo que le había dicho a la ridícula psicóloga.

Se le ponían los pelos de punta al pensar en ello. Así es, se dijo. A medida que las sustancias venenosas desaparecen de mi sangre me doy cuenta de hasta qué punto le tengo miedo en realidad.

Nunca más. Que pasara cualquier cosa, lo que fuera, pero no quería ver a Steffo nunca más.

Ninguna de las chicas confesó haber prendido fuego a Friheten.

Lo explicó Sonja en la reunión la mañana siguiente. Pero el caso se iba a resolver de todos modos. Si las demás chicas decidían colaborar, claro.

Todas habían accedido a seguir el programa de doce pasos y las reglas de Elvafors, ¿no era así? ¿No eran conscientes todas y cada una de ellas —en lo más profundo de su alma— de que ese era el único camino para salir del infierno en el que habían estado durante tantos años?

Anna no entendía de qué estaba hablando. ¿Qué tenía que ver el programa de doce pasos con el incendio? ¿Qué quería decir Sonja con lo de que había que colaborar o sucumbir?

Realmente dijo eso. «Colaborar o sucumbir.» Anna miró a su alrededor y vio que las otras chicas parecían igual de desconcertadas que ella. A excepción de Turid, quizá.

Anna fue la única a la que le pidió que se quedara después de la reunión. Las demás se levantaron, devolvieron las sillas a su sitio y salieron a fumar. Anna se quedó esperando a ver qué iba a decirle Sonja esta vez.

«Esta vez», así lo sentía. Se dio cuenta de que no estaba sorprendida, y no tuvo que esperar mucho tiempo para enterarse de qué se trataba.

—Sé que sabes quién prendió fuego a Friheten —dijo Sonja—. ¿Por qué no me lo dices?

—No sé nada —contestó Anna.

—No hace falta que mientas —repuso Sonja—. Venga, dime la verdad; si no, solo te meterás en problemas.

—No te estoy mintiendo —insistió Anna.

—Una de las chicas ha dicho que tú lo sabes. Que se lo contaste a ella.

Entonces entendió lo que había pasado.

Turid.

Joder... ¿Cómo coño podía? Primero había acusado a Marie delante de Anna, y luego había..., bueno, luego le había dicho a Sonja que Anna sabía quién era la culpable.

Así era. Así tenía que ser, y así... sí, exactamente así de malvada y calculadora podía ser Turid al parecer. Anna sacudía la cabeza preguntándose de qué pasta estaba hecha la tía esa. ¿Por qué alguien haría una cosa así? Debía de ser porque tenía a Marie en el punto de mira. Y quizá a ella también. ¿Por qué? ¿Solo porque Marie era guapa y todos la querían?

Le dio un par de vueltas. Sí, seguramente eso era motivo suficiente. Turid no era muy atractiva que dijéramos, con esos kilos de más alrededor de la cintura y ese cutis feo, típico de un drogadicto. Hasta donde Anna sabía, Turid no le caía muy bien a nadie. ¿Era así de sencillo?

Sí, joder, justo así de sencillo y banal debía de ser. Veintidós años y ya tan amargada. ¿Quizá incluso fue ella la que incendió Friheten?

—Estoy esperando —la apremió Sonja, con los brazos cruzados sobre el pecho y meciéndose en la silla.

Sonja se le antojó de lo más satisfecha consigo misma y con su dura pero justa postura, y Anna tuvo un repentino impulso de escupirle, pero lo reprimió.

—Lo siento —dijo enderezando la espalda—. Me

temo que te han engañado. No fui yo quien prendió fuego a Friheten, y no tengo ni idea de quién ha podido ser.

—Sé que mientes. —Sonja Svensson volvió a la carga.

—Puedes creer lo que quieras —replicó Anna—. ¿Me puedo ir?

—Te puedes ir —dijo Sonja—. Siento que te hayas negado a colaborar. Lo siento por ti.

Cuando salió, empezó a llover. Las demás chicas habían terminado de fumar y entraban de nuevo. Solo consiguió cruzar la mirada con Marie un instante. Parecía a punto de llorar.

No, pensó Anna. ¿Por qué quedarme aquí? Mi alma ya se está enterrando.

Capítulo 7

Los cuatro días siguientes, del martes al viernes, Ante Valdemar Roos condujo los treinta y ocho kilómetros entre la calle Fanjunkargatan de Kymlinge y Lograna. Ida y vuelta todos los días. Pasó ocho horas cerca de la casita sin entrar, a excepción del miércoles, día de la firma en el despacho de Espen Lund en la ciudad, que solo le dio tiempo a estar allí cinco horas. La entrega de llaves según los papeles firmados estaba fijada para el 1 de septiembre. Anita Lindblom no era una persona que acostumbraba a transigir con sus principios porque sí, por lo que no tenía ninguna intención de entregarlas antes de esa fecha.

Valdemar aprovechaba esos agradables días de finales de verano de temperaturas suaves bien para caminar por el bosque que rodeaba la casa, bien para sentarse al sol en una silla junto a la fachada del cobertizo. Bebía café del termo y se comía un par de bocadillos, uno de queso y otro de salchichón, mientras pensaba en las vueltas que podía dar la vida.

Y daba igual a cuál de las dos actividades se dedicara. Con independencia de si se quedaba sentado apoyado contra la pared pintada de rojo Falun del cobertizo o daba un paseo —bajo los imponentes pinos en dirección a la carretera de Rödmossevägen, a través del terreno un poco más cenagoso de abetos y maleza hacia el sur, o subiendo hacia tierras algo más altas en dirección al oeste—, había algo en él que clamaba por su atención.

Sí, *clamar* seguramente era la palabra más adecuada, pensó Ante Valdemar Roos. Casi como si hubiese sido fecundado, como si un vacío dentro de él, que hasta ese momento le había sido desconocido, se hubiese llenado de vida nueva. Embarazado, se podría decir. A su edad, ya era hora.

Cosas que pasan, se dijo con una sonrisa acompañada por una risita interior. Incluso cosas así de raras y peculiares pueden pasarnos a los viejos piróﬁlos. En fin, como suele decirse, así es la vida.

Se había hecho con un mapa topográfico de la zona. Uno de esos muy detallados que llamaban «mapas verdes», escala 1:50.000, que le permitía ver todas las pequeñas particularidades del paisaje: bosques, campos abiertos, posibles edificaciones y hasta granjas y casas aisladas. Caminos, senderos, arroyos y curvas de elevación. No recordaba haber estudiado ese tipo de mapas desde la obligatoria carrera de orientación en clase de educación física cuando estaba en el instituto de Bunge.

Verificó que el mapa correspondía a la realidad, y pudo, para su gran satisfacción, constatar que la ubicación de Lograna se hallaba tan aislada como se había imaginado. Un puntito negro en medio de un gran, gran bosque. La granja más cercana, Rödmossen, que había visto indicada en el cartel oxidado en el camino de Dalby, estaba a más de dos kilómetros. Una mañana se había acercado hasta allí atravesando el bosque, y se había quedado contemplando la casa desde las lindes. Por lo que podía ver, le pareció una granja bastante normal, con un edificio principal, un establo y algún tipo de almacén para la maquinaria. Los campos de alrededor estaban recién cosechados, a excepción de los del oeste, donde una decena de vacas pastaban. Dos perros ladraban en una perrera.

El camino estrecho y lleno de baches, a lo largo del cual se situaba Lograna, continuaba haciendo una larga curva en U y volvía a conectar con la carretera de Rödmossevägen a unos doscientos o trescientos metros de la granja de marras, y aparte de su propia casa solo encontró una edificación más en ese camino forestal: una vieja casa rústica de igual tamaño a Lograna, más o menos, pero en unas condiciones bastante peores. Se ubicaba a un kilómetro escaso al oeste, más metida en el bosque, y tenía una chimenea medio derruida y unas ventanas cubiertas con tablas de masonita. Dudaba que alguien hubiera pisado esa casa durante los últimos veinticinco años.

No había muchos más caminos. Un día procuró poner rumbo al sur en línea recta para llegar hasta la carretera 172, la que conectaba Kymlinge con Brattfors, a la altura del lago Vreten. Debían de ser unos dos kilómetros y medio hasta allí, según el mapa, pero el terreno era demasiado intransitable: matorrales densos sin entresacar y turberas cenagosas. Tuvo que dar la vuelta al cabo de una hora.

El martes y el jueves emprendió dos caminatas al día. Una más larga por la mañana y una más corta por la tarde. Voy conquistando mi territorio, pensó. Es así como se hace, ese es el quid de la cuestión y lo que he echado de menos.

Todos los días echó además una cabezadita: unos veinte minutos o media hora en la silla después de comer. Cuando se despertaba de esas siestas le costaba orientarse al principio, pero se iba acostumbrando. El viernes, nada más abrir los ojos, supo enseguida dónde se encontraba.

En Lograna. Su lugar en el mundo.

El viernes no dio el paseo de la tarde. En vez de eso se quedó sentado en la silla, reflexionando sobre la vida. Es cierto que eso lo hacía también cuando daba sus caminatas, pero ese día había algo muy especial en limitarse a estar allí sentado dejando que el sol le calentara la cara y no hacer nada más que respirar y existir.

Sin ningún objetivo. Si los manzanos, los groselleros o la bomba de agua tuvieran el don de la palabra, podríamos haber charlado un poco, pensó.

No porque sintiera la necesidad de hablar con nadie, sino porque habría sido interesante escuchar lo que tenían que decir. Quizá le podrían haber enseñado alguna cosa. Probó unas manzanas, pero estaban demasiado duras y ácidas. Alguna variedad de invierno probablemente, se dijo. A lo mejor debería recogerlas y ponerlas en bolsas de papel para que maduraran para Navidad. Creyó recordar que habían hecho algo así durante su infancia en K–.

Sus pensamientos erraban hacia atrás en el tiempo, pero de vez en cuando hacia delante también. Tomó conciencia de que parecía hallarse en un punto de intersección en perfecta sintonía entre el presente, el pasado y el porvenir. Sospechaba que tenía que ver no solo con su edad, sino también con las nuevas circunstancias vitales.

Aquí y ahora. Lo que está por delante. Lo que ha sido.

Todo tenía el mismo peso. Y, además, parecía entero e indivisible de una manera desconocida para él hasta ese momento. Una especie de trinidad, casi.

También pensaba en sus mujeres. Lisen y Alice. Las dos estaban con él tanto en el pasado como ahora, y estarían asimismo en el futuro. O sea, en sus pensamientos, aunque Lisen había fallecido, cierto, no lo iba a negar. Pero se dio cuenta de que estaría dispuesto a relegarlas al pasado, a las dos. No solo a Lisen, sino también a Alice. Tanto ella como sus hijas eran, de hecho, incompatibles con su nueva existencia en Lograna. Inconciliables, como se decía; sonaba como una especie de fase previa a la incontinencia, lo había pensado muchas veces.

Qué palabras más malogradas se usaban hoy en día. ¿Qué pasaba con estar peleados y tener la vejiga floja?

Especialmente cuando cerraba los ojos después del último trago de café esperando que el sueño se apoderara de él, sus pensamientos adquirían una suerte de libertad fresca y atrevida.

Debería mandar a Alice a freír espárragos, podía llegar a pensar, por ejemplo. De la misma manera que mandé a tomar por saco a Wrigman. Si no hubieran tenido unos carritos de compra tan idiotas en el ICA, me habría librado de ella del todo.

Y ella de mí, sobre todo eso.

Así se habían conocido. Un viernes hacía ya doce años y medio, empujaba su carrito en el ICA Stubinen de la plaza Norra Torg en Kymlinge, y al girar a la derecha para entrar en la sección de las sopas y salsas, una mujer se empotró con él. Ella llegaba desde la izquierda avanzando a toda pastilla, y los dos carritos se quedaron enganchados.

Era incomprensible, aseguraba el personal, una

cosa así no había ocurrido nunca, los huevos rotos del carrito de ella desparramados sobre las salchichas de él. Les llevó casi media hora desenganchar los carritos. A esas alturas, Valdemar y Alice habían empezado a conversar; resultó que los dos eran solteros, una cosa llevó a otra, y ocho meses más tarde se casaron en la iglesia de la Santísima Trinidad. Ninguno de ellos era especialmente creyente, pero Alice insistía en casarse por la iglesia. La vez anterior lo había hecho por lo civil y mira cómo le había salido.

En cuanto a Lisen, hacía ya tanto tiempo que Valdemar apenas se acordaba de cómo se habían conocido. Más que conocerse creía recordar que simplemente se habían cruzado como dos medusas flotando sin rumbo en medio del mar de *love, peace and understanding* de finales de los años sesenta, fuera lo que fuera eso. En cualquier caso, copularon por primera vez sobre el césped de un parque de Gotemburgo después de un concierto al aire libre con algún grupo de rock inglés y un par de bandas suecas, y como Lisen se había quedado embarazada, se fueron a vivir juntos. Luego tuvo un aborto espontáneo, pero, como ya eran pareja, siguieron juntos y Greger llegó solo algún año después.

¿Realmente he vivido todo eso?, era un pensamiento al que volvía una y otra vez. ¿Es esa mi vida?

No la sentía como suya, ni la vida con Lisen ni la vida con Alice.

Y, aunque fuera así, ese no podía ser el sentido de su vida.

Entonces, ¿cuál era el sentido de su vida?

A buena hora se hacía esa pregunta, teniendo en cuenta que estaba a punto de cumplir sesenta años. La gente solía despachar ese tipo de reflexiones en el instituto o en la mili, para luego poder dedicarse a cosas más sensatas durante el resto de sus vidas. El hogar, el trabajo, los niños o lo que fuera.

O eso suponía Ante Valdemar Roos. Nunca les había preguntado a sus mujeres, ni a Lisen ni a Alice —tampoco a su hijo ni a sus hijastras, a decir verdad—, cómo veían la cuestión del sentido de la vida.

Y le daba que Alice, al menos, se cabrearía si lo hiciera.

Casi tienes sesenta años, le diría con toda seguridad. Cuidado con lo que dices.

No, en lo relativo a la búsqueda existencial, sin duda sería más provechoso dirigirse a la bomba de agua y los manzanos y los groselleros.

Algo con lo que su padre, con toda probabilidad, habría estado de acuerdo. Antes de ahorcarse, había trabajado de capataz de almacén en una fábrica de zapatos. Un empleo digno como cualquier otro, cierto, pero el alma de Eugen Sigismund Roos no encontraba su sitio entre esos zapatos.

Así lo había expresado su hermano mayor, Leopold, en el entierro. Valdemar todavía recordaba las palabras exactas.

Eras un gran hombre, Eugen, hermano mío, demasiado grande para tu entorno. Y no había sitio para tu alma en la condenada fábrica de zapatos de Larsson. No, tu alma la tendremos que buscar en otros lugares.

En el susurro de los bosques frondosos, en el rumor de los ríos caudalosos, en la incurable soledad del corazón humano. Allí donde ahora ha hallado su última morada.

Entonces, con solo doce años, a Valdemar le había parecido que «el susurro de los bosques frondosos» y «el rumor de los ríos caudalosos» sonaba muy bonito, y le había irritado que «la soledad del corazón humano» no sonara igual de bien, ni de lejos; ni siquiera rimaba. Pensó que Leopold podría haberse esforzado más para inventarse algo un poco mejor para terminar.

Pero quizá era así, se dijo al ir haciéndose cada vez mayor, que eso de la incurable soledad del corazón humano no rimaba con nada, y que en el fondo esa había sido la intención.

Leopold murió solo un año después de su hermano menor, y Valdemar nunca tuvo oportunidad de preguntarle.

Tampoco tuvo oportunidad de preguntarle a su padre Eugen, claro, sobre lo que era importante y lo que no. Una pena, porque a Valdemar le daba la sensación de que su padre habría sabido bastante de eso. El hecho de que hubiera decidido poner fin a su vida con solo cincuenta y cuatro años era una señal de que así era: de que el hombre se había dado cuenta de ciertas cosas.

La vida nunca será mejor que esto.

Se acordaba de un episodio. Era otoño y vivían en Väster. Fue antes del incendio del sótano, tendría unos siete u ocho años.

Había estado fuera, quizá jugando al fútbol con los amigos en el parque; entró en la cocina, el crepúsculo flotaba en el aire tanto dentro como fuera, y su padre estaba sentado a la mesa de la cocina. Probablemente se había tomado unas copitas, había una botella y un vaso delante de él encima del mantel de hule a cuadros, y estaba chupando su curvada pipa.

Crepúsculo azul, hijo mío, dijo. Ya sabes por qué el crepúsculo es azul, ¿no?

Valdemar confesó que no lo sabía.

Porque llora la pérdida del día, le explicó su padre al tiempo que expulsaba una nube de humo. De la misma manera que un hombre puede llorar a una mujer a la que está a punto de perder.

Se advertía en su voz que estaba un poco bebido, pero cosas así de extrañas no las solía decir ni borracho. Valdemar no supo qué contestar, pero no le hizo falta decir nada porque en ese momento entró su madre en la cocina.

Lo raro era que estaba desnuda.

Podrías haber dicho que el niño estaba en casa, le recriminó a su marido, pero él se limitó a sonreír observándola con ojos entornados y la pipa colgándole de la comisura de los labios.

Y ella no hizo nada para taparse, dio unas vueltas por la cocina mientras parecía buscar algo en los armarios y en los cajones; sus pechos se balanceaban suave y hermosamente y su mata de pelo púbico parecía como algo..., bueno, pues como lo opuesto a un crepúsculo azul.

Fue el padre quien formuló eso también; como es natural, fue el padre.

Allí ves lo opuesto al triste crespúsculo azul, hijo mío, afirmó señalando con la pipa.

Valdemar tampoco dijo nada en esta ocasión, pero su madre se acercó al padre y lo golpeó en la cabeza. No se trataba de una bofetada propiamente dicha, pero tampoco de una palmadita amable, su mano medio cerrada en puño le dio en el cogote y, después, cuando la madre los dejó solos en la cocina de nuevo, el padre se estuvo frotando el sitio donde había encajado el golpe durante un buen rato.

Tampoco él le dijo nada más a Valdemar. Se sirvió otro trago de aguardiente y se limitó a seguir mirando por la ventana. Allí fuera el cielo se volvía más y más azul. *¿Nunca mejor que esto?*

Lo que contribuyó a fijar ese episodio con especial impacto en la memoria de Ante Valdemar Roos fue el hecho de que fuese la única vez durante toda su infancia que vio a su madre desnuda.

Y, por mucho que lo intentara, era incapaz de comprender lo que había precedido a esa breve escena en la cocina.

Ni entonces ni más tarde. El padre estaba completamente vestido, y era difícil creer que su madre hubiera venido de la bañera. En esa época, en Väster no había ducha, y en la bañera uno se metía una vez por semana, hiciera falta o no, y los padres siempre se bañaban las noches del sábado, después de que Valdemar se hubiera acostado.

Pero el padre algo ebrio en la mesa de la cocina, sus palabras sobre el crepúsculo azul y la tristeza de perder a una mujer, la desnudez de su madre, su mata de pelo que era lo opuesto al crepúsculo azul y el cachete en el cogote... Mucho más tarde Valdemar solía pensar que, si solo hubiera sido capaz de interpretar esa extraña escena de su infancia, habría podido manejar su propia vida con un éxito considerablemente mayor.

Y ahora, sentado aquí junto a su casita todavía cerrada a cal y canto, en medio de un bosque extraño, había pasado medio siglo desde ese día en la cocina. ¿Adónde habían ido a parar esos años?

En Wrigmans Elektriska solía terminar a las cuatro y media. Algunas veces se había quedado a hacer horas extra, pero en muy contadas ocasiones y nunca más de una hora o dos.

Durante estos primeros días acostumbraba a irse de Lograna a la misma hora. Cada vez con un poco de nostalgia azul en el pecho, pero lo llevaba bien. Sabía que iba a volver la mañana siguiente.

Menos el viernes. Fue con un nudo de tamaño no despreciable en la garganta que Ante Valdemar Roos subió al coche y abandonó Lograna el viernes 29 de agosto. El inminente fin de semana se le antojaba infinitamente largo y sombrío, y no podía dejar de preguntarse cómo lo afrontaría en el futuro.

¿Nunca iba a poder pasar la noche en la casita? ¿Despertarse al alba con el piar de los pájaros, encender la chimenea y prepararse el café matutino?

Bueno, ya se vería, pensó. Había que saber aplazar algunas cosas para el futuro también, no hacía falta tomar todas las decisiones aquí y ahora; y el lunes 1 de septiembre, poco después de las nueve de la mañana, Ante Valdemar Roos introdujo por primera vez la llave en la cerradura y tomó posesión de Lograna.

Capítulo 8

Durante la semana transcurrida desde que firmó los papeles y se convirtió en propietario de la casa no cayó ni una sola gota de agua, y ese lunes salió con la promesa de otro día con un tiempo radiante. Ni una nube en el cielo; y mientras recorría al volante los ya bastante familiares cuarenta kilómetros hacia el oeste, después de recoger las llaves en el despacho de Espen Lund, se pilló a sí mismo cantando.

Sånt är livet, la vieja canción de Anita Lindblom, al parecer se le había pegado, cosa que, teniendo en cuenta las circunstancias, tampoco debía considerarse tan raro. Recordó que el tío Leopold una vez le había explicado —probablemente en un estado algo achispado, y cuando Valdemar tenía como mucho nueve o diez años— que la vida, la vida misma, al contrario de lo que muchos creían, no tenía lugar todo el tiempo. Un par de horas por semana, eso era con lo que uno podía contar, catorce días al año si se juntaban, y que el otro tiempo, ese miserable tiempo pesado y fastidioso, era una cosa totalmente diferente y aparte. Como unas gachas que se enfrían a la espera del café o un estreñimiento persistente.

Pero de lo que se trata, había subrayado el tío Leopold dando golpecitos con su dedo índice manchado de nicotina en el pecho de Valdemar, de lo que se trata es de estar preparado cuando llegue la hora. De seguir a la vida cuando se pone en marcha de verdad. Si no, te puedes perder toda la fiesta. Ya lo creo, joder.

La puerta chirriaba al abrirla. Con los años sin duda se habría torcido un poco y se había quedado bloqueada contra las tablas del suelo de dentro, de modo que tuvo que poner el hombro y empujar con fuerza para abrirla. Como era de esperar.

Pero por todo lo demás, la casa parecía estar en buenas condiciones. Había un pequeño vestíbulo, una cocina y una habitación. Eso era todo. Anchas tablas pintadas de gris cubrían el suelo. Un par de alfombras de tiras. Paredes marrón claro. Una vieja cocina de hierro en la cocina, pero también dos placas eléctricas. Una pequeña nevera, una mesa con dos sillas plegables, un fregadero con un armario encima. En la habitación, que había visto antes desde fuera, había una chimenea, una cama —en una alcoba, por detrás de esa chimenea—, una mesa, tres sillas de respaldos rectos, un sillón de mimbre, así como una cómoda con una pequeña librería encima colgada de la pared.

En las paredes de la habitación colgaban, aparte del espejo, dos pequeños cuadros, y por lo que Valdemar podía entender, debía de tratarse de óleos originales, ambos con motivos paisajísticos. Un prado en invierno con una liebre, la orilla de un lago con cañas y vacas que pastaban. La pared de la cocina estaba adornada con un reloj que se había detenido a las cuatro menos cuarto, un calendario de 1983 de Reparación de Automóviles Sigge & Benny S. L., y un bordado con el lema «Vivamos los unos para los otros».

El contrato de compra incluía todo el mobiliario.

La viuda Lindblom no tenía ningún interés en ir a Lograna a recoger las cosas. Bueno, pues, ya está, pensó Ante Valdemar Roos mirando a su alrededor, ¿qué más quieres?

Probó el sillón de mimbre. Chirriaba.

Probó la cama. No hacía ruidos, pero el colchón estaba lleno de bultos.

Subió los estores y abrió las ventanas para ventilar. Se resistían un poco, pero terminaron por abrirse sin mayores complicaciones, tanto la de la cocina como las de la habitación. Notó un olor ligeramente viciado, pero nada más que eso. No olía a podrido. No había mierda de ratones. Abrió la puerta también para que hubiera corriente de aire.

Se sentó a la mesa de la cocina, desenroscó la tapa del termo y se sirvió café.

Nunca mejor que esto. Sintió las lágrimas a punto de brotar, pero en cuanto tomó un bocado del sándwich de queso, se le pasó.

Durante el resto del día se dedicó a lo práctico. Repasó lo que había de utensilios de cocina y otras cosas útiles. En los cajones y en los armarios, y en la cómoda de la habitación, dio con casi todo lo que podría necesitar. Vajilla, cubiertos, cacerolas y una sartén. Sábanas, mantas, almohadas y cojines. Olisqueó todos los textiles; debía airearlos, por supuesto, pero pensó que con eso bastaría. Además, su idea no era la de pernoctar aquí, aunque podría ser agradable tumbarse en la cama un ratito durante el día también, claro.

Aunque cuando pensó en eso, en que nunca pasaría una noche en la casa, de nuevo se entristeció, y comprendió que tenía que buscar una solución a ese problema. A poder ser dentro de un futuro no demasiado lejano.

Al fin y al cabo, la noche es la madre del día.

La luz aún no estaba conectada, pero la compañía eléctrica mandaría a alguien el martes a echar un vistazo a las instalaciones. De eso se había encargado Espen, no porque realmente formara parte de su trabajo como agente inmobiliario, sino porque era un hombre de bien. Por un momento, Valdemar abrigó la idea de intentar hacer fuego en la chimenea, pero decidió esperar unos días. Se dio cuenta de que podría llegar a ser una operación complicada, podría haber nidos de pájaros y no se sabía qué más en la chimenea, después de tantos años sin usarse.

No emprendió ninguna caminata por el bosque ese primer día, pero después de comer se permitió el lujo de echarse su habitual siesta sentado al sol. Cuando se despertó a la una menos cuarto, sintió que le dolía un poco la espalda y decidió invertir en una tumbona más cómoda. Añadió ese artículo a la lista que ya había empezado a redactar y, como ya tenía bastantes cosas apuntadas, dejó Lograna un poco antes de la costumbre para que le diera tiempo a encargarse de algunas de esas compras antes de que llegara la hora de volver con Alice y sus hijas.

Quizá no debería comprar la tumbona hoy, sería difícil meterla dentro del coche, pero un par de bolsas con otros artículos de necesidad podrían pasar la noche en el maletero sin problema. Alice tenía su propio coche, así que no había ningún riesgo de que lo descubriera.

Ningún riesgo en absoluto.

El electricista llegó el martes por la mañana, un malhumorado joven de pelo largo que estuvo ocupándose de la caja de fusibles un ratito, cobró y se marchó. Valdemar comprobó que se podían encender las lámparas, tanto en la cocina como en la habitación, y que las placas de la cocina funcionaban. Conectó la nevera, que se despertó con un gruñido de sorpresa, pero mostró señales de gozar de buena salud.

Luego se ocupó de la bomba. Ya había intentado sacar agua la semana anterior, pero sin éxito. Recordaba haber oído que había que añadir agua desde arriba para arrancar ese tipo de mecanismos viejos, de modo que eso fue lo que hizo. Echó con cuidado agua del bidón que había llenado en la gasolinera de Rimmingebäck, y ya al cabo de un par de litros pudo oír que algo empezaba a moverse allí abajo en las profundidades. El chirrido del bombeo adquirió un timbre diferente, más profundo, y ya después de unos veinte o treinta intentos con la bomba llegaron las primeras gotas.

Y pronto empezó a fluir que daba gusto. Al principio el agua se veía marrón oscuro, pero enseguida pasó a un marrón más claro y a un gris amarillento hasta que al final salió clara y transparente. Ahuecó la mano izquierda mientras seguía bombeando con la derecha, la llenó de agua y la probó.

Tierra y hierro, pensó. Quizá algún otro mineral también. No era como el agua en la ciudad: esta agua tenía sabor. Pero no sabía mal. Y era fría y clara.

Bebió un par de tragos profundos. No cabe duda, se dijo. Esta es el agua que apaga la sed. Sintió que algo se movía dentro de él al pensarlo, una cuerda que empezó a vibrar con un tono tan bajo y tan armonioso que comprendió que estaba conectado con la vida misma. Cogió los dos cubos que había comprado, los llenó de agua y los llevó a la cocina.

Muy bien, pensó, pues ya va siendo hora de que me ponga con la chimenea.

Le llevó un buen rato, aunque tampoco fue una cosa excesivamente larga; temió verse obligado a subir al tejado —de hecho, había una escalera que se podía utilizar en el cobertizo—, pero no resultó necesario. Al prender fuego a las primeras hojas de periódico no se advirtió ni asomo de tiro en el conducto hacia arriba, pero después de quitar, con la ayuda del palo de una escoba, un trozo grande de algo bastante difícil de identificar —puede que un viejo avispero abandonado— se abrió un agujero y al poco tiempo ardía de lo lindo tanto en la cocina de hierro como en la chimenea dentro de la habitación. Se limpió el hollín, vació el barreño con agua sucia por la ventana de la cocina y luego, cuando miraba desde el jardín el humo salir serpenteando de la chimenea del tejado y esfumarse en el claro sol otoñal, le vino a la mente la pipa de su padre.

Y deseaba ser también él fumador. Poder haber sacado en ese mismo momento la pipa y el tabaco de los bolsillos, llenarla y encenderla. Había algo en esas metódicas manipulaciones que le resultaba extrañamente genuino y perfecto. Como si ya las hubiera heredado en sus manos y por eso estuvieran en armonía con algo esencial y a la vez misterioso.

No sabía de dónde venían esos pensamientos, pero decidió que, si empezaban a ser recurrentes, adoptaría el hábito de fumar en pipa. Nunca era tarde en la vida para iniciarse en el disfrute del tabaco; todo lo contrario, a una edad tan avanzada, uno corría bastante menos riesgos de sufrir alguno de los bien conocidos perjuicios para la salud. No había riesgo alguno, en realidad.

Ante Valdemar Roos, naturalmente, había fumado algún que otro cigarrillo en su juventud, pero nunca había sido en serio.

Lo mismo le pasaba con la bebida. Eso del alcohol y de emborracharse nunca le había interesado. Haberse tomado alguna copa de más en esa insoportable fiesta de la cangrejada en casa de los cuñados en realidad fue una cosa aislada.

Pues así es, pensó mientras estaba allí fuera en el césped contemplando la elevación de las finas espirales de humo hacia capas más altas de aire. Muchas cosas en mi vida no me las he tomado muy en serio.

No como debería haberlo hecho, ni como lo había pensado.

El miércoles no preparó ningún táper de comida. Bien es cierto que simuló los rituales habituales en la cocina en la casa de Fanjunkargatan para no levantar sospechas, pero, en cuanto Alice y sus hijas salieron por la puerta, lo dejó. Aun así, se llevó su bolsa habitual, aunque no la llenó hasta que llegó al pequeño supermercado ICA en Rimmersdal. Compró café, mantequilla, pan y un poco de jamón y queso. También un paquete de huevos, sal y pimienta y algo de fruta, y cuando pagó y le dio las gracias a la amable cajera, creyó intuir una especie de compenetración en su cálida sonrisa.

Aquí estoy yo sentada y ahí delante estás tú, parecía que quería decir. Veo en tu cara que vas a pasar un día estupendo; hasta pronto, aquí estaré mañana también. Y todos los demás días.

Daba la impresión de ser de la edad de Alice, pero no era el mismo tipo de persona, para nada. Quizá era una inmigrante, su pelo era oscuro y medio largo, sus ojos marrones y un poco juguetones. La próxima vez que compre aquí voy a hablar con ella, decidió Ante Valdemar Roos.

No demasiado, solo comentar algo sobre el tiempo o el pueblo de Rimmersdal. Preguntar si es un lugar agradable para vivir, tal vez.

¿Y tú?, preguntaría ella. ¿Te acabas de mudar aquí?

Tengo una casa por aquí cerca, podría responder él entonces. Pero me ha parecido que esta es una tienda muy bien surtida, así que seguramente nos veremos más veces.

Ella le sonreiría y le diría que sería bienvenido siempre que quisiera.

Siempre, y quizá esas palabras irían con segundas intenciones.

En Rimmersdal también había comprado una revista de crucigramas, y por la tarde estuvo tumbado en la cama ocupándose de uno de los pasatiempos. Por primera vez en varias semanas el cielo estaba cubierto, y poco antes de las doce y media cayeron las primeras gotas de lluvia. Pero se había dado un paseo por el bosque durante una hora por la mañana, por lo que podía permitirse el lujo de descansar dentro de su casa. Mientras permanecía allí tumbado intentando resolver las peliagudas ingeniosidades del constructor del crucigrama le iba invadiendo una sensación extrañamente placentera. No se consideraba un apasionado de estos juegos de palabras, pero tampoco era un novato; más de una vez había acudido —al igual que Nilsson y Tapanen— a la ayuda de Red Cow cuando ella no había podido resolver alguna definición durante los almuerzos en la sala de descanso de Wrigmans.

Pero nunca el propio Wrigman. No era un hombre

de palabras, le costaba dominar la ortografía, y el vocabulario que empleaba en su día a día habría cabido en la parte de atrás de una tirita. Durante los últimos años, dicho sea de paso, Red Cow había derivado cada vez más hacia el mundo de los horóscopos, y con estos rara vez había necesidad de asistencia.

Qué agradablemente lejano le resultaba todo aquello. Tan ajeno y distante. Y el ahora, lo que ocurría en estos momentos, le resultaba, de manera correspondiente, muy agradable y presente. Aquí estoy en mi casita en el campo haciendo crucigramas, pensó Ante Valdemar Roos. En pleno día, y a mis sesenta años. Dentro de un rato me voy a echar una siesta, luego voy a encender el fuego en la cocina y a prepararme un poco de café.

No hace falta que vuelva hasta dentro de cuatro horas.

Mañana voy a comprar dos cojines nuevos y una manta, constató a continuación. Quizá también una pequeña radio. Si tuviera una ahora, podría escuchar las noticias.

Reflexionó un rato sobre eso de los dos tiempos —el que solo seguía avanzando sin piedad y el que podía detenerse y darle a uno un poco de respiro—, y sobre aquello que había dicho el tío Leopold aquella vez, pero antes de que hubiera llegado muy lejos en esas reflexiones, se durmió y empezó a soñar con el lago de Constanza.

Solía hacerlo. No muy a menudo, pero de vez en cuando; en cuatro o cinco ocasiones al año quizá. Con el paso de los años, el tiempo entre estos sueños del lago se iba alargando y aparecían con menos frecuencia. Antes, en cambio, cuando acabó de pasar, las imágenes y el sueño fueron recurrentes con un intervalo considerablemente más corto.

Ocurrió en el verano de 1999, llevaban dos años casados y la familia Hummelberg se había quedado a cargo de las niñas. Valdemar y Alice se fueron solos en coche hasta Baviera con la idea de dar una vuelta por Suiza, y por Austria también. Ya se vería, no habían reservado nada con antelación; el viaje se había planteado como una aventura romántica, al menos por parte de Alice. Una semana, diez días si hiciese falta; los Hummelberg habían dicho que no había problema.

Se alojaron en un pequeño hotel en Lindau. Por la tarde pasearon por la pintoresca ciudad y por la noche cenaron en un restaurante caro con vistas al lago y al hermoso paisaje suizo en la otra orilla. Alice era, sin lugar a dudas, la mujer más joven del local; no sabían que Lindau era un destino típico de pensionistas, pero se dieron cuenta en ese momento.

Algo salió mal. Quizá Alice bebió más de la cuenta; el menú tenía siete platos, con un vino diferente acompañando cada plato. Pasaron fácilmente unas tres horas comiendo y bebiendo, y cuando salieron al paseo empedrado que se extendía a lo largo de la orilla, una primorosa luna llena ya se elevaba sobre el lago. Valdemar pensó que todo se parecía a una mediocre pintura de mercadillo barato, pero no lo dijo, y Alice cayó en una especie de trance romántico. Lo besó apasionadamente y le pidió que hicieran el amor al borde del agua. Lo habían hecho una vez en Samos y había sido una experiencia más que memorable.

A Valdemar no se le antojó una idea muy buena. Bien es cierto que no había mucha gente pululando por allí: la mayoría de los jubilados con toda seguridad ya estaban en brazos de Morfeo y había algún que otro arbusto que podía ofrecer protección, pero ni con esas. No cabía duda de que había cierta diferencia entre una playa griega aislada y el lago de Constanza. Quizá incluso podría ser ilegal.

Trajo a colación estas opiniones intentando no ser borde, pero Alice lo acogió de mala manera. Se puso a llorar a lágrima viva y a repetir que él ya no la quería, que estaba casada con un asno impotente incapaz de ser lo más mínimamente romántico, y al final dijo que ya no quería vivir más. Acto seguido se quitó toda la ropa menos las bragas y el sujetador, dobló las prendas con mucho cuidado, las puso encima de una piedra y se tiró al agua.

La primera medida tomada por Valdemar fue pincharse la aleta de la nariz para asegurarse de que no estaba soñando, algo que había aprendido de su tío Leopold ya de niño. Los tontos se pellizcan el brazo y creen que eso les va a despertar, le había explicado el tío, pero los que lo hacemos en la aleta de la nariz, con la uña del pulgar y el dedo índice, lo sabemos seguro. Nadie, ni un solo cabrón en el mundo entero, puede seguir durmiendo después de un pinchazo así.

Valdemar no estaba durmiendo. Estaba a orillas del lago de Constanza viendo a su mujer de generosas formas adentrarse nadando en el agua iluminada por la luna. De manera tranquila y metódica, por lo que parecía, con brazadas fuertes. Intentó determinar cómo se sentía en realidad y constató que estaba completamente perplejo.

¿Qué podía hacer?

¿Qué esperaba ella que hiciera?

¿Había una forma correcta de actuar en una situación como esta?

Mientras ponderaba la respuesta a esas preguntas,

a Alice le dio tiempo a alcanzar un buen trecho lago adentro. En cualquier caso, es demasiado tarde para nadar tras ella, pensó Valdemar. Y para pedirle que volviera, tendría que levantar la voz una barbaridad para que ella lo oyera, y un hombre que pegaba gritos en la orilla del lago a unos treinta metros del restaurante más cercano, donde podía ver que todavía había comensales... Bueno, aquello sin duda llamaría bastante la atención.

Decidió regresar al hotel. Se le antojó la solución más adecuada, al menos para él. Ahora bien, no quería dejar a su mujer abandonada a su suerte así como así. Sentía que al menos debía avisarla antes de marcharse de allí. Se lo pensó un breve momento y luego ahuecó las manos alrededor de la boca y gritó a pleno pulmón.

—¡Alice, tengo que ir al baño! ¡Vuelvo en un ratito a ver cómo te va!

No llevaba más de diez minutos en la habitación cuando ella apareció. Se había vestido, pero estaba sin secar, de modo que el agua había mojado tanto la falda como la blusa desde dentro. El pelo le colgaba liso y triste como unas algas recién escupidas a la tierra por el mar, y los claros zapatos de ante se habían llenado de fango. Las areolas de sus pesados pechos resultaban claramente visibles a través del sujetador y la blusa y parecían lanzarle unas enojadas miradas como dos filetes rusos cabreados. Valdemar pensó que su mujer presentaba el aspecto de alguien que se hubiese ahogado.

Se colocó abierta de piernas en medio de la habitación y le clavó una oscura mirada; las olas le habían disuelto el rímel, pero no del todo, y le manchaba el ojo derecho como si fuese un moratón recién salido, y la pestaña postiza del ojo izquierdo se le había caído. En resumidas cuentas, parecía algo desequilibrada.

Cuando hubo terminado de mirarlo fijamente, se quitó los zapatos de unas patadas, se tiró de cabeza sobre la cama y se puso a sollozar a lágrima viva.

Valdemar dudó unos segundos antes de decir «Venga, tranquila», mientras le acariciaba la espalda con torpeza.

—Vamos a jugar una partida de yatzy y ya no pensamos más en esto.

Esas palabras la hicieron callar. Se incorporó apoyada en un codo, lo miró con sus ojos bizcos y un gesto que él nunca había visto en ella antes, y acto seguido le asestó un puñetazo en toda la nariz.

Empezó a sangrar como un cerdo en la matanza. Tuvo que parar la sangre con la funda de la almohada, ya que Alice, inmediatamente después de propinarle el golpe, se metió corriendo en el baño, donde se encerró. Cuando todo se hubo calmado, Ante Valdemar Roos pensó que la habitación parecía el escenario de un asesinato.

Eso fue lo que en realidad pasó. Cuando Valdemar soñaba con esa memorable noche, sin embargo, el guion podía ir por otros derroteros.

A veces se tiraba al agua a por su mujer. A veces pedía ayuda a unos turistas que pasaban por el lugar, personas que siempre resultaban ser viejos enemigos o compañeros de la mili o, en alguna ocasión, profesores que había tenido en el instituto hacía ya cuarenta años. Una vez soñó que daba la vuelta a todo el lago corriendo para recibir a Alice en la otra orilla, en el lado suizo.

Pero, con independencia de cómo se desarrollara la película en sus sueños, una cosa siempre era igual.

Nunca tenía final feliz. Hiciera lo que hiciera, tarde

o temprano llegaba el momento en el que Alice le daba el puñetazo y su nariz estallaba en sangre.

A esas alturas solía despertarse, pero justo hoy el sueño se interrumpió cuando todavía estaban en la orilla del lago. Por alguna razón, esta vez el que se había quitado la ropa era él; estaba en cueros con el agua fría del lago de Constanza llegándole hasta las rodillas y la mirada alzada hacia la luna inusualmente grande —que parecía sonreírle con preocupación pero también, de alguna manera, con una actitud de rechazo— cuando sonó el teléfono.

Era Wilma.

—¿Estás en el trabajo? —preguntó.

Valdemar miró a su alrededor. Se sentó en el borde de la cama y bostezó.

—Claro —dijo—. ¿Dónde estaría si no?

Echó un vistazo al reloj. Eran las dos y media, de modo que estaba en lo cierto. ¿Dónde estaría si no en el trabajo?

—¿Qué querías? —preguntó.

Era raro que alguien de su familia se pusiera en contacto con él mientras se hallaba en Wrigmans, pero las pocas veces que eso ocurría siempre lo llamaban a su móvil. No creía que Alice tuviera el número fijo apuntado ni guardado en su móvil, y lo más probable era que ni Wilma ni Signe se acordaran muy bien de dónde trabajaba. En fin. Ahora, evidentemente, había motivos de sobra para estar agradecido de que así fuera. Lanzó un suspiro contento.

—Voy a quedarme a dormir esta noche en casa de Malin —anunció Wilma.

—Entonces es mejor que hables con tu madre —dijo Valdemar.

—No me coge el teléfono.

—Pues tendrás que seguir intentándolo.

—No, no puedo —contestó Wilma.

—¿Por qué no puedes?

—Porque terminamos dentro de un cuarto de hora y el padre de Malin nos viene a buscar.

—¿Estás llamándome en medio de clase? —preguntó Valdemar sorprendido.

—Tenemos un sustituto hoy —explicó Wilma—. Se me está acabando la batería. Entonces, ¿le dices a mamá que pasaré la noche en casa de Malin?

—¿No sería mejor si...?

—Qué pesado eres, joder —soltó Wilma—. Hasta luego, ya no puedo hablar más.

Ante Valdemar Roos pulsó el botón de colgar y dejó el móvil. Se levantó y se acercó a la ventana. Se frotó los ojos.

Había dos corzos ahí fuera. La lluvia había cesado y el sol se estaba abriendo camino entre las nubes.

Dios mío, Señor del cielo y de la tierra, pensó mientras se pinchaba la aleta de la nariz. Que nunca tenga que renunciar a esto.

Capítulo 9

Esperó una semana antes de marcharse, y no entendió muy bien por qué había tardado tanto.

Por una parte, una vez tomada la decisión, ya no corría prisa. Mejor descansar bien antes; curarse un resfriado que llevaba tiempo arrastrando y reunir un poco de coraje.

Quizá también rondaba por su cabeza la idea de aclarar todo aquello de Marie y Turid y Friheten, pero no fue así. Se quedó en agua de borrajas. Sonja no volvió a sacar el tema, ni con Anna ni con el grupo. De modo que la culpable, fuera quien fuera, se libró.

Si es que realmente había sido una de las chicas. A Anna le costaba creerlo, pero, si no, ¿quién había sido? En cualquier caso, el asunto se archivó, y ahora le tocaba hacer lo mismo con todo el centro Elvafors.

Le entristecía un poco no poder llevárselo todo.

Había llegado al centro en coche con su madre, lo iba a abandonar a pie. La mochila y la guitarra, imposible cargar con más que eso. La noche del viernes, muy tarde, cuando esperaba a que todas las demás durmieran, hizo la maleta intentando dejar fuera todo aquello que creía que no iba a necesitar, así como las cosas a las que no les tenía demasiado apego.

El problema era que no tenía ningún plan, de modo que no era capaz de estimar lo que posiblemente le vendría bien. Además, en realidad no quería dejarse nada de nada. Incluso le daba pena no llevarse sus viejas botas de goma, que eran demasiado voluminosas para caber en la mochila. También le costaba deshacerse de los libros, aunque ya los había leído no solo una, sino varias veces, y no tendría problemas para hacerse con nuevos ejemplares en el futuro si alguna vez le apeteciera volver a leerlos.

Con todo, al final acabó. La mochila estaba llena hasta los topes y pesaba bastante, pero podía con ella. En Elvafors dejaba seis libros, una cazadora, las botas y dos jerséis gruesos y feos. Eso sería todo lo que quedaría de ella cuando Sonja u otra persona se asomara a su habitación a la mañana siguiente para ver por qué no había bajado a desayunar.

No le había contado a nadie que pensaba marcharse, pero se preguntaba si Marie no lo habría entendido de todos modos. Al menos no debería sorprenderla. Habían estado sentadas a orillas del lago fumando y hablando un buen rato por la tarde. Marie estaba con el ánimo por los suelos, tanto por las acusaciones implícitas del incendio como por otras cosas. Le daba la sensación de que las demás chicas estaban en su contra, no solo Turid. Le había pasado siempre, decía. Cada vez que empezaba en un colegio nuevo y en una clase nueva a principios de la adolescencia le había resultado imposible granjearse nuevas amistades con otras chicas. A pesar de que no había nada que deseara más que tener una amiga íntima.

Así que las cosas habían salido como habían salido. Con los chicos siempre había sido popular, de modo que se acercó a ellos. Aprendió a fumar, a beber y a tomar hachís. Supo enseguida lo que querían de ella. Su cara suave y bonita, su sumisión, su coño. Perdió la virginidad durante el otoño del octavo curso, con catorce años, y antes de terminar noveno se había acostado con diez chicos diferentes. U hombres; el mayor tenía más de treinta.

A Anna no le costaba nada identificar dónde estaba el problema.

—Eres demasiado guapa y demasiado buena —le había dicho—. Es una combinación desastrosa.

—¿Te caigo bien? —le había preguntado Marie con una mirada inocente.

Quizá demasiado tonta también, pensó Anna, y abrazó a Marie. Y débil, sobre todo eso, muy muy débil. Pero ¿dónde diablos se suponía que personas como Anna y Marie podrían encontrar fuerza en un mundo como este?

—Me gustaría que fueras mi amiga aquí en Elvafors —le había respondido Marie—. Creo que tú eres la más buena de todas.

Pero ni siquiera eso había podido prometerle. Ser su amiga. Había soltado algo vago y sin compromiso, y luego habían vuelto a la casa para empezar a preparar la cena.

Quizá lo había entendido de todos modos.

Si no, mañana lo entendería.

O sea, hoy.

Había puesto el despertador a las cuatro y media, pero se despertó tres minutos antes. Se vistió rápidamente y bajó con sigilo por la escalera con su mochila y su guitarra en la funda blanda negra. Nadie la oyó, y a las cinco menos cuarto ya estaba en la carretera. Se detuvo unos segundos, ajustó la mochila y miró hacia atrás a los edificios amarillos, que parecían acurrucarse en medio del rocío y la niebla matutina que subía desde el lago.

Le recorrió un temblor de frío y tragó saliva varias veces para luchar contra las lágrimas. ¿Qué será de mí?, pensó. ¿Qué diablos estoy haciendo?

Cualquiera se daría cuenta de que esto va a acabar mal.

Aun así, echó a andar.

A la izquierda. Hacia el sur, y no hacia Dalby. Sabía que Gotemburgo no estaba a más de unos cien o ciento cincuenta kilómetros y, sin haberlo formulado siquiera en sus pensamientos, probablemente fue eso lo que decidió su rumbo. Solo había estado en Gotemburgo dos veces en su vida, las dos cuando todavía era una niña y en ambas ocasiones para visitar el parque de atracciones de Liseberg. Pero Gotemburgo era una ciudad grande; en una ciudad así había posibilidades de todo tipo.

E imposibilidades, no tenía sentido idealizarla. Si quisiera volver a hundirse y tocar fondo, no había ningún otro sitio más propicio que una ciudad grande.

Así era, pero todavía estaba lejos de cualquier ciudad o pueblo. Avanzaba caminando por una carretera estrecha que serpenteaba por un denso bosque. Cuesta arriba, cuesta abajo, una curva tras otra; abetos y pinos, casi no había rectas y al cabo de media hora no había pasado ni una sola casa, ni tampoco había habido ningún cambio en el paisaje.

Y ni un solo vehículo en ninguna dirección. Un estribillo daba vueltas en bucle por su cabeza, eran dos versos de una canción con la que llevaba luchando un par de noches.

Young girl, dumb girl, dreaming in the grass
Sad girl, bad girl, wannabe a dead girl

Caminaba al compás. A veces cambiaba el «*wanna be*» por «*gonna be*», no podía decidir cuál de los dos sonaba mejor. O peor, más bien. Era una mierda de letra, lo sabía, pero tenía una melodía que estaba tan mal. Y necesitaba algo mecánico con lo que llenar la cabeza para no pensar en el hecho de que ya empezaba a sudar y tener sed, a pesar de que estaba nublado y no hacía demasiado calor.

Y empezaba a estar cansada. Una cosa era quedarse quieta en la habitación probándose la mochila; otra muy distinta andar con ella. Las correas le rozaban y algo duro que sobresalía, probablemente su neceser, le golpeaba la espalda con cada paso que daba.

Young girl, dumb girl... Llevaba ciento veinte coronas en la cartera y le quedaban seis cigarrillos en el paquete. Al cabo de una hora exacta se sentó en una piedra al lado de la carretera y se fumó el primero de ellos. Se quitó la mochila mientras tanto, y cuando terminó de fumarse el pitillo se maldijo a sí misma por no haberse llevado al menos una botella de agua. ¿Cómo se puede ser tan estúpida? Lo que más quería era una Coca-Cola y... y una cama grande y blanda en la que meterse.

No tendré nada de eso nunca jamás, pensó de repente. Si alguna vez vuelvo a dormir en una cama, será en una llena de bultos y de sábanas sucias en la que ya habrá dormido un montón de gente, y la lata de Coca-Cola también se la habrán bebido.

¿Mi casa?, constató. Estaría bien si esa palabra, *casa*, significara algo; si tuviera un contenido. El piso en el que había vivido los últimos seis meses había vuelto a manos de su dueño, y las pocas pertenencias que había tenido estaban metidas en un trastero, de eso se había encargado su madre. Ojalá tuviera un lugar adonde ir, pensó. No solo de donde escapar.

¿Y adónde se supone que estoy yendo ahora? ¿Voy a intentar hacer autostop o pretendo seguir andando hasta que se ponga el sol y un príncipe azul me suba a su caballo blanco?

¿O hasta que me recoja la policía? Desmayada de cansancio, tirada en la cuneta.

Esto último parecía bastante más probable. En cualquier caso, comprendió que era mejor seguir avanzando que quedarse sentada. Moviéndose mantenía a raya las lágrimas y la resignación. Y la cancioncilla también... *«Sad girl, bad girl...»* Incluso las correas que le rozaban los hombros y los golpecitos en la espalda ayudaban, ya que alejaban los pensamientos de la desesperada situación.

De la ciénaga de la autocompasión, como solía decir su madre. Sabía bastante de la vida su madre, de eso no cabía duda. Esas cosas que en realidad sería mejor no saber.

Se puso la mochila, agarró la guitarra y continuó andando. Dentro de una hora serán las siete, pensó. Entonces, seguramente habré llegado a una gasolinera o un café, y estaré en mejores condiciones para tomar una decisión.

No fue así.

Poco tiempo después de haber pasado una granja abandonada y de haber sentido la ráfaga de un viento más frío que antes y unas gotas de lluvia en la mejilla, llegó el primer coche de la mañana.

Iba en la dirección correcta, por lo que, sin pensárselo dos veces, levantó la mano. No mucho, no era un gesto de autostop propiamente dicho, más bien un saludo dubitativo sin contenido ni objetivo alguno.

Se trataba de un Volvo azul, no muy nuevo, pero tampoco viejo. Un hombre de unos cincuenta años estaba al volante y le dio tiempo a divisar su cara al pasar. O quizá era algo mayor; se le daba fatal adivinar la edad de la gente.

Se detuvo al borde de la carretera a unos diez metros de ella. Bajó la ventanilla y asomó la cabeza.

—¿Y adónde va la señorita?

Su primer instinto fue no hacerle caso. Tenía una cara un poco hinchada, pero tampoco se le veía demasiado desaseado. Gafas, pelo corto de color gris ratón, camisa y americana de cuero. En fin, normal. Pero había algo en su voz y su mirada. Al llegar al coche, el hombre la escrutó de arriba abajo, como si la evaluara, antes de dirigir la vista a sus ojos.

Primero debes mirar a la gente a los ojos, solía decir su madre. Una vez que lo hayas hecho, puedes mirar donde quieras.

—Sube y te llevo un trecho.

—Gracias, pero...

—Solo voy a Norrviken, pero al menos te ahorras unos cinco kilómetros. ¿Qué me dices?

Pisó un poco el acelerador y ella comprendió que debía decidirse. Era ella la que necesitaba ayuda, no él.

—Vale.

Rodeó el coche, abrió la puerta de atrás para dejar la mochila y la guitarra. Allí ya había una bolsa marrón, vieja y desgastada. El hombre se estiró sobre el asiento del copiloto y abrió la puerta para que entrara. Ella subió y se abrochó el cinturón de seguridad. El hombre permaneció quieto un momento contemplándola desde el lado, antes de asentir para sí mismo, soltar el embrague y ponerse en marcha.

—¿Tocas?

—¿Qué?

Señaló hacia la guitarra en el asiento de atrás.

—Eso de ahí.

—Un poco. Estoy aprendiendo.

—Yo toqué en un grupo una vez.

—¿Qué tocabas?

—La batería.

Tamborileó en el volante con los dedos.

—Tú eres una tía de Elvafors, ¿verdad?

—Elva... ¿por qué dices eso?

El hombre se rio.

—A la fuga, ¿verdad? Bueno, joder, tampoco es que resulte muy difícil deducirlo. Tengo que admitir que no creía que fuerais tan madrugadoras. ¿Y por qué te has escapado? No te preocupes, no te voy a denunciar.

Ella examinó las posibles respuestas con rapidez. Comprendió que era inútil negarlo. Si el hombre conocía el centro de rehabilitación Elvafors, lo cual se podía suponer de todos los que vivían por la zona, era cierto que no debía de ser muy difícil sacar esa conclusión.

—Estoy de camino a casa. Nadie te obliga a quedarte en el centro, y no me gustaba.

—¿Y qué es lo que le gusta a la señorita, entonces? —Le dio dos palmaditas en el muslo antes de volver a poner la mano en el volante.

A Anna le recorrió un escalofrío y se preguntó si iba a pasar ahora.

Lo peor.

Nunca le había pasado. Se había acostado con algunos chicos aunque no quería, cierto, pero nunca la habían violado. Esas palmadas en el muslo no solo la estremecieron, sino que también hicieron que todo se contrajera dentro de ella. Al menos esa fue la sensación que tenía. SPP, pensó. Era la primera regla, lo había aprendido de aquella tía que había estado hablando de autodefensa en el instituto.

Sal Por Patas.

Sí, claro, muy bien, pero ¿y si estabas en un coche en marcha?

—¿Qué te parecería ganar un poco de dinero?

Lo dijo en un tono completamente neutral. Una pregunta inocente de trabajo, como si se tratara de echar una mano en una cafetería lavando platos. O de repartir periódicos.

Pero no tenía en mente ninguna de esas dos cosas, de eso estaba bastante segura.

—¿Puedes parar el coche, por favor? Quiero bajarme aquí.

El hombre no parecía haberla oído.

—Quinientas coronas por un trabajo de media hora, ¿qué me dices?

—No, gracias. ¿Puedes hacer el favor de parar el coche?

—Favores puedo hacer, pero parar el coche lo haré cuando a mí me venga bien. Una tía como tú habrá vivido bastante, ¿no? —Aumentó un poco la velocidad.

Ella enterró las uñas en la palma de la mano al tiempo que se mordía la mejilla. Decidió permanecer callada.

—Un pequeño trabajillo de fotos, nada más. Tengo una cámara allí detrás. No te voy a tocar.

Ella echó una mirada a sus robustas manos en el

volante. Comprendió que no tendría nada que hacer contra él. Era corpulento, pero no gordo. Al menos cincuenta años, eso sí, quizá podría huir corriendo, pero nunca iba a poder con él. ¿Y dejar todas sus cosas? Olvídalo, pensó. Se preguntó si eso de la cámara sería verdad. ¿Podría ser que solo quisiera verla desnuda? ¿Sería uno de esos que se contentan con mirar?

Inspiró hondo y lo miró de reojo. Él le devolvió la mirada y levantó una comisura de los labios esbozando una sonrisa socarrona. Vio que tenía los dientes bastante regulares y blancos. Al menos no era un tipo sucio y desaliñado, pero eso ya lo sabía.

Solo un guarro. Un guarro cincuentón, medianamente acomodado. Quizá tuviera hijos mayores que ella. Quizá tuviera una mujer y una casa con jardín y una vida tranquila y ordenada.

«Sad girl, bad girl», pensó. ¿Cómo puedes haber sido tan jodidamente estúpida como para subirte a este coche? Llevas menos de dos horas fuera de Elvafors y ya te has metido en un buen lío.

En un lío de tres pares de narices.

—¿Hay trato entonces? —dijo él.

—Para y déjame bajar —insistió ella—. Te reconocería y me sé el número de la matrícula.

Nada más decirlo se dio cuenta de que sin duda era otra enorme estupidez más. Si al final abusaba de ella, tendría que matarla también. *«Gonna be a dead girl»*, de repente esa letra malísima le resultó de lo más real.

—Tonterías —dijo—. Te estás intentando fugar, solo quiero hacerte unas fotos. Te daré quinientas coronas, no te vendrán mal, ¿a que no?

Bueno, al menos no lo había asustado. Por otra parte, tampoco mostraba ninguna señal de que pensara parar o siquiera ralentizar la velocidad. Se limitó a quedarse sentado allí tranquilamente con las manos en el volante y la mirada fija en la carretera, aunque de vez en cuando le echaba un vistazo de reojo.

—Déjame ver la cámara —dijo ella al cabo de un silencio de medio minuto.

El hombre estiró la mano hacia atrás y rebuscó dentro de la bolsa marrón. Sacó una cámara con objetivos intercambiables. Parecía bastante antigua, pero al mismo tiempo profesional; quizá era una especie de fotógrafo de verdad. Le extendió la cámara, al tiempo que reducía la velocidad y giraba a un camino forestal a la derecha. No mucho más que dos rodadas con una hilera de hierba en medio. Se dio cuenta de que era muy probable que no pudiera abrir la puerta y lanzarse fuera sin hacerse demasiado daño, pero entonces ¿qué haría él? Además, si salía corriendo al bosque y él no se molestaba en perseguirla, perdería tanto la mochila como la guitarra.

Y en la mochila estaba la cartera con todos sus ahorros, unas míseras ciento veinte coronas.

—Para —repitió.

No sabía cuántas veces lo había dicho ya, pero en esta ocasión el hombre le hizo caso. No habían entrado más que unos cien metros en el estrecho camino cuando metió el coche en un claro del bosque entre cuatro pinos, para luego dar marcha atrás y girar el vehículo de modo que estuviera mirando a la carretera. Ella intentó abrir la puerta, pero no lo consiguió; algún tipo de cierre centralizado, claro, ni eso había tenido en cuenta. El hombre sacó su cartera del bolsillo interior de su chaqueta, extrajo un billete de quinientos y lo colocó encima del salpicadero delante del volante.

—Venga, sal y desnúdate. Yo me quedo aquí esperando, y te doy ese billete cuando hayamos terminado. Veinte minutos. Ni media hora de trabajo.

Ella se lo pensó.

—Quiero que saques mis cosas del coche primero —dijo—. Porque luego no tengo intención de seguir ni un metro más contigo.

El hombre asintió.

—Lo voy sacando mientras te desnudas.

Pulsó un botón y con eso desbloqueó el cierre de la puerta del copiloto. Ella la abrió, puso un pie en el suelo y luego tomó una decisión que a posteriori no consiguió entender de dónde había venido.

Todavía tenía la cámara en las rodillas. Antes de bajar del coche, agarró el pesado aparato con la mano derecha y fingió ir a pasárselo, pero, en su lugar, se lo estampó en la cabeza con todas sus fuerzas.

El golpe le dio en la sien derecha. Ella pudo oír el ruido de las gafas rompiéndose y ver como el aire de repente parecía esfumarse de su cuerpo. Como un profundo suspiro; sonó inquietante y extraño. El hombre cayó hacia atrás contra el respaldo del asiento y la ventanilla lateral. Se quedó sentado con la boca abierta y la sangre bajando por un lado de la cara hasta la americana de cuero y el asiento. Tenía las manos apoyadas en los muslos. Le temblaban un poco.

Por un segundo creyó que iba a desmayarse, pero consiguió bajar del coche, abrir la puerta de atrás y sacar sus cosas. Se puso la mochila, cogió la guitarra y echó a correr. Bosque adentro.

No fue fácil. Estuvo a punto de tropezar en la maleza varias veces, pero no miró atrás. El corazón le palpitaba en el pecho, jadeaba con la boca abierta, pero no se detuvo. No encontró ningún sendero, pero siguió corriendo de todos modos, tambaleándose y arrastrándose hasta llegar a un punto en el que ya no podía más. Se dejó caer detrás de una piedra cubierta por musgo y se quedó sentada esperando. Así es como se siente un animal perseguido, se le pasó por la cabeza, justo así es como te sientes siendo una presa.

Permaneció inmóvil varios minutos. Si viene, que venga, pensó. Yo ya no puedo más. Ni un solo paso más. Si aparece, que así sea. *«Young girl, dumb girl.»*

Al final, cuando el pulso le había bajado de cien, se atrevió a levantarse y asomar la cabeza al lado de la piedra. Otear el panorama en la dirección desde donde había venido.

La visibilidad no alcanzaba más que unos veinte o treinta metros, pero no había señales de vida. Vegetación espesa y piedras y maleza; no era un bosque particularmente bonito, solo algún que otro abeto y un pino un poco más alto. Quizá se trataba de una vieja zona de tala. Contuvo el aliento al tiempo que aguzaba el oído. Percibió los sonidos del bosque, casi como una especie de respiración, nada más.

¿No será posible que...? ¿No será posible que ella...? El pensamiento no quería enraizarse de verdad, pero al final lo formuló de todos modos.

¿No será posible que él haya muerto?

Se dejó caer al suelo de nuevo, con la espalda apoyada en la piedra, y sintió que la invadía una enorme fatiga. Su campo de visión empezó a reducirse, unas manchas amarillas bailaban en el límite, y de nuevo llegó un momento en el que creyó que iba a desmayarse. O a vomitar. O las dos cosas.

¿Y si había matado a una persona?

¿Y si le había quitado la vida al hombre?

Llevaba cincuenta o cincuenta y cinco o sesenta años aquí en la Tierra, había vivido cada día y cada hora durante todos esos años, pero luego se había topado con esa chica de Elvafors que andaba a la fuga. La había subido a su coche y ahora estaba muerto.

No sabía cómo se llamaba. Quizá, al fin y al cabo, solo había querido hacerle fotos. Quizá nunca la habría tocado, como decía.

¿Y qué diablos pensaría la policía cuando lo encontraran? ¿Y qué se imaginarían su mujer y sus niños, si es que tenía? ¿Podría incluso pasar que...?

Un ruido interrumpió sus pensamientos. Un coche que arrancó y se fue. Dios mío, ¿no había llegado más lejos? No parecía estar a más de cincuenta metros. ¿Había estado corriendo en círculos?

El ruido se desvanecía. Tenía... tenía que haber sido él, ¿no? ¿O podría haber habido otro coche por la zona? Ella no había visto un solo vehículo aparte de ese Volvo en toda la mañana.

Advirtió que había dejado de llover. ¿O tal vez nunca había empezado a llover de verdad? No recordaba que el hombre hubiera puesto los limpiaparabrisas. ¿O lo había hecho?

¿Por qué coño estoy aquí pensando en unos limpiaparabrisas?, se preguntó. Creo que me estoy volviendo loca.

Antes de acabar vencida por el llanto, le dio tiempo a encenderse un cigarrillo. En ese momento le echó un vistazo al reloj: marcaba las siete en punto.

Era eso, pues, lo que se había propuesto. Un nuevo cigarrillo y nuevas decisiones.

Aunque no exactamente de esa manera. En lugar de estar en esa gasolinera o ese café, se hallaba en un estado de semishock refugiada detrás de una piedra en el bosque y acababa de librarse de ser violada.

Acababa de librarse de ser una asesina.

No, pensó Anna Gambowska dando una profunda calada, no ha empezado muy bien esto. Nada bien.

Un momento más tarde volvió al lugar donde el hombre había aparcado el coche. Ya no estaba. Era como había imaginado: el hombre había recobrado el conocimiento y se había ido. Lleno de sangre y conmocionado, pero todavía con vida. Menos mal.

Bien pensado, tuvo que admitir que entendía al hombre. Cualquiera habría hecho lo mismo. Mejor darse por vencido, mejor retirarse que adentrarse en el bosque para buscar a una tía loca de Elvafors que a todas luces constituía un peligro.

Sacudió la cabeza. Echó a andar hacia la carretera intentando armarse de valor. A pesar de todo, pensó con una especie de optimismo desesperado, a pesar de todo he resuelto esta situación bastante bien.

El hombre ha aprendido una lección y yo he mantenido mi dignidad. Es así como hay que verlo.

Al llegar a la carretera, no se detuvo. Se limitó a ajustarse la mochila antes de continuar hacia el sur. ¿O hacia el oeste? O lo que fuera... La letra de la canción volvió en cuanto reemprendió su viejo trote, pero la cambió un poco. Mejor dicho, la letra se cambió a sí misma; tenía muy claro que ya estaba bien de muertes y miseria para ese día.

«Sad girl, bad girl, gonna be a good girl.»

Mejor así, decididamente mucho mejor.

Pero el cansancio estaba al acecho; no había avanzado muchos metros antes de darse cuenta de que tenía que buscarse algún sitio donde descansar. Beber y comer algo también, pero era sobre todo el cansancio lo que empezaba a pesar como el plomo en su interior. Si solo pudiera dormir un par de horas, luego tendría energía para ocuparme de las cosas, pensó, y lanzó una mirada al cielo. Las nubes habían comenzado a acumularse otra vez. Sin duda se pondría a llover pronto.

Bajo techo, decidió. Tengo que buscar un sitio bajo techo. A cubierto, al menos. Si me tumbo en el suelo del bosque a dormir, pillaré una pulmonía antes de despertarme.

Llegó a un camino a la derecha. En un pequeño letrero desconchado que asomaba en la cuneta ponía RÖDMOSSEN.

Entró en el estrecho camino sin saber muy bien por qué lo hacía.

Capítulo 10

El jueves pasó y el viernes también.

Luego llegaron los días de descanso semanal —en los ojos de sus hijastras solía aparecer un destello de fatiga cuando empleaba esa expresión— y duraron años. Nunca en su vida Valdemar Roos había experimentado algo tan lento y tedioso.

Después del café matinal del sábado, y después de haber tenido que explicar varias veces cómo era posible que hubiera pisado y roto sus gafas en la ducha, el día se descompuso en tres partes.

Primero se fueron al hipermercado Coop en Billundsberg, donde adquirieron víveres por unas dos mil coronas. Les llevó tres horas. Luego volvieron a casa y se pusieron a cortar y preparar dichos víveres de distintas maneras, lo cual les llevó más o menos el mismo tiempo.

Después se ducharon y se arreglaron. Le llevó un cuarto de hora a Valdemar y media hora a Alice. A Valdemar le dio tiempo a echarse una siesta de diez minutos.

A las siete llamaron a la puerta. La antigua compañera de facultad de Alice, Gunvor Sillanpää, y su nueva pareja, Åke Kvist, hicieron su entrada.

Charlaron y se echaron al coleto todas las provisiones preparadas —además de una amplia selección de vinos y licores— durante cuatro horas y cuarenta y cinco minutos. Los temas de conversación de aquella noche se movieron entre cuatro pilares: el tiro al plato, un programa de la tele que se llamaba «¿Quién quiere ser misántropo?», trastornos de personalidad y la presión fiscal general. Hasta la una y cuarto no recogieron la mesa y lavaron todos los platos, y Valdemar sufría de ardor de estómago cuando se tambaleó hasta la cama. Ninguna de sus hijas se había dejado ver en la casa desde las cuatro de la tarde. Una copa de cristal de la nueva serie de Kosta Boda se había roto.

—¿Qué te ha parecido? —quiso saber Alice.

—¿El qué? —dijo Valdemar.

—Pues él, ¿quién va a ser?

Valdemar reflexionó.

—Es un poco bajito.

—¿Bajito? —repitió Alice, y encendió la lámpara de la mesilla que acababa de apagar—. ¿Qué quieres decir con que es bajito? ¿Qué más da la estatura?

—Vale —contestó Valdemar—. Tienes razón. Será más bien de estatura mediana.

—No te entiendo —dijo ella.

—Ha sido interesante enterarse de tantas cosas sobre el tiro al plato —comentó Valdemar—. No tenía ni idea de que había tanta gente que se dedicara a eso. Y seguramente es una ventaja no ser demasiado alto si uno debe...

Se calló, ya que Alice se acababa de incorporar apoyándose en los codos y lo estaba contemplando a una distancia de veinte centímetros.

—¿Te parece que tiene gracia, Valdemar?

—No, solo intento...

—Porque a mí no me lo parece. —Ella le dio la espalda y apagó la lámpara.

Mañana es domingo, pensó Ante Valdemar Roos, e intentaré tener más cuidado con lo que digo.

El domingo se fueron a Västra Ytterbodarna para visitar al padre de Alice, Sigurd, que estaba ingresado en una residencia geriátrica allí. Cumplía ochenta y seis años, pero de eso no era consciente, ni de ninguna otra cosa tampoco. No reconocía a Valdemar ni a Alice, pero a Wilma —a la que habían convencido para que los acompañara con la promesa de que le comprarían un iPod (un nuevo aparato de música que tenía todo el mundo últimamente) por su cumpleaños (que era dentro de dos semanas)— la identificó de inmediato como Katrina de Carelia, una mujer de la que había estado muy enamorado en su juventud. No era como la madre de Alice, que había fallecido hacía unos años, para nada: Katrina era una mujer mucho mejor. De otro calibre, sobre todo en la cama, explicó Sigurd a voces al menos treinta veces durante la hora que pasaron en la residencia. En repetidas ocasiones intentó también tocarle los pechos a Wilma, pero su decrepitud y la manifiesta aversión de Wilma pusieron fin a sus tentativas.

—Nunca más voy a ir a visitar a ese viejo asqueroso —dijo esta cuando estuvieron de vuelta en el coche.

—Pero si es tu abuelo... —objetó Alice.

—Me importa una mierda —continuó Wilma—. Es un viejo gilipollas pervertido.

—Me da pena —dijo Alice.

—Y a mí me dan pena todos los que tienen que estar cerca de él —repuso Wilma.

Valdemar apenas había pronunciado palabra durante la visita y ahora tampoco lo hizo. Mantuvo la misma línea discreta durante todo el largo camino de ciento treinta kilómetros que los separaba de casa.

Estoy en un exilio interior, pensó.

Tengo que encontrar una forma de escaparme un par de horas durante los fines de semana también, decidió a continuación. No soporto esto.

Antes de irse a la cama esa noche se quedó inmerso en la bañera durante mucho tiempo dándole vueltas al tema. Había echado el pestillo a la puerta y encendido una vela que estaba en el portavelas de la pared. La temblorosa llama arrojaba bonitas sombras que bailaban sobre el azulejo italiano del que Alice estaba tan orgullosa, y lo que sobre todo ocupaba su mente era el aprovisionamiento.

El aprovisionamiento del día siguiente. Lo que iba a comprar en el ICA de Rimmersdal con la simpática cajera. En su cabeza intentaba hacer una lista y memorizarla: café, portafiltros, filtros Melitta, leche, azúcar, sal, pimienta negra, pan, galletas, panecillos, mantequilla, queso, fruta, salchichas, huevos, conservas, yogures, papel higiénico... Lo ideal, pensó, sería si pudiera organizarse de tal manera que solo hiciera la compra una vez a la semana, los lunes por la mañana, luego las provisiones deberían durarle cinco días. Visualizaba una serie de pequeñas conversaciones con la cajera de los ojos oscuros; no le resultaba difícil imaginarse cómo iba profundizando en su relación, cómo con el tiempo cada encuentro de los lunes por la mañana se convertía en algo más que una simple conversación entre una cajera y su cliente..., cómo ella un día empezaba a confiarle cosas de su propia vida, un poco anodina, sin duda, que no era de extrañar con un marido tan bruto, y Valdemar le diría que la entendía, que una vez él también había llevado una vida anodina, pero que no había que pensar que todo tenía que durar para siempre, sino que se trataba de tener paciencia, y después de algún tiempo, un año, o quizá tan solo unos meses, le preguntaría si le apetecía acompañarlo a ver su casa en el bosque. Al principio ella dudaría, alguna semana, tal vez un mes, pero al final diría que sí, claro, por qué no, la que no se arriesga, no gana nada, y él asentiría y diría que justo así es la vida. Y ella saldría de su caja y lo acompañaría, él le abriría la puerta del coche y juntos irían a Lograna, y cuando ella viera la casa de entrada se quedaría completamente muda, luego se cubriría la boca con las manos y después pondría una de ellas en el brazo de él y diría... que llevaba toda su vida soñando con un sitio como ese. Y entonces él ya no podría contenerse, sino que...

Lo despertaron los golpes a la puerta. El agua estaba fría y se dio cuenta de que llevaba un buen rato soñando.

Signe gritaba algo, pero no fue capaz de captar lo que decía.

—Estoy en un exilio interior —chilló como respuesta.

—¿Qué?

Valdemar se levantó y salió de la bañera.

—Que en un par de minutos he terminado.

—¡Necesito entrar!

—Hay otro baño, si le preguntas a tu madre ella seguramente pueda enseñarte dónde está...

—No tengo que ir al baño, ¿no te enteras? Tengo que coger unas cosas del armario.

—Cinco minutos —dijo Valdemar.

—Joder —soltó Signe.

Valdemar oyó a Signe alejarse, quitó el tapón de la bañera y empezó a secarse con la toalla. Apagó la vela para no tener que ver su fofo y paliducho cuerpo en el espejo. La raza humana se sentiría mejor si todos fuéramos ciegos, pensó.

—Valdemar, hay una cosa que te quiero preguntar —dijo Alice cuando por fin llegó la hora de acostarse la noche del domingo.

—¿Ah, sí? —dijo Valdemar—. ¿Qué?

—Te veo diferente. ¿Ha pasado algo?

—Que yo sepa no. A mí me parece que todo está como siempre.

—Las niñas también dicen que ya no te reconocen.

—¿Que no me reconocen?

—Sí, Wilma ha dicho exactamente eso. Es como si estuvieras ocultando algo, Valdemar.

—¿Ocultando algo? ¿A santo de qué?

—Eso solo lo sabes tú, Valdemar.

—Alice, la verdad es que no entiendo de qué me estás hablando.

Ella permaneció callada unos momentos. Se puso la férula, y se la volvió a sacar.

—Ya no nos hablamos, Valdemar.

—Pero si nunca lo hemos hecho, Alice.

—¿Se supone que eso debe ser divertido?

—¿El qué?

—Que no hayamos hablado nunca. No entiendo por qué dices cosas así. ¿De qué sirve?

—La idea no es que sirva de nada. Pero pasa lo mismo con todo lo que digo y lo que he dicho. Nada ha servido de nada. Así que de verdad que no hay ningún cambio del que hablar.

Alice giró la cabeza, él podía sentir su mirada como

una mancha de calor en la sien izquierda y sospechaba que eso último que había dicho había sido algo apresurado y poco meditado. Pasaron dos, quizá tres minutos sin que ninguno de los dos pronunciara palabra; para ocupar el cerebro con algo empezó a repasar la lista de la compra en su memoria: café, portafiltros, filtros Melitta, leche, azúcar, sal, pimienta negra, pan, galletas, panecillos, mantequilla, queso...

—Creo que estás deprimido, Valdemar —dijo Alice al final—. Sí, la verdad es que creo que lo que te pasa es que tienes una depresión en toda regla.

Valdemar interrumpió la lista de provisiones y se quedó pensando. ¿Quizá al fin y al cabo no era tan mala idea?

—Sí, Alice —admitió—. Ahora que lo dices... me he sentido un poco bajo de ánimos últimamente.

—Ya está —constató Alice—. Eso lo explica todo. Tendrás que empezar con la medicación mañana.

Se puso la férula en la boca y apagó la lámpara de su lado de la cama. Valdemar cogió el libro que había encima de su mesilla, una novela de un escritor rumano que llevaba leyendo desde hacía dos meses. No le había quedado muy claro de qué iba, y la razón por la que seguía leyendo tenía dos vertientes: por un lado, no le gustaba dejar un libro a medias, y por otro, de vez en cuando aparecían frases en el texto que le parecían extraordinariamente verdaderas. Como si el escritor de alguna extraña manera se dirigiera directamente a él, y solo a él. Esa noche no llevaba más de media página hasta que dio con la siguiente frase:

> Como un poro que accidentalmente surge en aquel duro marfil que rodea nuestro embalse interior de velas encendidas, un poro serpenteante como un paso abierto

por termitas en la madera, se puede abrir de repente ante nuestros ojos un túnel, un túnel que conduce hasta el fuego indestructible que hay allí dentro, mientras uno, entre sueños y visiones oníricas, circula inquietamente vuelta tras vuelta en torno al Misterio.

¿Cómo es posible que una persona piense eso?, pensó Valdemar. ¿Y luego encontrar palabras para describirlo? «... aquel duro marfil que rodea nuestro embalse interior de velas encendidas», ¿cómo puedes inventar algo así? Había encontrado el libro en un cesto de oportunidades en Åhléns a principios de verano, solo le había costado veintinueve coronas.

Volvió a leer la frase tres veces intentando memorizarla, luego tuvo una ocurrencia y añadió un artículo a la lista de compras: un cuaderno.

Cada día que pase en Lograna, decidió, voy a escribir una frase así. A medir cada palabra y a crear una reflexión bien profunda sobre la vida y las condiciones existenciales. Y lo anotaré todo con día y fecha en un libro, o sea, un cuaderno a rayas de tapas suaves y negras, que seguramente podría comprar en el ICA de Rimmersdal.

Contento con esta decisión, y con el hecho de que por fin sería lunes por la mañana cuando se despertara, dejó el libro del rumano, apagó la lámpara e hizo lo que pudo para conciliar el sueño.

La última vez que abrió un ojo para echar un vistazo al reloj era la 01:55.

Capítulo 11

A Alice no se le olvidó el diagnóstico de depresión durante la noche, pero había revisado el tratamiento.

—Creo que sería un error empezar con la medicación así como así —explicó una vez que Valdemar se dejó caer en una silla en la mesa del desayuno escondiéndose detrás del periódico—. Voy a pedir una cita con Faringer, mejor.

—No es necesario —dijo Valdemar.

—Sí que lo es —insistió Alice.

—Se me pasará.

—Eso no se puede saber sin ayuda —sentenció Alice.

—¿Qué es necesario y qué es lo que no se puede saber sin ayuda? —preguntó Wilma—. ¿Quién es Faringer?

Valdemar asomó con ojos entornados sobre el borde del periódico. Wilma no solo sonaba inusualmente despierta, sino que también lo parecía, teniendo en cuenta que era lunes por la mañana. No era habitual siquiera que hablara a esas horas del día.

—No te preocupes por eso, cariño —la tranquilizó Alice—. ¿Sabes si Signe se ha levantado?

—¿Y cómo voy a saber eso? —repuso Wilma—. En cualquier caso, no está en su habitación.

—¿Qué quieres decir con que no está en su habitación? —replicó Alice mientras echaba una generosa cantidad de pasta de huevas de pescado a su huevo.

—Que ha pasado la noche con Birger Pompis, por ejemplo —contestó Wilma.

—No digas eso —le recriminó Alice—. ¿Cuál es su verdadero nombre? Tendrá un nombre normal, ¿no?

—Ninguno que yo conozca —dijo Wilma—. Todo el mundo lo llama así. O Birger el del culo.

—Dios santo —soltó Alice—. ¿Cómo es posible...? Quiero decir, ¿por qué lo llaman así?

—Ganó un concurso del culo más bonito de la ciudad hace algún tiempo. Aunque al parecer había sobornado a las chicas del jurado. Si tanto te interesa, pregúntaselo a Signe cuando vuelva.

—Por favor, Wilma —pidió Alice—. Ya está bien. ¿No tenemos nada más importante de que hablar?

—Sí, que no me queda dinero en la tarjeta de transporte —apuntó Wilma—. Y además necesito quinientas coronas para comprarme esas zapatillas. Tengo que comprármelas hoy en el descanso de la comida.

Ante Valdemar Roos levantó el periódico y sacó la conclusión de que el doctor Faringer de alguna manera había caído del orden del día.

Un cuarto de hora más tarde estaba solo en casa. Preparó sin mucho entusiasmo sus bocadillos —Alice había comprado un nuevo tipo de pan saludable sobre el que insistía en saber su opinión—, los envolvió y los metió junto con el termo vacío y un plátano en su maletín marrón de cuero, el mismo que llevaba utilizando desde 2002, cuando sus dos hijastras se lo regalaron por Navidad. Puso celo nuevo en las gafas; tenía que llevarlas al óptico, claro, pero eso podía esperar unos días.

Sopesó apuntar todo lo que pensaba comprar en Rimmersdal, o si podía fiarse de su memoria, y decidió lo último. Si por casualidad se le olvidaba algo importante, siempre podía pasar por la tienda algún otro día de la semana, cosa que no sería una jugada en vano.

Se preguntaba cómo se llamaba, su cajera. Quizá podría preguntárselo sin rodeos, aunque era difícil saber cómo se lo tomaría. Probablemente sería mejor esperar unos cuantos lunes.

Se marchó casi diez minutos antes de lo habitual, sintiendo ya mientras cruzaba el patio hacia el coche cómo se iba llenando —tanto en cuerpo como en alma, pues no resultaba fácil separarlos una mañana así, la verdad— de una sensación de ligereza y regocijo, e intentaba traer a la memoria aquellas palabras: «un túnel que conduce hasta el fuego indestructible que hay allí dentro»... Pues no, no era una mala descripción de la situación. En lo más profundo de su ser, en un espacio que había estado cerrado a cal y canto durante tantos años, ya se había empezado a entreabrir una puerta... con las bisagras oxidadas y reticentes, en efecto, pero con una energía obstinada e indómita, una energía que también llevaba sin usarse durante todo ese largo tiempo, todos esos días y todos esos años perdidos...

Con esos extraños pensamientos se dejó caer al volante y se recordó a sí mismo que, aunque olvidara alguna que otra cosa de las que tenía previsto comprar en Rimmersdal, en ningún caso debería olvidarse de ese cuaderno negro. No le quedaba muy claro por qué tenía que ser negro, pero, con independencia del motivo, era importante que así fuera. Ciertos pensamientos y formulaciones no se dejan plasmar en un marco cualquiera, se dijo, y era precisamente esa clase de palabras las que tenía intención de captar y plasmar. Palabras que subían arrojadas de su fuego indestructible, ni más ni menos, para aterrizar entre unas tapas negras y suaves, justo así era.

O iba a ser, en todo caso.

«La vida nunca será mejor que esto», esas serían las primeras palabras que escribiría, constituirían el primer acorde; quizá podría añadir que había que detenerse también, porque si no lo hacías, si no te detenías dejando que el próximo paso se quedara como en suspenso, nunca te darías cuenta de ese momento en el que mejor estaban todas las cosas.

Se dirigió a sí mismo una sonrisa seria en el retrovisor, arrancó el coche y salió del aparcamiento dando marcha atrás. Bajó la ventanilla del todo, enfiló Regementsvägen; el tardío verano se resistía a marcharse, la suave brisa despeinaba ligeramente sus cabellos ralos y, por alguna misteriosa razón, el nombre de Lucy Jordan apareció en su cabeza. ¿Quién diantres era Lucy Jordan?

Pero esa mujer volvió a hundirse en el pozo anónimo del olvido; al tomar Rockstavägen advirtió que el sol acababa de escalar por encima de la línea del bosque en la loma de Kymlinge incendiando el recién instalado tejado de cobre de la iglesia de Johannes. Los pájaros navegaban sobre los recién cosechados campos de cereales, una chica joven pedaleaba en su bici a lo largo del borde de la calzada con tanto ímpetu que la falda le ondeaba al viento.

Nunca mejor que esto.

No había un solo tipo de cuaderno negro en el ICA de Rimmersdal, sino dos. Uno de formato A4, otro en A5, la misma marca, las mismas tapas blandas; tras ciertas dudas, eligió la variante más pequeña. La modestia es una virtud. Ya al entrar en la tienda había reparado en que la cajera se encontraba en su sitio; la vio, pero ella no se percató de él, ya que se sentaba de espaldas a la entrada y estaba atendiendo a un cliente.

Después de dar vueltas por los pasillos durante unos veinte minutos había terminado. La tienda estaba casi vacía, solo un par de mujeres mayores, algo enjutas, se movían lenta y solemnemente como dos cuerpos celestes que gravitaban en torno a las madalenas de almendra, el café de oferta y los filetes de arenque. Las personas normales y corrientes están en el trabajo, claro, pensó Valdemar, estas eran las horas del día en las que la gente no tan corriente aprovechaba para hacer la compra.

Yo soy una persona poco corriente, pensó Ante Valdemar Roos. Una persona interesante, seguramente es justo esa la reflexión que se le pasa por la cabeza ahora al verme.

—Buenos días —lo saludó con una sonrisa.

—Buenos días —respondió él—. Sí que es un día muy bueno.

Ella se rio al tiempo que empezaba a pasar sus compras por el lector de códigos. Valdemar sacaba sus cosas de la cesta, lenta y dignamente, poniendo empeño en no darse demasiada prisa, asegurándose de que los dos mantuvieran más o menos el mismo ritmo. Como si en realidad fueran compañeros de trabajo, se le ocurrió. Como si estuvieran delante de la misma cinta transportadora ejecutando los mismos movimientos que llevaban repitiendo un día tras otro durante una larga serie de años. No era raro llegar a intimar un poco en circunstancias así. Nueve de cada diez relaciones románticas empiezan en el lugar de trabajo, eso había leído en el periódico hacía no mucho.

—¿Está bien así?

—Sí, gracias, perfecto.

Ella volvió a esbozar una sonrisa al entregarle el dinero. Valdemar asintió amablemente con la cabeza cuando recibió el cambio. Llegó a rozar por un momento la mano de ella, le pareció suave y cálida. Comenzó a guardar las cosas en la primera de las dos bolsas de papel; ella dio la impresión de dudar un poco, pero luego se levantó y salió de su sitio para ayudarlo a llenar la otra. No había más clientes en la cola de todas maneras.

—Gracias —dijo—. Muy amable.

—Necesito estirar la espalda un poco —dijo la cajera, y ahora se advertía su acento con claridad—. Estoy sentada todo el día y eso no es bueno.

—Sí, así es. Aire libre y movimiento: eso es lo que el cuerpo necesita. —Se estiró un poco al decirlo y ella volvió a reírse.

—Tiene razón —convino ella—. Aire libre y movimiento...

Una vez que las bolsas estuvieron llenas, él volvió a asentir con la cabeza mirándola.

—Hace un día precioso ahí fuera.

Ella suspiró y se encogió de hombros.

—Ya lo sé. Ayer estuve de paseo toda la tarde. Es que es una época muy bonita. Me encanta el otoño, es la estación que más me gusta.

—Tiene toda la razón del mundo —dijo Valdemar—. Por mí, que fuera otoño todo el año.

Una de las ancianas había terminado su rotación alrededor de las estanterías y había conseguido llegar hasta la caja; la cajera volvió a su sitio y le dirigió a Valdemar una última sonrisa.

—Que tenga un buen día.

—Igualmente.

Salió de la tienda con Anita Lindblom cantando en su pecho. Su voz oscura y sensual no era del todo diferente a la de la cajera; de hecho, era extraño cómo podían coincidir las cosas en la vida.

No, pensó Ante Valdemar Roos, no son las coincidencias las que son extrañas, todo tiene que ver con el observador. Se trata de mantener los sentidos abiertos y descubrir todas las correspondencias que nos rodean y nos bombardean en todo momento. Así son las cosas.

Metió las bolsas en el maletero, sacó el cuaderno y apuntó esa última idea.

Rimmersdal, lunes 8 de septiembre por la mañana:

Observar las correspondencias que se nos presentan en cada momento, eso es vivir.

Quizá no eran las palabras justas, no le parecían tan impactantes como hubiera esperado, pero estaban captadas al instante y eso no carecía de importancia.

Volvió a meter el cuaderno en la bolsa, arrancó el coche y continuó el viaje hacia Lograna.

Ya al bajar del coche tuvo un presentimiento.

O no lo tuvo, quizá no fue nada más que algo que le gustaba imaginarse después, en retrospectiva. En cualquier caso, cuando buscó a tientas la llave en el canalón y descubrió que no estaba, eso, evidentemente, fue una señal que no podía malinterpretarse.

Algo había pasado.

Bajó con cautela la manilla de la puerta. No estaba cerrada con llave. ¿Se le habría olvidado echar el cerrojo el viernes?

No le parecía posible. Estaba convencido de que

había probado la puerta más de una vez, antes de estirarse hacia arriba para colocar la llave en el extremo izquierdo del canalón, bajo el alero del tejado; ya se había convertido en un ritual durante los pocos días que había pasado en la casa, pero no era capaz de recordar a ciencia cierta si lo había hecho también el viernes anterior. No podía, así sin más, separar un día de otro, ya que se trataba de la misma acción, exactamente el mismo movimiento acostumbrado en cada ocasión; aunque a decir verdad le parecía harto improbable que hubiera olvidado una parte tan importante de sus rutinas. Sobre todo un viernes, sabiendo que la casa iba a estar sin vigilar todo el fin de semana.

¿Sin vigilar? Como si a alguien le importara una casita rústica campestre que llevaba años abandonada.

Claro que eché el cerrojo a la puerta, hombre, murmuró al entrar en la cocina. Claro que lo hice.

La llave estaba sobre la mesa de la cocina. En su cordón de zapatos y con el pequeño llavero de madera en el que ponía «Lograna» con letras pulcras y anticuadas.

¿En medio de la mesa? ¿La habría dejado allí para luego olvidarse de cerrar la puerta?

Dejó las bolsas en el suelo y siguió hasta la habitación.

Una ventana estaba entreabierta, y reclinada contra la chimenea había una mochila, y en la cama, ropa y una guitarra.

Alguien había estado aquí.

Alguien *estaba* aquí. Pero ¿qué coño?, pensó Ante Valdemar Roos. ¿Esto... esto qué quiere decir? Le invadió un repentino mareo y se apoyó con la mano en la chimenea.

Estaba caliente. Alguien había hecho fuego.

Miró a su alrededor. En la mesa había un libro de bolsillo bocabajo, un cuaderno y dos bolígrafos.

Una taza de café vacía.

¿Quién?, pensó Valdemar. ¿Por qué?

Las preguntas hervían en su interior y el mareo se negaba a ceder del todo. Sacó una silla y se sentó. Apoyó las manos en la cabeza, cerró los ojos e intentó concentrarse. Había *alguien* en la casa. *Alguien* había entrado en su Lograna, la había ocupado, y ahora... sí, ¿ahora qué?, pensó Ante Valdemar Roos. ¿Qué diablos significa esto? ¿Qué voy a hacer?

¿Quién?

Y sobre todo: *¿dónde?* ¿Dónde estará ese tipo ahora?

Algo que le recordaba al miedo se apoderó de él. Se puso de pie, se fue a la cocina, volvió a la habitación, se asomó por la ventana.

¿Dónde se hallaba el invasor en estos momentos?

Quienquiera que fuera ya no estaba en la casa. Aparentemente había salido un rato a hacer algo. El libro abierto, la taza de café, el cuaderno..., todo daba testimonio de que tenía intención de regresar pronto. O...

¿O había huido al bosque al ver a Valdemar entrar con el coche? ¿Podría ser eso? ¿No era esa la explicación más razonable?

Deambuló entre la habitación y la cocina un buen rato, de un lado para otro, mientras intentaba sopesar esas dos alternativas. ¿Había sido él mismo quien había ahuyentado al huésped no invitado —fuera quien fuera—, o el hombre solo había salido un segundo por cualquier motivo y aparecería de nuevo en cualquier momento?

No me queda otra que esperar, pensó Ante Valdemar Roos. O viene pronto o decide mantenerse alejado.

Volvió a la cocina y se puso a sacar las compras del

ICA de Rimmersdal. Al terminar, salió al jardín y paseó la mirada por los alrededores. Ni asomo de invasores. Sacó un cubo de agua fresca con la bomba, regresó al interior y se puso a preparar café.

No me queda otra que esperar, repitió en silencio para sí mismo. Advirtió que esa inquietud, o miedo, que había sentido empezaba a abandonarlo. Con cada minuto que pasaba le parecía cada vez más plausible que hubiera sido su llegada lo que había asustado al visitante, y de alguien así probablemente no tenía nada que temer.

Por muchas vueltas que diera al asunto, le costaba dar con alguna fisura en su razonamiento. Nada que temer.

Lo que en cambio se le antojaba un poco extraño era que no sentía ningún enfado. No guardaba ningún rencor hacia la persona que había entrado de forma ilegal en su Lograna. Debería, al menos, haber estado bastante mosqueado. Cabreado incluso.

Pero no era el caso.

Y en una especie de respeto por ese desconocido decidió no rebuscar entre sus pertenencias, a la caza de algo que pudiera ofrecer una indicación de su identidad. El libro de bolsillo encima de la mesa se llamaba *Los tristes caballeros*, escrito por un tal Barin. El cuaderno estaba cerrado, no lo abrió.

En su lugar cogió los sándwiches y una taza de café y salió a sentarse junto a la pared del cobertizo. Dirigió la cara hacia el sol y sintió que le entraba poco a poco una agradable modorra.

Lo que tenga que pasar pasará, pensó. El Señor no creó la prisa.

Transcurrió el día.

Teniendo en cuenta al huésped no invitado, Valdemar decidió cancelar todos sus paseos por el bosque. Se quedó en casa o en el jardín durante toda la mañana. Hacía un tiempo agradable con una temperatura probablemente en torno a los veinte grados —tomó nota mental de que tenía que comprar un termómetro cuanto antes—, el sol y las nubes se daban el relevo y no se oía más que una suave brisa en las copas de los árboles. Se entretenía haciendo crucigramas, encendiendo el fuego en la cocina de hierro, recogiendo un poco por el jardín. Pasó un buen rato en el cobertizo buscando un cortacésped o al menos una guadaña, pero no encontró nada, de modo que se preguntó si no debería ir también a una ferretería en los próximos días para equiparse con las herramientas de jardinería más rudimentarias: un rastrillo, una pala, un hacha, una sierra.

Y una guadaña, había una atractiva fuerza primitiva tanto en la palabra como en el objeto. Por no hablar de la hoz. Aunque quizá ya no se podían comprar guadañas. Pasaba como con ciertas especies de animales, no había lugar para todas; cuando llegaron los teléfonos móviles, desaparecieron las guadañas. Sonaba triste pero no del todo descabellado.

Un par de guantes para trabajar en el jardín, en cualquier caso; con toda seguridad le vendrían bien.

Al mismo tiempo se dio cuenta de que gran parte de todo eso en realidad era innecesario; era el tenaz hombre cultivador dentro de él el que insistía en hacerse con esas cosas, pero su discurso no quedaba sin respuesta. Todo lo contrario. La hierba bien podía crecer todo lo que quisiera, pensó Valdemar, los groselleros y los árboles también, pero comprendió que las provisiones de leña, que todavía parecían infinitas, no le durarían para siempre. Además, había algo atractivo en cortar leña, en poner el trozo de madera encima del tajo, tomar medida con mucha precisión y luego partirlo con un hachazo bien dirigido.

Enderezar la espalda cuando el trabajo estaba hecho, levantar la mirada al cielo con ojos entreabiertos para predecir el tiempo y encender la pipa.

Otra vez lo de la pipa. Ante Valdemar Roos tomó una decisión preliminar de que las primeras herramientas de trabajo que adquiriría serían una pipa y un paquete de tabaco. Quizá ya mañana en el ICA de Rimmersdal.

¿Tendrían pipas en los supermercados ICA? No estaba nada seguro del estado de las cosas en lo que se refería a ese asunto, pero solo era cuestión de entrar y averiguarlo. No pasaba nada por preguntar.

A las doce almorzó. Macarrones con salchicha de Falun, y después de lavar los platos decidió echarse una siesta en la cama. Primero movió la guitarra y las prendas de ropa, y no fue hasta ese momento que descubrió que el invasor debía de ser una invasora. Un jersey fino, un par de bragas debajo y unos calcetines en los que definitivamente no podían caber unos pies masculinos.

¿Una mujer? Se tumbó bocarriba, entrelazó las manos detrás de la nuca al tiempo que intentaba analizar a fondo esta nueva e inesperada circunstancia.

Durante toda la mañana había dado por supuesto que el intruso tenía que ser un hombre. En el mundo de Ante Valdemar Roos, las mujeres no merodeaban por el bosque metiéndose en aisladas casas campestres. Así de claro. Eso era un fenómeno de claro sello masculino, cosas a las que podían dedicarse hombres evadidos de la justicia y poetas vagabundos y otro tipo de existencias masculinas a la deriva, pero no mujeres. Puede que fuera un razonamiento prejuicioso, pero no era capaz de sacudirse su espontáneo asombro. ¿Una mujer?

¿Quién era?

¿Cuál era su pasado y sus motivos para huir?

¿Cuántos años tenía?

A pesar de que las respuestas a estas preguntas —o, al menos, unas pistas que podían apuntar en buena dirección— sin duda se hallaban en la repleta mochila azul oscuro o en el cuaderno que seguía encima de la mesa, se abstuvo de mirar. Respeto, pensó. Hay que mostrar respeto siempre a las personas, incluso bajo circunstancias como estas.

No se hurga en la mochila de otra persona aunque esta sea una intrusa en tu casa.

Quizá tuviera una razón buena y decente que explicara su comportamiento, nunca se sabía, y entonces Valdemar podría acabar en una situación en la que pasaría mucha vergüenza.

Soy un caballero, pensó. Y un caballero no se toma libertades más allá del límite de la decencia. Así son las cosas.

Contento con estas sencillas deliberaciones y decisiones, se durmió.

Al despertarse ya eran las dos y media. Había dormido más de una hora. La ventana seguía abierta y podía oír el arrullo de una paloma zurita en el bosque.

La mochila seguía en su sitio y la ropa que había colocado encima también. Al igual que el libro y el cuaderno en la mesa. La mujer intrusa no había vuelto a entrar en la casa mientras dormía. Porque si hubiera estado, naturalmente, habría visto que estaba durmiendo y habría cogido sus pertenencias para luego marcharse. Todo indicaba que se trataba de un ser muy huraño, que bajo ningún concepto querría tener algún tipo de contacto con él. Llevaba casi seis horas manteniéndose alejada de él y la casa. Suponía que estaba en algún sitio en el bosque, probablemente bastante cerca para poder controlar sus movimientos, aunque en todo momento con una especie de distancia de precaución, pensó Valdemar mientras se incorporaba. De ese modo ella podría poner pies en polvorosa y escapar en caso de que él saliera a buscarla.

Pero no pensaba buscarla. Se mantuvo firme en su decisión caballerosa de no molestarla de ninguna manera y, mientras preparaba el café de la tarde, advirtió que podía percibir su presencia.

Eso era. *Percibir.* Había una diferencia entre conocer la realidad a través de los sentidos normales —el olfato y la vista, el oído, el gusto y el tacto— y solo percibirla. Era como un sexto órgano que se activaba, una especie de tentáculo cauteloso que se aventuraba en su entorno y registraba los fenómenos más sutiles y huraños.

Como, por ejemplo, una presencia.

Mientras se tomaba su café, sacó el cuaderno para intentar formular esa idea. Pero, por mucho que se esforzaba, las palabras adecuadas no querían presentarse. También le empezaba a costar no echar un vistazo al otro cuaderno —el de ella—, pero resistió la tentación y contuvo los impulsos.

Lo único que anotó al final fue:

> Lograna, 8 de septiembre por la tarde:
>
> Tengo una visitante. Una mujer con una guitarra. Sigo sin saber lo que esto significa ni tampoco adónde irá a parar al final. Poco sabe el peón de las intenciones del maestro ajedrecista.

La última frase no la entendía muy bien ni él mismo. Pero la dejó estar; había surgido de forma espontánea y quizá algún día la entendería. A veces ocurría que las palabras precedían al significado, lo había leído en algún sitio, no recordaba dónde, pero tal vez viniera también del rumano.

Antes de meterse en el coche para volver a Kymlinge, sopesó redactar alguna clase de mensaje a la intrusa, pero tampoco en ese caso le pareció acertar con el tono apropiado, por lo que no le escribió nada.

Cerró la puerta con llave y colocó la llave en el sitio habitual en el canalón.

Por si acaso, dejó sin cerrar las aldabillas de la ventana, para que fuera posible entrar por esa vía también si resultaba necesario.

Capítulo 12

Contó hasta doscientos después de que el coche hubiera desaparecido, antes de atreverse a salir de su escondite.

Tampoco era gran cosa como escondite, dicho sea de paso; si el hombre se hubiera puesto a buscarla, la habría encontrado sin problema. Algunas ramas de abeto bajas y tupidas, una piedra cubierta de musgo, un tronco caído. Llevaba tres horas tumbada en ese sitio, después de haber errado de un lado para otro en el bosque en un estado de indecisión y medio pánico. La distancia hasta la casa no era más de unos treinta o cuarenta metros, de modo que podía controlar tanto la puerta como el coche desde su escondite.

Bueno, ¿a fin de cuentas qué se había esperado? Esa era la pregunta que llevaba dando vueltas por su cabeza todo el tiempo. ¿Qué se había esperado?

¿Que iba a poder estar aquí todo el tiempo del mundo sin que nadie la molestara?

¿Que nunca se presentaría ningún propietario de la casa? ¿Que no habría un propietario?

Hay que ser estúpida, pensó Anna Gambowska. Se me ha ido la olla, definitivamente. *«Dumb girl.»*

Se había adentrado un poco en el bosque para hacer sus necesidades, tan simple como eso. No le gustaba el retrete exterior, olía mal y le daba asco. Mejor agazaparse en medio de la naturaleza, obra de Dios, aunque eso tampoco fuera muy agradable, la verdad.

Y, mientras estaba allí con los pantalones bajados, apareció. Primero oyó el coche, luego lo avistó, luego observó al hombre bajar y entrar en la casa con dos bolsas pesadas.

Joder, fue su primer pensamiento. Esto se acabó. Fin de la historia. Ahora va a llamar a la policía y habré perdido tanto la mochila como la guitarra.

El monedero con las ciento veinte coronas también. Anna Gambowska, eres una *megaloser*, pensó, sería inútil intentar convencerte de otra cosa. Cualquiera podría haber deducido que terminaría así.

Aun así, se quedó cerca de la casa. Unas sandalias sin calcetines, unos vaqueros, una camiseta y una rebeca fina, eso era todo su equipamiento. ¿Qué sentido tenía lanzarse al mundo con ese equipaje? Fugada de un centro de rehabilitación.

Ningún sentido en absoluto, lo entendía incluso ella. La única solución, por lo tanto, era quedarse en las inmediaciones de la casa a ver lo que ocurría. Cómo evolucionaba la cosa. ¿Aparecería un coche patrulla? Al fin y al cabo, ella había entrado sin permiso en casa de alguien. No había roto nada ni había destruido nada, pero aun así. Cuando había dado con la casa el día anterior estaba muerta de cansancio, y fue una idea infantil la que le hizo buscar la llave a tientas en el canalón bajo el tejado por encima de la puerta. Porque era allí donde el tío Julek solía esconderla en su casa a las afueras de Kołobrzeg; muy cerca del mar, ella había pasado algunas semanas allí durante un par de veranos cuando tenía unos diez o doce años, y la verdad es que la casa de Julek recordaba un poco a esta. Al menos eso se imaginaba, y debía de haber sido esa asociación la que le ayudó a encontrar la llave.

O quizá Dios había decidido echarle una mano.

Lo primero que hizo fue dormir durante cinco horas. Cuando se despertó, ya era bien entrada la tarde. Tenía un hambre de lobo y, tras negociar con su conciencia durante no menos de media hora, se sirvió la comida que encontró en la nevera y en la despensa. Se acordó de un cuento que había leído de niña donde ponía que a quien robaba para quitarse el hambre no se le podía considerar un ladrón.

Allí había pan, mantequilla y queso. Café y panecillos, mermelada y galletas. Algunos sobres de sopa en polvo y una docena de latas de conserva de distinto contenido. No había agua en la casa, pero encontró la bomba de agua en el jardín.

Comeré algo, pasaré la noche y luego me iré, así se lo había planteado, pero, cuando se despertó el domingo por la mañana con el canto de los pájaros y con el sol filtrándose por la ventana, cambió de opinión.

Hay un sentido en el hecho de que haya encontrado esta casa, pensó entonces. Tengo la sensación de que he llegado a esta pequeña casa para pasar un tiempo aquí.

Quedarme aquí y decidir lo que voy a hacer con el resto de mi vida.

Solo había fumado tres cigarrillos durante el sábado, de modo que aún tenía otros tres. Uno al día, decidió, algo que le pareció casi heroico, y la noche del domingo, cuando estaba sentada en la silla junto a la pared del cobertizo fumando, pensó que en un lugar como ese podía ser feliz.

No pido más, constató. De momento, al menos. Poder estar en paz conmigo misma en una pequeña casa en el bosque. Leer, escribir, tocar la guitarra y cantar, dar paseos si hace bueno, ¿por qué no se puede vivir de esa manera sencilla?

«Young girl, dumb girl...» Aunque no, la verdad es que no se sentía ni joven ni tonta. Madura y sabia, más bien. Ese domingo, cuando la noche había caído y el fuego ardía en la chimenea, escribió unos nuevos versos, para los que casi enseguida encontró una sencilla melodía. La tocó varias veces y pensó que si había un Dios en el cielo, cosa que en realidad creía en lo más profundo de su suave alma, entonces Él estaría escuchando y asintiendo amablemente con la cabeza para mostrar que no sonaba tan mal.

House in the forest
Heaven on earth
Soul is a phoetus
Waiting for birth

La melodía era con toda probabilidad mejor que la letra, y no estaba segura de cómo se escribía ni de cómo se pronunciaba *phoetus*. Pero significaba «feto», eso lo sabía, y al meterse entre las sábanas pensó que en realidad ella no era mucho más que una de esas criaturas aún sin nacer —infantil y poco desarrollada y con las manos entre las rodillas—, pero, justo cuando estaba a punto de dormirse, Dios le dijo que eso era un malentendido en el que, por desgracia, mucha gente solía caer.

Y le dijo que era justo esa sencillez y pureza lo que estaba a punto de perderse en el mundo. Y que por eso había que tratarlo con cuidado y protegerlo.

Y de pronto llegó el lunes. Un sándwich, una taza de café, hacer sus necesidades en el bosque, y luego siete horas de espera, eso era lo que ese día le había ofrecido hasta el momento. El hambre la había desgarrado por dentro durante la tarde y lo único que había encontrado para engañarla eran unos arándanos azules. Siempre le habían encantado los arándanos azules, pero no era precisamente la mejor elección si lo que querías era saciarte.

Pero, aparte del hambre y de que no estaba muy bien vestida, no lo había pasado tan mal. Supongo que es así como funciona el mundo, pensó, primero van las necesidades del cuerpo, luego las del alma.

Aunque, cuando volvió tambaleándose a la casa, sintió como si las piernas no la quisieran llevar. En la medida en que su cabeza pudiera albergar algún pensamiento, ese era el de beber agua, comer unos panecillos o lo que hubiera. Coger sus pertenencias y largarse.

Al menos no se había llevado ni la guitarra ni la mochila, eso lo había visto desde su escondite detrás de la bodega de raíces. Se preguntaba quién era, llevaba todo el día preguntándoselo. ¿Era bueno o malo? ¿Una persona amable o un tipo como el del Volvo? Al que casi había matado.

¿Quizá solo había fingido marcharse? ¿Quizá regresaría en cuanto adivinara que ella se había aventurado a volver a la casa? ¿Estaba escondido en algún sitio en el bosque observándola?

Había puesto la llave en el mismo lugar donde ella ya la había encontrado una vez. ¿Por qué? ¿Por qué no se la había llevado?

La preocupación y las preguntas zumbaban en su cabeza, pero ante todo necesitaba calmar la sed y el hambre. Si regresaba y la pillaba in fraganti, bueno, pues ya se ocuparía de ese problema llegado el momento. Le contaría la verdad y esperaría que él la entendiera de alguna manera.

La mochila seguía al lado de la cama. La guitarra también; la funda y la ropa que ella había dejado tiradas sobre la cama las había doblado y colocado encima de una silla.

No parecía haber tocado el libro ni el cuaderno que había encima de la mesa. No había hurgado entre sus cosas.

Era raro. ¿O no? Su cartera estaba en el bolsillo exterior de la mochila, no podía saber si él la había abierto o no. ¿No debería al menos haber intentado averiguar su identidad?

¿Lo había hecho? ¿Había sacado su carné y llamado a la policía para contárselo todo?

¿Estaba buscándola? Quizá habían dictado una orden de busca y captura.

Pensándolo bien, ya se habría hecho seguramente. Sonja Svensson habrá contactado con las autoridades enseguida el sábado pasado, cuando se descubrió que Anna no estaba en Elvafors.

Aunque, por alguna razón, le daba la sensación de que Sonja no lo había hecho. No entendió de dónde salía esa sensación, pero no se iba a preocupar de eso ahora. Su prioridad de momento era calmar el hambre.

Se comió seis panecillos y dos sándwiches de paté y se bebió medio litro de agua. Se puso los calcetines, las zapatillas y un jersey que abrigaba más. No había pasado frío en el bosque ni mucho menos, pero apenas se había movido durante las últimas horas y estaba destemplada.

¿Por qué no me marcho de aquí?, pensó un poco irritada. ¿Por qué no guardo mis cosas en la mochila y me largo antes de que sea demasiado tarde?

¿Por qué soy tan lerda?

Me he metido en una casa ilegalmente, he pasado dos noches aquí y he cogido su comida. Ahora me ha descubierto y aun así aquí estoy esperando a que me atrapen como a un ratón tonto.

Su indecisión le hizo sacudir la cabeza. Miró el reloj. Eran casi las seis, el sol había bajado de la línea de árboles en el oeste y todo el jardín estaba a la sombra.

Café, pensó de repente. Café y un cigarrillo.

Se rio cuando se dio cuenta de que era lo que habría pensado su madre. Y lo que habría dicho.

Café y un pitillo primero, Anna, solía explicar. No hay que tomar decisiones importantes con el estómago vacío.

Salió al jardín con la taza de café y su penúltimo cigarrillo. Se quedó allí de pie en medio de la alta hierba mientras sorbía el café, fumaba y escuchaba el suave susurro del bosque que la rodeaba.

No volverá, pensó. Hoy no, ha pasado una hora desde que se fue. Puedo estar segura aquí hasta mañana.

Comprendió que se trataba de una esperanza vana y que se estaba haciendo ilusiones. No tenía ganas de liar los bártulos y marcharse. Así de sencillo. Empezar a caminar a lo largo de la triste carretera con su mochila, que pesaba demasiado, y la abultada funda de la guitarra, que era difícil de manejar. Dentro de un par de horas caería la noche.

Recordó el sábado. Hubo algo que la había guiado hasta ese lugar, ¿verdad? Tanto al girar a ese camino hacia Rödmossen, como luego, cuando muerta de cansancio había enfilado esa estrecha pista forestal. Descubrir la casa había sido como..., sí, ¿como qué? ¿Como si fuera una pobre niña de un cuento? A la que unas malvadas hermanastras habían echado de casa y se hallaba sola y abandonada en su travesía por un mundo grande y peligroso.

Pero bajo la protección de Dios, y era su dedo el que le había señalado el camino hasta esa casa.

También había otra clase de cuentos, claro. En los que este tipo de casas solitarias en medio del bosque estaban habitadas por brujas y que no tenían final feliz.

Y tampoco la habían echado de casa unas hermanastras, todo hay que decirlo. Se había fugado de un centro donde las autoridades sociales pagaban mil coronas al día para que ella estuviera bien y pudiera salir de su adicción a las drogas. Ese era el argumento de su cuento, no había que olvidarlo.

Tembló de frío, dio una última calada y apagó el cigarrillo. Entró en la casa, advirtiendo que estaba a punto de ser presa del llanto, y preparó otra taza de café.

Se sentó a la mesa de la habitación y entrelazó los dedos de las manos. Intentó rezar a Dios, pero al hacerlo sintió cómo el miedo y la sensación de abandono invadían todo su ser.

Y luego apareció Marja-Liisa en su cabeza. Y Steffo. Eso no mejoró precisamente su estado de ánimo.

Un par de semanas después de que Steffo se hubiera instalado en su casa, Anna conoció a Marja-Liisa. Fue en el parque de la ciudad, la noche de uno de esos días desenfadados que eran para los drogadictos su *raison d'être*, una expresión que había aprendido durante una de las pocas clases de francés a las que había ido en el instituto; *raison d'être*, «razón para existir». Steffo, ella y unos cuantos más se habían pasado la tarde fumando porros y bebiendo cervezas, pero de repente, allí en el parque, Steffo dejó a la pandilla para atender a sus negocios.

Lo dijo así, «negocios», y no había mucha duda acerca de qué se trataba. Un rato después de que se marchara, dos chicas risueñas aparecieron y se sentaron con ellas, una se llamaba Marja-Liisa. Delgada como un pajarillo, su cara era todo ojos, pero no paraba de reírse, risitas tontas, resultaba obvio que estaba colocada. Por alguna razón, Anna empezó a hablar con ella, y enseguida quedó claro que era una de las exnovias de Steffo. Cuando Marja-Liisa comprendió que Anna convivía con él, las risas acabaron. Se puso nerviosa y seria.

—Joder —dijo—. Joder, joder, ten cuidado.

—¿Por qué? —quiso saber Anna—. ¿De qué debo tener cuidado?

—¿Dónde está ahora? ¿No vendrá por aquí?

Anna explicó que Steffo acababa de irse y que seguramente tardaría en volver. Marja-Liisa rodeó con los brazos su delgado cuerpo, como si pasara frío aunque era una noche templada de principios de verano y llevaba un grueso jersey.

—No sigas con él —dijo—. Ese tío es un jodido psicópata. Intentó matarme.

—¿Matarte? ¿De qué me estás hablando?

—Escúchame, intentó matarme.

—¿Por qué?

—Porque salí con unas amigas en lugar de estar con él. Nos tomamos unas botellas de vino y cuando lo vi después por la noche me dio una paliza tan brutal que me podría haber matado. Un viejo que sacaba su pastor alemán me encontró entre unos arbustos, pasé dos semanas en el hospital.

Anna se quedó mirando fijamente a la asustada chica pajarillo.

—Pero..., quiero decir, lo denunciaste, ¿no?

Marja-Liisa se limitó a negar con la cabeza.

—No me atreví. Si lo hubiera hecho, me habría matado de verdad. Tienes que alejarte de él, Steffo no está bien de la cabeza.

Luego se levantó y se marchó.

Le costó quitarse de la cabeza a Steffo el resto de la noche. Estaba allí dentro de ella como una herida abierta y alimentaba otros pensamientos oscuros que permanecían al acecho, que no tardó en identificar como las típicas ansias de drogas.

Habían hablado sobre eso en Elvafors. El intenso deseo de drogarte, hicieras lo que hicieras, te portaras como te portaras, aparecería tarde o temprano. Y no era fácil mantenerlo a raya; en realidad era lo peor y lo más insidioso de todo, todas ellas eran conscientes de eso, pero Anna no lo había sentido en serio durante las cuatro semanas que estuvo ingresada en el centro.

Hasta ahora. Hay que reconocerlo, esa era la primera regla. No intentar negarlo. Hablar de ello, mirarlo a los ojos y combatirlo..., una fuerza más potente que tú misma.

Pero ¿con quién podía hablarlo? ¿Con qué combatirlo? ¿Sola, fugada en una casita extraña en un bosque extraño?

¡No sientas pena por ti misma!, pensó, y enderezó la espalda. No te dejes hundir en la ciénaga de la autocompasión. ¡Haz algo!

Se le escapó una risita. La única droga en su posesión era un mísero cigarrillo, de modo que al menos no tenía tentaciones muy fuertes a mano. Algo es algo.

Se fue a la cocina y miró en la nevera. Estaba bastante llena, el hombre había metido un poco de todo;

si pasaba la noche allí y se marchaba mañana a primera hora, podría llenarse el estómago antes de irse.

Aunque, ¿qué comportaba el hecho de que el hombre comprara comida?

La respuesta era tan obvia que ni siquiera ella podía evitar caer en la cuenta.

Pensaba volver. Si no esta noche, mañana. No guardas yogur y mantequilla y pan en la nevera y en la despensa si no tienes intención de comértelo.

En todo caso es una suerte que no haya comprado cerveza ni licores, pensó. Porque se lo habría bebido todo, y estaría de camino al abismo de nuevo.

Pero ¿qué tipo de persona era ese hombre en realidad?

Como siempre le solía pasar, le costaba adivinar su edad. Lo había visto con bastante nitidez, tanto cuando había llegado por la mañana como más tarde, cuando se hallaba fuera en el jardín. ¿Cincuenta quizá? ¿O sesenta? Le doblaba o triplicaba la edad, en cualquier caso. Bueno, la edad no tenía mucha importancia, claro, pero no le había dado la impresión de ser particularmente amenazador.

Aunque también es verdad que el hombre del Volvo tampoco.

¿Había comprendido que ella no era más que una chica joven? No parecía haber hurgado entre sus cosas, pero tal vez lo había deducido de todos modos. Tenía que haber visto sus bragas. Y su guitarra; las mujeres mayores no acostumbraban a ir por ahí con una guitarra.

¿Y si era un tipo como Steffo, aunque treinta años mayor?

No, pensó Anna Gambowska, y decidió encender la chimenea. Ya está bien de tener miedo de todo. Si quiero ser capaz de salir de esta, no puedo imaginarme siempre lo peor.

Poco después de las diez se acostó. Se metió bajo la manta sin quitarse nada de ropa; la mochila hecha, la guitarra en la funda. Así no tendría que ponerse a buscar y reunir sus pertenencias si se viera obligada a salir corriendo.

Antes de conciliar el sueño rezó una oración dirigida a ese Dios benévolo que la había ayudado hasta ese momento. Lo que le pidió fue una noche de sueño reparador para poder continuar su caminata en un estado medianamente equilibrado a la mañana siguiente.

Y pidió no tener compañía durante la noche. Había cerrado la puerta con llave y la había dejado puesta en la cerradura; tampoco suponía mucha protección, pero bueno, algo era.

Confianza, pensó. Era una palabra que le gustaba mucho y la retuvo en la cabeza hasta que se durmió.

Confianza.

Había decidido despertarse a las seis y media, y lo hizo. Su despertador interior había funcionado tal y como acostumbraba.

Salió a hacer pis. Se lavó la cara y los dientes en la bomba. Preparó café y se comió dos sándwiches. Hacía igual de buen tiempo que el día anterior; cielos azules y alguna que otra nube aislada en lo alto. Sacó la mochila y la guitarra al jardín, pero en lugar de llevárselos y marcharse al camino, tomó una decisión bien diferente.

Puso sus cosas detrás del cobertizo. Allí, entre la maleza y las ortigas, estaban perfectamente protegidas de los ojos del mundo. Luego entró en la casa, se sentó a la mesa con un bolígrafo y una hoja en blanco que había arrancado del cuaderno.

Escribió un mensaje y lo dejó en el centro de la mesa.

Gracias. Me llamo Anna.

Después llenó una botella de plástico con agua, cogió una manzana y un plátano, preparó cuatro sándwiches y se adentró en el bosque.

Capítulo 13

—Te he conseguido cita con Faringer.

—No necesito ninguna cita con Faringer.

—No estás en condiciones de decidir eso, Valdemar. Tendrás que fiarte de mi juicio.

Estuvo a punto de decir que no se había sentido mejor en toda su vida, pero se controló. Podría haber llevado a malentendidos. Podría empezar a pensar que no solo estaba deprimido, sino que también se había vuelto maníaco-depresivo de repente, o algo aún peor.

—¿Cuándo? —preguntó.

—El jueves de la semana que viene —dijo—. No había nada antes. La gente está peor que nunca.

—Quizá mejoraría la cosa si Faringer se dedicara a ver a gente que realmente necesita su ayuda.

Alice se quitó las gafas de leer y se puso a chupar una de las patillas con gesto pensativo.

—¿Qué te ocurre? —inquirió—. Hay algo que no me cuadra, te lo estoy notando todo el tiempo.

—Tonterías —dijo Valdemar.

—¿Te pasa algo en el trabajo?

—Claro que no.

—Nunca hablas de tu trabajo.

—Porque nunca me preguntas sobre el trabajo, querida Alice.

—Pero eso no tiene nada que ver.

—¿Ah, no? Bueno, en cualquier caso, en el trabajo las cosas siguen igual que siempre. ¿No es hora de que te vayas, por cierto? Son las ocho menos cuarto.

—Debemos empezar a hablarnos más, Valdemar.

—¿Y no puede esperar hasta la semana que viene?

—Pero ¿qué dices, Valdemar? ¿No te das cuenta de cómo suenas?

—Siempre he sonado así, Alice. ¿Estás segura de que no eres tú la que ha cambiado?

Ella pareció pensárselo durante un momento, luego lanzó un profundo suspiro, se levantó y abandonó la mesa del desayuno.

A Valdemar en realidad le habría gustado ir al estanco de Wettergrens para elegir una pipa y tabaco, pero no abrían hasta las diez. Sin embargo, consiguió encontrar una pipa curva y un paquete de Tiger Brand en el videoclub de la calle Selanders väg.

Le encantaba que todavía existiera la marca Tiger Brand. Su padre no la fumaba —prefería la más clásica de Greve Hamilton—, pero hablaba de ella con mucho respeto, de eso se acordaba Valdemar. Tiger Brand y Skipper Shag y Borkum Riff. ¡Qué maravillosa sonoridad tenían esos nombres! ¿Dónde habían ido a parar todos aquellos viejos nombres que sonaban tan bien?

Había guardado la esperanza de poder hacerse con una pipa de marca Ratos, o una Lillehammer, pero la chica del videoclub solo negó con la cabeza. Si su pipa nueva tenía un nombre, probablemente se llamara *Prince*, pero el texto del caño era difícil de ver. También podría poner *Pince-nez*. ¿Aunque no era eso un tipo de gafas antiguas?

Da igual, pensó Valdemar, si no me gusta, siempre puedo comprarme otra en Wettergrens cuando sea. Decidió no quedarse más tiempo de compras innecesarias en Kymlinge, mejor ver primero lo que podían ofrecer en el ICA de Rimmersdal, y luego completar con lo que hiciera falta en la ciudad hacia finales de semana.

También había voces en él que lo exhortaban a no retrasarse más. A irse a Lograna cuanto antes para ver qué había pasado con su misteriosa visitante. La curiosidad lo había roído por dentro no solo durante la tarde anterior, sino también toda la noche, con las mismas preguntas en la cabeza cada vez que se despertaba.

¿Quién era?

¿Por qué había elegido pasar la noche en su casa?

¿Estaría todavía hoy?

Advirtió que temía que ella se hubiera marchado. Sí, la verdad es que lo sentía así. Temía que nunca más apareciera en su vida y que él nunca tuviera una respuesta a sus preguntas.

Que desapareciera como la huella de una pisada en el agua.

Decidió apuntar eso. No, agua no, arena mojada mejor.

«Ciertos acontecimientos y ciertas personas desaparecen como huellas en la arena mojada», así debía formularse. Quizá también podría añadir algo acerca de la marea que borraba las huellas, pero por alguna razón no logró darle un toque acertado.

No había ni sierras, ni hachas ni guadañas en el ICA en Rimmersdal.

Pero sí un martillo, una sartén, una olla grande, un barreño para lavar los platos, jabón, detergente, un cepillo de fregar los suelos, una taza de plástico para el cepillo de dientes, un escurreplatos, un quinqué y unas chuletas de cerdo.

Y una cajera.

—Me llamo Valdemar —dijo cuando ella le dio el cambio—. Por si acaso te lo preguntabas.

—¿Valdemar? —contestó ella lentamente y con una sonrisa comedida, como si saboreara un bombón de chocolate. Un bombón con un relleno nuevo y un poco sorprendente—. Un nombre poco común. Yo me llamo Yolanda.

—¿Yolanda? —repitió Valdemar—. Tampoco es un nombre muy común, ¿no?

—En este país, no —dijo Yolanda—. Pero en el país de donde soy, muchas mujeres se llaman así.

—¿De veras? ¿Y qué país es ese?

—Se llamaba Yugoslavia cuando yo lo dejé —contestó ella, y de pronto pareció triste—. Soy mitad serbia, mitad croata.

—Entiendo —dijo Valdemar, porque lo entendía—. Bueno, la vida no siempre se desarrolla como a uno le gustaría.

Ella no contestó nada, pero le mostró su cálida sonrisa al tiempo que empezaba a ocuparse del siguiente cliente.

¿Yolanda?, pensó cuando salía de la tienda. Yolanda y Valdemar. Sonaba bien, como una pareja de enamorados de un antiguo cuento, casi. O de un viejo folletín.

Valdemar y Yolanda. Una sonoridad muy bonita.

Leyó el mensaje e intentó comprender qué era ese sentimiento que llenaba su interior.

¿Tristeza? ¿Nostalgia?

Tonterías, pensó. No puedes sentir nostalgia por algo que nunca has tenido.

¿O sí se podía? ¿Se trataba de una especie de amarga verdad en la vida, que te pasas todo el tiempo con una nostalgia sin especificar en el pecho? ¿Una nostalgia de algo que solo intuyes pero no ves del todo?

No, decidió Ante Valdemar Roos, tan jodida no podía ser la vida.

Entonces, ¿decepción? Bueno, sí, eso cuadraba mejor. Era un sentimiento más sencillo y manejable. La mujer desconocida se había hallado cerca de él —y en su consciencia— durante veinticuatro horas, y ahora ya no estaba. Normal que se sintiera un poco vacío. Un... un paréntesis sin contenido, pensó, algo que había terminado antes de empezar siquiera.

Se sentó a la mesa y anotó aquello que se le había ocurrido en el coche esa misma mañana.

Lograna, 9 de septiembre:

Ciertas personas y ciertos acontecimientos desaparecen como huellas en la arena mojada.

Al cabo de un momento añadió:

Ciertas vidas también desaparecen de la misma manera.

Luego se quedó sentado un rato mientras reflexionaba sobre lo cerca que la expectación y la decepción habitaban en el alma. Como dos vecinos —o gemelos incluso— que nunca eran capaces del todo de cerrar la puerta de la habitación al otro.

Y de lo fácil que era que los pensamientos se dirigieran hacia dentro en lugar de hacia fuera. No era para tener tiempo para cavilar sobre su interior para lo que había comprado esta casa, sino para poder contemplar y reflexionar sobre el entorno. Esa era la idea que tenía. Poder caminar por el bosque. Escuchar el viento entre los árboles; ver los animales, plantas y pájaros; llegar a casa, encender la chimenea, comer, dormir con un sueño reparador. Esos eran los componentes con los que daría sentido a su vida. Que harían que formara parte de todo lo demás.

Así era, pensó. *Formar parte.* Era tan obvio que ni siquiera necesitaba anotarlo.

«Gracias. Me llamo Anna.»

Dobló el papel y lo introdujo al final del cuaderno. Se llevó la pipa, el tabaco y las cerillas, y se marchó al bosque.

Primero caminó hacia el sur, luego hacia el oeste y un poco al norte, y al cabo de una hora había ascendido la pequeña loma con unos pocos abedules y unas vistas sobre la granja de Rödmossen. Se sentó en un tronco caído y se ocupó del tabaco. Llenó la pipa con sus dedos torpes y poco hábiles, apretó con el pulgar tal y como recordaba que hacía su padre, encendió y chupó. Resultó fácil prender el tabaco, y al principio solo dio caladas cortas, pero poco a poco se atrevió a inhalar el humo hasta los pulmones.

Sintió como una patada en el pecho y por unos segundos se le nubló la vista. Vaya, pensó cuando se había recuperado un poco, me cago en diez, esto requiere práctica, sí, señor.

Pero no sabía mal, siempre y cuando se asegurara de no inhalar demasiado. En toda su vida, Ante Valdemar Roos apenas había fumado durante unos seis meses, la primera época con Lisen, y entonces nunca se le había pasado por la cabeza fumar en pipa. Como mucho algún que otro cigarrillo con filtro. Entendió que esta era una práctica que implicaba otra dignidad muy distinta.

Se quedó sentado un rato después de haber terminado de fumar, sintiendo cómo el persistente pero leve mareo se iba apagando. Se levantó apoyado en unas piernas algo inestables y echó a andar de vuelta a Lograna.

No había recorrido más que unos centenares de metros, bajando a una hondonada con filipéndulas y mirtos donde estaba la torreta de caza medio caída, cuando percibió un movimiento entre los árboles. No fue mucho, solo una fugaz impresión de algo que apareció y desapareció, seguramente no más de unas décimas de segundo, pero aun así podría jurar que no se trataba de un animal.

Era una persona. Recordó haber leído en algún sitio —o haber oído de alguien, en tal caso es probable que a Tapanen, pues este siempre solía afirmar cosas acerca del mundo y de las condiciones de la vida que en realidad ni él mismo entendía— que es justo así como funcionan nuestras percepciones.

Primero, lo que advertimos de inmediato es el movimiento, aunque esté rodeado por un montón de objetos y estímulos inmóviles. Por eso es mejor para la presa permanecer quieta. El cazador puede percatarse del movimiento de una cabeza o una cola a una distancia de cien metros, pero puede estar al lado de una presa inmóvil sin sospechar lo más mínimo.

Segundo, distinguimos de manera inmediata entre animal y persona. Aunque Valdemar se preguntaba hasta qué punto eso era verdad, teniendo en cuenta la cantidad de personas a las que se había disparado accidentalmente durante la caza del alce todos los años.

Quizá no era más que un invento. Una de esas típicas medias verdades que tienden a asentarse en los supuestos conocimientos vitales de la gente, pensó Valdemar. Como en los de Olavi Tapanen.

Se detuvo a mitad del paso. Permaneció quieto esperando el próximo movimiento mientras hacía esas reflexiones, pero no hubo nada. Ni un solo batido del ala de un pájaro. El bosque estaba inmóvil a su alrededor, en todas las direcciones, rumiando misteriosamente.

Aun así, lo sabía. Durante toda la caminata de vuelta a Lograna sabía que había advertido la presencia de otra persona muy cerca de él, que esa persona había revelado su existencia por error y que para nada quería que la descubrieran.

Algunas cosas se saben, pensó Ante Valdemar Roos. Sin saber cómo uno las sabe.

El resto del día transcurrió sin incidentes. Se comió una chuleta de cerdo con mucha cebolla y tres patatas cocidas, tomó café, se fumó con prudencia una pipa sentado en la silla junto a la fachada del cobertizo, hizo un crucigrama y durmió durante cuarenta y cinco minutos.

Aun así, había algo. No una sensación igual de fuerte que el día anterior, pero el contenido, el núcleo de la sensación, era igual.

La percepción de una presencia.

No se ha ido, pensó. Fue a ella a quien vislumbré en Rödmossen.

Y los vecinos gemelos de su curtida alma, la expectación y la decepción, se dieron la mano y se hicieron amigos.

Antes de sentarse en el coche para volver a Kymlinge, arrancó una hoja de su cuaderno y escribió un sencillo mensaje.

Lo dejó sobre la mesa, y cuando colocó la llave por debajo del alero del tejado, se dio cuenta de que su corazón latía con fuerza.

Capítulo 14

Contó hasta doscientos, al igual que el día anterior. Eran las cinco también, y se preguntó si era la rutina regular del hombre. Aparecía a eso de las nueve y media de la mañana, se quedaba todo el día y se marchaba a las cinco de la tarde.

¿Por qué? ¿Por qué no se quedaba a pasar la noche?

Anna esperó un poco antes de llevar la mochila y la guitarra al interior de la casa. Primero sacó la llave del sitio habitual por encima de la puerta y entró para ver si algo había cambiado. Si al menos había leído el mensaje que le había dejado y si había reaccionado de alguna manera al leerlo. O si se había limitado a tirarlo a la papelera.

Había estado a punto de descubrirla en el bosque, era consciente de eso. Durante la mañana, había dado vueltas un poco al azar, más que nada para no coger frío. Se había sentado a leer un par de veces en algún claro del bosque donde se filtraba el sol, pero no más de unos diez o quince minutos en cada ocasión. Aunque se había abrigado más que el día anterior, la temperatura había bajado algo. Mientras caminaba por el bosque puso la atención en algunos puntos de referencia que procuró recordar para no perderse. El gran bloque de roca. El hormiguero. El camino, claro, la elevación hacia los tres pinos, la zona pantanosa con maleza y matorrales en la hondonada de abajo, y de repente lo había visto andando casi directamente hacia ella. Estaba bastante lejos, y ella se escondió enseguida detrás de una cortina de abetos jóvenes. Pero había pasado delante de ella a una distancia de no más de diez o quince metros; y se había quedado tirada entre el musgo con los ojos cerrados durante mucho tiempo después de que el hombre hubiese desaparecido, por si acaso.

Lo que yo no veo tampoco me ve a mí; era una vieja y buena regla de la que nadie debería reírse.

Encima de la mesa había un papel. Contuvo la respiración mientras lo leía:

> Hola, Anna:
> Yo me llamo Valdemar. ¿Por qué no te quedas hasta mañana y así podremos hablar? Llegaré sobre las nueve y media, como siempre.
> Saludos cordiales,
> V.

¿Valdemar?, pensó. Qué nombre más extraño, nunca había conocido a nadie con ese nombre. No podía recordar ni siquiera haber oído hablar de nadie llamado así.

Salió a buscar la mochila y la guitarra. Encendió la chimenea; le resultó más fácil ahora, la otra vez gastó media cajetilla de cerillas antes de lograr que prendiera fuego. Él había traído más leños y los había apilado bajo la ventana, como si quisiera asegurarse de que ella no pasara frío durante la noche.

Preparó café y puso una cacerola grande con agua en el fogón más grande; era una cacerola nueva, debía de haberla traído hoy. Dio con un barreño y un paquete de detergente bajo el fregadero y durante media hora se dedicó a lavar y aclarar ropa sucia. Bragas, calcetines y camisetas. Buscó una cuerda donde tender las prendas limpias, pero no encontró nada. Aunque al aire libre no iban a secarse durante la noche, pensó; mejor colocarlas en el respaldo de unas sillas delante de la chimenea.

Había una sola chuleta de cerdo en la nevera, pero no le gustaban las chuletas. Preparó una sopa de sobre y dos sándwiches de paté y pepinillos.

Cuatro días, constató mientras estaba sentada a la mesa de la cocina comiéndose los sándwiches. Solo llevo cuatro días aquí, y ya me siento como si viviera aquí de verdad. Al menos, a veces.

Al menos, ahora mismo.

Le pareció raro, pero quizá era así: en algunos lugares te sentías en casa, en otros nunca estabas a gusto por mucho tiempo que pasaras allí.

Pues sí, soy una maldita ermitaña, pensó luego. Sonja, de Elvafors, tenía toda la razón. La gente como yo no encaja bien con otras personas, ese es mi gran problema.

¿Verdad? Llevaba ya dos días enteros en el bosque, de siete a ocho horas diarias, y no le había afectado. Teniendo suficiente ropa para no pasar frío y algo para comer, estaba muy a gusto paseando entre los árboles, las piedras cubiertas de musgo, los matorrales con ramitas de arándanos rojos, sin otros planes más que hacer precisamente eso. Se sentía segura. Tranquila y contenta.

Algo que en realidad resultaba aún más raro; había

nacido y se había criado en un ambiente urbano, nunca había pasado un tiempo largo en el campo. Aparte de aquellos veranos en casa de Julek en Polonia, claro, y en casa de la abuela. Y algunas excursiones con el colegio, pero nada más.

Bueno, sí, se acordó, algunas noches de camping con Jossan y Emily también. Habían hecho autostop hacia el sur durante una semana de verano hacía ya unos años; la idea era llegar a Dinamarca, pero habían acabado al lado de un lago en Småland. Difícil imaginarse algo más diferente a esto ahora, pensó. Era como si hubieran pasado cien años, y no podía dejar de sonreír al recordarlo. Habían bebido cervezas y fumado porros sin parar, y Jossan tenía tanto miedo a la oscuridad que se volvía paranoica por las noches y habían tenido que quedarse despiertas para abrazarla y hablarle todo el tiempo.

Se preguntaba qué habría pasado con Jossan. Se quedó embarazada y tuvo una niña antes de cumplir los diecinueve años, y se mudó a Estocolmo con el padre y la hija. Al barrio de Hallonbergen, creía recordar. El padre venía de Eritrea y tenía su familia allí. O sea, en Hallonbergen. Quizá Jossan había conseguido enderezar su vida gracias a la niña, pensó Anna, pero igual de probable, o más, era que su vida se hubiera ido en la otra dirección.

En cualquier caso, no le pegaba la vida aquí. Vivir sola en una pequeña casa en el bosque. Pues no, esa era una existencia que la mayoría de la gente rechazaría, sin duda. Al menos si eras mujer y no tenías más de veintiún años.

Aunque yo tampoco vivo aquí, pensó luego. Es solo temporal. Si hubiera tenido un objetivo en mi vida, naturalmente no me habría quedado en un lugar así.

Salió a fumar su último cigarrillo. Cuando lo apagó, le invadió de repente una fuerte sensación de abandono. Estuvo a punto de echarse a llorar, pero consiguió serenarse. Así son las cosas también, constató, eso de las necesidades del cuerpo y del alma. Al final voy a salir de aquí solo porque tengo que buscar más tabaco.

Cinco minutos más tarde encontró la pipa y el tabaco que Valdemar había dejado en la estantería de encima de la cama.

Por la noche soñó con Marek, su hermano pequeño. En el fondo era más un recuerdo que un sueño, pero en el sueño todo acababa mucho peor de como lo había hecho en la realidad.

Se trataba de aquella vez que había estado ingresado en el hospital. Solo tenía cuatro años, Anna dieciséis. Marek había sufrido unos extraños dolores de estómago durante un tiempo, no todos los días, pero se repetían de vez en cuando, de forma irregular. Tampoco estaban seguros de que fueran dolores de verdad, o si solo estaba fingiendo, y eso era casi lo peor, había pensado Anna.

¿Por qué un niño de cuatro años iba a fingir que le dolía el estómago?

Siempre ocurría cuando estaba triste. La madre de Anna había tenido que ir a buscarlo a la guardería varias veces. Anna también había ido en alguna ocasión, y al final acudieron al hospital para que le hicieran un examen a fondo. Anna no sabía por qué resultaba necesario que Marek pasara la noche allí, pero así fue. Y tuvo que ser Anna la que se quedó a dormir en la otra cama de la blanquísima habitación que había en lo alto del edificio, en la décima planta. Su madre no había podido quedarse y no se acordaba de por qué tampoco.

Tenía tanto miedo, su hermano pequeño, que al final ella se metió entre las sábanas de la misma cama que él; no era suficiente con que estuviera a medio metro cogiéndole de la mano.

Y le preguntaba cosas muy extrañas.

¿Por qué soy tan estúpido y malo?

¿Vais a entregarme a otros cuando sea un poco mayor?

¿Por qué papá dice cosas tan terribles?

Nunca seré un ángel blanco, ¿verdad?

¿Era normal que un niño de cuatro años hiciera preguntas así? No lo sabía, pero le costaba creerlo. ¿Y qué eran esas cosas tan terribles que su padre, que no era el padre de Anna, decía? Bueno, de eso Marek no quería hablar.

No le digas nada a mamá de lo que te cuento, le había insistido. Una y otra vez.

Ella hizo todo lo posible para consolarlo y tranquilizarlo. Poco tiempo antes de que por fin se durmiera le preguntó a Anna si iba a morirse durante la noche, si ese era el motivo por el que estaban en el hospital, y Anna le aseguró que se despertaría la mañana siguiente más sano y alegre que un potrillo.

¿Un potrillo?, le preguntó Marek.

Fresco y feliz como un pequeño caballo, le prometió. Marek se quedó pensativo un buen rato.

Me gustaría mucho ser un pequeño caballo, explicó luego con voz solemne. Los caballos no tienen manos que puedan hacer cosas horribles.

Así había sido. Ella había permanecido despierta durante mucho tiempo, acostada a su lado, escuchando las respiraciones de su hermano y pensando en sus preguntas, y por la mañana un médico y toda una serie de enfermeras aparecieron en la habitación y le informaron de que no le pasaba nada a Marek, y después se fueron a casa juntos. Ella nunca le había contado a su madre lo que Marek le había dicho tumbado allí en la cama del hospital, y Marek tampoco había vuelto a hablar del tema. El dolor de estómago le afectó de nuevo un par de veces durante las semanas siguientes, antes de desaparecer del todo.

En el sueño, las cosas evolucionaron de otra manera. Cuando ella se despertaba en la cama del hospital por la mañana, Marek no estaba. Intentaba averiguar adónde se había ido su hermano preguntando a todas esas personas vestidas con batas blancas, pero nadie era capaz de darle una respuesta sensata. Daba vueltas corriendo de un lado para otro en los pasillos del enorme hospital parando a todo el mundo, pero la mayoría de las personas con las que se cruzaba no tenían tiempo ni siquiera para escucharla. Atravesaba largos pasillos y oscuros pasadizos subterráneos, pero en ningún sitio había un niño de cuatro años ingresado el día anterior con dolores estomacales. Y nadie sabía nada.

Al final daba con él en una amplia sala muy abajo en el sótano, más bien una especie de almacén, en realidad; estaba llena de ataúdes pequeños y blancos, y en cada uno de ellos yacía un niño muerto. Había una infinitud de ataúdes, apilados en largas filas a lo largo de las paredes, y no fue hasta que abrió la tapa del último que encontró a su hermano.

No solo estaba muerto, sino que, además, llevaba una soga alrededor del cuello y en su pecho estaba su osito de peluche favorito con la cabeza cortada.

Se despertó llorando. Cuando se dio cuenta de que solo era una pesadilla, le invadió un gran alivio, naturalmente, pero las lágrimas siguieron brotando de sus ojos durante un largo rato.

¿Por qué tengo estas pesadillas?, pensó. ¿Cómo le irá en la vida a Marek y por qué las cosas se vuelven siempre tan desagradables cuando no estamos en guardia?

Miró el reloj. Eran las ocho menos veinte.

Hora de levantarse. Desayunar y decidir si se iba a quedar o marcharse.

Cuando abrió la puerta para ir a hacer pis al lado de la bodega de raíces, advirtió que estaba lloviendo.

Capítulo 15

Estupendo, pensó Ante Valdemar Roos. Con este tiempo, ella no se irá.

Pero Wilma apenas lo había dejado solo en la mesa del desayuno cuando la lluvia cesó, y apenas diez minutos más tarde salió el sol. Comprendió que era una buena prueba de la inconstancia de todas las cosas; nada era lo que aparentaba ser, ni siquiera de un minuto a otro. Cuando estaba en el recibidor atándose los cordones de los zapatos, Signe asomó la cabeza desde su habitación. Parecía haberse despertado hacía diez segundos.

—¿Puedo ir contigo?

—¿Adónde? —preguntó Valdemar.

—A Billundsberg —dijo Signe—. Voy a ir a una entrevista de trabajo en Mix. Pasas por allí, ¿verdad?

—No —contestó Valdemar—. Quiero decir..., hoy no. Tengo un par de cosas... que debo gestionar por el centro primero.

—¿Y eso por qué? —quiso saber Signe.

—Bueno, da la casualidad de que es así —respondió Valdemar.

—Joder —se quejó Signe—. Es que voy fatal de tiempo.

—Pues te levantas más temprano —dijo Valdemar—. Y acuéstate antes de medianoche.

Aunque entonces ella ya había cerrado la puerta.

Pero ese pequeño desliz le irritaba. Tengo que estar más concentrado de ahora en adelante, pensó. No descuidar los detalles. También tienen oídos y cerebros, esas niñas, no hay que olvidarlo.

Había tenido lugar un accidente poco antes de Rimmersdal. Nada de gravedad mortal, parecía, pero un coche rojo estaba volcado en la cuneta y dos patrullas de la policía se habían personado en el sitio. Al verlo se acordó de que se había cruzado con una ambulancia unos minutos antes, a la altura de la iglesia de Åkerby más o menos.

Le llevó un rato poder avanzar, y a tan solo doscientos metros descubrió otra cosa en la cuneta. Al principio no entendió lo que era, pero justo al pasar por delante vio que era un alce. Un alce grande que estaba tirado de costado y movía la cabeza de un lado para otro, su cuerpo parecía despedir humo, y una de las patas delanteras sobresalía en un ángulo extraño.

Eso fue lo que pasó, claro, pensó Valdemar. El coche rojo había chocado con un alce; y después el animal había seguido corriendo un trecho, gravemente herido, hasta desplomarse aquí en la cuneta. Había leído que podía suceder de esa manera.

Negoció unos segundos consigo mismo, luego sacó el móvil del bolsillo de la chaqueta y marcó el 112. Era la primera vez. En una ocasión, hacía ya veinte años, había llamado al 90000 una noche de verano en que Espen Lund y él estaban en el balcón de la casa de Espen tomando cervezas y descubrieron que había un incendio en el edificio de al lado.

En esa ocasión el cuerpo de bomberos ya estaba de

camino. Del alce agonizante al parecer no había llegado ningún aviso todavía.

—¿Su nombre, por favor? —pidió la mujer de la centralita de la policía adonde le habían pasado.

—Prefiero ser anónimo —explicó Ante Valdemar Roos.

—Necesito su nombre —insistió la mujer.

—¿Por qué? —preguntó Valdemar—. Solo quiero que atiendan al alce para que no tenga que sufrir. ¿Qué más da mi nombre?

—Puede parecer que no tiene importancia —dijo la mujer—. Pero debemos atenernos a las rutinas especiales que hay para estos asuntos.

Valdemar inspiró hondo.

—Vuestras rutinas me las paso respetuosamente por el forro —soltó—. No soy más que un honrado ciudadano que paga sus impuestos y que ahora ha cumplido su deber avisando de que hay un animal herido junto al lugar del accidente en Rimmersdal. La policía ya está allí, no tiene más que llamar e informarles. No pienso decirle mi nombre.

Se hizo el silencio al teléfono varios segundos y pensó que habían colgado.

—¿Valdemar Roos? —dijo ella—. Ese es su nombre, ¿verdad? Al menos ese es el propietario del móvil desde donde llama.

Antes de que tuviera tiempo de responder, ella le había dado las gracias por la llamada y había colgado.

Ha sido estúpido, pensó. Ponerme tan chulo. Ahora la policía tiene mi nombre.

Aunque ¿qué más da?, se preguntó luego. ¿A quién le importa que haya dado aviso de la existencia de un alce herido en Rimmersdal cuando llevo más de dos semanas sin pisar la fábrica de Wrigmans? En cualquier caso, me estoy moviendo en un terreno resbaladizo, no tiene mucho sentido pretender que no.

Durante la breve conversación telefónica se había pasado no solo la tienda de ICA, sino también gran parte del pueblo; bien era cierto que había pensado entrar a comprar un poco de fruta y una nueva revista de crucigramas, pero ya que el desvío había quedado atrás decidió que eso podía esperar hasta el día siguiente.

Sin embargo, el alce moribundo se le quedó grabado en la retina hasta que giró para entrar en Rödmossevägen. El vaho que expelía el gran cuerpo y la cabeza que se movía de un lado para otro de forma tan aparentemente inútil; como si el agonizante animal hubiera intentado decirle algo. Transmitirle algún tipo de información acerca de... sí, ¿de qué?

¿De la tonalidad en la que estaba escrita la partitura de ese día?

¿De la inherente fragilidad de la vida? ¿Del camino por el que todos vamos a ir tarde o temprano?

Pensamientos extraños, de nuevo, constató, y los rechazó. E infructuosos. Si ella está, está; si no, no hay nada que yo pueda hacer que pueda influir en ese hecho.

Como mucho, mantener la esperanza, añadió cuando la casa apareció en su campo de visión.

Anna lo vio venir desde su acostumbrada posición en el lindero del bosque por encima de la bodega de raíces. Había decidido que no quería estar dentro de la casa cuando llegara, una decisión que había tomado en el último momento. Juntó sus cosas deprisa y corriendo, incluida la ropa lavada que aún no había terminado de secarse, y lo metió todo dentro de la mochila sin orden ni concierto. Guardó la guitarra en la funda —la había tocado un poco la noche anterior— y lo llevó todo al cobertizo. Como la hierba estaba mojada después de la lluvia, decidió colocar sus cosas bajo techo. Justo al lado de la puerta; sería suficiente con que él la abriera para darse cuenta de que ella todavía estaba ahí.

Si es que no conseguía deducirlo antes. Ella había tenido sentimientos divididos. ¿Estaba dispuesta a pasar otro día en el bosque? No, no lo creía, y tampoco le apetecía preparar ninguna merienda. Pero le dejaría a él decidir; después de sacar y colocar sus cosas, volvió a entrar en la casa. Se lo pensó medio minuto más y luego escribió otro mensaje.

Lo dejó encima de la mesa como solían hacer. Era una forma bastante curiosa la que tenían de comunicarse, pensó, y de alguna manera ya lo vivía como una vieja costumbre.

Detuvo el coche exactamente en el mismo sitio en que lo había hecho el lunes y el martes. Junto al manzano, solo a unos pocos metros del camino. Apagó el motor, bajó y se estiró. No llevaba nada, ni bolsas de la compra ni el maletín marrón. Antes de entrar en la casa, se quedó parado paseando la mirada a su alrededor. Con cierta inseguridad, parecía, como si intentara determinar algo. Trata de adivinar si me he quedado o no, imaginó ella. Lo cual tampoco es muy extraño. Sea quien sea, debe de pensar que esta historia es una completa locura.

Iba vestido como los días anteriores. Pantalones claros, camisa y una fina cazadora azul. Tenía pinta de ser bastante... ¿Cuál era la palabra que buscaba? *¿Inofensivo?* Sí, eso es, esa era justo la impresión que daba. Inofensivo. Una persona en la que no repararías en una muchedumbre. Alguien de quien no hacía falta tener miedo, alguien que no quería hacerte daño.

Me recuerda a Reinhold, pensó de repente, y la idea le provocó tanto alegría como un poco de tristeza. Reinhold era un profesor que habían tenido durante un semestre en quinto curso; su profesora habitual estaba de baja para ocuparse de su hijo recién nacido y Reinhold apareció en enero, después de las vacaciones de Navidad.

Era una persona tan buena. Todo el mundo lo apreciaba mucho, y algunas de las chicas, quizá ella también, estaban un poco enamoradas de él. Aun así, lo habían tratado fatal; sobre todo los chicos, claro. Las chicas se habían limitado a observar, como siempre, sin hacer nada. Disfrutándolo en secreto, como si no fuera suficiente con ser bueno. Reinhold lo intentó todo con ellos: los invitó a su casa a tomar tarta, los llevó al cine, organizó fiestas con música y baile, y ellos se lo agradecieron hundiéndolo lenta y metódicamente.

Fue terrible, no hay otra forma de verlo, pensó Anna, y cuando a Reinhold le dieron la baja tres semanas antes de las vacaciones de verano, era demasiado tarde para arreglarlo.

Y ahora estaba viendo a otro Reinhold, un tal Valdemar, delante de su pequeña casita en el bosque esperando a conocerla. Muchos años mayor, cierto, quizá el doble de los años que tenía Reinhold en su momento, pero había algo en su postura y en su manera de mirar a su alrededor que revelaba que era una persona a la que no le gustaba llamar la atención.

Menuda psicóloga estoy hecha, constató entre risitas. No hace falta siquiera que salude a las personas para poder determinar su carácter.

Él sacó su llave. La metió en la cerradura, abrió la puerta y entró en su casa.

A esperar, pensó ella mientras advertía que empezaba a mojarse las rodillas.

Parecía limpio y recogido. Como si ella se hubiese marchado de Lograna, dejándolo todo ordenado antes de despedirse.

Pero luego descubrió el mensaje en la mesa.

¿No estás enfadado conmigo?
No sé si me atrevo a conocerte, pero si sales al jardín y gritas que soy bienvenida, entonces quizá me atreva.
Saludos cordiales,
Anna

Lo leyó dos veces y se dio cuenta de que estaba sonriendo. Se fue a la cocina y puso agua a hervir. Esperó hasta que empezó a borbotear, apagó el fuego y apartó la cacerola.

Luego salió al jardín. Paseó la mirada a su alrededor de nuevo, pero sin notar nada especial. De repente se sintió ridículo, es que ni siquiera sabía a qué dirección dirigirse. Suponía que ella estaría en algún sitio en el bosque, muy cerca de la casa, probablemente; si no, le sería imposible oírlo si la llamaba.

¿Dónde situarse? ¿En qué dirección mirar? Metió las manos en los bolsillos intentando poner cara de despreocupación. Como si aquello fuese algo que le sucedía todo el tiempo. Como si una situación como aquella no le resultara en absoluto extraña.

Se aclaró la voz un par de veces, miró hacia el coche, y entonces dijo en voz alta:

—¡Bienvenida, Anna, puedes entrar! ¡Acabo de preparar café!

No pasó nada. Por si acaso, cambió de posición, se acercó hacia la bodega de raíces y repitió lo mismo, ahora algo más fuerte:

—¡Hola, Anna! ¡Bienvenida, acabo de preparar café!

Permaneció quieto esperando unos diez segundos, luego se encogió de hombros y volvió para dentro.

Capítulo 16

—Hola.

—Hola.

Él estaba sentado en la mesa de la cocina, ella asomaba por la puerta.

—Soy Anna.

—Yo me llamo Valdemar.

Se levantó y le tendió la mano. Luego le hizo señas con la cabeza para que se sentara y los dos tomaron asiento en sendas sillas. Encima de la mesa había dos tazas, y Valdemar ya se había servido café en la suya. Un plato con un bizcocho y algunos panecillos de cardamomo.

—Tomarás café, ¿no?

—Sí, por favor.

Le sirvió de la cafetera. Permanecieron callados unos segundos sin cruzarse la mirada.

—Perdón —dijo ella luego—. Siento mucho haberme metido en tu casa.

Valdemar se ajustó las gafas y la miró.

—No es para tanto.

—¿No estás enfadado conmigo?

Él negó con la cabeza.

—No.

—¿Por qué?

—Tendrás tus razones, me imagino.

Ella se lo pensó un momento.

—Sí —dijo—. Así es. Tengo mis razones.

Valdemar se quedó callado mientras ella le echaba azúcar y leche al café y lo removía.

—Eres bastante joven, ¿no?

—Veintiuno.

—¿Veintiuno?

—Sí, los cumplí hace un mes más o menos.

—Habría dicho dieciocho o diecinueve como mucho.

—Soy bastante infantil, quizá es algo que se puede ver.

Una mosca llegó y se posó en el borde de su taza, él la ahuyentó con un gesto de la mano. Dio una vuelta en el aire para luego posarse en la mano de ella; Valdemar se quedó contemplando la mosca y se aclaró la voz.

—Tengo una hija de tu edad.

—¿Ah, sí?

—No es mi hija de verdad. Soy su padrastro, en realidad.

—Entiendo.

—Así es, sí.

Cogió un panecillo, lo mojó rápidamente en el café y le dio un bocado. Ella optó por un trozo del bizcocho, que se comió entero sin antes mojarlo. Pasaron medio minuto en silencio.

—¿Quizá quieres saber por qué he venido aquí?

—Sí, si me lo quieres contar.

—Me he fugado.

Ahora Valdemar se inclinó hacia delante y la observó por encima del borde de la montura de sus gafas. Parecía un viejo que se disponía a contar un cuento en la tele, pensó ella; aunque sin maquillaje.

—¿Te has fugado?

—Sí. En cierta manera. Estuve ingresada en un centro, pero no podía quedarme allí.

—O sea, ¿no te has fugado de la cárcel? Eso al menos... —preguntó él riéndose nerviosamente nada más decirlo.

—No —contestó ella—. No soy una delincuente.

—Bien —dijo él—. Me alegro de que no lo seas.

Ella esbozó una sonrisa.

—Y yo me alegro de que no te hayas enfadado conmigo. No tenía adonde ir, por eso entré aquí.

—¿Cuándo llegaste?

—El sábado. Por la mañana. En realidad solo pensaba dormir aquí unas horas, estaba muerta de cansancio.

—¿Y luego te quedaste?

—Sí. Es que...

—¿Sí?

—Es que no llegué a decidirme a continuar.

Valdemar reflexionó.

—¿Adónde? ¿Hacia dónde vas a continuar?

—No lo sé.

—¿No lo sabes?

—No.

—¿No tienes casa? Quiero decir...

Ella negó con la cabeza.

—De momento, no. Tenía un apartamento antes de que me ingresaran en ese centro, pero ya no.

—¿Y tus padres? ¿Tu madre y tu padre?

Ella volvió a negar con la cabeza. Valdemar removió el café con la cucharita un rato, con la mirada dirigida a la taza.

—Ese centro... ¿Qué tipo de sitio es?

—Para toxicómanos. Soy drogadicta.

Valdemar la miró con asombro.

—Pero no puede ser... Si solo eres..., quiero decir, eres muy joven.

—Es verdad, no tengo muchos años, no. —Tomó un trago de café y se llevó un mechón de pelo detrás de la oreja—. Empecé demasiado pronto, ese fue el problema.

—¿Y con qué empezaste?

—Cerveza y hachís.

—Cerveza y hachís —repitió Valdemar, no era una pregunta, lo estaba constatando—. Vaya, vaya.

—Sí, han sido mis drogas todo el tiempo, se puede decir. Mi vida ha sido bastante caótica durante los últimos años.

Valdemar se apoyó en el respaldo de la silla mientras la contemplaba con los ojos ligeramente entornados. De nuevo por encima del borde de la montura de sus gafas.

—¿Sabes? Creo que no entiendo muy bien lo que me estás diciendo.

Ella giró la cabeza y miró por la ventana. Llegó un pájaro y se posó en el alféizar fuera. De repente, no sabía qué decir.

—Lo siento...

—No hace falta que lo sientas. Hay muchas cosas que no entiendo muy bien. Aunque creo que tú no eres una mala persona.

—Gracias. ¿Cómo...? ¿Y cómo eres tú?

Él se rio.

—¿Yo? No soy más que un hombre viejo. Soy más aburrido que una piedra y no le doy alegría a nadie ya.

—Al menos pareces ser una buena persona.

—¿Buena persona?

—Sí.

—Pero ¿qué dices? ¿Cómo voy a ser bueno? ¿De dónde narices has sacado eso?

—Has dejado que me quede aquí. Otros me habrían echado o habrían llamado a la policía.

—Bueno, he llamado a la policía.

Ella se calló mientras lo miraba sorprendida. Valdemar volvió a esbozar una sonrisa, pero enseguida se puso serio.

—Aunque no por este asunto. Pero la verdad es que he llamado a la policía esta mañana, había un alce herido tirado en la cuneta.

—¿Un alce?

—Sí, un coche lo había atropellado. No tiene nada que ver contigo, solo te tomaba el pelo.

—Vale. ¿Y estaba muy mal?

—Creo que sí. Tenía un aspecto muy desagradable.

—¿Qué van a hacer con él?

—¿Con el alce?

—Sí.

—No lo sé. Yo diría que van a tener que sacrificarlo. Si no lo han hecho ya.

—Qué pena.

—Sí, a mí también me daba pena —convino Valdemar al tiempo que se rascaba la nuca, meditabundo—. Movía la cabeza con una expresión de desconcierto. Como si no comprendiera lo que le había pasado... Y era así, claro. No creo que estén hechos como para chocar con coches, precisamente.

—No, no creo.

—Los alces y los coches no deberían poder existir en el mismo planeta.

—Tienes razón. Nunca se me había ocurrido.

Se tomaron cada uno un trago de café. Luego él se

levantó y se fue al salón. Volvió con la pipa y el tabaco. Ella se tapó la boca un instante.

—He tomado prestado un poco de eso también.

—¿Esto? ¿El tabaco y la pipa?

—Sí. Perdón, pero tenía muchísimas ganas de fumar y me había quedado sin cigarrillos.

—No importa. Pues has tenido suerte entonces, porque yo empecé a fumar ayer.

—¿Qué? ¿Empezaste a fumar ayer?

—Sí.

—¿Por qué? Yo empecé cuando tenía catorce. Tú debes de tener..., bueno, unos pocos años más.

Él se rio.

—Cincuenta y nueve. Pero nunca es tarde para empezar con algo nuevo, ¿verdad?

Ella se rio también.

—¿Sabes? Me gusta hablar contigo. Pareces tan... bueno, tan amable de alguna manera.

—Bueno, pues muy malo no creo que sea.

Se entretuvo un rato con la pipa y el tabaco.

—¿Quieres que te la encienda?

—Vale, sí. Aún no soy muy experto.

Le tendió las herramientas de fumar. Ella llenó la pipa con el tabaco y apretó con el dedo índice. Él observó el procedimiento asintiendo con la cabeza, como si estuviera en proceso de aprendizaje. Ella la encendió y dio un par de caladas antes de pasarle la pipa.

—La pipa de la paz —dijo ella—. Aunque quizá deberíamos salir para que no huela a humo aquí dentro.

Salieron juntos al jardín y se quedaron fumando al lado de la bomba de agua, pasándose la pipa entre ellos. El sol se había puesto y unas nubes oscuras auguraban más lluvias. Un par de urracas daban vueltas saltando delante de la bodega de raíces.

—Tienes una casa muy bonita —dijo ella—. ¿Vienes todos los días?

Él asintió con la cabeza.

—¿Pero nunca pasas la noche?

—No.

Ella reflexionó un momento.

—¿Por qué? Quiero decir, no es asunto mío, pero...

—No tengo la casa desde hace mucho tiempo —explicó—. Solo un par de semanas, la verdad. Y bueno, paso los días aquí.

—Vale.

—Así es.

—Estás... estás trabajando en algo, ¿no?

—No, he dejado de trabajar.

Ella dio una calada demasiado profunda y se puso a toser.

—Uy, es fuerte este tabaco.

—¿No tenías tú mucha costumbre?

—Pero fumando cigarrillos. Y hachís, claro, aunque eso se acabó.

—¿Fue por eso por lo que estuviste en ese centro?

—Sí. Aunque el hecho de que me haya escapado no quiere decir que vaya a empezar de nuevo. Era solo que... que ya no aguantaba más allí.

Valdemar bombeó un par de veces, ahuecó la mano, la llenó de agua y bebió un poco.

—¿Y tus padres? ¿Saben que estás aquí?

Ella negó con la cabeza.

—No, nadie sabe dónde estoy.

Valdemar se secó el agua en torno a la boca y la miró un poco desconcertado.

—¿Nadie? —preguntó.

Ella se encogió de hombros.

—No. Me fui el sábado. Y llevo aquí desde entonces y no tengo móvil.

—¿Crees que están buscándote?

Ella ponderó la respuesta.

—La verdad es que no lo sé. No, no creo.

Valdemar se metió las manos en los bolsillos del pantalón y alzó la vista al cielo.

—Pronto se pondrá a llover de nuevo. ¿Nos tomamos otro café?

Fueron hasta la cocina y se sentaron en la mesa. Valdemar sirvió de la cafetera.

—¿Quieres que te cuente una cosa?

—¿Sí?

—Nadie sabe tampoco dónde estoy yo.

—¿Qué?

—Nadie sabe dónde estoy.

—Estás de broma.

—No. Es cierto.

Ella se mordió el dedo índice mientras lo contemplaba con una repentina inquietud en la mirada.

—No pasa nada —dijo él—. Puede que suene extraño, pero Lograna es mi secreto.

—¿Lograna?

Valdemar hizo un gesto con el brazo.

—Este lugar se llama así. Lograna. La compré hace tres semanas, y no se lo he contado a nadie.

—¿Hace tres semanas?

—Sí.

—¿No estás casado?

—Sí. Tengo mujer y dos hijas. Un hijo también de un matrimonio anterior... a punto de cumplir cuarenta años, no tenemos mucho contacto.

—¿Y tu mujer no sabe que has comprado esta casa?

—No.

—No... no entiendo.

Valdemar se reclinó en la silla y cruzó las manos sobre la barriga.

—Bueno, puede que parezca un poco raro, pero así están las cosas. —Y al cabo de un momento de silencio repitió—: Pues sí, efectivamente, así están las cosas.

Ella frunció el ceño, pensativa. Los dos guardaron silencio. Transcurrió medio minuto.

—¿Por qué no quieres contárselo a nadie? —preguntó ella al final—. Quiero decir, quizá yo haría lo mismo, pero me pregunto... Bueno, no es asunto mío.

Valdemar parecía buscar una respuesta. La mosca volvió y se posó en el centro de la mesa; los dos se la quedaron contemplando durante un rato, sin cruzarse la mirada. Como si hubiesen llegado a una encrucijada en el camino y de repente se vieran obligados a elegir cómo continuar.

—¿Sabes? —dijo él después de ahuyentar la mosca con la mano—. A mí me parece muy bien que hayas entrado aquí a habitar la casa un poco por mí. Me parece muy bien.

Ella de repente se sintió al borde de las lágrimas.

—Gracias. Pero estás loco. Te he robado comida y todo tipo de cosas. Te voy a pagar lo que te debo, con que...

Valdemar negó con la cabeza.

—Ni hablar. Habiendo necesidad, no hay ley que valga, y además no le has hecho daño a nadie.

—Gracias.

—¿Dónde has guardado tus cosas?

—Las he metido en el cobertizo.

—¿Por qué?

—Pensaba que..., no sé.

Volvieron a quedarse en silencio, y de repente pudieron oír una lluvia torrencial. Caía con fuerza contra el tejado, los vierteaguas de las ventanas y el follaje de los manzanos, como tres voces diferentes, todas procedentes del cielo, y lo que decían no era fácil de interpretar.

Él se levantó.

—Creo que vamos a encender la chimenea —dijo—. ¿Qué te parece?

—Sí —contestó ella—. Quizá sea buena idea.

Capítulo 17

Continuó lloviendo durante el resto de la mañana. Chaparrones intensos, relevados por finas lloviznas que se movían con el viento, pero en ningún momento cesó del todo. Anna fue a buscar su mochila y la guitarra y las metió en la casa. Colgó de nuevo su ropa mojada sobre el respaldo de las sillas, no sin antes preguntar si podía, a lo cual él le dijo que no le importaba.

Luego Valdemar se tumbó en la cama con un crucigrama, y ella se sentó en la mesa a leer. Hablaron, pero no mucho. Algún que otro comentario aislado entre largos intervalos de silencio. Ella pensó que la situación le resultaba de lo más natural.

—¿De dónde eres?

—De Örebro. Mi madre es de Polonia.

—¿Polonia? No he estado nunca en Polonia.

—He nacido en Suecia, pero hablo polaco también.

—Hmm...

Y un momento después:

—Hay mucha gente víctima de la droga hoy en día.

—Sí.

—No es fácil.

—No.

—¿«Nada de que reírse»? Cinco letras, termina en erre. ¿Qué puede ser?

—*Dolor*, ¿quizá?

—Tienes razón.

—O *pesar*.

Preguntas dispersas, respuestas dispersas. Además, repartidas con bastante igualdad; no solo era él quien se interesaba por cosas de ella.

—¿En qué trabajabas antes?

—Economía. Administraba las cuentas de una pequeña empresa a las afueras de Kymlinge.

—¿Te gustaba?

—No.

—¿Por eso lo dejaste?

—Sí. ¿Y tu madre no está preocupada por ti?

Anna habló de su madre. Que estaba en ese momento en Varsovia, cuidando de su madre enferma.

—¿Tu abuela materna?

—Sí.

—Así que no es probable que ella sepa que te has escapado.

—No.

—¿Y tu padre? ¿No lo sigues viendo?

—Casi nunca.

—Las cosas son como son.

—Así es.

A las doce y media comieron. Sopa de sobre y sándwiches y una zanahoria cada uno.

—Nunca he sido muy aficionado a la cocina —dijo él—. No me ha llegado a interesar nunca.

—Yo tampoco —admitió ella—. Soy muy de prepararme bocadillos y sándwiches, me temo.

—Yo también —asintió él—. Pero tampoco está tan mal.

—No —convino ella—. No está nada mal.

Él regresó a la cama y a la revista de crucigramas mientras ella se disponía a lavar los platos. Luego, cuando Anna entró en el salón desde la cocina, vio que Valdemar se había dormido. Al sentarse de nuevo en la mesa, le invadió una repentina indecisión. ¿Qué estoy haciendo?, pensó. Estoy en una habitación en una casa en medio del bosque. En esta misma habitación hay un hombre que es mayor que mi padre. Se llama Valdemar, y lo he conocido hoy. Ronca un poco.

Sacó su cuaderno y lo escribió. Igual que lo pensó, frase por frase, justo como lo veía. «Estoy en una habitación...» No sabía muy bien por qué lo hacía; quizá pensaba que podría convertirse en la letra de una canción, o tal vez había otros motivos. Al cabo de un rato se le vino a la mente algo que el tío Julek le había explicado una vez.

Hay muchas preguntas en la vida, Anna, le había dicho; debió de ser durante unas Navidades o en unas Pascuas, pues toda la familia estaba reunida. *Pierogi*, *bigos*, la ceremonia del pan y toda la pesca, pero Julek se había apartado un poco con ella, como solía hacer cuando estaba cansado de los otros adultos y de su parloteo político.

Muchas preguntas pero solo tres importantes.

¿Dónde has estado?

¿Dónde estás?

¿Adónde vas?

Si puedes contestar a las tres, tienes tu vida en tus manos, Anna, le dijo, mientras se reía ruidosamente y le daba golpecitos con el dedo índice en la frente para que sus palabras entraran bien.

La cosa iba más allá de la mera determinación de los lugares, eso ya lo había entendido en ese instante.

Se trataba también de determinar el porqué. Sobre todo eso.

¿Por qué has vivido enganchada a las drogas, Anna?

¿Por qué estás sentada en esta casa ahora?

¿Por qué vas a ir allí adonde elijas ir?

Las dos primeras preguntas no las puedo contestar, pensó. Y la tercera, aún menos.

¿Tal vez no se dirigía a ningún sitio? Y en tal caso, quizá tenía sentido quedarse donde estaba de momento. ¿Por qué no?

Si no sabes adónde ir, mejor quedarte quieta. Era evidente.

Durante unos segundos contempló a Valdemar allí, en el rincón donde estaba la cama. Se había quitado los zapatos, y vio que uno de sus calcetines tenía un agujero. Entrelazaba las manos sobre el estómago y sus ligeros ronquidos sonaban de alguna manera reconfortantes. Armonizaban con el suave susurro de la lluvia contra los alféizares y las tejas del tejado. Se preguntó si él esperaba que se marchara ahora, cuando finalmente se habían conocido. No lo sabía. No había dicho nada al respecto. Se lo preguntaría cuando se despertara, decidió, quizá podría pedirle que la dejara quedarse un día más si es que la lluvia no cesaba. O quizá la podría llevar a Kymlinge, para que pudiera seguir su camino haciendo autostop desde allí.

¿Gotemburgo? Esa era la vaga idea que había tenido el sábado por la mañana. Hoy, cinco días más tarde, no le resultaba especialmente atractiva. ¿Qué se le había perdido a ella en Gotemburgo?

Si al menos tuviera ganas de marcharme de aquí..., pensó. Si al menos tuviera un poco de fuerza de voluntad...

Pero lo único que en realidad le apetecía —la verdad sea dicha— era acurrucarse bajo una manta y descansar un rato, ella también.

Aunque estaban ocupadas tanto la manta como la cama. Bueno, voy a pedirle que me deje quedarme hasta mañana, decidió. Al menos preguntárselo; lo peor que puede pasar es que me diga que no.

También le preguntaré si le apetece fumarse otra pipa de la paz conmigo.

Valdemar se despertó sin tener muy claro que estaba despierto. Había soñado que se hallaba detrás de su escritorio en Wrigmans, y cuando abrió los ojos no fue capaz de identificar la estancia en la que se encontraba. Había una chica sentada en la mesa leyendo un libro, era pequeña y delgada, tenía el pelo espeso, castaño rojizo, y estaba mordiéndose un nudillo con un gesto de intensa concentración.

¿Dónde estoy?, pensó Ante Valdemar Roos. ¿Qué ha pasado? ¿Estoy muerto o quizá estoy en un hospital?

¿O sigo soñando?

No le llevó más que unos pocos segundos tener la situación bajo control, pero le dio la sensación de que tardaba bastante más. Se quedó un rato sin moverse, contemplándola.

La misma edad que Signe. Qué raro. Parecían tan diferentes que uno podría pensar que habían venido de planetas distintos. ¿A qué se debería? Esta chica se le antojaba mucho mayor. Mayor de lo que era. Al mismo tiempo, si solo le echabas un rápido vistazo, más bien daba la impresión de ser más joven.

Hay un tipo de experiencia especial en ella, pensó. Para bien y para mal, porque naturalmente debe de haber vivido bastantes cosas.

Y leía y escribía. Signe nunca hacía eso; Wilma era un pelín mejor en ese aspecto, al menos había conseguido terminar los libros de Harry Potter.

No sé qué decirle, pensó de repente. Me pregunto si piensa marcharse hoy; en tal caso me gustaría mucho explicarle que no me importa nada si se quiere quedar un par de días más.

¿Lo malinterpretará? ¿Creerá que quiero algo a cambio si dejo que se quede un tiempo? Sí, ¿qué es... qué es lo que quiero de ella en realidad?

El pensamiento lo entristecía.

¿Pero irse así sin más de un centro de esos sin ningún tipo de plan? ¿Por qué había hecho eso? ¿No estaría en busca y captura? Si la dejaba quedarse, ¿cometería él quizá un delito?

—Anna —dijo.

Ella se sobresaltó y lo miró.

—¿Estás despierto?

—Sí.

—¿Has dormido bien?

—Sí, y supongo que he roncado también.

—Solo un poquito.

—Bueno, entonces no ha estado tan mal. Anna, ¿te puedo preguntar una cosa?

—Claro.

—¿Por qué te escapaste de ese centro?

Ella dudó un instante mientras chupaba el bolígrafo que tenía en la mano.

—No me habría curado allí.

—¿Ah, no?

—No.

—¿Y por qué no?

—Porque no podías ser tú misma, todas teníamos que ser iguales. Además, no le caía bien a la jefa.

—¿No habrás hecho nada delictivo, Anna?

Ella negó con la cabeza.

—Aparte de tomar drogas, no. Y de vender un poco también, pero eso se acabó ya. No me está buscando la policía, si eso es lo que te preocupa.

Valdemar se sentó en el borde de la cama. Se puso las gafas que había dejado en el alféizar de la ventana.

—Bien —dijo—. Perdóname por preguntar.

—Gracias por pedirme perdón —contestó ella.

Valdemar estiró los brazos por encima de la cabeza, bostezó y enderezó la espalda.

—Resulta un poco raro —comentó.

—¿Que tú y yo estamos juntos aquí?

—Sí. ¿No te parece?

—Pues sí, claro que lo pienso.

—¿De qué cosas podemos hablar dos personas como tú y como yo?

—No lo sé —dijo ella—. ¿Tienes algún hobby?

Valdemar se lo pensó.

—Suelo ver deporte en la tele —respondió—. Más allá de eso, tampoco nada en especial. ¿A ti qué te gusta?

Ella se pasó los dedos por el pelo mientras buscaba una respuesta.

—Leer —dijo.

Él asintió con la cabeza.

—A mí también me gusta leer.

—Tocar la guitarra —añadió ella—. Cantar.

—¿Me puedes tocar algo?

—¿Quieres?

—Claro que sí.

—No se me da muy bien.

—No hace falta que se te dé bien. ¿Escribes canciones?

—Eso intento. Pero sé tocar algunas de verdad también.

—¿De verdad?

—Que no he compuesto yo.

Se levantó para echar un poco de leña en la chimenea.

—Si me cantas una canción, luego te preparo un poco de café.

—¿Y una pipa de la paz? —Ella sacó la guitarra y empezó a afinarla—. Creo que empezaré por una de verdad. ¿Cuántos años has dicho que tenías?

—¿Y eso qué importancia tiene?

Ella se rio un poco.

—Solo pensé que igual conocías esta canción. Es de los años sesenta. *As Tears Go By*.

—¿*As Tears Go By*? Sí, me acuerdo. ¿No es una vieja canción de los Rolling?

—Creo que sí. Vale, haré un intento.

Y entonces cantó *As Tears Go By*. Valdemar se dio cuenta enseguida de que conocía la letra, al menos el principio.

It is the evening of the day
I sit and watch the children play
Smiling faces I can see
But not for me
I sit and watch as tears go by

Anna tenía una voz muy bonita. Áspera y oscura, más oscura cuando cantaba que cuando hablaba. Si Valdemar solo hubiera oído la voz, sin tenerla a ella delante de sus ojos, habría supuesto que procedía de una mujer que tenía al menos el doble de edad que la chica que ahora estaba moviendo con gesto concentrado los dedos entre diferentes acordes en el mástil de la guitarra, y antes de que pudiera reprimirse, le brotaron las lágrimas. Ella lo vio, pero no dejó de cantar. Se limitó a sonreírle, y él pensó que si se muriera ahora, en ese mismo instante, tampoco pasaría nada.

Sí, precisamente ese era el pensamiento que le vino a la cabeza a Ante Valdemar Roos, y no hizo nada para quitarle importancia. No se rio de ello ni lo despachó sonándose la nariz con el oficioso pañuelo de la razón. Tal y como se hacía en general cuando a uno le pasaban cosas así, pensó.

Cuando ella hubo terminado de cantar, los dos permanecieron callados un momento con las miradas dirigidas al fuego de la chimenea.

—Gracias, Anna —dijo él luego—. Ha sido lo más bonito que he oído en mucho, mucho tiempo.

—Va bien con mi voz —explicó ella—. Tengo voz de alto, incluso de contralto.

Él asintió con la cabeza.

—¿Vamos a tomar ese café, entonces?

—¿Y la pipa de la paz?

—Y la pipa de la paz.

Cuando pasó por Rimmersdal de camino a casa, vio que se habían llevado el alce. Existía, por supuesto, una pequeña posibilidad de que el animal se hubiese recuperado y hubiera conseguido salir de la cuneta por sus propias fuerzas, pero le costaba creerlo.

Había sido un día extraño. Cuando aparcó en su sitio habitual en el parking de la panadería Liljebageriet, comprendió que le sería difícil mirar a Alice y las niñas. Era como si no pertenecieran a su mundo actual —o él al mundo de ellas, esa era con toda probabilidad una descripción más acertada—, y guardaba la esperanza de que el piso estuviera vacío. En tal caso, se encerraría en el baño, apagaría la luz y se sumergiría en la bañera con agua muy caliente para reflexionar sobre lo divino y lo humano. Le parecía la única actividad con algo de sentido a la que dedicarse las próximas horas.

Pero el piso no estaba vacío. En la cocina se encontraban Alice y Signe, además de un joven desconocido de pelo oscuro muy largo y una camisa amarilla demasiado desabotonada.

—Valdemar, este es Birger —dijo Alice—. El novio de Signe.

Valdemar no pensó que Birger Pompis —porque si mal no recordaba era así como le llamaban— pareciera un novio, sino más bien alguien que procuraba mantener la compostura tras haber acabado el último en el Eurovision Song Contest. O como sea que se llame hoy en día. Signe había colocado una mano muy arriba en el muslo del chico, probablemente para que comprendiera que no hacía falta que se levantara cuando Valdemar le tendiera la mano. Sus pantalones eran tan rojos como la camisa amarilla.

—Encantado —dijo Valdemar.

—Eh, qué hay —dijo Birger Pompis.

—Se va a quedar a cenar —informó Alice.

Puede ocupar mi lugar, pensó Valdemar.

—Entiendo —dijo—. De modo que os habéis prometido, entonces.

—Valdemar, por favor —intervino Alice.

—Ven, Birger, vamos a mi habitación —sugirió Signe.

Se marcharon de la cocina.

—Qué idiota eres —le recriminó Alice a Valdemar.

—Pensaba que ser novio significaba que te habías prometido —explicó Valdemar.

—No te entiendo —se lamentó Alice—. ¿No te ha parecido guapo?

—No —dijo Valdemar—. Pero quizá hace buena pareja con Signe.

—¿Y eso qué se supone que significa?

—Significa que creo que hacen buena pareja —aclaró Valdemar.

—Luego lo hablaremos tú y yo —dijo Alice—. Ahora tienes que ayudarme a preparar la cena. Quiero que demos una buena impresión, el padre de Birger es el propietario de una empresa muy exitosa.

—Estupendo —comentó Valdemar—. ¿Y a qué se dedica esa empresa, si se puede saber?

—Al sector de la alimentación. Creo que distribuyen ensaladillas y salsas y esas cosas para puestos de salchichas. En todo el país, ¿eh?

—Interesante —dijo Valdemar.

—Sí, ¿a que es una alegría que finalmente haya conocido a alguien?

—Sí, ya era hora —asintió Valdemar.

Capítulo 18

El jueves se pareció bastante al miércoles. Cuando Anna salió a hacer pis a eso de las siete y media de la mañana la lluvia había cesado, cierto, pero la hierba estaba empapada y unos pocos momentos después volvió a la carga.

Y continuó todo el día, más o menos. Valdemar llegó a la misma hora que siempre, entre los dos bajaron las bolsas del coche para llevarlas a la cocina. Se había abastecido de víveres que daba gusto; aparte de tres bolsas del ICA con comida, también traía una sierra, un hacha, un saco de turba desmenuzada para el retrete, un par de botas de goma, calcetines gruesos de lana y muchas cosas más.

Una lata grande de pintura blanca, por ejemplo. Brochas y un rodillo y una artesa.

—Había pensado en pintar las paredes de dentro —explicó—. Para darle un aire un poco menos tristón y oscuro.

—Déjame hacerlo a mí —propuso ella inmediatamente—. Como..., bueno, como una señal de agradecimiento por poder estar aquí.

—Que no, no voy a... —se opuso él, pero ella lo interrumpió.

—¿Por qué no? No se me da mal pintar. Lo he

hecho en casa de mi madre y en el apartamento en el que estuve antes.

—Hmm... —murmuró él mientras la contemplaba por encima de las gafas.

—Además, me parece una buena idea —continuó ella—. Dará un ambiente mucho más animado aquí dentro si se pinta de blanco.

—Bueno, pues... No sé...

—Quiero hacer algo por ti. Porfa...

Valdemar se encogió de hombros.

—Bueno, tampoco es que me muera de ganas por pintar. La verdad es que igual podrías hacerlo durante el fin de semana.

—¿No vienes el fin de semana?

—No.

—¿Por qué no?

—Porque tengo otras cosas que hacer.

—Entiendo.

—Cosas mías, como se dice.

—Vale... Pues, entonces puedo pintar el sábado y el domingo. Si me dejas que me quede hasta entonces, claro.

—Tendré que dejarte, qué remedio.

Alzó una comisura de los labios al decirlo, y ella pensó que era una pena que él no fuera su padre. Era un pensamiento que se le vino a la cabeza sin previo aviso, y tuvo que reírse un poco también.

Luego metieron la comida en la nevera y en la despensa, y se tomaron el café de media mañana.

—¿Te puedo preguntar una cosa?

—Sí, claro.

—Es algo en lo que estuve pensando anoche, después de que te hubieras ido. No hace falta que contestes si no quieres.

—Eso es un derecho que se tiene siempre, ¿no?

—¿Qué?

—El de no contestar si uno no quiere.

Ella reflexionó.

—Sí, claro, tienes razón. En cualquier caso, lo que quería preguntarte es si vienes aquí, a Lograna, todos los días.

—Sí, todos los días. O sea, durante la semana.

—¿Y tu mujer no lo sabe?

—No.

—Por cierto, ¿cómo se llama?

—Alice. Se llama Alice.

—¿Y dónde cree Alice que vas todas las mañanas?

Valdemar entrelazó las manos, apoyó los codos en la mesa y la barbilla contra los nudillos. Parecía buscar las palabras adecuadas. Transcurrieron unos segundos, luego suspiró, como si ya no le importara seguir buscándolas.

—Al trabajo, por supuesto.

—¿Al trabajo?

—Sí.

—Pero has dejado de trabajar.

—No se lo he contado.

Ella lo observó desconcertada.

—Ahora no sé si te sigo muy bien.

—Bueno —dijo él, y se reclinó en la silla—. Lo entiendo. Aunque la idea tampoco era conocerte a ti y tener que explicar todas estas cosas.

—Ah, no, claro.

Valdemar se quitó las gafas y volvió a suspirar.

—La vida no siempre es un camino de rosas, eso lo deberías saber tú también, ¿no?

—Sí —asintió ella—. Claro que lo sé.

—A veces resulta difícil aguantar.

—¿Hmm?

—Supongo que sencillamente fue eso lo que pasó. Llegué a un punto en que ya no lo soportaba más, así que dejé de trabajar y compré esta casa.

—¿Por qué no lo soportabas ya más?

Valdemar sopesó la respuesta. Entrelazó las manos por detrás de la nuca, para variar, y dirigió la mirada al techo.

—No lo sé. Pasó.

—¿Pasó?

—Sí. La verdad es que aún no lo he analizado más a fondo.

—Hmm.

—Además, creo que me importa un pepino —continuó—. Cuando llegas a cierta edad, como es mi caso, aceptas algunas cosas que te pasan sin darle muchas vueltas al porqué. Que uno es como uno es, por ejemplo.

Ella alzó una ceja de sorpresa. Luego se rio.

—¿Sabes, Valdemar? Estoy muy contenta de haberte conocido. Muy muy contenta, eres tan...

—¿Sí?

—Refrescante, creo.

—¿Refrescante?

—Sí.

—Estás loca, Anna. —Pero Valdemar esbozó una sonrisa, él también—. Si crees que yo soy refrescante, tienes un problema. No soy más refrescante que un vertedero. Y ahora pienso tumbarme un rato a hacer un crucigrama. La tierra estará demasiado mojada como para dar un paseo por el bosque hoy, ¿o tú qué crees?

Ella miró por la ventana.

—Sí —dijo—. Tienes razón. Aunque te quería pedir otra cosa..., pero no te enfades.

—¿Enfadarme? ¿Por qué iba a enfadarme? Venga, dime.

—Tienes un móvil, ¿verdad?

Valdemar se llevó la mano al bolsillo del pecho.

—Sí, aquí está, durmiendo hoy también.

—Quería preguntarte si me lo podrías dejar para llamar a mi madre. Solo llamarla rápido, y luego ella me devolverá la llamada. No te va a costar casi nada.

Valdemar asintió con la cabeza y le tendió el móvil.

—Quédate aquí en la cocina a hablar tranquilamente. Yo me voy a echar un rato en el salón. —Entró en el salón y cerró la puerta tras de sí.

—Ania, ¿ha pasado algo?

—¿Me podrías llamar a este número?

Colgó y se puso a esperar. Pasaron casi cinco minutos antes de que la llamara.

¿Por qué?, le dio tiempo a pensar. ¿Por qué nunca devuelve las llamadas enseguida? Siempre tiene algo que es más importante.

—Ania, ¿ha pasado algo?

La misma frase, palabra por palabra.

—Sí —dijo Anna—. Algo ha pasado.

—Sigo en casa de mamá en Varsovia, ya lo sabes. Es muy caro llamar.

—Sí, lo sé. Solo quería decirte que ya no estoy en el centro Elvafors.

—¿Te has ido? Dios mío, Anna, ¿y eso por qué?

—¿Así que no te han llamado para contártelo?

—No. Pero ¿por qué te has...?

—Me escapé. Es un sitio de mierda, pero no hace falta que te preocupes por mí. Me encuentro bien.

—¿Y dónde estás ahora?

Anna tuvo que hacer un esfuerzo de memoria para recordar.

—En un sitio que se llama Lograna.

—¿Lograna? ¿Eso qué es?

—Es una casa en el bosque. Voy a quedarme aquí unos días, luego ya veremos. ¿Cuánto tiempo vas a estar en Polonia?

Su madre suspiró y Anna pudo oír a alguien encender la tele al fondo. La madre le dijo algo a un tal Mariusz para que bajara el volumen.

—No sé cuánto tiempo me voy a tener que quedar, Anna. Tu abuela se encuentra bastante mal. Sigue en el hospital, y no saben si saldrá de esta.

Anna sintió un ardor en la garganta y detrás de los ojos.

—¿Y Marek?

—Con Ewa y Tomek. Está bien. Aunque a lo mejor va a tener que venir aquí también, no sé.

—Vale —dijo Anna.

—Pero ¿ese lugar..., Lograna? ¿Dónde está? —quiso saber su madre—. ¿Con quién estás allí?

—Todo va bien. No te preocupes. Solo te he llamado para decirte que me he ido de Elvafors.

—Anna, ¿no habrás..., no habrás vuelto a...?

—No —respondió ella—. No he vuelto a tomar nada. Hasta luego, mamá.

—Hasta luego —se despidió su madre—. Cuídate, Anna.

Anna se dio prisa en terminar la conversación antes de que le invadieran las lágrimas.

Mierda, pensó. ¿Por qué siempre tiene que ser así?

Valdemar se fue a su casa a las cinco, como siempre, y prometió traer papel de lija y un rollo de cinta de carrocero el próximo día.

No habían hablado mucho durante la tarde, llovía casi todo el tiempo y tenían la chimenea ardiendo a tope. Leían y hacían crucigramas, y Anna le cantó una nueva canción. Se trataba de otra canción de los años sesenta que Valdemar también conocía: *Are you going to Scarborough Fair?*

—Cantas tan bonito que creo que estoy en el cielo, Anna —había dicho él.

—Tal vez el cielo sea como esto —había contestado ella riendo.

—¿Por qué no? —había convenido él mientras miraba a su alrededor por la sencilla habitación, riéndose también—. Anna y Valdemar en Lograna, el reino de los cielos.

Ella se sintió un poco triste cuando Valdemar se marchó. ¿El reino de los cielos?, pensó. Sí, quizá tenía razón. Quizá era así de sencillo.

—Nunca será mejor que esto —había dicho también, justo antes de subir al coche para irse—. Pero tú eres demasiado joven para saberlo.

Ella no entendía lo que quería decir; o a lo mejor sí. Pero en tal caso era un conocimiento tan sombrío que no quería comprenderlo.

Justo como él había dicho. Era demasiado joven. Pensó que debería estar contenta. Podía quedarse otros tres días más. Pintar las paredes y sentirse útil; le gustaba pintar, y si quería continuar viviendo aquí, Valdemar probablemente no se lo impediría tampoco. Unos días más al menos. Una semanita. De modo que, ¿qué le pasaba? ¿De dónde salía esa repentina tristeza?

No se había cansado de la celestial Lograna, no era eso lo que la desanimaba; aunque entendía que la euforia de los primeros días no podía durar para siempre. *Euforia*, le gustaba la palabra. Porque si existía una palabra así, también tenía que existir un sentimiento así. Se acordó de ese poema de Gunnar Ekelöf que habían leído en el instituto; era una pena que no hubieran podido dedicarse solo a la poesía en las clases de lengua, de haber sido así, no habría estado tan a disgusto como, de hecho, había estado.

Pero ahora la dominaba otro sentimiento. Una especie de tristeza, y entendía que era por la conversación con su madre, que persistía dentro de ella y la desanimaba. Sobre todo esto: cuando su existencia se volvía frágil, su madre siempre era el hilo vital más importante, y si se daba cuenta de que ese hilo era demasiado fino, de que no resistiría si se agarraba a él, entonces la oscuridad y el precipicio se acercaban peligrosamente.

«*Young girl, dumb girl, try to be a brave girl*», intentó decirse. Se quedó un rato con el cuaderno y el bolígrafo escribiendo y tachando una frase tonta tras otra. Se le resistían. Las palabras del papel se le antojaban banales y sin sentido en cuanto les echaba un vistazo, y al cabo de veinte minutos lo dejó. Salió y se puso bajo el saliente del tejado que había encima de la puerta y se fumó una pipa entera hasta que empezó a marearse. La lluvia caía con insistencia y la rodeaba como un muro poco espeso pero hostil, y comprendió que si hubiera tenido droga al alcance de la mano, algo más fuerte que el tabaco, se la habría tomado sin dudarlo ni un instante.

Así es, pensó una vez que hubo conseguido avivar el fuego de la chimenea y se había acurrucado bajo la manta. No basta con ser fuerte noventa y nueve veces, hay que serlo también la vez número cien.

A pesar de que no eran más de las siete, se durmió, y cuando se despertó dos horas más tarde, la habitación estaba a oscuras y el fuego se había apagado. Tenía frío; sin encender la luz se puso el jersey más grueso que colgaba del respaldo de una silla, y cuando levantó la vista para mirar por la ventana, vio que había un hombre ahí fuera, en el camino, contemplando la casa.

Capítulo 19

Valdemar se despertó con una intensa ansiedad en el pecho.

Casi como si le faltara el aire. Apretó los puños e inspiró hondo varias veces con la boca abierta, antes de girar la cabeza para mirar el reloj. Las cinco y cuarto. Se preguntó si había soñado algo, si alguna pesadilla era la raíz del mal.

Difícil de decir; no aparecieron imágenes oníricas, se pinchó la aleta de la nariz y pudo constatar que, en efecto, estaba despierto. Permaneció tumbado asimilándolo unos minutos, y cuando advirtió que el sueño no tenía ninguna intención de volver, se levantó y fue al baño.

Un cuarto de hora más tarde estaba vestido y sentado a la mesa del desayuno, sintiéndose preparado para huir. Era una expresión fuerte, pero al ponderarla se dio cuenta de que era acertada. ¿Preparado para huir? Dios mío.

La verdad era que así estaban las cosas; cada día que pasaba durante las últimas semanas —desde el momento en el que había ganado la apuesta de la quiniela y comprado Lograna— le resultaba más difícil aguantar la presencia de Alice y las niñas. Era como un picor que se iba intensificando, pensó, acompañado de una fuerte y justificada sensación de vergüenza, cierto, pero tener que pasar toda la mañana en compañía de su familia le parecía de repente casi insoportable.

Pensó en algo que le había dicho su padre: «No son las semanas y los años lo que es lo difícil, hijo mío, sino los minutos y las horas».

Y la ansiedad con la que se había despertado persistía. De alguna extraña manera, parecía mezclarse con otras imágenes del padre. Imágenes recientes; sobre todo de los últimos tiempos, cuando Eugen Roos estaba tan triste que ya no tenía fuerzas para hablar. Valdemar se acordaba a la perfección de esos meses. Cómo el padre había estado sentado todo el día delante de la ventana de la cocina, mirando fijamente los sombríos edificios de las fábricas al otro lado de la vía del tren, y no parecía importarle nada de lo que ocurría a su alrededor.

Como que su mujer o su hijo se esforzaran por hablar con él.

Como que llegaran visitas. Como que la primavera brotara en los abedules ahí fuera. Como que las lilas florecieran.

Era como si estuviera ahogándose en su propia oscuridad interior.

Y ahora su hijo estaba mirando fijamente por la ventana de otra cocina. Cuarenta y siete años más tarde, sin vías de tren ni fábricas, sino un tejado de tejas rojas y algunos tilos podados, mientras se preguntaba si de veras tendría que esperar durante dos dolorosas horas antes de poder irse al sitio donde acontecía todo lo que ahora tenía alguna importancia en su vida.

Cuando dieron las siete menos veinte, y el riesgo de que Alice se levantara e hiciera acto de presencia en la cocina empezaba a ser inminente, se decidió. Buscó una hoja del estudio, escribió de forma apresurada en un mensaje que tenía mucho que hacer en el trabajo y que por eso se había ido antes.

Firmó con su habitual V. y se dirigió a toda prisa al recibidor. Notó que las sandalias azul claro de Birger Pompis estaban allí, se puso la cazadora y abandonó su casa.

La panadería Liljebageriet acababa de abrir, el aroma de pan recién horneado emanaba de la puerta abierta como una promesa sin especificar, y en un segundo se esfumó la ansiedad que había sentido Ante Valdemar Roos. Panecillos recién hechos para Lograna, pensó, y entró en la panadería.

No solo compró los panecillos, sino también una barra de pan de centeno y una bolsa de pan crujiente. Le pareció que conocía a la mujer de detrás del mostrador que lo atendía; había algo familiar en ella, y mientras salía de la ciudad por calles prácticamente libres de coches —qué diferencia había entre salir a las siete y cinco y a las ocho y cuarto— le daba vueltas a dónde podría haberla visto antes. No había pasado por la panadería en bastante tiempo, así que estaba seguro de que le resultaba familiar de otro sitio.

En medio de la rotonda de Rocksta se acordó de que era la mujer de Nilsson. La pietista, madre de seis niños. Había estado de visita en Wrigmans una vez hacía unos años, y había algo de su pelo rojo y su ardiente mirada que se le había quedado grabado.

En especial lo último; sin duda, se te quedaban unos ojos así si eras una mujer que había visto a Jesucristo, suponía Valdemar, y se preguntó si ese pensamiento era motivo de una sonrisa o no. Había algo especial en la mirada de su marido también, ahora que lo pensaba;

probablemente les pasaba lo mismo a los hombres creyentes, no solo a las mujeres.

Aquella mirada que se dirigía más allá.

Valdemar, por su parte, no creía en Dios. Al menos no en el típico padre celestial de barba blanca. Quizá había alguna otra cosa, solía pensar. Algún poder superior cuya existencia no éramos capaces de comprender, y esa también era la idea, sin duda, que no lo comprendiéramos. En los meses después de que su padre se hubiera quitado la vida había entrelazado las manos para rezar alguna que otra vez una oración dubitativa al cielo, de eso se acordaba, pero nunca había percibido ninguna respuesta, de modo que desde ese momento lo había dejado. La vida era una cosa, lo que posiblemente vendría después era otra. ¿Por qué debería pensar en algo de lo que ni siquiera soy capaz de hacerme una idea?, se había preguntado a veces. Si me cuesta ya bastante comprender lo que tengo a mi alrededor.

En cualquier caso, esta no era una mañana propicia para cavilaciones teológicas, cosa que le quedó de lo más claro al enfilar la 172 y ver la oscura agua del lago Kymmen asomarse entre los árboles y el sol empezando a penetrar por las nubes en el retrovisor.

Más bien era una mañana para tomar café y panecillos recién hechos. Con la compañía de su joven invitada en Lograna. Dos sillas y un taburete junto a la pared del cobertizo, una pipa de tabaco con el segundo café... Joder, pensó Ante Valdemar Roos, y aumentó la velocidad: A veces la vida es tan sencilla que casi da risa.

Y de dónde había venido esa ansiedad con la que se había despertado hacía unas pocas horas, y adónde se había ido, bueno, eso era algo sobre lo que no tenía mucho sentido especular.

Aparcó al lado del manzano y bajó del coche. No se advertía vida alguna, aparte de algunos abejorros tardíos que zumbaban por la reseda delante del viejo fundamento de piedra de la casa. Quizá seguía durmiendo, no eran ni las ocho. A las personas jóvenes se les solían pegar las sábanas por las mañanas, lo sabía —Wilma y Signe eran algo así como campeonas mundiales en esa disciplina—, y, además, ella no lo esperaba hasta las nueve y media.

Bajó la manilla de la puerta. Cerrada con llave.

Buscó la llave, pero no estaba en su sitio. Claro, pensó, ella echa el cierre desde dentro por las noches. Yo también lo haría.

Llamó a la puerta, pero no hubo ninguna reacción desde dentro. También la golpeó con el puño antes de acercarse a una de las ventanas, donde dio unos toques con el gancho que colgaba balanceándose en su pestillo. Qué raro que estuviera en la parte exterior de la ventana, pensó, no lo había notado antes.

Pasaron cinco segundos, luego ella abrió la ventana y asomó la cabeza.

—Perdón, no era mi intención dejarte fuera. Es que me costó mucho dormirme anoche.

—No pasa nada —dijo Valdemar—. No son más que las ocho, hoy vengo un poco antes.

—¿Son solo las ocho? Espera, ahora te abro.

—Hace un día precioso —constató al dejar la bolsa de pan encima de la mesa de la cocina—. He comprado unos panecillos recién hechos. ¿Por qué te costó dormirte?

Ella se mordió el labio vacilando.

—Tenía un poco de miedo —admitió.

—¿Miedo? ¿Por qué?

—Justo cuando iba a acostarme vi a un hombre que estaba mirando la casa.

—¿Qué? —exclamó Valdemar.

Ella lo confirmó con un gesto de la cabeza.

—Pero ¿qué demonios me estás diciendo?

—Sí, estaba en el camino, mirando fijamente la casa sin moverse. Me dio un miedo que no veas.

—¿Y qué pasó?

Ella se encogió de hombros.

—Nada. No tenía ninguna luz encendida, así que no sé si me vio. Me escondí, y luego, cuando volví a mirar, ya no estaba.

Valdemar se quedó pensando un momento.

—Seguro que no era nada, no te preocupes. Lo más probable es que fuera el granjero de Rödmossen, que estaba de paseo. O alguien que andaba buscando setas.

—Sí, ya lo sé. Yo también pensé eso. Aunque eran casi las nueve, y estaba muy oscuro. Bueno, en cualquier caso, me asusté un poco y por eso no podía dormirme.

Valdemar se rio y le dio a Anna unas palmaditas en el hombro.

—¿Sabes lo que voy a hacer? Voy a hacerme con una escopeta, una de perdigones, para que puedas defenderte si viene alguien.

Anna se rio también.

—Sí, por favor —dijo—. Por cierto, ¿no ibas a traer papel de lija y cosas así hoy?

Valdemar se aclaró la voz.

—Bueno, es que había pensado —empezó—, había pensado que podríamos desayunar ahora y fumarnos una pipa, y luego vamos a la ciudad y hacemos la compra juntos.

Ella no cabía en sí de entusiasmo. Lo rodeó con los brazos y le dio un fuerte abrazo. Como una niña de diez años el día de Navidad, pensó Valdemar. ¿Adónde irá a parar todo esto?

Pero no hubo tiempo para reflexionar sobre esa pregunta.

—Gracias, Valdemar —dijo—. ¿Sabes? He tenido una suerte de narices conociéndote. Es una locura.

Valdemar sintió que se estaba sonrojando —algo que creía que había dejado atrás hacía unos cuarenta años— y se rascó el cuello un poco avergonzado.

—Bah, tampoco es para tanto —repuso—. Ahora preparemos un poco de café.

—¿Qué me dices si comemos aquí ya que estamos en la ciudad?

Eran las once y media. Habían comprado no solo papel de lija y cinta de carrocero, sino también algunas otras cosas que a Valdemar se le figuraban necesarias: dos alfombras de tiras, un mantel de cuadros blanco y rojo, agarraollas, un cuenco de madera, un par de candelabros, un felpudo, ganchos para poner en la pared, toallas, tazas de café, un hervidor de agua, dos sillas plegables de jardín y una mesa. El coche iba atiborrado de cosas. Anna llevaba mes y medio sin pisar una ciudad, y casi el mismo tiempo sin comprar nada en una tienda —a excepción de cigarrillos y tabletas de chocolate cuando iba con las del centro Elvafors a Dalby—, y se sentía tanto emocionada como un poco aturdida tras dos horas de compras y de ir y venir entre las tiendas y la plaza Norra Torg en Kymlinge, donde habían aparcado.

Casi feliz. Estoy como una niña en un parque de atracciones, pensó, y esa idea de que Valdemar debería haber sido su padre volvió con cierta insistencia.

—¿Comer? —repitió—. Pero ¿podemos...?

—Claro que podemos —dijo él—. Ahora vamos a

Ljungmans a pedir filetes de arenque fritos con puré de patatas. Te gustan los arenques, ¿no?

—No lo sé —contestó Anna—. Creo que no los he comido nunca.

Valdemar se la quedó mirando boquiabierto.

—¿Tienes veintiún años y nunca has probado los arenques? Da las gracias a tu estrella de la suerte por haberme conocido.

—Eso es lo que te estoy diciendo —repuso. Pasó su mano bajo el brazo de él, y luego cruzaron la plaza dirigiendo sus pasos hacia el restaurante Ljungmans.

—¿Están buenos?

—Buenísimos.

—Y que lo digas. Pero hay que acompañarlos con mermelada de arándanos rojos. Y si está hecha de arándanos crudos, mejor.

—Creía que no te interesaba la comida.

—Bueno, a veces sí —dijo Valdemar—. Y cuando se trata de arenques y puré de patatas soy muy exigente.

Anna tomó un trago de su Coca-Cola y paseó la mirada por el local lleno de comensales.

—¿Qué crees que piensan? —preguntó.

—¿De qué? —dijo Valdemar.

—De nosotros —aclaró Anna—. Si creen que eres un padre que está comiendo con su hija, o...

Valdemar lo sopesó unos segundos antes de responder.

—¿Por qué no? Pero también podríamos ser compañeros de trabajo.

—Sí, aunque tú ya no trabajas. Pero, claro, eso no lo pueden saber. ¿No hay..., no hay nadie que conozcas aquí?

—Espero que no —dijo Valdemar, y miró a su alrededor con una ligera preocupación—. No creo. Es que no conozco a mucha gente: soy un ermitaño, ya te lo he explicado.

—No me pareces ermitaño ni por asomo —objetó Anna al tiempo que ponía la mano sobre su brazo y le mostraba una amplia sonrisa.

Me gusta que se atreva a sonreírme de esa manera tan abierta, pensó Valdemar. Me gusta de verdad.

—Es solo porque estoy maravillosamente bien acompañado —aseguró Valdemar—. Pero quizá va siendo hora de irnos a Lograna, ¿qué me dices? Para que pueda echarme la siesta al menos.

—Sí, claro —respondió Anna—. Luego me pondré a pintar, una vez que te hayas marchado. Es un poco triste que...

—¿Sí?

—Que no vengas a comprobar cómo queda hasta el lunes.

—Bueno... Si tengo la posibilidad, quizá pase un rato el domingo.

—Espero que sí —dijo Anna.

Se levantaron de la mesa y se dirigieron hacia la salida; en la puerta se cruzaron con una pareja que estaba a punto de entrar, un hombre y una mujer en torno a los cincuenta años.

—¡Valdemar, hola! —saludó la mujer con cara de asombro.

—¡Hola! —dijo él.

—¿Todo bien?

—Sí, todo bien —contestó Valdemar acelerando el paso con Anna detrás.

—¿Quiénes eran? —preguntó Anna una vez que hubieron salido a la plaza.

—El hombre no sé quién era —explicó él—. Pero

me temo que la mujer era una de las mejores amigas de mi esposa.

—Ay, ay —se lamentó Anna—. ¿Crees que...? ¿Quiero decir...?

—No nos vamos a preocupar de eso de momento —la tranquilizó Valdemar—. Cada cosa a su tiempo. Ahora vamos a hablar de algo más agradable.

Valdemar dejó Lograna poco después de las cinco, y a Anna le vino encima una repentina sensación de abandono. Como si la cubriera una manta mojada, o como sea que se dijera.

Soy ridícula, pensó. Solo lo conozco desde hace tres días y ya me arrimo a él como una cachorra a su madre. Y yo que creía que iba a arreglármelas perfectamente por mi cuenta en el mundo. *«Young girl, dumb girl.»*

Se sentó en una de las nuevas sillas del patio y encendió la pipa. El sol aún no se había puesto detrás del lindero del bosque, y hacía una temperatura muy agradable. Ojalá viviera aquí de verdad, pensó. Y ojalá Valdemar, mi segundo padre, también lo hiciera. Ojalá tuviera un trabajo al que ir en bici o en vespino cada mañana, y no estar todo el tiempo preocupándome por el futuro.

Sabía que eran ideas infantiles, y que ese infantilismo estaba relacionado con las drogas.

La dificultad de hacerse adulto. Todos sus amigos drogadictos eran iguales, querían permanecer en algún tipo de infancia, quizá porque nunca habían podido experimentar un estado así cuando eran niños.

Sí, seguro que se trataba de algo así de sencillo. Que por alguna razón habían sido privados de todo aquello que era tan importante para un niño —jugar, reírse, ser libre y desenfadado— y era eso lo que pretendían compensar metiéndose de todo. Me parece tan jodidamente trágico, pensó Anna, y tan absolutamente condenado al fracaso...

Al menos era ese el análisis que les gustaba presentar a todos los presuntos expertos, pensó también. No solía estar de acuerdo con ellos, pero en ese caso sí que lo estaba. Si había un denominador común para todos los perdedores del mundo era que cargaban con una infancia robada en su bagaje.

Dejó la pipa y entrelazó las manos. Querido Dios, rezó. ¿Puedes estar pendiente de mí, por favor? No quiero volver a caer, quiero llevar una vida digna. Los detalles no importan tanto, pero creo que voy a necesitar una gran dosis de seguridad y tranquilidad, al menos durante los próximos tiempos. Gracias por enviarme a Valdemar. Por mí, se puede quedar en mi vida mucho mucho tiempo, y la verdad es que creo que yo también le soy un poco útil. Gracias por adelantado, saludos cordiales de Anna. Amén.

Permaneció sentada en la silla otro ratito más, hasta que el sol se puso detrás del bosque en el oeste y el frío nocturno, sigilosamente, empezó a hacer acto de presencia. Entonces entró en la casa para ponerse con la pintura.

Capítulo 20

—Los Faringer vienen esta noche. Qué bien, ¿no?

—¿Qué?

—Así no tienes que ir a su consulta el jueves.

Era sábado por la mañana. Valdemar estaba en la cama con el periódico, migas de pan y café. Alice acababa de salir de la ducha.

—Sé que íbamos a ir a ver a Mats y Rigmor —continuó—. Pero ha pasado algo con sus perros, así que he llamado a los Faringer.

—¿Has llamado desde la ducha?

—No, los llamé anoche.

—No me dijiste nada anoche.

—No, no lo hice.

Valdemar esperó una explicación, pero no hubo ninguna. Alice se subió a la báscula y observó el resultado con gesto preocupado.

—Maldita báscula de mierda —murmuró entre dientes.

Luego bajó y repitió el procedimiento; por lo que Valdemar pudo juzgar, el resultado fue igual de desalentador en esta segunda ocasión.

—Vale —dijo—. Supongo que nos esperan unas seis horas de compras y de preparación de la cena.

—No —corrigió Alice—. Hemos pensado en poner unos mejillones y pan de ajo, nada más. Ingegerd y yo lo prepararemos todo mientras tú hablas con Gordon. Le he preguntado y está de acuerdo.

Valdemar se terminó el café y cerró los ojos.

—Entiendo —comentó—. Así que mientras la señora Faringer y tú cocináis los mejillones y probáis el vino en la cocina, el señor Faringer y yo estaremos en el estudio analizando mi depresión.

—Exacto —dijo Alice—. ¿Y qué hay de malo en eso?

Valdemar ponderó la respuesta.

—Nada, querida Alice. Me parece una idea estupenda. ¿De dónde sacas todas esas ideas?

—¿Qué?

—Espero que Wilma, Signe y Birger Pompis estén también presentes —continuó, inspirado, Valdemar—. A lo mejor Gordon podría aprovechar el momento y analizar a Birger, ya de paso; creo que no le vendría mal. ¿Aunque quizá no tiene psique?

Alice se apretó con los puños aquello que una vez había sido una cintura al tiempo que le lanzaba una mirada asesina.

—¡No te pongas borde, Valdemar! Claro que Birger tiene psique. Pero no estarán en casa. Wilma y Signe se van a Estocolmo para cenar en Wallmans Salonger con su padre, ya te lo he dicho diez veces.

—Anda, así que eso era hoy —dijo Valdemar.

—Sí —confirmó Alice—. Es hoy.

—Creía que era el próximo fin de semana.

—Forma parte de la depresión —constató Alice—. Dificultad para concentrarse y tendencia a olvidar las cosas.

—Es verdad que últimamente he notado que se

me olvidan un poco las cosas —reconoció Valdemar, y se fue al baño.

—¿Cómo te encuentras? —quiso saber Gordon Faringer diez horas más tarde—. Bueno, no quiero que veas esto como una consulta oficial, pero podemos hablar un poco, ¿no?, ya que Alice se empeña tanto en que lo hagamos.

—Así no tenemos que limpiar mejillones, por lo menos —apostilló Valdemar.

—Exacto —dijo Faringer—. Y yo respeto el secreto profesional, de modo que suelta lo que quieras, sin miedo.

—Me temo que no hay mucho que soltar —se disculpó Valdemar—. Es Alice quien dice que estoy deprimido, no yo.

—Eso tengo entendido. Aunque las depresiones leves son más fáciles de detectar en los demás que en uno mismo. Y tampoco son ninguna alegría, la verdad.

—Ya me imaginaba que las depresiones no son un motivo de júbilo.

—No te pongas irónico —repuso Gordon Faringer, guiñó un ojo y levantó su copa—. ¡Salud!, por cierto.

—¡Salud! —repitió Valdemar.

Bebieron y luego permanecieron callados.

—¿Quieres que te haga unas preguntas? —propuso Faringer al cabo de un rato.

—Venga, adelante —dijo Valdemar.

—Ya sabes que la psiquiatría no es una ciencia exacta como la tuya con tus números. Pero aun así se ocupa de fenómenos claramente observables.

—Sí, claro —respondió Valdemar—. No hace falta que te excuses.

—Gracias —dijo Faringer—. Bueno, empecemos con el ánimo. ¿Te sientes desanimado?

Valdemar reflexionó.

—A veces —admitió—. Pero es algo que me ha pasado de vez en cuando durante cuarenta años.

—¿Quizá más durante los últimos tiempos?

—Nada en lo que me haya fijado, no.

—¿Qué tal duermes?

—Me siento bastante cansado.

—Pero cuando duermes, ¿duermes bien?

—Sí.

—¿Ha habido algún cambio respecto a eso últimamente?

—Creo que no. Aunque tampoco se siente uno más espabilado con los años.

—Ya, lo sé —dijo Gordon Faringer, y se arrancó un pelo de la nariz de un tirón—. ¿Y la concentración? ¿Cómo va? ¿Te puedes concentrar bien en tu trabajo?

Valdemar probó un poco del vino.

—Bueno —dijo—. Sigue un poco igual que siempre, también en el trabajo. Y un campeón de la concentración no lo he sido nunca, la verdad. Alice dice que se me olvidan cosas, y seguro que tiene razón.

—¿Hmm? —murmuró Faringer—. Pero ¿todavía eres capaz de sentir alegría por las cosas de la vida?

—Bah —respondió Valdemar—. Yo qué sé, ¿y tú?

—Gracias por preguntar —dijo Faringer—. Bueno, tengo el barco y el mar, ya sabes. Y los nietos, ellos me dan bastantes alegrías. Pero, si te presiono un poco, ¿cómo van las ganas de vivir?

—¿Las ganas de vivir?

—Sí. Es normal que la vida nos resulte pesada a veces, pero ¿todavía te sientes con la capacidad de considerar algunas cosas como bastante divertidas?

Valdemar se quitó las gafas y se puso a limpiarlas con una punta de la camisa.

—Oye, Gordon —dijo—, si de veras estuviera deprimido, ¿qué se haría en tal caso? No me apetece nada meterme un montón de medicamentos. Pastillas de la felicidad y mierdas así.

Gordon Faringer asintió con la cabeza y puso una cara de seriedad profesional.

—Entiendo que no quieras hacer eso, Valdemar. Pero se puede elevar el nivel un poquito, la verdad es que podría significar bastante. Recuperar un poco de alegría y sentido en la vida, hay más gente de la que piensas que toma pequeñas dosis de esas pastillas. Las ganas de vivir es algo muy importante, eso lo entiende todo el mundo. Vivir pensando que todo es una mierda, bueno, resulta muy destructivo. ¿Piensas a menudo en la muerte?

—De vez en cuando —reconoció Valdemar—. Pero me pasa lo mismo que antes, es algo que he hecho siempre.

—Tu padre se quitó la vida, ¿verdad?

—En efecto —dijo Valdemar—. Gracias por recordármelo.

Faringer permaneció callado contemplándose las uñas unos segundos.

—¿Por qué dices eso? —preguntó.

—¿Cómo? —reaccionó Valdemar—. ¿Qué he dicho?

—Has dicho «Gracias por recordármelo». Por lo de la muerte de tu padre.

—Perdón —se excusó Valdemar—. No sé por qué he dicho eso.

—Hmm —dijo Faringer—. Pero al menos no estarás pensando en hacer lo mismo, ¿no?

—Para nada —aseguró Valdemar—. Si he conseguido apartármelo de la cabeza hasta ahora, no me cabe duda de que podré seguir haciéndolo en los años que me quedan.

—¿Es así como lo ves?

—No sé muy bien cómo lo veo. La vida, maldita sea, es un tema tan complicado... Bueno, supongo que más bien es ese el problema. Y por cada año que pasa, resulta más difícil mentirse a uno mismo.

—Ahora no sé si te sigo —dijo Faringer—. ¿Seguro que no ha pasado nada durante los últimos tiempos que hace que lo veas todo más negro?

—No —respondió Valdemar.

—¿De veras? —insistió Faringer.

—No sé lo que sería eso, la verdad. Venga, ¿vamos a la cocina a ver cómo van con la cena?

—Por mí bien. Al menos tienes apetito, es una buena señal. Pero, ¿sabes?, no me importaría quedar contigo una vez más para hacer esto de una manera un poco más formal y en serio. ¿Qué tal te vendría la próxima semana?

—La próxima semana no sé si voy a poder —vaciló Valdemar.

—¿Y la siguiente?

—Vale —dijo Valdemar—. Si crees que servirá de algo...

—Estoy convencido de que sí —afirmó Gordon Faringer—. ¡Chinchín! Ahora vamos a la cocina a probar los mejillones.

Anna terminó de pintar la noche del sábado.

Al menos eso creía, aunque resultaba difícil evaluarlo bien, puesto que había caído la noche. Lo comprobaría el día siguiente, quedaba bastante pintura en caso de que hiciera falta darle un repaso a algún sitio.

Sabía que tampoco era tan importante, Valdemar se lo había dicho, y además solo usaban la pintura monocapa más barata. Pero no hacía falta que estuviera fetén, también lo había comentado Valdemar; le gustaba la palabra *fetén*. De alguna manera, sonaba anticuado y reconfortante a la vez. En especial cuando se usaba para decir que no hacía falta que lo fuera.

Como la vida misma, pensó, tampoco hacía falta que fuera fetén, pero había que darle un toque de estilo de todos modos. Como a estas paredes: un toque limpio y bonito, pero no demasiado brillante y pretencioso.

Le había gustado el trabajo también. Poner la cinta, pintar con la brocha en las esquinas y rincones, luego echar mano de la artesa y el rodillo, de arriba abajo con movimientos largos y regulares; se veía el resultado todo el tiempo, iba haciéndose más y más bonito, decímetro a decímetro, metro a metro. Seguramente no había muchos trabajos en los que se viera una recompensa tan inmediata de lo que se hacía como cuando se pintaba, pensó. Y mientras pintabas podías meditar un poco sobre la vida en general; sin profundizar demasiado, la mitad de la concentración en lo que se hacía, la otra en lo que surgiera en la cabeza. Era un buen reparto. Y luego, claro, estaba la idea de cubrir toda la vieja mugre con pintura nueva y empezar de cero. Mirar hacia delante.

Pero ahora era sábado por la noche y el trabajo estaba terminado, tanto en la cocina como en el salón. En cualquier caso, no iba a hacer nada más de momento. Se puso el jersey grueso y la cazadora y salió a la oscuridad, a sentarse en una de las nuevas sillas del jardín.

Mientras encendía la pipa pensó que debería haber una lámpara en la pared, o algún otro tipo de iluminación exterior; quizá podría comentárselo el lunes. Proponerle que montaran un aplique en la pared de fuera.

O mañana. Guardaba la esperanza de que, como había dicho, tendría tiempo de pasarse un rato el domingo. Tembló de frío, a pesar de la ropa; se advertía con claridad que el otoño estaba de camino, estaban a pocos grados a esas horas, y de alguna manera la oscuridad resultaba más densa. Como si el frío la volviera más compacta y más difícil de penetrar.

Cuando no hay luz, es más importante saber escuchar que ver, pensó. Por la noche son los sonidos lo que importa, no las imágenes; procuró agudizar el oído, pero no percibió nada más que el habitual susurro apagado del bosque. Se preguntó qué tipo de animales había allí dentro. Alces y zorros, seguro. Tejones también, y un montón de especies más pequeñas, como ratones o campañoles o comoquiera que se llamasen. Y pájaros, por supuesto; se le daba bastante mal identificar animales, a excepción de las serpientes, ya que había estado un semestre y medio en un colegio Montessori, y allí habían estudiado las serpientes casi todo el tiempo por alguna razón. Aunque en Suecia no había muchas especies diferentes. Víboras, culebras y culebrillas de cristal, si mal no recordaba. Y la culebrilla de cristal, al parecer, era más bien un tipo de lagarto.

¿Lobos?, pensó de repente. ¿Y si hay lobos en el bosque? Quizá hay un macho enorme clavándome la mirada con sus ojos amarillos y sus fauces babeantes ahí al lado de la bodega de raíces.

Aunque la idea no la asustaba; ni siquiera si realmente hubiese sido así. Los lobos no atacaban a las personas, lo sabía. Dicho sea de paso, tampoco lo hacía casi ningún otro animal, al menos eso había afirmado un profesor de biología que había tenido en el séptimo curso. No, el hombre era el peor enemigo del hombre, había dicho con su característico tono de voz un poco triste; se acababa de divorciar y se había mudado de alguna otra ciudad. Ella había comprendido que su exmujer era uno de esos enemigos.

Se trataba seguramente de la única especie sobre la Tierra de la que se podría decir eso, había añadido el profesor con una voz aún más sombría. Svante Mossberg, de repente le vino a la cabeza su nombre. Los chicos le llamaban, por supuesto, Svante Mosca.

Se acercó hacia los groselleros unos metros, se bajó los pantalones, se agachó e hizo pis.

¿El hombre es el peor enemigo del hombre? Así era, sin duda. ¿Por qué se nos da tan bien tratarnos mal unos a otros y hacernos daño? Al pensar en eso, se acordó de un documental sobre pingüinos que había visto hacía unos años. Hablaba de los pingüinos emperadores, esos graciosos animales que viven bajo las condiciones más duras en la Antártida. Tanto la hembra como el macho vigilaban sus huevos, responsabilizándose de ellos alternativamente, y caminaban de un lado para otro sobre el hielo para buscar comida, por lo que dependían el uno del otro para sobrevivir. Aunque casi nunca se veían.

Se subió los pantalones y entró en la casa. Cerró la puerta con llave mientras pensaba que precisamente así era. Valdemar, su pingüino.

Un pingüino emperador, incluso.

Se lavó, se cepilló los dientes y se acostó. Tengo que acordarme de decírselo, pensó.

Valdemar, *the Penguin*. ¿Quizá podría intentar escribir una canción sobre él? ¿Por qué no?

Se quedó dormida con un cosquilleo de expectación en el estómago.

Unas horas más tarde se despertó con una sensación del todo diferente. Permaneció quieta tumbada de lado con las manos entre las rodillas intentando comprender de qué se trataba. Qué era lo que la había despertado. Si venía de fuera o de dentro; un ruido de la casa o del bosque, o algo que había soñado. A su alrededor todo estaba oscuro como la boca del lobo, ni un solo rayo de luz del amanecer. Comprendió que no serían más que las tres o las cuatro, pero, por estúpido que pueda parecer, había dejado el reloj de pulsera en la mesa, que ni siquiera podía divisar en toda esa compacta negrura, por mucho que entornara los ojos. Independientemente de si mantenía los ojos abiertos o cerrados, nada cambiaba. Oscuridad, nada más que oscuridad.

Pero la inquietud temblaba dentro de ella. ¿Quizá ni siquiera haría falta una causa?, pensó. ¿Quizá podía estar asustada y triste sin que hubiera un motivo concreto? Como si fuera una especie de estado por defecto, al menos a esas horas de la noche.

¿Podía ser así de sencillo? ¿Que cuando bajabas la guardia, cuando no estabas preparado para la lucha, entonces el temor y el espanto se colaban bajo la piel? Sin avisar, sin que se le pueda poner nombre. Tal vez era así como se sentían los animalillos cuando estaban acurrucados en sus primitivos refugios en el bosque, mientras las aves rapaces circulaban en lo alto con sus garras y picos afilados intentando descubrirlos.

El reloj del miedo haciendo tictac sin descanso. La inquietud sin especificar. La fragilidad de la vida: en cualquier momento se podía romper; cuando menos lo esperabas, la muerte llamaba a la puerta.

Mierda, se dijo. ¿Por qué estoy pensando en estas cosas? Tampoco voy a sentirme mejor si creo que soy un animalillo temblando a la espera del águila. ¿Qué me está pasando? ¿Qué ha sido lo que me ha despertado?

No se había sentido de esta manera en ninguna de las otras noches pasadas en Lograna. Ni siquiera cuando ese hombre había estado merodeando por el camino; entonces había tenido claro qué era lo que le daba miedo, pero ahora se trataba de algo inexplicable, algo sin forma. Y eso que nunca había tenido miedo a la oscuridad.

Será la soledad, pensó. Tarde o temprano la soledad te lleva a la locura; se lo había dicho su madre en alguna ocasión, y no recordaba si las palabras iban dirigidas a ella en concreto o si se trataba de un comentario general. Hay que tener a otras personas en tu vida, le había explicado en todo caso, a la larga es imposible apañárselas uno solo.

Igual que pasa con los pingüinos, entonces, pensó Anna. Un pingüino solitario es un pingüino muerto. ¿Y no era justo esa advertencia la que Sonja había intentado transmitirle en Elvafors? Que no debía apartarse, que la vida con los demás constituía el camino a la curación.

Los demás estaban en el mismo barco. Aun así, había que cortar los lazos con la vieja pandilla. Eso resultaba de alguna manera necesario, lo entendía, aunque por otro lado incitaba a buscar la soledad. Sobre todo para alguien que ya estaba muy a gusto con ella.

Aunque evidentemente había diferencias entre una persona y otra. Lo único a lo que había que tener miedo era a algunas otras personas, pensó. Y lo único sin lo cual no se podía vivir... eran esas otras personas.

Qué conclusiones más sensacionales, constató con ironía. Hay personas que se llaman Valdemar y las hay que se llaman Steffo. Qué novedad.

Suspiró y se levantó. Buscó el jersey y la cazadora sin encender la luz. La pipa, el tabaco y las cerillas. Luego metió los pies en las botas de Valdemar y salió a la noche otoñal, negra como el azabache.

Capítulo 21

El ICA de Rimmersdal abría los domingos, como Valdemar había esperado. Solo unas pocas horas, cierto, cerraban a las cuatro, pero faltaban ocho minutos cuando aparcó delante de la tienda, así que hoy no iban a tener que quedarse más tiempo por su culpa, porque solo iba a comprar un par de cositas.

Yolanda no iba a tener que quedarse más tiempo. Resultaba curioso; llevaba varios días sin verla, y se dio cuenta de que casi no le había dedicado ni un solo pensamiento durante ese tiempo. Así es, se dijo, cuando uno por fin asume la responsabilidad de su vida, la vida se llena de contenido.

Nunca mejor que esto.

No le había dicho a Alice que pensaba ausentarse un par de horas, y tampoco había resultado necesario. La ocasión se había presentado sin más; Alice se fue a ver a su grupo de amigas de la red femenina «Las Archininfas» por la tarde, y Wilma y Signe aún no habían regresado de visitar a su padre en Estocolmo.

Un poco de bollería, algo de fruta, un litro de leche para el café y un periódico, eso era todo, pero cuando llegó a la caja descubrió que había otra cajera. Una mujer joven, un poco pálida, seguramente no mucho mayor que Anna o Signe. Pero claro, pensó, Yolanda también tiene que librar de vez en cuando.

Ella, como todos los demás.

Pagó, metió la compra en una bolsa de plástico y abandonó la tienda. Justo cuando cerró la puerta tras haberse sentado en el coche, su móvil emitió un bip. Le acababa de llegar un SMS; no le mandaban SMS muy a menudo a Valdemar, y él los mandaba aún menos.

Pero creía que todavía sabía cómo enviarlos. Metió la llave en el contacto sin arrancar, sacó el móvil del bolsillo del pecho y abrió el mensaje.

¿Por qué te has escondido
de mí? Me perteneces,
pronto iré a verte. S

Se quedó mirando el texto. No entendía nada. ¿Quién era S? ¿Y de quién se suponía que se había escondido? ¿«Me perteneces»? Sonaba como... sonaba como un mensaje de amor. ¿Una mujer que le escribía y que pensaba ir a verlo? Dios mío, pensó Ante Valdemar Roos, ¿será posible que...?

No, decidió. En absoluto. Por mucho que hubiera tomado las riendas de su vida, hay límites de lo que puede pasar. Se hallaba todavía en lo que se denominaba «realidad»; que una mujer con un nombre que empezaba por S estuviese enamorada en secreto de él... y que llevase tiempo anhelando su encuentro, y que ahora pensara buscarlo de una u otra manera..., no, eso a todas luces era demasiado.

Tampoco con ninguna mujer cuyo nombre empezara por otra letra, dicho sea de paso.

Hay que ser consciente de las posibilidades que tiene la vida, pensó Ante Valdemar Roos, pero también de sus limitaciones. Y saber trazar una línea divisoria entre las dos, en eso reside el arte de vivir.

Alguien se había confundido, por tanto. Tan sencillo como eso. Había marcado un número equivocado, cosa que él mismo solía hacer con bastante frecuencia, en gran parte debido a que las yemas de sus dedos podían cubrir sin problema tres o cuatro teclas a la vez.

Apagó el móvil, arrancó y salió del aparcamiento. Advirtió un ligero susurro en las sienes; quizá se había tomado alguna copa de más durante la noche anterior en la cena con los Faringer, pero en cualquier caso se había encontrado en buena compañía. Los Faringer no se habían ido hasta la una, y aunque solo habían sido mejillones y de postre helado con frutos del bosque, Alice y él no terminaron de lavar los platos hasta las dos y cuarto y luego se acostaron.

Todas esas malditas copas, pensó Valdemar. ¿Por qué no podían beber siempre en las mismas? ¿Enjuagarlas si hacía falta entre bebidas?

Pero había bebido como poco un litro de agua durante la mañana, así que esperaba que ese susurro en las sienes se apagara una vez que llegara a Lograna y le diera el aire.

¿Y si me quedara allí a dormir?, pensó de repente. ¿Y si mandara al carajo lo de volver esta tarde? Si nos apretujamos en la cama, cabremos los dos, seguro, tanto la chica como yo.

Echó una mirada en el retrovisor y se acordó de aquello que acababa de pensar acerca de la línea divisoria. Entre las posibilidades y las limitaciones.

Me voy a tener que contentar con un café y una pipa, decidió.

Y con inspeccionar el trabajo de pintura, claro.

—Pero si ya está terminado.

—Sí, a mí también me lo parece.

—Menuda diferencia. Deberías...

—¿Qué?

—Deberías hacerte arquitecta de interiores o algo.

Ella se rio.

—¿Arquitecta? Pero, Valdemar, solo he pintado las paredes. Creo que se necesita un poquito más para llamarse arquitecta.

—Puede ser —convino Valdemar—. De todos modos, ha quedado muy muy bonito. Pero ¿qué profesión has pensado para el futuro? Aunque hayas tenido problemas, supongo que tendrás planes...

Anna metió las manos en los bolsillos con aire pensativo.

—No lo sé —contestó—. Quizá debería estudiar. Terminar el bachillerato para empezar. Creo que no se me da muy bien tomar decisiones.

—No es nada fácil —dijo Valdemar—. Era más sencillo cuando yo era joven.

—¿Ah, sí? ¿En qué sentido?

Valdemar suspiró.

—Acababas en algún sitio sin saber muy bien cómo. Hicieras lo que hicieras. Yo estudié economía, por casualidad, pero no me interesaba una mierda. El dinero siempre viene bien, pero estar contándolo todo el día..., un aburrimiento que no veas.

—¿Y qué te habría gustado hacer?

Él se encogió de hombros.

—No lo sé. Supongo que no soy más que un tipo normal y corriente que se ha ido amargando con los años.

—¿Qué quieres decir?

No contestó, y al cabo de un rato Anna insistió.

—¿Qué es lo que quieres decir, Valdemar?

Él volvió a suspirar.

—Ya lo habrás notado. Me cuesta conectar con la gente, conectar con la vida misma, se podría decir. Bueno, supongo que esa, en realidad, es la gran pregunta...

—¿Cuál?

—Cuál coño es el sentido de mi vida.

Anna se sentó frente a la mesa de la cocina y él hizo lo mismo. Ella lo contempló con una mirada algo errática, inquieta, casi, y él se preguntó por qué diablos le había dicho eso. La pobre tenía como poco quince años menos que su propio hijo.

—¿Eres infeliz, Valdemar?

—No, qué va.

—¿Seguro?

—Bueno, pues supongo que habrá quienes estén mejor que yo. Al menos eso espero. Si no, sería una mierda.

—¿Y qué te gustaría hacer?

—¿Hacer?

—Sí.

Permaneció callado un buen rato. Paseó la mirada por las paredes recién pintadas, se rascó la nuca y poco a poco fue esbozando una tímida sonrisa en sus labios.

—De veras que está muy bonito, Anna.

—Sí, pero no has contestado a mi pregunta.

—¿De lo que me gustaría hacer?

—Hmm —asintió ella.

Se aclaró la voz.

—Quizá sea ese el problema —dijo mirando por la ventana—. Si en realidad hubiera un anhelo por hacer algo, no sería tan difícil ponerse a ello. Pero cuando no lo sabes, cuando simplemente no estás a gusto y no tienes ni idea de adónde quieres ir..., bueno, entonces, es una cosa como más triste.

—Pero tienes todo esto. —Anna hizo un gesto con las manos—. Has comprado esta casa. ¿No es esto lo que querías?

Valdemar se reclinó en la silla.

—Sí —dijo—. Claro que sí, caray. Pero el que mucho tiene más quiere, como se dice.

—Ahora no te entiendo.

Valdemar volvió a ponderar la respuesta.

—No quiero irme de aquí, Anna. Ese es el quid de la cuestión. No me basta con estar aquí durante algunos días de la semana.

Guardaron silencio unos segundos.

—¿Cómo van las cosas con tu familia?

—Mal —reconoció Valdemar sacudiendo la cabeza—. Ya lo habrás deducido. Las niñas pasan olímpicamente de mí. Alice está cansada de mí, y eso lo entiendo, la verdad, pero...

—¿Pero?

Valdemar se rio.

—Anna, querida, no entiendo por qué estoy aquí desahogándome contigo. Tengo casi cuarenta años más que tú, pero que conste que empezaste tú. Es como... como si me sacaras esas cosas.

Ella esbozó una sonrisa.

—Quizá debería hacerme psicóloga o algo por el estilo.

—¿Por qué no? Parece que se te da bien.

Ella reflexionó.

—Bueno, es cierto que suelen ser los demás los que vienen a mí con sus problemas, y no al revés, aunque tal vez no debería ser así.

—¿Ah, sí?

—Yo siempre he estado escuchando a amigos infelices, al menos es la sensación que me da.

—¿Ah, sí? —repitió Valdemar—. Bueno, es importante no perder el manual de instrucciones de la vida, como solía señalar siempre mi tío. Por cierto, ¿sabes lo que me ha pasado de camino hasta aquí? —Sacó el móvil y lo miró—. ¿Qué me dices de esto?

Le llevó un rato dar con el mensaje, pero en cuanto lo encontró, le pasó el móvil. Ella lo cogió y leyó el SMS. Primero con curiosidad y expectación en la cara, pero entonces ocurrió algo.

Se le borró la sonrisa, se tapó la boca con la mano y lo miró con los ojos como platos.

—¿Qué pasa?

Ella sacudió la cabeza y volvió a leer el mensaje.

—Esto...

—¿Sí?

—Creo que no va dirigido a ti, Valdemar. Creo...

—¿No es para mí?

—No, aunque no entiendo cómo... —Se levantó y empezó a deambular de un lado para otro—. No entiendo cómo él ha podido... Espera un momento, tiene que haber un número de remitente.

Ella cogió el móvil y pulsó unas veces sin desviar la mirada de la pantalla.

—¡Sí! Joder, es él. ¿Cómo narices...?

Se calló y se quedó parada, la boca semiabierta y una mezcla de desconcierto y concentración en los ojos. Las pupilas muy muy pequeñas procurando desesperadamente encontrar algún tipo de coherencia a la situación. Valdemar la contemplaba y advirtió que estaba conteniendo la respiración.

—Tiene que ser eso —dijo al final.

—¿Te importaría explicarme qué diantres está pasando? —pidió Valdemar.

—Enseguida te lo explico —contestó Anna—. Te lo prometo. Pero déjame que llame a mi madre primero.

—Vale... Adelante.

Empezó a marcar el número y Valdemar se levantó.

—Voy al salón mientras tanto.

Ella asintió con la cabeza y se acercó el móvil al oído.

—¡Mierda! Sin cobertura.

Valdemar se volvió a la altura de la puerta.

—Es verdad, funciona bastante mal aquí dentro de la casa. No entiendo cómo conseguiste llamar la otra vez.

Ella se mordió el labio y Valdemar vio de repente que estaba a punto de llorar; por alguna razón que no podía entender, pero que esperaba que ella no tardara en revelarle. Más que nada le gustaría darle un abrazo, estrecharla fuerte un buen rato; ese fue el primer impulso que tuvo, pero comprendió que no estaba dentro del marco de las posibilidades.

Eso de la línea divisoria de nuevo.

—Puedes probarlo subiendo un poco la colina —dijo—. Ya sabes, sigues el camino unos doscientos metros y luego giras a la izquierda donde los montones de troncos... He llamado desde allí un par de veces.

Ella volvió a asentir con la cabeza.

—Solo la llamaré rápido para pedirle que me devuelva la llamada.

—No hace falta —dijo Valdemar, y ella desapareció por la puerta.

Tardó casi media hora en volver. Mientras tanto Valdemar estaba tumbado en la cama, contemplando las paredes e intentando alegrarse de que estuvieran recién pintadas. Pero sin mucho éxito, cosa que no se debía al color ni a que fuera un trabajo mal hecho. Evidentemente.

¿Qué habrá pasado?, pensó. ¿Qué coño significaba ese mensaje?

Había dicho que iba dirigido a ella. O sea, era Anna quien se había escondido de un tal S, y era ella quien debería esperar una visita. Ella lo había comprendido de inmediato.

Pero no era nada que la alegrara. Todo lo contrario, su reacción lo había dejado bien claro. El SMS le había dado miedo, no cabía duda. Ese tal S no era nadie a quien quisiera ver.

Ahora se han acabado los días buenos, pensó Valdemar Roos, y se preguntó por qué justo esas palabras se le habían quedado grabadas en su cabeza. *Ahora se han acabado los días buenos.*

No había pasado ni siquiera una semana.

Pero era muy típico, claro. Uno no tenía derecho a pedir demasiado.

—Se llama Steffo —dijo al entrar en el salón.

Valdemar se incorporó en el borde de la cama.

—¿Steffo?

—Sí. Fue mi chico.

—Entiendo.

—La estúpida de mi vieja le dio el número.

—¿El número de mi móvil? ¿Cómo ha podido hacer eso?

Anna se dejó caer en la silla y apoyó la cabeza en las manos.

—La llamé desde este móvil la última vez. Luego él la llamó preguntando por mí. Y mi madre, la muy idiota, le dio el número.

—¿Y tú no quieres...?

—En mi vida —dijo Anna—. Está mal de la cabeza. Me da un miedo de muerte. Él cree que... no.

—Sigue.

—Él cree que yo le pertenezco solo porque estuvimos juntos unos meses.

—Pero ¿has terminado la relación con él?

Ella suspiró y se mordió el labio.

—En cierto sentido, sí —dijo—. Sí, lo he hecho, claro que sí. Cuando entré en ese centro rompí todo contacto con él. Tiene que entender que se acabó. Pero...

—¿Pero...?

—Es un jodido psicópata. He hecho muchas tonterías en mi vida, y la de liarme con Steffo ha sido la peor de todas.

Ella entrelazó los dedos de las manos en la rodilla y por un momento él pensó que estaba rezando.

—Pues tendrás que decírselo.

—¿Qué?

—Explicarle que no quieres tener nada que ver con él.

Ella negó con la cabeza.

—No lo entiendes —dijo.

—¿Ah, no?

—Steffo cree que se puede ser dueño de las personas como si fuesen cosas. Y me escribe que va a venir aquí.

Valdemar se rio.

—¿Aquí? Pero ¿cómo diablos va a encontrar este sitio?

Anna lo miró, mordió el nudillo de una mano vacilando.

—No sé si va a poder hacerlo, pero mi madre le dijo también cómo se llamaba.

—¿El qué?

—Esta casa. Lograna. Le conté que estaba en un sitio que se llamaba Lograna, no sé por qué lo hice. Porque ella me lo preguntó y quería tranquilizarla, supongo. Es que se alteró bastante cuando le dije que me había escapado. En cualquier caso, Steffo sabe que estoy en un sitio que se llama Lograna.

Valdemar reflexionó un rato.

—Bueno —dijo—. Pero no creo que el nombre de Lograna aparezca en ningún mapa, ¿no?

—Eso es lo que no sé —dudó Anna—. ¿Lo has buscado en internet?

—No —admitió Valdemar.

—Quizá sale en algún lado —continuó Anna—. Y si es así, lo encontrará. Tengo que irme de aquí, Valdemar.

—Espera un momento —dijo Valdemar—. Ahora vamos a tomarnos un café y a hablarlo con tranquilidad.

—No hay nada de qué hablar.

—Hay bastante. No puedes estar huyendo constantemente de ese Steffo, eres consciente, ¿no? —Valdemar hizo una pausa antes de continuar—. Quiero decir, ¿qué tipo de vida es esa? Tiene que entender que no quieres saber nada de él.

—Ojalá fuera tan sencillo —repuso Anna—. Ojalá fuera suficiente con solo decírselo.

—¿Lo has intentado?

Ella se encogió de hombros.

—La verdad es que no. ¿Crees que deberíamos mandarle una respuesta al mensaje?

Valdemar sintió una sensación de calidez recorrer su interior, y se dio cuenta de a qué se debía. Anna había dicho «deberíamos». «Deberíamos» mandarle una respuesta.

—Vamos a preparar café y ahora lo decidimos —insistió Valdemar—. De todos modos, dudo que vaya a encontrar esta casa. Este lugar ha permanecido oculto al mundo durante muchos años. Y de ninguna manera pienso dejar que te vayas así, llevada por el pánico.

Anna asintió con la cabeza y se fueron juntos a la cocina.

—Estoy tan agradecida de haberte conocido, Valdemar...

Sus ojos estaban empañados cuando lo dijo. Valdemar echó un vistazo al reloj. Ya eran las cinco y media; se preguntó hasta qué hora se reuniría esa red femenina de su mujer.

Capítulo 22

No enviaron ninguna respuesta al SMS.

Pero si ella me pide que me quede, lo haré, pensó varias veces mientras tomaban café y charlaban y fumaban juntos. Me importa un comino lo que vaya a pasar, tengo que comportarme como una persona con moral. No puedo dejar sola a una niña asustada en medio del bosque.

Si me lo pide, claro.

Expresamente.

Pero no lo hizo. Quizá estuvo a punto, no estaba seguro. En varias ocasiones le pareció que la pregunta se veía en su mirada, pero nunca llegó a formularse en palabras. Consiguió sacarle la promesa de que se quedaría al menos un par de días más. Le costó convencerla, pero al final accedió, y cuando se despedía de ella y subía al coche, se le ocurrió que lo había hecho solo para no tener que hablar más del tema. ¿Tal vez ya no estaría cuando él volviera la mañana siguiente?

Era un pensamiento que casi no podía soportar. De repente lo sentía así. Insoportable. ¿Qué demonios me está pasando?, pensó Ante Valdemar Roos cuando enfiló Rödmossevägen. ¿Adónde ha ido a parar toda mi antigua vida?

Se imaginaba cómo sería la mañana del día siguiente.

Sacaría la llave del escondite, abriría la puerta para entrar en una casa recién pintada y completamente vacía. Solo una nota encima de la mesa: «Al final he decidido marcharme a pesar de todo. Gracias, Valdemar, suerte con Lograna y con todo lo demás. Abrazos, Anna».

Joder, pensó. No puede ser. Así de mal no puede tratarte la vida. Ni siquiera a mí.

Y las paredes pintadas, que siempre le recordarían a Anna y a los extraños días que habían pasado juntos.

Una semana, fue el lunes anterior cuando descubrió que alguien había entrado en la casa, pero no fue hasta el miércoles que ella se atrevió a darse a conocer. De modo que eran cuatro días, incluido el día de hoy no eran más de cuatro días, pensó.

Ella le había tocado la guitarra y le había cantado una canción. Eso no lo había hecho nadie nunca en toda su vida, y mucho menos una mujer. Había llorado y ella lo había dejado llorar sin hacerle preguntas.

«As tears go by.»

Sacudió la cabeza y apretó los dientes con tanta fuerza que le dolieron las mandíbulas. No sabía por qué lo hacía, pero también agarraba el volante cada vez más fuerte, podía ver los nudillos de las dos manos ir blanqueciéndose poco a poco, y de pronto volvió a aparecer su padre.

Esa caminata por el bosque. Los pinos altos y rectos. Las piedras y las matas con arándanos rojos. Aquí suele estar el alce.

Nunca mejor que esto.

Estoy a punto de venirme abajo, pensó Ante Valdemar Roos. Ahora estoy cerca del colapso total.

Anna se quedó delante de la ventana un buen rato después de que se hubiera ido Valdemar. Procuraba encontrar un estado emocional razonablemente estable entre todo el torbellino que arrasaba dentro de ella. Un centro de gravedad.

Pero nada parecía querer estabilizarse, todo seguía girando y bailando como motas de polvo en un rayo de sol. Solo cuando se sentó de nuevo frente a la mesa y se sirvió otro café consiguió centrarse en algo concreto. No era gran cosa, pero al menos se podía formular con palabras.

Lo primero era una pregunta: «¿Qué coño voy a hacer?».

Lo segundo era una exhortación: «¡Decídete, Anna Gambowska!».

Lo tercero era una vieja canción: *«Should I stay or should I go?»*.

No se acordaba del nombre del grupo, pero daba igual, y, en cualquier caso, era así: no importaba qué tormentos padecieras, en qué estupideces y en qué miserias te hubieras enredado, siempre había alguna canción banal de rock que se ajustaba perfectamente a la situación.

Aunque quizá no era tan raro. Todo en el mundo de la música hablaba de la vida y la muerte y el amor, y cuando llegabas a un punto crítico en la vida real, las cosas se ponían igual de serias allí también. Igual de serias e igual de banales.

«Should I stay or should I go?»

Y en tal caso, si elegía la última alternativa, ¿adónde podía ir?

Era el mismo dilema de siempre. Aunque en esta ocasión mil veces peor, si era cierto que Steffo estaba de camino. Cualquier cosa, pensó, aguantaría cualquier cosa, menos verme con Steffo ahora mismo.

Ese sí, en todo caso, era un sentimiento que le parecía razonablemente estable.

Lo peor era que a ella no le costaba nada imaginarse que Steffo la buscara. Sería muy típico de él. Le pondría, a su manera perversa. Entrar en internet, buscar el nombre de Lograna. Encontrarlo en el mapa, preparar una mochila con un poco de cerveza y hachís, montarse en la vespa y marcharse.

Stay or go?

¿Cuántos kilómetros podría haber entre Örebro y Lograna? ¿Doscientos? ¿Trescientos, quizá? En cualquier caso, no demasiados para Steffo si se empeñaba en dar con ella.

Si Steffo aparece aquí, se acabó todo, pensó. Así de claro. Entonces me rendiré.

Salió al jardín y encendió la pipa. Ya estaba cayendo la noche, el cielo estaba cubierto de pesadas nubes, lo cual ayudaba a la oscuridad a instalarse más rápido, desde luego. Después de dar un par de caladas, empezó a pensar en lo que le había contado Marja-Liisa.

Algo que también ayudó a que llegara la oscuridad.

Go, pensó. No me atrevo a quedarme ni una noche más.

Y si Valdemar de verdad hubiera querido que ella se quedara, se dijo, entonces, ¿por qué se había marchado? Tendría que haberse dado cuenta de que estaba aterrada. No quería ni reconocérselo a sí misma, pero aun así era consciente de que eso fue lo que terminó por inclinar la balanza.

Él no quería que ella se quedara.

¿Y por qué iba a quererlo? ¿Qué se imaginaba? Había pintado las paredes para poner de su parte, para pagar su deuda, así que ahora estaban en paz.

Por lo tanto, *go*.

Se tragó el nudo de la garganta y entró.

Y fue tan solo un momento después, mientras estaba metiendo sus cosas en la mochila, cuando echó un vistazo fuera, por la ventana, y advirtió dos cosas.

Una: había empezado a llover.

Y dos: había una vespa aparcada en el camino.

No la había oído. Debía de haberla empujado el último trecho, pensó. Muy típico de él, eso también.

Capítulo 23

Acababa de pasar Rimmersdal cuando le sonó el móvil.

Vio que era Alice; más tarde no iba a ser capaz de explicar qué había sido lo que le había llevado a contestar.

—¿Dónde estás?

—He salido a dar una vuelta con el coche.

—¿Una vuelta con el coche?

—Sí.

—¿Y eso? Que yo sepa no lo has hecho nunca.

—Cojo el coche todos los días, Alice, querida.

—Ya, pero hoy es domingo. Quiero hablar contigo, Valdemar.

—¿Ah, sí? ¿Qué tal la reunión con las ninfas?

—Interesante. Por decir algo.

—¿Ah, sí?

—¿Estás solo en el coche?

—Claro que estoy solo en el coche. En quince minutos llegaré a casa. He dado una vuelta por..., bueno, por el lago Kymmen. ¿De qué querías hablar?

Ella hizo una pausa. Valdemar oyó que bebía algo.

—¿Qué hiciste el viernes, Valdemar?

—¿El viernes?

—Sí.

—Nada especial, creo.

—¿No estuviste en el centro?

—¿Durante el día?

—Sí, durante el día.

—No, ¿por qué?

—¿No estuviste comiendo en Ljungmans?

—¿En Ljungmans? No, claro que no.

—Qué raro. Porque resulta que Karin Wissman te vio allí. ¿Puedes explicarme eso, Valdemar?

Él reflexionó un momento.

—De verdad que no entiendo de qué estás hablando, Alice.

—¿No? E ibas con una mujer joven, según Karin. Una mujer muy joven.

—¿Qué?

—Ya me has oído.

—Es incomprensible, Alice. No entiendo cómo ella ha sido capaz de confundirse tanto...

—Os vio a una distancia de un metro, Valdemar. La saludaste. ¿Qué coño estás haciendo?

Apartó el móvil del oído y se quedó mirando el pequeño objeto con desprecio. Luego pulsó el botón de colgar con todas sus fuerzas, echó el aparato en la guantera y paró el coche en el borde de la carretera.

Apagó el motor y se apoyó en el reposacabezas.

Ya está, pensó, y se quitó las gafas. Ya ha llegado el momento. Hora de tomar una decisión.

Y las primeras y pesadas gotas de lluvia cayeron sobre el capó del coche.

II

Capítulo 24

El inspector Barbarotti estaba sentado frente a una mesa de póker.

Una lámpara que colgaba baja arrojaba una luz amarillenta sobre una superficie cubierta por un fieltro verde. Un gran bote, lleno tanto de monedas como de billetes y fichas, presidía el centro de la mesa, y bucles del humo de puros y cigarrillos se elevaban lentamente hacia el techo y se dispersaban en la penumbra por encima de la pantalla de la lámpara. Una música discreta, una sedosa voz femenina que cantaba jazz, salía de unos altavoces invisibles mientras él, despacio, muy despacio, subía un tercer as por detrás del diez y convertía dos parejas en un *full*.

Eran tres los que jugaban. Aparte de Barbarotti, había otros dos hombres cuyas caras no podía ver bien por culpa de la maldita pantalla de la lámpara, que colgaba tan baja, pero estaba seguro de que eran dignos contrincantes, por no decir superiores.

Por otra parte: teniendo un *full* con tres ases, no sería tan fácil ganarle. Rebuscó en los bolsillos de la americana más dinero para echar en el bote, pero pronto descubrió que lo único que le quedaba eran unos antiguos billetes de złoty no válidos, así como un sello de dudoso valor. También vio que sus rivales se habían percatado de su precaria situación, y antes de que le hubiera dado tiempo a tomar alguna decisión, uno de ellos inclinó su cabeza acercándola al círculo de luz y mostró una sonrisa sardónica, sin quitarse el puro de la boca.

—Es su alma la que debe apostar, monsieur Barbarotti —dijo con una estudiada untuosidad—. Nada más que su alma.

El otro caballero no acercó su cara bajo la luz para dejarse ver, sino que se contentó con asentir mediante un breve «correcto», y de repente Gunnar Barbarotti comprendió con quién estaba jugando. Eran el Diablo y Dios. No unos jugadores cualesquiera, en otras palabras, y en el mismo instante en el que se dio cuenta, ya no estaba sentado en su silla, sino tumbado pataleando entre las monedas y fichas y billetes del enorme bote bajo la lámpara, un pobre y miserable liliputiense, vestido con nada más que con su orgullo, su reloj de pulsera y sus calzoncillos, y sin la más mínima posibilidad de influir en los acontecimientos.

—En efecto, amigo mío —murmuró distraído Nuestro Señor—. No eres más que una ficha en el juego, ¿se te había olvidado esa sencilla condición?

—No hables con el bote, hermano —lo exhortó el Diablo—. ¿Es ese pobre tipo todo lo que quieres apostar? ¡Vaya! Ya no cabe duda de hacia dónde se inclina esta partida.

—El pobre es como es —comentó Nuestro Señor con un tono de voz algo sombrío—. Hay que aceptar lo malo con lo bueno.

—Debo reconocer que a veces das en el clavo —dijo el Diablo riéndose ahogadamente.

Gunnar Barbarotti intentó ponerse de pie, pero resbaló con una moneda de cinco coronas, mal apostada, y se cayó de culo y se despertó.

Paredes blancas, techo blanco. Una luz intensa, un olor a algún tipo de desinfectante y un sabor a metal en la lengua. Estaba acostado de espaldas y se sentía mareado; una de las piernas le pesaba como el plomo, se oían voces lejanas y pasos que desaparecían por un pasillo.

Estoy en un hospital, fue su primer pensamiento después de que tanto Dios como el Diablo lo hubieran abandonado. Me acabo de despertar, algo ha ocurrido, pero la cabeza me funciona bien. Debe de ser esa pierna, claro.

Contento con haber llegado a esa conclusión, se durmió de nuevo solo para despertarse al cabo de poco, probablemente nada más que algún minuto o unos segundos, porque fue capaz de reconectar sin dificultad con el hilo de su pensamiento donde lo había dejado.

La pierna. Estaba escayolada. La izquierda. Todo el pie y toda la pierna hasta la rodilla. Pero podía mover los brazos, cerrar los puños, y, cuando dio la orden de moverse a los dedos del pie empaquetado, se movieron.

Por consiguiente, pensó Barbarotti cerrando los ojos, por consiguiente, me he roto la pierna izquierda. Ocurre en las mejores familias. Todo lo demás está bien. Me han operado y me han dormido, ya que se trataba de una intervención complicada.

Luego se durmió de nuevo.

Cuando se despertó por tercera vez, se acordaba de toda la historia. La partida del sueño también volvió, y de alguna manera le dio la sensación de que una cosa tenía que ver con la otra.

El hecho de que él se hubiera caído del tejado, y de

que Dios y el Diablo estuvieran jugando una partida de póker por su alma.

Tonterías, pensó irritado. Tan cerca de la muerte no puedo haber estado, y Nuestro Señor sin duda me habría advertido si es que hubiera habido tanto peligro.

Nuestro Señor se hallaba de momento trece puntos por encima del límite de existencia —durante un instante a Barbarotti le sorprendió la nitidez con la que se acordaba de la cifra exacta— y tenía todos los motivos del mundo para llevarse bien con el inspector. Así estaban las cosas.

Era consciente de que el razonamiento no se podía considerar del todo impecable desde un punto de vista lógico, pero ese fuerte sabor a metal en la boca le distraía un poco. Aunque difícilmente se trataba de una anestesia general, porque de repente se dio cuenta de que recordaba toda la operación, un doloroso detalle tras otro; quizá le habrían dado algún calmante después, sí, era lo más probable. Si hubiera podido decidirlo él mismo, habría preferido dormir durante toda la operación, pero ese tipo de decisiones ya no le correspondía al paciente, sino al traumatólogo de turno, cosa que debía de tener sus razones bien fundamentadas.

El hecho de que se había caído del tejado era, en cualquier caso, algo irrefutable. Así como que había aterrizado con la pierna izquierda dentro de una carretilla que algún idiota había colocado allí debajo, encima del suave y mullido césped —él mismo, con bastante probabilidad—, y que el dolor había sido tan tremendamente fuerte que se había desmayado.

Marianne había acudido en su auxilio con la plaga de Roger el Cuñadísimo pisándole los talones; al poco tiempo se había unido al grupo un vecino que se llamaba Peterzén y que era piloto jubilado y fanático forofo del club de fútbol AIK, y a continuación la ambulancia con su personal, que se ocupó de girar el pie en la buena posición, y entonces se volvió a desmayar, porque le dolió más de lo que debería ser posible.

Y luego analgésicos y el viaje al hospital, y un montón de enfermeras y médicos que torcían y tiraban y constataban y confabulaban y finalmente se aseguraban de que no se desmayara una tercera vez, ya que sería una pena si se perdía algo tan interesante como su propia operación.

Y ahora la operación de marras había concluido. Ahora tocaba curarse. Ahora se quedaría tumbado en una cama y se dejaría cuidar durante días y semanas, y nunca jamás... nunca jamás volvería a subirse al tejado para clavar alistonados de madera para las tejas a fin de intentar convencer a Roger el Cuñadísimo de que era un manitas de puta madre. Ni a Marianne ni a sus hijos ni a nadie.

Hay que ser consciente de las posibilidades que uno tiene, pero sobre todo de las limitaciones, pensó Gunnar Barbarotti. Bien era cierto que era inspector de policía y que desde su época estudiantil en la Universidad de Lund estaba en posesión de una vieja licenciatura de Derecho guardada en un cajón, sin explotar, pero siempre había sido un manazas y, además, tenía miedo a las alturas.

Y a pesar de que casi se había desmayado del dolor, no había podido evitar oír lo que uno de los enfermeros de la ambulancia le decía al otro:

—Tiene quinientos metros cuadrados de un césped suave y blando en los que aterrizar y el tío va y decide caerse sobre la carretilla. Un tipo muy listo.

La puerta se abrió y entró una enfermera en la habitación.

—¿Así que nos hemos despertado?

Barbarotti creía que solo se hablaba de ese modo en las películas y en los libros antiguos, pero al parecer no era así.

Intentó responder afirmativamente, pero su boca metálica había dejado de funcionar. Le salió un susurro, seguido por un ataque de tos.

—Bebe un poco —dijo ella, y le tendió una taza con una pajita.

Él obedeció. Luego echó una mirada llena de intención a la escayola y después otra más bien inquisitiva a los ojos azules de la enfermera.

—Que sí —dijo—. Todo ha salido bien. El doctor Parvus pasará a verte dentro de poco. ¿Te duele?

Él negó con la cabeza.

—Pulsa el botón si quieres algo. El doctor Parvus vendrá dentro de muy poquito.

Ella estudió un papel que colgaba a pie de la cama, luego asintió con la cabeza mientras le lanzaba una mirada de ánimo y se fue.

Antes de volver a adormilarse de nuevo, se quedó mirando fuera por la amplia ventana, donde podía observar una grúa amarilla que se perfilaba contra el cielo otoñal azul moviéndose lenta y majestuosamente. Era muy bonita, pensó Gunnar Barbarotti, solemne de alguna manera. Y digna. En mi próxima vida quiero ser una grúa, decidió, entonces las mujeres se volverán locas por mí.

Mientras contemplaba la belleza y dignidad de la grúa, también aprovechó para reflexionar un poco sobre la situación; le pareció lógico hacerlo, a pesar de que la caída del tejado no había sido ninguna experiencia cercana a la muerte.

O sea, sobre su situación personal —su posición en el sistema de coordenadas que llamamos «vida», habiendo llegado a los cuarenta y nueve años—, e independientemente de la postura que uno quisiera adoptar respecto a causas y efectos y al desarrollo general de los acontecimientos, había que reconocer que durante los últimos tiempos habían pasado bastantes cosas.

Sobre todo el último año. El otoño pasado por estas fechas —el mes de septiembre, o a finales de agosto para ser exactos— vivía por completo solo en su apartamento de dos habitaciones en la calle Baldersgatan. Así era; se acordaba de que solía sentarse en el balcón por las noches observando las bandadas de grajillas que circulaban sobre el empinado tejado del instituto Katedralskolan, cavilando sobre los curiosos acontecimientos que habían tenido lugar en Finistère, en Francia, y preguntándose qué iba a ser de su vida. Si iba a pasar sus restantes diez o veinte o treinta años de la misma manera solitaria, cada vez más deprimente y sórdida, o si Marianne le diría que sí, indicándole así el camino a una nueva primavera de su vida.

Sí, más o menos así se habían presentado las opciones, pensó Barbarotti, y desvió por un momento la mirada de la primorosa grúa para dirigirla al gigantesco —y, la verdad, un poco imponente también— amasijo de escayola en el que se había convertido su pierna. Algo le picaba ahí dentro, pero suponía que no le quedaba otra que apretar los dientes y acostumbrarse. Le costaba creer que estarían dispuestos a romper y abrir una escayola tan grande y sólida solo para que un simple inspector de policía pudiera rascarse.

Volvió a la grúa y la vida. Pensó que Baldersgatan le resultaba inmensamente lejana, como algo que había dejado atrás hacía ya mucho mucho tiempo, en una vida que en realidad no había sido más que una sala de espera. Un respiro después del divorcio de Helena. La espera de algo nuevo que iba a ser de verdad, algo así.

Había hibernado cinco años allí, junto con su querida hija Sara, de quien no cabía duda de que había sido su luz en esa oscuridad; luego..., bueno, luego la nueva vida, de hecho, se había presentado. Como caída del cielo, al menos eso podía parecer viéndolo en retrospectiva. Ahora mismo vivía en una vieja casa de madera enorme de trescientos cincuenta metros cuadrados levantada en un solar que lindaba con la playa en el cabo de Kymmen. Con vecinos cómodamente alejados, un jardín grande y salvaje, un millón y medio de hipoteca en Swedbank y una mujer a la que amaba.

Todos esos metros cuadrados en verdad hacían mucha falta, ya que de momento eran —hizo una breve pausa calculando— nueve personas las que residían en la casa.

Dios mío, pensó. De una familia unipersonal a una de nueve miembros en tan solo un año. Menuda evolución. Se quedó mirando la grúa y se dio cuenta de que estaba sonriendo. Había una agradable sensación de satisfacción vibrando apaciblemente en lo más profundo de su ser, para qué negarlo, y al fin y al cabo todo gracias a..., bueno, en realidad solo era por Marianne y él.

Después, ese paquete incluía más cosas, y como al inspector Barbarotti le encantaba hacer listas —algo que le gustaba ya desde párvulo— hizo una en su cabeza en ese instante.

O sea, una lista de los residentes de Villa Pickford, tal y como el primer propietario, el viejo señor Hugger, dueño de una importante fábrica de la región, había llamado a su construcción. Era un cinéfilo empedernido y le había puesto ese nombre en honor a su actriz favorita cuando la levantó a mediados de los años treinta.

Gunnar y *Marianne*, así pues. Eran ellos dos los que habían decidido irse a vivir juntos, de modo que ahora vivían como marido y mujer, aunque ella había elegido quedarse con su apellido de soltera, Grimberg. Él nunca se lo había reprochado, y si en algún momento futuro le apeteciera cambiarlo por Barbarotti, se podría hacer sin problema. ¿Y qué más?

Sí, sus propios hijos, claro: *Sara*, 20 años, *Lars* y *Martin*, 14 y 12.

Los hijos de Marianne: *Johan*, 16, y *Jenny*, 14.

El novio de Sara, *Jorge*, 20: los dos tenían previsto mudarse pronto a su propia casa. Habían encontrado un apartamento, un estudio en bastante mal estado, pero barato, en la calle Kavaljersgatan, en el barrio Väster, que estaban reformando; un trabajo con el que ya llevaban tres meses, pero que, según las estimaciones de todos los analistas sensatos, debería poder terminarse antes de Navidad. El problema era que ambos tenían tanto que estudiar como que trabajar, y un montón de otras cosas a las que atender. Además, a todas luces, estaban muy a gusto viviendo en Villa Pickford.

Se habían conocido hacía seis meses, y Barbarotti padre pensaba que no les vendría mal esperar un poco más antes de irse a vivir juntos, pero respecto a este tema —al igual que respecto a bastantes otros— no tenía voz ni voto.

En cualquier caso, todavía residían en Pickford, y como había al menos diez habitaciones en la casa, no suponía mayor inconveniente.

El que posiblemente generaba algunos inconvenientes, sin embargo, era el noveno y último miembro de la gran familia: *Roger el Cuñadísimo*. La Plaga.

Roger Grimberg era hermano de Marianne, diez años mayor que ella, y la idea tampoco era que se quedara el resto de su vida en Pickford.

Pero se trataba de un hombre más manitas que MacGyver; si le dabas un huevo, dos lápices y una goma elástica, era capaz de construir un helicóptero en ocho minutos. Por lo tanto, resultaba muy práctico tenerlo en casa mientras duraran las obras de reforma, eso no se podía negar. Y estas obras, que se habían iniciado cuando se mudaron a la casa el 1 de noviembre, se habían prolongado más de lo previsto. Diez meses y medio. Roger el Cuñadísimo había estado presente a jornada completa durante los últimos cinco meses, tiempo en el que había estado en el paro.

Normalmente —cuando no le daba al martillo o a la sierra o pintaba o cambiaba marcos de las ventanas o ponía el suelo o instalaba nuevos cables o estufas en Villa Pickford— vivía en Lycksele, donde trabajaba de vigilante de aparcamiento.

Pero ¿cómo van a necesitar vigilantes de aparcamiento en un pueblo tan pequeño como Lycksele?, solía pensar Barbarotti. No me extraña que esté en el paro.

El problema con Roger Grimberg, aparte de que era tan terriblemente manitas que a Barbarotti le salían sarpullidos por medio cuerpo, radicaba en que también era un poco alcohólico y en que le gustaba manifestar sus opiniones sobre el estado del mundo.

Es cierto que controlaba más o menos el consumo de alcohol limitándose a seis latas exactas de cerveza al día, fuese día laboral o festivo; lo que a Barbarotti le costaba bastante más soportar era su análisis sociopolítico universal.

Por ejemplo, cuando te arrastras por el tejado en su compañía clavando algo que llamaban alistonado para fijar las tejas. ¿Ha sido por eso que me he caído?, pensó Barbarotti. ¿Qué fue lo que soltó Roger el Cuñadísimo? Es cierto que no podía recordar lo que había precedido a la caída sobre la carretilla, pero se acordaba de que Roger se había enrollado en una larga disquisición sobre empresas suecas que trasladaban la producción al extranjero —a Europa del Este y al Sudeste Asiático— mientras todavía estaban en el suelo llenando sus fajas portaherramientas de clavos. O sea, Roger y él, no las empresas suecas. Era muy probable que se llamaran de otra manera, no «fajas portaherramientas», pero a Gunnar Barbarotti le gustaba poner su propio nombre a las cosas del mundo de la carpintería y demás trabajos manuales. Se trataba de una cuestión de integridad y del derecho a defender una forma de entender la vida, y si así conseguías tocarle la moral un poco a la Plaga, supondría un pequeño bonus. Y si podía irritarle tanto que decidiera regresar a su apartamento en el pueblo una vez que el tejado estuviera terminado, pues eso sería ya un bonus como una casa.

Marianne lo había insinuado el otro día: su hermano echaba de menos su tierra.

Sin duda sería perfecto, pensó el inspector Barbarotti mientras ajustaba la posición de las almohadas de su cama, si ese imbécil pudiera acabar de clavar alistonados y colocar tejas mientras yo estoy aquí en el hospital descansando, para luego largarse al norte con sus parquímetros y quedarse allí.

Con ese pensamiento optimista en la cabeza, y la

primorosa grúa en la retina, se durmió de nuevo, y ni Dios ni el Diablo se tomaron la molestia de incordiarlo más ese día.

Ni con partidas de póker ni con ninguna otra cosa.

En su lugar, se presentó una mujer y a él le llevó un par de segundos darse cuenta de que estaba despierto.

Estaba al lado de su cama y parecía rondar los cincuenta años. De constitución fuerte, sin pecar de obesidad, y con un color de pelo que le recordaba a un vino de Borgoña y que armonizaba bastante mal con sus ojos azul claro y algo esquivos.

Vestía de blanco, de modo que Barbarotti comprendió que formaba parte de la plantilla del hospital.

—Perdona —dijo—. Mi nombre es Alice Ekman-Roos. Soy enfermera de esta planta. Aunque no te he atendido a ti y quizá no te acuerdas de mí.

Barbarotti leyó la chapa con el nombre que colgaba a un lado de un pecho. Parecía cierto que se apellidaba Ekman-Roos, y también era cierto que no se acordaba de ella. Barbarotti negó con la cabeza intentando poner una cara de lamento.

—Lo siento.

—Fuimos compañeros de clase en el instituto —dijo ella—. Un curso solo, pero aun así.

¿Alice Ekman?, pensó. Sí, quizá. Puede que hubiese alguien con ese nombre, pero no con ese color de pelo, de eso estaba seguro... En el primer curso, probablemente, porque en segundo él cambió de programa de estudios. Sí, podría ser ella.

—Es que sé que eres policía y eso, y si estás demasiado cansado dímelo, claro. Pero quería preguntarte una cosa.

Vio que ella se encontraba incómoda. Que se sentía avergonzada por acercarse a él de esa manera. ¿Quizá llevaba un rato a su lado esperando a que se despertara?

—¿Alice Ekman? —dijo.

—Sí.

—Sí, creo que me acuerdo de ti. Tenías una amiga que se llamaba Inger, ¿verdad?

Su cara de preocupación se alivió por un instante.

—Sí, en efecto. Inger Mattsson. Sí, éramos inseparables.

—¿Y qué querías? —preguntó—. Es que me acaban de operar, pero eso seguro que ya lo sabes.

—Sí, ya lo sé —dijo ella—. Es por eso por lo que quería aprovechar el momento..., o sea, ahora que estás en mi planta. Pronto volverás a traumatología.

—¿Y ahora dónde estoy?

—En la unidad de recuperación. Te dejarán aquí solo un par de horas más.

—Vale —dijo Barbarotti.

Ella se pasó la mano por el pelo mientras echaba un vistazo nervioso hacia la puerta.

—Es que... es que tengo un problema. Y no sé muy bien si dirigirme a la policía o no. Y tampoco conozco a nadie a quien preguntar.

Barbarotti fijó la mirada en la grúa esperando a que continuara.

—Resulta un poco embarazoso y en realidad no me gustaría que se supiera, pero por otra parte...

—¿Sí?

—Por otra parte, podría ser algo grave. Llevo ya dos días dándole vueltas, y la verdad es que no sé qué hacer. Así que, cuando he visto tu nombre aquí, entonces... pues he pensado que quizá podría pedirte consejo, al menos.

Hizo una breve pausa y carraspeó un poco, resultaba evidente que estaba nerviosa.

—Te pido perdón por entrometerme de esta manera, nunca lo haría en circunstancias normales, pero..., bueno, lo cierto es que estoy un pelín desesperada.

—¿Desesperada?

—Sí.

Gunnar Barbarotti se agarró al colchón con las dos manos e intentó incorporarse un poco en la cama.

—¿Qué ha pasado?

Ella se quedó contemplando la escayola de la pierna de Barbarotti unos momentos antes de contestar. Se mordió el labio inferior al tiempo que sus dedos índice rascaban la parte interior de sus pulgares.

—Es mi marido —dijo—. Parece que ha desaparecido.

Capítulo 25

—¿Y por qué no quieres denunciarlo?

Cuatro horas más tarde.

Otra habitación del mismo hospital y ninguna grúa amarilla. En su lugar, una mampara verde en torno a dos cuartas partes de la cama, un loable intento de crear una ilusión de privacidad.

Apenas una ilusión. Había otros dos pacientes en la misma habitación, con escayolas en diversas partes de sus cuerpos, que a todas luces estaban lo bastante cerca como para oír todo lo que se decía a no ser que se bajara mucho la voz. Uno de ellos, un caballero de unos ochenta años, hablaba a gritos con su mujer por teléfono, despejando cualquier duda que uno pudiera haber tenido a ese respecto.

Marianne había estado de visita. Sara y Jorge también. Una serie de médicos y enfermeras habían pasado a verlo para explicarle que la intervención había ido bien y que no se encontraba nada mal. Le darían el alta al día siguiente o dentro de dos días, y luego podía contar con entre cuatro y seis semanas con la escayola. Probablemente iban a tener que cambiársela un par de veces.

Pero ahora Alice Ekman-Roos había vuelto, a pesar de que ya no se hallaba en su planta. Eran las siete y media de la tarde, el cielo al otro lado de la ventana había empezado a oscurecer adquiriendo un tono más violeta.

Ella inspiró hondo y lo contempló con gesto serio.

—Porque quizá no es más que una historia banal y vergonzosa.

Barbarotti tardó unos segundos antes de responder.

—La policía está acostumbrada a historias banales y vergonzosas.

Ella suspiró y dejó de mirar a Barbarotti. Fijó sus ojos en la ventana.

—Lo entiendo —dijo ella—. Solo que no quiero que se sepa si resulta que es así..., pero también puede ser algo grave. Como decía.

—¿Grave?

—Sí, podría haberle pasado algo. Puede haber sufrido un accidente o... no sé.

—No entiendo muy bien qué es lo que quieres que haga yo —respondió Barbarotti—. Estoy un poco indispuesto, como puedes ver. —Hizo un gesto hacia la escayola al tiempo que procuraba hacer una mueca irónica.

—Sí, claro. Me voy enseguida si te molesto. En realidad solo quería pedirte un consejo. Ya que fuimos compañeros de clase, y tú eres policía y eso.

Gunnar Barbarotti asintió con la cabeza. Hasta ahí había llegado a contarle antes de que los interrumpieran en la sala de reanimación.

Pero no mucho más. Que el marido desaparecido se llamaba Valdemar y que no lo había visto desde el domingo pasado. Hoy era martes. Bebió un trago de agua de la taza que había encima de la mesilla y se decidió.

—De acuerdo —dijo—. Cuéntamelo. Tampoco tengo mucho más que hacer.

—Gracias —contestó ella, y acercó la silla un poco más—. Muchísimas gracias. Sí, me acuerdo de que parecías un tipo simpático... Quiero decir, en esa época, cuando íbamos al instituto. Aunque nunca llegamos a hablar mucho.

—El domingo —dijo Barbarotti para desviar el tema del instituto—. ¿Has dicho que tu marido desapareció el domingo?

Ella se aclaró la voz y entrelazó las manos.

—Eso es. Hablé con él por teléfono a eso de las seis de la tarde. Desde entonces no sé nada de él.

—¿Por teléfono? O sea, ¿no estaba en casa? ¿Vivís aquí en Kymlinge?

Ella asintió con la cabeza.

—En la calle Fanjunkargatan. Llevamos en esa casa desde que nos casamos. Hace... hace unos diez años. Los dos veníamos de un matrimonio anterior. Supongo que es normal hoy en día.

—Estoy en la misma situación —admitió Barbarotti.

—¿Ah, sí? Bueno, nunca nos había pasado algo así antes. Valdemar es una persona bastante tranquila y..., bueno, muchos seguramente dirían que es un tipo un poco... aburrido. Algo retraído, para entendernos. De verdad que no es alguien de quien te esperarías que fuera a desaparecer. No es para nada propio de él, y además tiene diez años más que yo.

A Barbarotti le costaba comprender en qué sentido la diferencia de edad podía tener algo que ver con la inclinación a desaparecer, pero no se molestó en analizar ese detalle en profundidad.

—¿Lo que no eres capaz de determinar es si podría haberlo hecho por voluntad propia?

Ella se estremeció.

—¿Cómo puedes saber eso?

Barbarotti hizo un gesto abriéndose de brazos.

—A menos que sospecharas algo así, no entiendo por qué podría ser vergonzoso.

Ella reflexionó un momento y Barbarotti pudo ver que el razonamiento la convencía.

—Claro —dijo—. No será la primera vez que te encuentras con un caso así. Pues, sí, en efecto, existe la posibilidad de que se mantenga alejado de mí porque quiere, como bien señalas.

—¿Y cuánto has intentado averiguar? —preguntó Barbarotti—. Por tu cuenta, quiero decir.

Un rubor se apoderó de su cara grande y lisa.

—Nada —dijo.

—¿Nada? —repitió Barbarotti.

—No, es que creo que...

—¿Sí?

—Creo que resultaría tan terriblemente vergonzoso de ser así... Que me hubiera dejado. He pensado que tarde o temprano se pondrá en contacto conmigo...

—¿Y su lugar de trabajo? Tiene un trabajo, ¿no?

Ella asintió y negó con la cabeza a la vez, en un único y confuso movimiento.

—Sí, pero no los he llamado.

—¿Por qué no? ¿Dónde trabaja?

—En Wrigmans Elektriska. No sé si conoces esa empresa. Fabrican termos y otras cosas, están en Svartö.

—Sé dónde está —dijo Barbarotti—. Bueno, al menos te puedo dar ese consejo. Llámalos antes de ir a comisaría.

—Sí, por supuesto —accedió ella al tiempo que bajaba la mirada—. Debería haberlo hecho, claro. Y sé que me comporto un poco como una niña tonta con esta historia.

Barbarotti sintió que en su interior empezaba a despertarse cierta simpatía por la mujer. Si su marido en realidad la hubiera dejado sin una sola palabra de explicación, no habría ninguna razón para mostrarse condescendiente con ella. Y disponía de todo el tiempo del mundo.

—¿De modo que existen motivos concretos que te hacen sospechar que él puede haber hecho esto por voluntad propia? —preguntó—. ¿Te he entendido bien en este punto?

Ella contempló sus manos entrelazadas durante un breve instante antes de contestar.

—Sí —admitió—. Existen motivos concretos. En los últimos tiempos, Valdemar no se ha comportado como suele hacerlo. Lo hemos notado tanto las niñas como yo.

—¿Las niñas?

—Tenemos dos hijas. Bueno, son mías las dos, de mi matrimonio anterior. Pero viven con nosotros. Signe y Wilma, tienen veinte y dieciséis años.

—Y habéis... habéis notado que tu marido no se ha comportado de la manera habitual últimamente.

—Sí.

—¿En qué sentido?

Ella intentó arrugar la frente, pero no había suficiente piel y sí demasiado hueso para lograrlo.

—No sé cómo explicarlo —vaciló ella—. Es que tampoco hay nada concreto que se pueda señalar, pero ha sido obvio. Cosas que ha ido diciendo y así..., es que cuando llevas tanto tiempo viviendo con alguien esos pequeños cambios no se te escapan. He pensado que...

—¿Sí?

—No sé, pero se me ocurrió que quizá sufría una

depresión. Él estaba de acuerdo en que podía ser así, incluso hemos hablado con un psiquiatra, un amigo nuestro... Pero hay otra cosa también de la que me enteré el domingo. A lo mejor no tiene nada que ver, pero no se me va de la cabeza.

—Entiendo —dijo Barbarotti—. ¿Y de qué te enteraste el domingo?

Ella tragó saliva y el rubor volvió a subirle por la cara, acompañado por el sol, que aprovechó el momento para filtrar los últimos rayos del día por la ventana.

—Una de mis amigas lo observó —dijo ella.

—¿Lo observó?

—No sé cómo llamarlo. En cualquier caso, me contó que lo había visto acompañado... acompañado de una mujer joven.

Vaya, pensó Barbarotti. Ya estamos. Lo sabía.

—Cabe por supuesto la posibilidad de que sea algo del todo inocente —continuó Alice Ekman-Roos—. Quiero decir, puede haber sido una compañera de trabajo o lo que sea, pero lo que pasa es que..., bueno, que él lo niega. Mi amiga los vio a un metro de distancia y se saludaron. Valdemar y aquella mujer salían de un restaurante. ¿Por qué negarlo si no era algo que quisiese ocultar?

—Buena pregunta —dijo Barbarotti—. ¿Y cuándo hizo tu amiga esa... observación?

—El viernes. Salían de Ljungmans en Norra Torg. ¿Sabes dónde...?

—Sí, claro —confirmó Barbarotti—. ¿Y cómo reaccionó tu marido cuando lo confrontaste con esto? ¿Fue el domingo cuando se lo comentaste, si lo he entendido bien?

—Sí, eso es —constató Alice Ekman-Roos—. Pero

lo único que te puedo decir sobre su reacción es que lo negó. Y eso es lo último que sé de él.

—¿Lo último?

—Sí.

—Espera un momento. O sea, ¿esa fue la llamada de la tarde del domingo? ¿Fue entonces cuando se lo comentaste y él lo negó?

Ella asintió con la cabeza y por primera vez apareció una capa brillante que empañaba sus ojos.

—Acababa de enterarme por mi amiga. Llegué a casa y no estaba. Lo llamé al móvil y se lo conté, y él..., bueno, dijo que era un malentendido. Que no había estado en Ljungmans ese viernes. Luego me colgó en medio de la llamada. O quizá se cortó, no lo sé.

—¿A qué hora del viernes se supone que pasó esto?

—A la hora de comer. Que también es raro. ¿Por qué estaba en el centro a esa hora?

—¿No debería haber estado en el trabajo, en Svartö?

—Sí.

—¿Igual tenía que ir al centro de vez en cuando?

—Que yo sepa no.

Barbarotti reflexionó al tiempo que el sol se desvanecía.

—¿Dónde estaba? —preguntó—. Cuando lo llamaste.

Ella suspiró.

—Dijo que había cogido el coche para dar una vuelta por el lago Kymmen, pero no sé. No suele hacer esas cosas. Me aseguró que enseguida volvería a casa.

—¿Y nunca volvió?

—No. Más tarde lo volví a llamar, naturalmente, pero no me lo cogió. Ni ayer, ni hoy tampoco.

—¿Lo has llamado muchas veces?

—Sí.

—¿Y le has enviado mensajes?

—Sí.

—Entiendo —dijo Barbarotti—. Entonces creo que la situación me queda bastante clara.

—¿Es eso lo que soléis decir?

—¿Cómo?

—La policía. ¿Que la situación os queda clara?

Barbarotti no contestó. Ella enderezó la postura, inspiró hondo, y él esperó a que dijera algo más.

Pero no hubo nada más. Siguió sentada con la mirada dirigida a la ventana, hacia el bosque y el río, sin intentar disimular las lágrimas que le caían por las mejillas. Al otro lado de la mampara alguien entró en la habitación con un carrito ruidoso, y Barbarotti comprendió que la conversación estaba a punto de llegar a su fin.

—Otra cosa —se le ocurrió—. ¿Quién está al tanto de que ha desaparecido?

—Solo yo.

—¿Tus hijas no?

—Les he dicho que se ha ido de viaje de trabajo.

—¿Suele hacer viajes por trabajo?

—Nunca. Pero es que ellas están muy ocupadas con sus cosas. Es la edad.

Barbarotti asintió con la cabeza mientras reflexionaba.

—Vale —dijo—. Bueno, suena como una triste historia, independientemente de lo que haya pasado. Entiendo que estés preocupada, pero creo que lo mejor que puedes hacer es llamar a su trabajo y preguntar.

Y fue entonces cuando ella lo sorprendió aún más de lo que había sido capaz de hacer hasta ese momento.

—¿Y no podrías hacerlo tú? —preguntó—. Te lo pido por favor.

Y su respuesta no fue menos sorprendente.

—De acuerdo, si me das el número, llamaré mañana por la mañana.

Media hora después de que Alice Ekman-Roos lo hubiera dejado, llamó Marianne.

—¿Cómo estás, mi amor? —quiso saber.

—Mejor de lo que me merezco —admitió Gunnar Barbarotti—. Y dicen que no hace falta que trabaje en mucho tiempo.

—¿Ni trabajo policial ni ningún otro tipo de trabajo? —preguntó Marianne.

—Sobre todo, ningún tipo de trabajo manual —dijo Barbarotti.

—¿Y no te duele?

—Nada.

—*Lucky you* —dijo Marianne riéndose—. ¿Sabes?, estoy tan contenta de que estés vivo... Eres muy torpe, y la verdad es que podrías haber terminado mucho peor.

—Gracias —contestó Barbarotti—. En cualquier caso, me hace mucha ilusión intentar hacer el amor con una pierna escayolada. Es algo que siempre me ha intrigado..., o sea, si es factible.

—¿Quieres que vaya a verte esta noche? —preguntó Marianne.

—Creo que la escayola aún no se ha secado del todo —explicó Barbarotti—. No te lo tomes a mal, pero creo que vamos a tener que esperar hasta que haya vuelto a casa.

—No me refería a eso —comentó Marianne—. Solo pensaba subir a verte y a darte un beso de buenas noches.

—Es mejor que te quedes allí y que beses al resto de la familia —dijo Barbarotti—. ¿No te parece?

—Venga, vale —suspiró Marianne, y Barbarotti casi pudo oír cómo ponía los ojos en blanco mirando al cielo—. Seis niños y un hermano borrachín, suena de película, ¿verdad? Tienes razón, creo que es mejor que me quede.

—Sara y Jorge ya no son unos niños —señaló Barbarotti—. Al menos no todo el tiempo.

—Cierto. Pero Jenny tiene examen de mates mañana y Martin necesita ayuda con el acuario. Y tenemos dos toneladas de ropa para lavar. Al menos no voy a estar de brazos cruzados aburriéndome.

—Mañana volveré a casa y me encargaré yo de cruzar los brazos, no te preocupes —prometió Barbarotti—. O pasado mañana. Dile a Roger el Cuñadísimo que se dé prisa con el tejado.

—Lo tiene casi terminado. Dice que avanza más rápido cuando tú no estás.

—Me cago en la madre que lo parió.

—Tal vez bromeaba —apuntó Marianne.

—Claro que era una broma —dijo Barbarotti—. Bueno, creo que va siendo hora de que me vaya a la cama. Que descanses, mi bella ninfa. Inclúyeme en tus sueños.

—Y yo que creía que te habías despertado de la anestesia ya —repuso Marianne.

Tan solo un par de minutos más tarde era el turno de Backman.

—Muy listo —dijo ella.

—¿Qué? —contestó Barbarotti.

—Pides un día para hacer reformas en el palacete. Luego finges haberte roto una pierna y te libras de trabajar un mes entero.

—Exacto —reconoció Barbarotti—. Considero que la jugada me ha salido perfecta.

—Aunque Asunander dice que te va a mandar a trabajo de oficina en cuanto la escayola se haya secado. Creo que se refiere a mañana mismo.

Barbarotti ponderó la respuesta.

—Puedes decirle a nuestro eunuco superior que estoy ansioso por volver, pero que por desgracia las órdenes del médico me lo impiden.

—Eso le diré —prometió Eva Backman—. Aunque no creo que los médicos le caigan muy bien.

—¿Sabes si hay alguien que le caiga bien? —preguntó Barbarotti—. En serio. Le he dado muchas vueltas.

—Yo también —dijo la inspectora Backman—. Creo que le gusta cierta raza de perros excéntricos y un poco agresivos.

—Tenía uno de esos —comentó Barbarotti.

—Sí, pero se le murió —le recordó Backman—. ¿No te acuerdas?

—Claro que me acuerdo —dijo Barbarotti—. De modo que ahora no hay nada que le guste.

—A eso voy —continuó Backman—. No le gustan nada de nada los policías que se caen de tejados y a los que les dan la baja.

—Gracias, ahora creo que me has dejado muy clara la situación —indicó Barbarotti—. Por cierto, ¿por qué estamos hablando de Asunander?

—Ni idea. ¿Es verdad que te has caído en una carretilla?

—Sí —admitió Barbarotti, y se dio cuenta de que no tenía ningunas ganas de hablar de eso tampoco—. ¿Y tú cómo vas? —preguntó.

—Necesito hablar contigo sobre algunas cosas —dijo Eva Backman—. El caso Sigurdsson, entre otras. Esos interrogatorios que hiciste con Lindman y el pastor.

—Vale, claro —dijo Barbarotti—. ¿Corre mucha prisa?

—¿Cuánto tiempo te vas a quedar en el hospital?

—Con toda probabilidad me darán de alta mañana... o pasado. Pero puedo conversar sin problema alguno ahora mismo, ¿no lo ves?

—No me gustan los hospitales —se disculpó Backman—. Pero si puedo pasarme a verte por tu casa pasado mañana, encantada. Y así el fiscal podrá meter en el calabozo a ese maldito Sigurdsson la semana que viene.

—Quedamos en eso —dijo Barbarotti, y sintió de repente que ya no tenía fuerzas para seguir hablando. Al fin y al cabo, lo acababan de operar—. Llámame mañana —añadió— y vemos cómo va el tema.

—Intenta no caerte de la cama, que te vas a hacer daño —le advirtió Eva Backman, y luego se despidieron deseándose buenas noches.

Antes de dormirse se quedó tumbado un rato dejando vagar los pensamientos. En realidad intentaba controlarlos: alejarlos de la conversación con la preocupada enfermera y dirigirlos hacia su propia vida y sus circunstancias.

Hacia lo que significaría arrastrar un pie roto, por ejemplo. Era la segunda vez en su vida que se le había roto un hueso en alguna parte del cuerpo; en la anterior ocasión se había metido directo con la bici en un sacudealfombras de acero y se había fracturado la clavícula. De eso hacía ya cuarenta años y se había curado en un par de semanas sin necesidad de escayola alguna. Gunnar Barbarotti suponía que había cierta diferencia en cuanto a la disposición a sanar de los huesos entre un niño de ocho años y alguien de cuarenta y ocho.

Pero no le fue muy bien. No eran esas reflexiones las que asumían el dominio de sus pensamientos, sino Alice Ekman-Roos. Quisiera o no y por mucho que intentara dirigirlos a otra cosa.

Quizá porque le daba pena, porque, desde luego, se la daba. No cabía mucha duda acerca de lo que había pasado. ¿Verdad?, se preguntó. Su marido se había cansado de ella y había conocido a otra mujer. Desde luego, era una barbaridad dejarla de esa manera, sin explicaciones, pero muchos hombres funcionaban así. No soportaban ver de cerca lo que estaban haciendo, al menos no al principio. Con toda probabilidad, Valdemar Roos daría señales de vida algún día que otro, pero de momento estaba demasiado ocupado con su nueva vida y con esa nueva mujer.

Cabrón, pensó Gunnar Barbarotti. Eso no se hace. Hay que asegurarse de... de mantener a raya semejantes comportamientos profundamente despreciables.

Aunque en su interior sospechaba —en algún oscuro y masculino recoveco de su mente— que si hubiese sido él mismo el que estuviera casado con una mujer como Alice Ekman-Roos, perfectamente podría haber actuado igual que Valdemar. Haberla abandonado sin una palabra. Las cosas como son, no debemos ser deshonestos sobre los motivos de nuestro comportamiento.

Pero no estaba casado con Alice Ekman-Roos; estaba casado con Marianne Grimberg. Una diferencia de tres pares de narices.

Algunos cabrones tienen más suerte que otros, pensó el inspector Barbarotti. Así de injusta es la lotería de la vida. Gracias, buen Dios, por poner a Marianne en mi camino.

Después de esos modestos análisis y reflexiones, se durmió.

Capítulo 26

—Wrigmans, un momento, por favor.

Era miércoles por la tarde. Es cierto que había prometido llamar a la empresa por la mañana, pero se habían interpuesto unas cuantas cosas. Consultas con médicos. Consejos e instrucciones para la convalecencia. Pruebas de muletas y visitas al baño; esto último más complicado de lo que había previsto.

Dos visitas de Marianne también. Como trabajaba en la maternidad, no le llevaba más que tres minutos ir corriendo a traumatología.

Se quedaría bajo observación un día más, le habían dicho. Querían hacerle otra radiografía antes de enviarlo a casa. O quizá era otra cosa lo que iban a hacer; Barbarotti tendía a distraerse ante informaciones de la ciencia médica, por alguna razón.

—¿Realmente podrás vivir sin mí otra noche más? —le preguntó a Marianne.

—Ay, los golpes que te da la vida —respondió.

De vez en cuando también le dolía bastante. Sentía la pierna dentro de la blanca masa de escayola como algo que al mismo tiempo era suyo y no lo era. A veces le picaba, y ese picor definitivamente le pertenecía.

Así que ya eran las dos y media cuando decidió ocuparse del cabrón fugado.

—Wrigmans Elektriska, diga. Siento haberle hecho esperar.

—¿Me podrías poner, por favor, con Valdemar Roos?

—¿Valdemar?

—Valdemar Roos, sí.

La mujer al otro lado de la línea se rio. Un poco ronca, un poco cáustica.

—Pero si Valdemar Roos ya no trabaja aquí.

—¿Ya no trabaja con vosotros? —preguntó Gunnar Barbarotti.

—Eso es.

—Ahora no entiendo nada —dijo Barbarotti—. ¿Estás diciendo que Valdemar Roos ha dejado de trabajar con vosotros?

—Eso es lo que estoy diciendo, sí —insistió la mujer—. ¿Con quién estoy hablando?

—Me llamo Barbarotti —contestó—. Pero en realidad llamo de parte de una amiga. Dime, ¿cuánto hace que Valdemar Roos no trabaja con vosotros?

La mujer tosió y necesitó unos segundos para dar una respuesta.

—Bueno, hará un mes más o menos. Dimitió así de pronto, sin ton ni son. De un día para otro. Y Wrigman no le puso ninguna traba.

—Entiendo —dijo Barbarotti, al tiempo que estaba bastante seguro de que no entendía nada—. ¿Sabes si se fue a trabajar a otra empresa? —preguntó.

—No tengo ni la más remota idea —dijo la mujer—. Estuvo trabajando aquí veinte años y un día dimitió. Así, sin más.

Gunnar Barbarotti se apresuró a pensar qué decir antes de que la mujer le colgara.

—¿Sabes dónde puedo dar con él?

—No.

—¿No tendrás por casualidad su número de móvil?

—Sí, espera. Igual lo tengo por aquí en algún sitio. Un momento.

Esperó mientras oía a la mujer mover los dedos sobre un teclado. Luego le dio el número del móvil de Valdemar Roos y colgaron. Pensó que Wrigmans Elektriska no debía de ser una de esas empresas que enviaban a sus empleados a cursos de formación para seducir a la clientela.

Se ajustó los cojines detrás de la espalda y se quedó contemplando su pierna un rato.

¿Había dejado el trabajo?

¿Hacía un mes?

Su mujer no lo había mencionado. ¿Por qué?

En un impulso marcó el número que la mujer de Wrigmans le había dado. No fuese que era solo con su esposa con la que no quería hablar.

Ninguna respuesta.

Gunnar Barbarotti negó con la cabeza y marcó el número de Alice Ekman-Roos.

Veinte minutos más tarde estaba de nuevo sentada en el borde de su cama.

—Santo cielo, pero ¿qué estás diciendo? ¿Ya no trabaja allí?

Pudo ver que había estado llorando. Su cara grande y lisa estaba ligeramente hinchada y ruborizada. Si ayer se había sentido un poco avergonzada, sin duda sería mil veces peor hoy, pensó Barbarotti, y decidió que esa conclusión preliminar de que Valdemar Roos era un cabrón había sido correcta. No solo andaba con otra mujer, sino que además había engañado a su esposa de la manera más horripilante. Había dejado su trabajo sin contarle nada de nada.

—No lo entiendo —dijo ella ahora—. Pero si iba allí todas las mañanas, como siempre..., y volvía por la tarde.

—Dicen que hace un mes que ya no trabaja allí —explicó Barbarotti.

—Pero eso es..., eso no es posible. Y si no iba a Wrigmans, ¿adónde iba?

—¿Iba y volvía en su propio coche? —preguntó Barbarotti.

—Sí, claro. Lo ha hecho siempre..., ya antes de que nos conociéramos. Lleva trabajando allí..., bueno, no sé..., unos veinte años al menos.

—¿Y nadie iba con él?

Ella negó con la cabeza.

—No creo que hubiera nadie que quisiera ir con él.

Barbarotti ponderó esa respuesta un momento mientras se rascaba la escayola.

—¿No mencionó en alguna ocasión que pensara dejar su trabajo?

—Nunca —contestó Alice Ekman-Roos fijando en él esos ojos grandes y desamparados. Como si le hubiese sucedido algo sobrenatural, espeluznante, y no supiera cómo actuar—. Nunca dijo una sola palabra sobre una cosa así. Dios mío, ¿qué habrá pasado?

—No lo sé —constató Gunnar Barbarotti—. ¿Tenéis... o tiene él... amigos que quizá sepan algo?

Ella se quedó pensando un rato y luego negó con la cabeza.

—¿Algún amigo en el que confiaría Valdemar, quiero decir?

—No, no creo —dijo ella al cabo de una pequeña pausa—. Valdemar apenas tiene amigos. Es una persona bastante retraída. Pero ¿estás diciendo que... que él...?

—¿Sí? —dijo Gunnar Barbarotti tanteando al tiempo que procuraba esbozar una sonrisa de ánimo, que más bien se convirtió en una extraña mueca.

Alice Ekman-Roos inspiró hondo y se serenó. Pasaron cinco segundos.

—O sea —empezó—, ¿lo que dices es que Valdemar fingió salir al trabajo todos los días durante un mes entero? ¿Por qué? Quiero decir, ¿por qué se comportaría un hombre así?

Eres tú la que está casada con él, no yo, pensó Barbarotti, mientras quitaba con cuidado un poco de escayola que se le había pegado bajo las uñas y sopesaba qué debería decirle a la mujer.

—Quizá sería mejor contactar con la policía a pesar de todo —propuso al final—. Si no se te ocurre alguien que pueda saber dónde se ha metido.

Ella permaneció en silencio contemplando sus manos entrelazadas un buen rato. Luego lanzó un profundo suspiro al tiempo que enderezaba la espalda.

—No —dijo—. Está en casa de esa mujer, claro. Es allí adonde ha ido todos estos días.

—Es una posibilidad —comentó Barbarotti.

—Sabía que le pasaba algo —continuó—. Ha estado muy raro durante el último mes... Me he dado cuenta de que algo iba mal. Ha conocido a otra y ahora se ha largado.

Pues sí, pensó el inspector Barbarotti. Sin duda es la interpretación más plausible, al fin y al cabo. Se preparaba para verla levantarse y despedirse —su postura y sus últimas palabras indicaban eso—, pero en lugar de irse se hundió un poco, desvió la mirada a la ventana y se mordió el labio inferior. Se quedó sentada así un largo rato.

—Pero ¿una mujer tan joven? —se preguntó al final con la voz llena de duda—. ¿Qué demonios vería una mujer joven en alguien como Valdemar?

Barbarotti se encogió de hombros, pero no dijo nada.

—¿Y por qué dejó el trabajo? No, aquí hay algo que no me cuadra. Tiene que haber algo más.

—No sé si tiene mucho sentido ponerse a... —intentó intervenir Barbarotti, pero ella lo interrumpió.

—Esa mujer no debe de tener más de veinticinco años, según Karin, la amiga que los vio. Valdemar está a punto de cumplir los sesenta. Tiene un hijo de treinta y siete o treinta y ocho años.

—¿Un hijo? —preguntó Barbarotti—. Quizá él sepa algo.

—No creo —repuso Alice Ekman-Roos con firmeza—. Apenas tienen contacto. Vive en Maardam.

—Entiendo —dijo Barbarotti—. Bueno, en cualquier caso, propongo que te pongas en contacto con la policía. Al menos si no te llama en los próximos días. Puede que le haya pasado algo, a pesar de todo, no hay que olvidar eso.

Ella negó con la cabeza.

—Lo dudo —contestó, y se levantó con poca agilidad de la silla—. Valdemar no es el tipo de persona al que le suceden cosas. Es más bien..., bueno, más bien como un mueble, se podría decir.

—¿Un mueble? —repitió Barbarotti.

—Sí, un sofá o algo así. Se duerme delante de la tele todas las noches y nunca dice nada a no ser que tú le digas algo primero.

Después de esos últimos comentarios, le agradeció la ayuda y se despidió.

Qué alivio, pensó el inspector Barbarotti, y cerró los ojos. Se acabó la historia de Valdemar Roos. El hombre mueble.

Una suposición que resultaría ser no del todo acertada.

Eva Backman sacó la bici del aparcadero junto a la entrada de la comisaría pensando en lo bien que se sentiría al llegar a casa. Maravillosamente bien. Llevaba dos días encerrada en su despacho trabajando, mientras el diáfano sol otoñal al otro lado de su ventana se desplazaba del extremo de la izquierda hasta el extremo de la derecha de una manera de lo más burlona, sin que ella hubiera podido disfrutarlo ni un poquito.

Ni siquiera había tenido acceso a Barbarotti, ya que ese idiota se había caído a una carretilla y se había roto la pierna.

Este no era el objetivo de mi vida, pensó mientras enfilaba la calle Kvarngatan. Debería haberme hecho guardabosques o arquitecta o modelo.

O lo que fuera, joder. Al menos una policía provista de suficiente cordura como para asegurarse un turno al aire libre cuando el mes más bonito del año se desplegaba ante los ojos en todo su esplendor.

No eran pensamientos nuevos, aunque quizá no debería llamarlos «pensamientos» siquiera. Viejos lugares comunes, más bien, que despertaban para dar vueltas por su cabeza en cuanto ella apagaba el cerebro.

Las cosas no han salido como deberían haber salido, continuaron sus pseudopensamientos. Eva Backman había tenido todas las posibilidades de hacer con su vida lo que quería cuando tenía veinte años —guapa y con largas piernas, aplicada, culta y muy lista—, y doce años más tarde estaba casada, con tres hijos, una carrera como policía y una casa en el barrio de Haga, que detestaba en secreto. O sea, el barrio. La casa no estaba mal.

Shit happens, pero podría haber sido peor.

Otros doce años más tarde, tenía cuarenta y cuatro años, seguía en la misma casa con la misma familia y con un poco de suerte le quedaba la mitad de su vida. Casi la mitad, en todo caso; eso de quejarse solo lo hacían las cabronas amargadas.

Y precisamente hoy le hacía ilusión volver a casa. Su marido Wilhelm, al que todos llamaban Ville, y sus tres hijos, jugadores todos ellos de hockey sala, se habían ido a una concentración por la zona de Jönköping. El inicio de la temporada de los THSK, los Tigres de Hockey Sala de Kymlinge, era inminente. Por lo tanto, ella dispondría de toda la casa para sí misma hasta el domingo por la noche.

Hoy era miércoles, ni un solo *stick* de hockey con el que tropezarse en cuatro días.

Podría haber sido peor, se decía de nuevo. Aumentó la velocidad mientras intentaba evaluar la probabilidad de que Ville realmente hubiera arreglado la bañera de hidromasaje, tal y como había prometido.

Llevaba diez minutos en casa cuando la llamó su padre. Vio el número en la pantallita y, tras una breve lucha interior, decidió cogerlo.

—Eva, me ha pasado algo terrible —empezó—. No me vas a creer.

No, lo más probable es que no, pensó ella sombríamente.

—Eva, creo que he sido testigo de un asesinato.

—Por favor, papá, estoy segura de que...

—Sé que a veces me imagino cosas. Es lo que pasa con la cabeza cuando te haces mayor como yo, Eva. Tú tampoco te vas a librar.

Se calló. ¿Ya estaba perdiendo el hilo?, se preguntó Eva. Pero el padre se aclaró la voz y lo retomó.

—No fue hoy, sino el otro día. Llevo un tiempo dándole vueltas y se me ha ocurrido que tú eres policía, Eva. Una tontería de las mías, claro, debería haber pensado en eso enseguida, pero a veces se me olvidan las cosas, ya te lo he comentado. Y además me alteré terriblemente, lo cual no lo hace más fácil, pero he dormido un poco ahora por la tarde... y al despertarme me he sentido despejado y me he dado cuenta de que tenía que llamarte.

Echó un vistazo al reloj. Las seis menos cuarto. Vale, pensó, le doy diez minutos, se lo debo. Si no sirve para otra cosa, al menos ayudará a mitigar mi mala conciencia.

Iba y venía, la mala conciencia que sentía por su padre. O por su hermano más bien, porque era a él a quien tenía tanto que agradecerle. Erik y su mujer Ellen se aseguraban de que Sture Backman pudiera llevar una vida digna, a pesar de que sus capacidades mentales lo estaban abandonando. A pesar de que se dirigía lenta e inexorablemente hacia la oscuridad final.

Llevaba dos años y medio viviendo con ellos. Había sido la única alternativa a una institución de algún tipo, y Eva sabía que la decisión no había sido fácil. Erik era cinco años mayor que ella, y Ellen y él no habían podido tener hijos, pero habían adoptado un niño y una niña de Vietnam. Tenían doce y diez años ahora. La familia vivía en el campo; Erik y Ellen eran una especie de granjeros a media jornada, se podía decir, pues los dos tenían otros trabajos también, y de alguna manera se las apañaban para llegar a fin de mes.

De hecho, se las apañaban bastante bien. Acababan de comprar dos caballos nuevos y el enorme SUV se le antojó sospechosamente reluciente la última vez que Eva lo había visto. La granja se llamaba Rödmossen, y estaba ubicada a unos cuarenta kilómetros al oeste de Kymlinge, y cada vez que los había visitado, constataba que así había que vivir. Justo así. En armonía con la familia, el entorno y con uno mismo. Ni Erik ni Ellen habían insinuado jamás, ni con el más mínimo comentario, que Sture supusiera algún tipo de carga para ellos.

Y quizá no lo era, pensaba a veces Eva. La casa resultaba lo bastante grande para que hubiera sitio para él, todavía cuidaba su higiene y se mantenía, la mayoría del tiempo, hasta donde ella sabía, sin molestar a nadie. Tumbado en su habitación pensando o paseando por los bosques en torno a la granja. Dos veces se había desorientado y no había sabido cómo regresar, pero ahora le habían equipado con un pequeño emisor que permitía localizarlo aunque se perdiera.

Porque los pensamientos iban y venían un poco a su manera en la cabeza de Sture Backman. Las cosas de antaño y las de ahora se mezclaban, y solo a ratos era posible mantener conversaciones que tuvieran sentido con él.

Aunque ¿quién era ella para decidir lo que tiene sentido y lo que no?, pensó. Lo que no tiene sentido para uno puede tenerlo para otro.

O para Sture Backman, quien ahora carraspeó largamente y volvió a tomar impulso.

—Fue allí, donde está la vieja casa en el bosque. La

primera, no la otra. Suelo pasear por allí de vez en cuando, y salieron corriendo de la casa, ella primero y luego él. Era de noche, resultaba tan irreal, Eva, como si... Bueno, no paraba de pensar que en realidad estaba viendo una película en la tele, pero no era así. Te juro que no era una película. Eva, ¿me estás escuchando?

—Sí, papá —dijo ella—. Te escucho. Y, entonces, ¿qué pasó?

—Me dio tanto miedo, Eva... ¿Puedes figurarte cuánto miedo me dio? Y la sangre era tan roja... Quiero decir, de un rojo muy claro; siempre he pensado que era más oscura, pero eso quizá se debe a que normalmente la ves cuando ha empezado a coagular. Cuando ya no está tan fresca. Aunque recuerdo cuando te cortaste con ese terrible cuchillo de trinchar cuando eras pequeña, ¿te acuerdas? Santo cielo, lo que sangraste... La familia Lundin nos lo había prestado por alguna razón, y es verdad que... que entonces también era de un rojo muy claro. Y tu madre se desmayó del susto que le dio, pensaría que te ibas a morir desangrada, seguro que fue por eso, es que tenía tanta facilidad para...

Se puso a reírse ahogadamente y ella comprendió que ahora se hallaba muy atrás en el tiempo.

—¿Cómo están Erik y Ellen? —preguntó en un intento de traerlo de vuelta al presente—. ¿Y los niños?

Pero su padre lo ignoró.

—Una vez, cuando estábamos en casa de Margit y Olle —continuó con un renovado entusiasmo—, uno de sus críos, creo que fue ese tal Staffan, que siempre fue un granuja de mucho cuidado..., aunque luego terminó de director de una escuela, ¿a que es raro dónde acaban las personas? Pues había bajado a un pozo, no entiendo qué se le había perdido allí..., pero quizá solo quería esconderse para darnos un susto. ¡Qué travesuras!, ¿verdad? ¿A que sí? ¿Eva?

Ella sospechaba que el tono interrogante de su voz se debía al hecho de que ya no se acordaba muy bien con quién estaba hablando.

—Sí —dijo—. Me acuerdo de Staffan.

—¿Staffan? —preguntó su padre—. ¿Quién coño es Staffan? Creo que no... ¿No será un nuevo novio que te has echado? ¿Ya no sigues casada con ese Viktor?

—Papá —repuso Eva Backman—. Creo que ya va siendo hora de que dejemos de hablar por hoy. Me alegro mucho de que me hayas llamado.

—¿Sí...? —dijo él—. Gracias a ti, es que pasan tantas cosas todo el tiempo... Creo que me voy a echar un rato.

—Sí, descansa un poco —le animó ella—. Y dale muchos recuerdos a Erik y Ellen y los niños.

—Eso está hecho —dijo él—. Es que como ellos viven aquí, lo hago en un pispás.

—Hasta luego, papá —se despidió ella, y colgaron.

El resto de la tarde se la dedicó enteramente a ella misma.

Salió a correr sus habituales cinco kilómetros por el bosque y a lo largo del río. Calentó un risotto en el micro que se zampó con un poco de queso y una copa de vino. Pasó cuarenta y cinco minutos en la bañera de hidromasaje —Ville había arreglado el motor a pesar de que Eva había temido que se le hubiera olvidado— y luego se metió entre las sábanas para ver una vieja película de Hitchcock que encontró entre los DVD.

El hombre que sabía demasiado.

Mi padre, pensó. Era joven cuando estrenaron esta

película. ¿Quizá tenía la mitad de los años que tengo yo ahora?

¿Por qué la gente tiene que envejecer mucho más rápido que las huellas que deja?

Era una buena pregunta, decidió. El tiempo que se va volando. Algo sobre lo que hablar con Barbarotti quizá. Tomando una cerveza en el Älgen, ¿por qué no?

Si solo volviera ya de una vez con su maldita pierna...

Capítulo 27

—Los médicos en este país no valen nada —dijo Roger el Cuñadísimo mientras se abría otra cerveza.

—¿Ah, no? —preguntó Barbarotti.

—Vas a seguir cojeando con esa pierna tuya el resto de tu vida. La atención médica de Alemania y Francia, eso sí que es otro cantar.

—¿No me digas? —repuso Barbarotti.

Roger el Cuñadísimo quitó la anilla y la metió dentro de la lata antes de dar un buen trago. Era viernes por la mañana. Barbarotti estaba tumbado en el sofá del salón con la pierna en alto sobre un par de cojines. Le dolía un poco y le picaba. Roger, en calzoncillos y con la camisa desabotonada, estaba acomodado en uno de los sillones; resultaba obvio que no entraba en sus planes ejercer de manitas ese día. Quizá por culpa de alguna masilla que debía secarse antes de seguir o algo así, no era la primera vez.

No había nadie más en casa. Todos los demás habitantes se encontraban en sus lugares de trabajo o de estudio. Gunnar Barbarotti se dio cuenta de que podría pasarse sentado —o tumbado— en compañía del vigilante de aparcamientos en paro de Lycksele durante..., bueno, fácilmente tres o cuatro horas.

—Hoy en día admiten a cualquiera en la carrera de

medicina, joder —continuó—. Por no hablar de todos los matasanos que entran a raudales cruzando la frontera como si nada. Polacos y moros y toda la pesca. Ni una palabra de sueco hablan, joder, y no saben diferenciar un puto riñón de una rodilla, ya te lo digo yo... ¿No quieres una cerveza?

—No, gracias —contestó Gunnar Barbarotti.

Menos mal que no llevo una pistola en la mano, pensó. Porque entonces le pegaría un tiro al cabronazo. Como mínimo en la pierna, y así podría irse caminito a Alemania para que lo operen allí.

—Necesito hacer una llamada —dijo—. ¿Me podrías pasar el teléfono, por favor, y dejarme solo un ratito?

Roger el Cuñadísimo tomó otro trago de la cerveza mientras se rascaba la barriga.

—Pero si acabo de sentarme —se quejó—. Oye, agente, dudo que tengas tan poca movilidad como me quieres hacer creer, joder. Me hablaron de un tío del pueblo al que escayolaron una vez por un tirón muscular. El médico era de Irán o un sitio así.

Barbarotti no hizo ningún comentario. Al cabo de un rato, Roger el Cuñadísimo se levantó con mucho esfuerzo del sillón, eructó y se fue a por el teléfono.

—Me siento en la terraza mientras tanto —anunció—. ¿Me avisas cuando hayas terminado?

Puedes confiar en que no lo voy a hacer bajo ningún concepto, pensó Gunnar Barbarotti.

Consiguió contactar con Eva Backman enseguida.

—Gracias por ayer —dijo ella.

Había pasado a verlo en Villa Pickford el jueves por la tarde para hablar del caso Sigurdsson. Se habían tomado una copa de vino, Barbarotti, Marianne y la inspectora Backman —la Plaga del cuñado prefirió la tele y las latas de cerveza—, y en ese momento Barbarotti pensó que en realidad solo existían dos personas en el mundo en las que confiaba a ciegas: precisamente esas dos mujeres. Su esposa desde hacía ya un año y su compañera de trabajo desde hacía unos doce años.

También se preguntó si se habría atrevido algún día a pedirle a Eva Backman que se casara con él. O sea, si las cosas no hubiesen sido como eran; si ella no hubiera tenido a su Ville y al resto de los jugadores de hockey sala y si él no hubiese conocido a Marianne en aquella isla griega.

Era una vieja pregunta cada vez más hipotética, que en ocasiones cruzaba su cabeza navegando de un extremo a otro, entrando por el oído izquierdo, creía, y saliendo por el derecho, y que no exigía respuesta alguna. Me alegro de que también existan ese tipo de preguntas, solía pensar el inspector Barbarotti.

Caminos vitales alternativos que uno nunca necesitaba tomar.

—Gracias a ti —respondió—. Te quería comentar una cosa.

—¿Sí?

—Me he decidido. Voy a ir a trabajar el lunes. Puedes avisar a Asunander.

—Ups —soltó Eva Backman—. Quiero decir, ¿por qué demonios harás eso?

—Considero que es mi deber aportar mi granito de arena —explicó Gunnar Barbarotti.

Eva Backman permaneció en silencio un momento.

—¿Estás seguro de que no te diste en la cabeza con esa carretilla? —preguntó luego—. ¿Para qué vas a venir a esta casa de locos cuando puedes quedarte tranquilamente tirado en el sofá tocándote las narices?

—Tengo mis motivos —dijo Barbarotti.

—Eso espero —replicó Eva Backman.

—Pero que conste que no me voy a mover de mi mesa, y si la pierna me duele demasiado, me vuelvo a casa. Puedes adelantárselo a Asunander.

—Oído —dijo la inspectora Backman—. Haz lo que quieras. Además, pensándolo bien, supongo que no es con la pierna con lo que uno acostumbra a trabajar.

—Correcto —confirmó Barbarotti—. Resulta casi imposible trabajar con una pierna detrás y otra delante.

—Bueno, bueno, suficientes juegos de palabras por hoy... —dijo Backman, y colgó.

—He hablado con él.

—No hacía falta.

—Gunnar, es mi hermano. No me gusta tener que pasar vergüenza por mi hermano.

—Es peor que una plaga.

—Ya lo sé. Pero debes aceptar que es una persona imperfecta.

—A diferencia de ti.

Ella se quedó mirándolo, intentando, sin duda, detectar algún rastro de ironía.

—Lo digo en serio —aclaró él por si acaso—. Yo pienso que tú eres perfecta.

—Y tú eres como eres —dijo ella lacónicamente—. ¿Te duele?

—No, al menos no mucho. Pero lo noto más cuando no tengo otras cosas que me ocupen la cabeza. Necesito distracciones.

—Lo entiendo.

Pasaban cinco minutos de la medianoche, y por fin habían podido acostarse. La pierna estaba en alto sobre unos cojines, le dolía un poco, Barbarotti suponía que se había movido demasiado y que por eso se le había acumulado mucha sangre. ¿Hacer el amor?, pensó. Bastante improbable, eso tendría que esperar unos días. O semanas.

—Lo siento —dijo—. La Plaga también es como es, pero yo debería haber aprendido a tratarlo. Nos ha ayudado mucho más de lo que podíamos esperar de él. ¿Por qué no hablamos de otra cosa?

Marianne apagó la lámpara de la mesilla.

—Sí, claro. Lo que quería decir es que se va a quedar una semana más. Hemos llegado a ese acuerdo. Si las cosas que hemos encargado para el muelle llegan el lunes como han prometido, va a necesitar de tres a cuatro días, y luego se irá el próximo sábado o domingo. Tendrás que intentar aguantarlo y, preferentemente, ser un poquito amable con él también.

—Sí, lo sé —reconoció Gunnar Barbarotti—. Me avergüenzo. Y el lunes voy al trabajo sí o sí.

—¿No es eso una locura? —dijo Marianne—. ¿Te das cuenta de que te tendrás que ir arrastrando con un pie roto?

—Será solo trabajo de oficina —aseguró—. Mejor que esté allí ordenando papeles que aquí irritándome con tu pobre hermano, ¿verdad?

—Sí, es probable —reconoció Marianne.

Sonaba un poco triste. O quizá solo cansada. Tenía sin duda motivos para las dos cosas. Se quedaron callados un rato, luego ella volvió a encender la lámpara, estiró una mano y abrió el cajón de la mesilla.

Sacó la Biblia, la sostuvo entre las manos un momento mientras cerraba los ojos e inspiró hondo. Acto seguido metió un dedo y abrió el libro más o menos por la mitad.

Él asintió con la cabeza.

—¿Un poco de orientación espiritual?

—Efectivamente.

Ella dejó que el dedo corriera a lo largo de la página, se detuvo al azar, miró y sonrió un poco.

—A ver —dijo Gunnar Barbarotti.

Marianne se aclaró la voz y se puso a leer:

—«El necio se cruza de manos y devora su propia carne. Más vale una mano llena de descanso que ambas manos llenas de trabajo y correr tras el viento».

Gunnar Barbarotti lo ponderó unos segundos.

—Correr tras el viento —repitió—. Me gusta esa expresión. Aunque no entiendo qué relación puede tener con la Plaga de mi cuñado.

—Quizá no sea él el que necesite orientación espiritual —sugirió Marianne.

—¿Una mano llena de descanso? —dijo Barbarotti—. Bueno, más no queremos, en realidad. Y es por eso que voy al trabajo el lunes, supongo. ¿De dónde es?

—Del Libro del Eclesiastés —contestó Marianne—. No es un pasaje demasiado alegre precisamente, pero estoy de acuerdo contigo. Lo de correr tras el viento está bien. ¿No será lo que estamos haciendo?

—En absoluto —respondió Barbarotti—. Y voy a ser bueno con tu hermano. Lo prometo. ¿Solo una semana, entonces? ¿Siete días?

—A lo sumo diez —aseguró Marianne.

Luego Barbarotti le habló de Alice Ekman-Roos y su marido desaparecido. No sabía por qué lo hacía, pero enseguida despertó el interés de Marianne.

—O sea, ¿lleva desde el domingo desaparecido?

—Sí. Aunque no sé, quizá a estas alturas ha vuelto.

—¿Cuándo hablaste con ella la última vez?

—Ayer por la tarde antes de dejar el hospital.

—¿Y entonces aún no sabía nada?

—No.

—¿Y no había contactado con la policía?

—No.

—No lo entiendo. Puede estar muerto o cualquier cosa.

—No creo. Y a ella le da vergüenza, es que el hombre lleva ya tiempo engañándola.

—¿Dijiste que hacía un mes que dejó su trabajo?

—Un mes como poco.

Ella reflexionó un rato antes de continuar.

—Parece que solo hay una teoría —dijo al final—. ¿Verdad? Que se ha escapado con esa chica.

—Sí —confirmó Gunnar Barbarotti—. Supongo que es lo más probable.

Marianne permaneció callada unos momentos.

—Pero si no es así —añadió luego—, entonces debería ser un asunto policial. En tal caso tiene que haber algún delito de fondo. Corrígeme si me equivoco.

—No, no te equivocas —aseguró Barbarotti—. Voy a tener que echarle un vistazo el lunes, mal que me pese.

—Prométemelo —insistió Marianne—. La verdad es que creo que deberías llamarla mañana. Pobre mujer, estará viviendo un auténtico tormento.

Barbarotti se ajustó los cojines bajo la pierna mientras buscaba una respuesta.

—Quizá —dijo—. Pero teniendo en cuenta cómo lo describía, también debe de pensar que es un alivio librarse de él. De hecho, dijo que él era un mueble.

—¿Un mueble?

—Sí. En concreto, un sofá.

—Hmm —musitó Marianne—. Creo que es más

complicado que eso. Las mujeres engañadas tienen una psicología muy especial.

—Ahora estamos entrando en temas que no estoy capacitado para entender —constató Gunnar Barbarotti—. Pero sí, le daré un toque mañana para ver cómo está.

Transcurrieron cinco segundos. Ella apagó la lámpara.

—Me pregunto si Johan ha empezado a fumar a escondidas.

—Lo investigaré también mañana —aseguró Barbarotti.

—Gracias —dijo Marianne—. Te quiero. La verdad es que quiero a todo este rebaño que nos rodea, pero ya no tengo fuerzas para mantenerme despierta. —Bostezó y se giró para ponerse de lado.

—Yo también te quiero —contestó Barbarotti—. Y a todo el rebaño, de alguna manera, como bien dices. Y tengo la sensación de que no somos personas que corremos tras el viento.

—¿Hmm? —murmuró Marianne.

Capítulo 28

El comisario Asunander mostraba una cara llena de escepticismo.

Bien es cierto que se trataba de una expresión habitual en él, pero ese día resultaba inusualmente obvio.

—¿Un tipo que se ha escapado con su amante? —dijo—. ¿Y estás diciendo que eso es algo en lo que deberíamos malgastar nuestro valioso tiempo?

—Quizá no es tan sencillo como puede parecer a primera vista —se defendió Barbarotti—. Pensé que igual merecería la pena indagar en ello..., al menos un poco más.

—¿La mujer ha puesto una denuncia?

—No.

—¿Hay otras teorías aparte de la de la amante?

—En realidad no —admitió Barbarotti rebulléndose incómodo en la silla, cosa harto difícil con la escayola y todo eso, así que le salió más bien como una especie de rebullir interior.

—¿Sospechas de la existencia de algún delito?

—No puedo excluir esa posibilidad —dijo Barbarotti.

—¿No será que piensas que puedes hacer un poco lo que te dé la gana solo porque te estás presentando aquí con ese pie contrahecho?

—Ni se me ocurriría.

El comisario Asunander lanzó un bufido. Se ha vuelto muy parlanchín desde que consiguió que le fijaran los dientes, pensó Barbarotti. Inquietantemente elocuente, la verdad es que estaba mejor antes.

—En realidad, resulta que las circunstancias se presentan de la siguiente manera —continuó el comisario—: tengo un asunto que me parece casi hecho a medida para un espabilado inspector provisto de un pie contrahecho.

—¿Ah, sí? ¿De verdad? —preguntó Barbarotti.

—Vamos a hacerlo así: tú resuelves este pequeño asunto primero y, cuando lo hayas hecho, te doy manos libres para ocuparte de ese fugitivo. ¿Cómo decías que se llamaba?

—Roos —dijo Barbarotti—. Ante Valdemar Roos.

—Tiene un nombre interesante —constató el comisario—. Pero es probablemente lo único interesante en toda la historia.

—¿En qué asunto estabas pensando? —preguntó Barbarotti, y ahogó un suspiro.

—El asunto de las pintadas —dijo Asunander, y Barbarotti podría haber jurado que durante una fracción de segundo percibió un tirón en una de las comisuras de los labios del comisario como si fuera el inicio de una sonrisa. Al mismo tiempo, un fuerte dolor le recorrió la pierna.

—¿El asunto de las pintadas? —repitió mientras intentaba no sonar como si estuviera a punto de vomitar—. No creo que...

—Ya va siendo hora de que pongamos punto final a ese culebrón —lo interrumpió el comisario al tiempo que levantaba la carpeta de su escritorio y de su interior sacaba un papel—. Llevamos ya casi dos años detrás de ese cabrón, o esos cabrones, y como la inspectora Sturegård va a estar de baja maternal durante al menos ocho meses, necesito urgentemente que alguien se encargue del caso.

Esta vez Barbarotti no fue capaz de detener el suspiro. Estaba muy al tanto de la situación con el llamado «Maestro Grafitero». O «Maestros Grafiteros». O «Esos condenados niñatos gamberros que deberían arder en la hoguera, maldita sea».

Ellos (o «él», difícilmente sería «ella») llevaban al menos dos años y medio causando estragos en Kymlinge, pero el problema no llamó demasiado la atención hasta que el redactor jefe del periódico local, un tal Lars-Lennart Brahmin, no se mudó al Olimpo, uno de los antiguos edificios decimonónicos que había al otro lado del río, y fue elegido presidente de la comunidad de vecinos. Resulta que precisamente la fachada del Olimpo, de un discreto color crema, era de los lugares favoritos del grafitero para dejar su escandalosa firma.

Y cada vez que actuaba, de media una vez al mes durante el último año, el asunto salía a colación en el periódico local. En un lugar destacado.

—El maldito Brahmin me llama siete veces por semana —se quejó Asunander—. He cancelado la suscripción, el periodista ese me pone de los nervios.

—Entiendo —dijo Barbarotti.

—Había pensado que Sturegård lo resolvería en un pispás, pero algo se ha torcido aparentemente.

—Aparentemente —convino Barbarotti.

No conocía muy bien a la inspectora Malin Sturegård, pero sabía que ella había sido la única responsable de intentar poner fin al vandalismo de marras. También sabía que no había conseguido llegar a ninguna parte a pesar de sus esfuerzos y de su perseverancia; y creía recordar que circulaba el rumor de que se había quedado embarazada solo para librarse de esa mierda. Ya tenía tres o cuatro hijos y más de cuarenta años, de modo que detrás de esas especulaciones había algo de verdad.

Esos deplorables hechos invadieron la cabeza del inspector Barbarotti mientras el comisario Asunander entrelazaba las manos encima del escritorio contemplándolo con una cara que..., bueno, no sabía muy bien qué quería decir esa cara. Los gestos de Asunander rara vez se dejaban interpretar. En todo caso, resultaba obvio que la expresión que mostraba en esos momentos no pretendía precisamente transmitir simpatía a uno de sus subordinados, que, accidentalmente, se había caído de un tejado y se había roto el pie al aterrizar justo encima de una carretilla.

Gunnar Barbarotti tampoco se esperaba ninguna simpatía. Carraspeó, cogió con torpeza las muletas y consiguió levantarse.

—Por supuesto —dijo—. Voy a pedir que me manden el material de Sturegård a mi despacho.

—Ya me he encargado yo —informó Asunander—. Las carpetas deben de estar sobre tu mesa. Asegúrate de acabar con esta condenada historia de una vez por todas, ¿vale?

—Voy a ver lo que se puede hacer —contestó Barbarotti, y salió tambaleándose del despacho de Asunander.

—Después te daré vía libre para ocuparte de ese tal Roos —le recordó Asunander justo al cerrar la puerta.

Gracias, jefe, muy amable, pensó Barbarotti. Joder, no sé si no sería preferible aguantar a la Plaga del cuñado a pesar de todo.

—¿Qué tal? —preguntó Eva Backman—. ¿Qué son esas carpetas?

—Pintadas —respondió Barbarotti—. La investigación individual de la inspectora Sturegård.

—¿Y qué hacen en tu despacho?

—Necesitaba algo con lo que elevar la pierna —dijo Barbarotti.

—A mí no me engañas —repuso Eva Backman, y de repente sonrió—. ¿No estarás diciendo que...?

—Pues sí —constató Barbarotti—. Y si te ríes, te voy a dar con la muleta.

—¿Sturegård? —dijo Backman—. Es verdad, joder, se fue de baja maternal la semana pasada.

Barbarotti se metió dos chicles en la boca y se puso a masticar.

—¿De modo que te vas a encargar tú de buscar a ese canalla ahora?

—¿Querías algo en especial? —dijo Barbarotti.

—Hmm —musitó Backman—. Y yo que pensaba que te ibas a dedicar al tipo que se escapó con su amante...

—Asunander tenía otras ideas —comentó Barbarotti.

—No me digas. —Backman se sentó en la nueva silla para visitas, de acero y plástico amarillo, cruzó las piernas y adoptó una expresión de un escepticismo preocupado.

O lo que fuera que pretendía transmitir.

—Hay algo que huele mal en esa historia —opinó Barbarotti.

—¿En qué historia? ¿La de... cómo se llamaba? ¿Ante Valdemar Roos?

—Exacto —asintió Barbarotti.

—Explícate —pidió Backman.

—Con mucho gusto. Aunque no hay gran cosa que explicar. Lleva más de una semana desaparecido. Existe la posibilidad de que se haya escapado con una amante, por supuesto, pero no creo que sea el caso. No me convence, simplemente.

—¿No? —dijo Eva Backman—. Y yo que creía que era algo con lo que todos los hombres soñaban. Poder dejarlo todo sin dar explicaciones. Una esposa latosa, unos críos pesados y un curro aburrido. ¿Qué es lo que te dice que el señor Roos no ha seguido el ejemplo? Simplemente, como dices.

Barbarotti se rascó la escayola.

—La determinación —dijo—. Hace falta una tremenda determinación para pasar a la acción y hacer algo así. Su mujer sostiene que no ha tenido un pensamiento nuevo desde 1975.

—¿Cuándo hablaste con ella la última vez?

—El sábado.

—¿Y pudo aportar algo nuevo?

—Nada de nada. Aunque no quiere poner una denuncia. Y mientras no lo haga, Asunander considera que no debemos actuar.

—Pero tú no estás de acuerdo.

—Correcto —confirmó Barbarotti antes de levantar su pierna con cuidado hasta la mesa—. No estoy de acuerdo.

—¿Necesitas ayuda? —preguntó Backman.

—De ninguna manera —dijo Barbarotti.

Backman permaneció callada un rato.

—Yo tengo un poco de hueco en mi agenda de momento —dijo después—. ¿Qué te parece si vuelvo a hablar con alguien de su trabajo? Quizá se te escapó algo. Y quizá podría llamar a la esposa también, a lo mejor le resulta más fácil hablar con otra mujer.

—Eligió hablar conmigo porque tiene mucha confianza en mí —comentó Barbarotti—. Desde que estuvimos en el instituto.

—¿Qué quieres decir con eso? —quiso saber Backman—. ¿Concretamente?

—Nada —respondió Barbarotti—. Venga, adelante, inténtalo y veremos qué puedes averiguar. ¿Quizá podríamos comentarlo luego durante la comida? ¿En el Kungsgrillen?

—Vale, quedamos en eso. Ya no te molesto más. Suerte con el grafitero.

—Gracias, inspectora —dijo Barbarotti—. Cierra la puerta bien, hazme el favor.

El número de carpetas del caso del Maestro Grafitero ascendía a seis. Tres amarillas, tres rojas. Gunnar Barbarotti miró la hora: eran las nueve y veinticinco.

Muy bien, pensó. Dos horas y media antes del almuerzo, vamos a ver lo que dos ojos despiertos y un manojo de potentes neuronas son capaces de conseguir.

A las doce menos cuarto, aún no tenía ninguna respuesta satisfactoria a esa pregunta. No cabía duda de que la inspectora Malin Sturegård había dedicado muchos esfuerzos a intentar localizar al escurridizo vándalo. Ya llevaba once meses trabajando en el caso, dato revelado por la datación de los lomos de las carpetas. A lo largo de este viaje había logrado desvelar la identidad de unos cuantos artistas grafiteros que habían sido condenados a pagar multas bien merecidas, pero en lo tocante al más infame de todos, no había llegado a ninguna parte.

¿O puede que se tratara de dos? El tema era que

los llamados *tags*, o firmas, eran dos, y en casi todos los casos constatados aparecían juntos en el mismo lugar. Aquellas mañanas en las que se descubrían las pintadas, a menudo había hasta una decena de inmuebles afectados, siempre en el centro de la ciudad. En nueve de cada diez casos, al menos desde hacía un año, el señorial edificio del Olimpo en el lado este del río se incluía entre ellos.

Los *tags* también eran completamente legibles y pronunciables, lo cual, aprendió Barbarotti revisando las carpetas, no siempre era el caso cuando se trataba de este tipo de vandalismo. Según la meticulosa recopilación de datos de la inspectora Sturegård, habían empezado a aparecer juntos hacía poco más de tres años, y la mayoría de las veces estaban hechos en rojo o azul —por lo general un color en cada pared—, pero también, en algunas ocasiones, había pintadas en negro y verde oscuro.

PIZ era uno de los *tags*.

ZIP el otro.

Era raro que la vida de una de estas firmas durara tanto como tres años. Los autores eran casi siempre adolescentes del sexo masculino, y de acuerdo con las pocas investigaciones que se habían realizado en este campo, la mayoría solía cansarse bastante pronto de esta actividad y pasaba a dedicarse a otras distintas. Ya fueran artísticas o criminales, aunque por lo general se trataba de lo último.

Para un lego podía parecer algo de relativa facilidad capturar a un par de grafiteros; si se tratara de un delito de carácter algo más serio con unas sanciones penales más graves, la policía sin duda resolvería el problema de una manera considerablemente más eficaz. Por ejemplo, «se podría suponer con una certeza casi absoluta que el inmueble el Olimpo vería su fachada vandalizada en alguna ocasión (o sea, alguna noche) durante cualquiera de los meses venideros a lo largo del año siguiente», según había escrito la inspectora Sturegård en dos lugares diferentes, en los que reclamaba en vano mayores recursos, pero emplear vigilancia policial para poder pillar in fraganti al autor (o autores) del delito cuando este (o estos) tenían a bien actuar..., bueno, eso era tan inviable económicamente en Kymlinge como lo sería en todas las demás ciudades del país. Y con toda probabilidad, en el resto del mundo también.

Bien era cierto que había habido vigilancia, organizada por el propio redactor jefe Brahmin, pero los demás vecinos de la comunidad se habían cansado enseguida. Estar escondido detrás de una cortina durante dos o tres horas dos noches a la semana observando un río poco caudaloso y una calle desierta con algún que otro ciudadano algo beodo —pero por lo demás irreprochable— no era una ocupación que el propietario medio de la comunidad considerara como particularmente importante.

De modo que tanto ZIP como PIZ habían podido continuar impunes con su irritante actividad. Sin duda desconocía (o desconocían) que había una inspectora en la comisaría dedicada a jornada completa y aplicando todo su empeño analítico y todo su saber policial a intentar poner fin a su (o sus) actividades.

Y si él (ellos) lo hacía (hacían) aun sabiéndolo, seguro que era algo que no le (les) preocupaba en demasía. Resultaba más probable que, de saberlo, se tronchara (troncharan) de risa.

El inspector Barbarotti suspiró, cerró la carpeta número 3 y decidió comer antes de ocuparse de la 4, la primera de las carpetas amarillas.

Me pregunto por qué cambió de color, pensó.

¿Y habría continuado con otro color si hubiese tenido que abrir una séptima carpeta? ¿Fue en esta fase cuando decidió quedarse embarazada? ¿Entre las carpetas 3 y 4?

Se dio cuenta de que era la pregunta menos apremiante de todas las que habían surgido durante la mañana. Hora de una pausa, sin duda. Bajó la pierna del escritorio y cogió las muletas.

La inspectora Backman no estaba en su despacho.

En la recepción no sabían dónde se encontraba.

En el Kungsgrillen no había rastro de ella. Y no contestó al móvil. Gunnar Barbarotti lanzó otro suspiro y pidió el menú del día: bistec con patatas salteadas y salsa de cebolla, y se sentó en una de las mesas que daban a la calle Riddargatan.

Así la veré cuando llegue, pensó. No eran más que las doce y diez. No habían quedado a una hora concreta, así que posiblemente no aparecería hasta las doce y media, si es que había tenido que salir a hacer algo.

Se quedó hasta la una menos cinco. Volvió a llamarla al móvil, pero no hubo respuesta. Dejó un mensaje en el buzón de voz para pedirle que le devolviera la llamada y para decirle que el bistec estaba para chuparse los dedos.

Después cruzó Riddargatan, en diagonal, dando torpes saltos con las muletas, para luego cruzar Fredsgatan y las vías del tren de la misma mala manera, y a la una y ocho minutos estaba de nuevo sentado en su despacho en compañía de las carpetas grafiteras de la señora Sturegård.

Y de una taza bien llena de café también. Y de un

pastelito mazarin que sacó de un paquete que guardaba en el cajón inferior derecho y que habría comprado en algún momento por Pascua. Ahora estaban en el mes de septiembre.

ZIP y PIZ, pensó. ¿Un correr tras el viento?

Capítulo 29

Volviendo de Svartö a la ciudad, la inspectora Eva Backman daba vueltas a dos cuestiones.

La primera: qué tipo de mujer era Red Cow.

O, al menos, elucubraba sobre cómo era posible relacionarse con un mote de esta manera, encima un mote de esas características... En realidad, la mujer se llamaba Elisabet Rödko,* tenía ascendencia húngara o posiblemente transilvana, no le había quedado muy claro; y cuando a alguna de las lumbreras de Wrigmans Elektriska se le ocurrió que podrían darle un toque anglosajón a su apellido, ella lo asumió. No solo aceptando el mote, sino también tiñéndose el pelo, cuyo color natural era un poco soso, de un rojo intenso.

Hoy, catorce años más tarde, el pelo seguía de un rojo muy intenso y la mujer le había dicho en confianza a Backman que incluso su marido y sus hijos la llamaban ahora Red Cow.

Vaca roja, pensó Eva Backman. Vaca. Tampoco le daba un matiz más alegre por traducirlo al inglés y añadir un poco de color. ¿Verdad?

En cualquier caso, el nombre de una persona tiene

* Tanto el apellido, en sueco, como el mote, en inglés, significan «vaca roja». *(N. de los t.)*

importancia con respecto a su credibilidad; y esa era la segunda, y mucho más importante, de las cuestiones a las que la inspectora Backman daba vueltas sentada al volante en medio del denso tráfico de la tarde, intentando llegar a una conclusión.

¿Podía fiarse de las palabras de Red Cow y de su juicio sobre Valdemar Roos?

Como Backman no había tenido la oportunidad de hablar con nadie más en Wrigmans, sentía la necesidad de decidirse sobre el grado de fiabilidad de Red Cow. Al menos de manera preliminar. Naturalmente, podría volver a indagar en el asunto en Wrigmans más adelante, si resultara necesario.

Aunque ¿por qué iba a resultar necesario?, pensó. ¿Por qué diablos? La decisión de irse a Svartö la había tomado de forma muy apresurada, cuando no pudo contactar con Alice Ekman-Roos. Quizá lo hacía sobre todo para darle una alegría a Barbarotti, pero también ella sentía cierta curiosidad que necesitaba satisfacer, si era sincera.

Y eso era algo que Red Cow no había hecho. Más bien, todo lo contrario.

¿Amante?, había bufado. ¿Valdemar Roos? Cuando las ranas críen pelo.

Parece que ha ocultado la verdad a su mujer, había apuntado Backman.

Puede, había respondido Red Cow. Pero que una mujer joven eligiera a Valdemar de amante es igual de impensable que la posibilidad de que Madonna se acostara con Bert Karlsson. Si es que la inspectora entiende lo que quiero decir.

Backman había ponderado la respuesta y había acabado diciendo que sí que lo entendía. Luego le había preguntado a Red Cow si por casualidad tenía alguna teoría de por qué Roos, sin previo aviso, había decidido dejar de repente Wrigmans Elektriska tras más de veinte años en la empresa, y por qué no le había dicho ni una sola palabra al respecto a su familia.

Red Cow había declarado que no tenía ni idea en ninguno de los dos casos. Habían comentado el tema en los descansos, por supuesto, en especial estos últimos días, desde que se enteraron de que se lo había ocultado a su mujer y de que, para colmo, se había esfumado como el humo de un cigarro.

Pero a nadie se le había ocurrido ninguna explicación muy creíble. Ni a Red Cow ni a ninguno de los demás.

Quizá, concluyó con una fruición mal disimulada, quizá Tapanen había dado con la explicación más plausible al afirmar que ese cerebro de simio que tenía Roos había sufrido un último derrame y ya no podía diferenciar entre su propio ojete y un agujero en el suelo.

Bien era cierto que se trataba de una cita, pero era Red Cow quien la reproducía, y lo hacía como si fuera un comentario de lo más gracioso que no solo le parecía picante, sino también bastante acertado.

Algo que debería tenerse en cuenta respecto a la cuestión sobre su credibilidad, pensó Eva Backman antes de frenar detrás de un camión y mirar la hora.

Eran las cuatro y veinte. Todavía le faltaba un poco para la rotonda de Rocksta, así que decidió continuar directamente a casa, en lugar de volver a la comisaría para cumplir con su deber diez o quince minutos más.

Lo comentaré con Barbarotti mañana, pensó. Aquí hay gato encerrado, justo como él sospecha. Tal vez una mujer también —de una u otra manera—, pero definitivamente un gato.

Pasaba con la curiosidad como con el picor, constató, como muchas otras veces en su vida: resultaba muy difícil ignorarla.

Gunnar Barbarotti reconoció enseguida al hombre que abría la puerta chapada de caoba, pero le llevó un par de segundos situarlo.

Era bajo y compacto, una persona de esas que tienen un peso específico mayor que su entorno, y no parecía contento.

Y tampoco lo había parecido la otra vez que Barbarotti se había cruzado con él. Intentó calcular cuántos años hacía. Reunión de padres en el octavo curso de Sara con motivo de un viaje de fin de curso... Diciembre de 2002 debía de haber sido, un año después del divorcio de Helena; se acordó de lo mucho que le había costado aguantar aquello.

No solo la reunión, sino la vida en general.

A Kent Blomgren aparentemente también le había costado aguantarlo. Durante toda la reunión había estado callado, con los dientes apretados, sin molestarse a votar ni a favor ni en contra en las cuestiones que habían salido a votación, y cuando al final se decidió dejar que los niños hicieran un viaje a Londres el siguiente mes de mayo, Blomgren echó su silla atrás con determinación, se levantó y declaró que su Jimmy, por la madre que lo parió, no se iba a ir a ningún puto viaje de lujo a Londres. Que se fueran los niños pijos y sus padres si es que les parecía necesario.

Después de esa declaración de lo más aclaradora, abandonó el aula dando un portazo que hizo cantar a las paredes.

Si se debía a la inequívoca actuación de Kent Blomgren o si respondía a otro motivo, Barbarotti lo desconocía, pero en lugar de la semana prevista en

Londres, Sara y su clase pasaron tres lluviosos días en Copenhague. Blomgren júnior no se apuntó a ese viaje tampoco.

Y ahora Blomgren sénior estaba delante de Barbarotti con la mirada clavada en las muletas. Parecía plantearse darle un portazo también a la puerta, pero Barbarotti se adelantó.

—Hola —saludó—. Creo que nuestros hijos iban juntos a clase. No lo recordaba cuando hice la llamada.

—¿Ah, sí? —dijo Kent Blomgren.

—¿Cómo se llamaba tu chaval? ¿Jimmy?

—Jimmy y Billy —informó Kent Blomgren—. Tengo dos.

Barbarotti asintió con la cabeza y entró en el recibidor con la escayola por delante. Kent Blomgren cerró la puerta detrás de él, sin portazos.

—Y los he criado yo mismo —añadió—. La vieja se escapó con otro cuando eran pequeños. Y mejor así.

Era una confesión inesperada. Barbarotti carraspeó y vaciló.

—Así son las cosas —dijo—. Yo tampoco vivo ya con la madre de mis hijos. La vida no siempre sale como uno espera.

¿Por qué estoy aquí de charleta sobre la vida con este bruto?, pensó. ¿No eran las pintadas lo que me traía aquí?

—Te tomarás un café, ¿no? —preguntó Kent Blomgren enseñándole el camino a la pequeña cocina—. Ya está hecho, así que no es ninguna molestia.

Se sentaron cada uno a un lado de una mesa de cocina azul, con un cactus de unos diez centímetros de alto en el centro. En un plato había cuatro bollos de canela con pinta de haber sido descongelados en el microondas y al lado dos tazas provistas del escudo del club de fútbol IFK de Gotemburgo. Nada de azúcar ni leche.

—Como te dije —empezó Barbarotti—, estoy trabajando en el problema de las pintadas.

—¿Estás trabajando aun con la pierna escayolada? —inquirió Kent Blomgren señalando con la cabeza el pie de Barbarotti, que este había levantado sobre una silla con un poco de esfuerzo. La silla era amarilla. Solo había tres sillas en la cocina: una amarilla, una roja y una verde.

—No me gusta estar dando vueltas en casa —explicó Barbarotti.

Kent Blomgren hizo una mueca de difícil interpretación, sirvió café y se sentó en la silla verde.

—Ves bastantes, supongo —dijo Barbarotti—. Pintadas, me refiero.

Kent Blomgren tomó un trago de café; se limpió la boca con el dorso de la mano mientras parecía sopesar la respuesta. O buscar las palabras exactas.

—Una barbaridad —afirmó lenta y enfáticamente—. Como coja a uno solo de esos cabrones, le rompo el pescuezo y lo echo a los cerdos.

—Eso es —dijo Barbarotti—. Ese es el espíritu. ¿Cuánto tiempo llevas con la empresa de saneamiento?

—Diez años —contestó Kent Blomgren—. Antes trabajaba para Brinks, pero luego decidí abrir mi propia empresa.

—Es sobre todo un grafitero en concreto el que causa problemas —puntualizó Barbarotti—. ¿O son dos? Las firmas, o *tags*, como las llaman, PIZ y ZIP, las habrás visto muchas veces, ¿no?

Kent Blomgren mordió un bollo de canela y masticó lenta y prolijamente fijando una profunda mirada en los ojos de Barbarotti.

—He limpiado más PIZ y ZIP de los que puedas contar —comentó luego mientras rechinaba los dientes y parecía intentar acentuar cada sílaba—. No hay derecho, joder. ¿Y tan jodidamente difícil es coger a un gamberro así?

—Soy nuevo en este caso —le informó Gunnar Barbarotti con prudencia—. No me ha dado tiempo a estudiarlo todo a fondo todavía. Pero está claro que es un problema.

Kent Blomgren siguió masticando con la vista clavada en Barbarotti.

—¿Tienes alguna teoría? —preguntó Barbarotti.

—¿Teoría? —repitió Kent Blomgren.

—De quién podría estar detrás de este vandalismo. O quiénes. Quiero decir, ya llevas un tiempo en ese negocio.

—Demasiado tiempo —repuso Kent Blomgren.

Pero era incapaz de elaborar ninguna teoría.

—Yo me ocupo de limpiarles la mierda —constató lacónico—. A los que la cagan no los veo nunca.

Una puerta se abrió en algún sitio del apartamento y un joven de pelo largo apareció en la cocina. Llevaba calzoncillos y una camiseta de Homer Simpson.

—¿Jimmy? —dijo Barbarotti.

—Billy —corrigió el joven, y le tendió la mano. Barbarotti la estrechó.

Kent Blomgren echó un vistazo a su reloj y murmuró algo.

—No pasa nada —lo tranquilizó Billy Blomgren, quien al parecer había captado lo que le comunicó su padre—. Han dicho que vaya después de comer.

Abrió la nevera, bebió a morro de un tetrabrik de zumo y se marchó.

—Complicado —explicó Kent Blomgren—. Es

complicado encontrar un trabajo hoy en día. Este país se está yendo a la mierda.

Gunnar Barbarotti se dio cuenta de que con toda probabilidad estaba delante de un prosélito de Roger el Cuñadísimo, de modo que decidió que era mejor no quedarse demasiado tiempo. No sabía muy bien por qué había ido allí, pero había dado con el nombre de Kent Blomgren en la cuarta de las carpetas de Sturegård, y había pensado que en cualquier caso no perdía nada por probar.

—Nunca ha sido fácil ser joven —constató—. Sea como sea, yo seguiré trabajando en este caso. Ya encontraremos alguna manera de acabar con PIZ y ZIP. ¿Te puedo pedir una cosa?

—¿Qué? —quiso saber Kent Blomgren antes de apurar el último trago de café.

Barbarotti se puso de pie y consiguió agarrar las muletas.

—La próxima vez que te encarguen el trabajo de limpiar un ZIP o un PIZ, llámame antes para que pueda echarle un vistazo.

Kent Blomgren enarcó una ceja y asintió.

—Con mucho gusto —contestó—. Será en el Olimpo otra vez, supongo, para que podamos leer sobre el tema en el periódico. Ese idiota de Brahmin no parece tener muchas otras cosas que contar.

—Ya veremos —dijo Barbarotti, y luego se despidió de la familia Blomgren.

Se me olvidó preguntar por qué demonios su empresa se llama Cerbero, pensó cuando salió a la calle. Si no se equivocaba, Cerbero era un perro que vigilaba la puerta del infierno, y le costaba un poco pillar qué tenía que ver con el saneamiento de pintadas.

Pero también era verdad que este no era realmente su campo, esos terrenos delictivos a medias.

Se me dan mejor los asesinos que los grafiteros, pensó apesadumbrado mientras se metía con dificultad en el coche.

Menos mal que tengo un coche automático, constató también. Y es una suerte que no me haya roto la pierna derecha. No tenía del todo claro si era legal conducir un coche con un pie escayolado, pero con ciertos asuntos no era necesario llegar hasta el fondo.

Quizá Cerbero Saneamiento S. L. también pertenecía a ese tipo de asuntos.

—Creo que ya empiezo a avanzar un poco —dijo Eva Backman.

—¿Con qué? —quiso saber Barbarotti.

—Con Alice Ekman-Roos —respondió Backman.

Era la una menos cuarto. Y martes. Estaban sentados a una mesa del Kungsgrillen y acababan de servirles el plato del día: guiso de carne de ternera con remolacha y patatas cocidas.

—Estupendo —dijo Barbarotti—. ¿Y de qué manera, en concreto?

—Creo que está dispuesta a poner una denuncia —explicó Backman—. He hablado con ella esta mañana.

—Ya era hora. Lleva diez días sin aparecer. Sería un escándalo si no tomamos cartas en este asunto ya.

—No sé si sería un escándalo precisamente —repuso Backman—. Pero lo que sí sé es que es una historia muy extraña. ¿Crees que lo tenía todo planificado? ¿Desaparecer de esa manera?

Barbarotti se lo pensó bien antes de contestar.

—Sin duda sería una alternativa atractiva para mucha gente. Aunque no entiendo por qué, en tal caso, no lo hizo de una vez. ¿Por qué estar fingiendo que vas al trabajo durante un mes entero primero y luego desaparecer? Parece absurdo.

—Quizá necesitaba ese mes para hacer algo —sugirió Backman.

—¿Hacer qué? —preguntó Barbarotti rascándose la escayola.

—¿Qué sentido tiene rascarse la escayola? —quiso saber Eva Backman—. He notado que lo haces bastante a menudo.

—Es un acto simbólico —explicó Barbarotti—. Cuando no puedes realizar el acto que realmente quieres realizar..., por alguna razón..., pues entonces recurres a un acto simbólico.

—¿Como quemar banderas? —dijo Backman.

—¿Quemar banderas? —repitió Barbarotti—. No sé si eso puede contarse como un acto simbólico..., pero olvídate de eso. La cuestión es, por lo tanto, ¿por qué necesitaría Valdemar Roos un mes antes de dar el paso y largarse de una vez por todas?

—No se me ha ocurrido todavía —admitió Backman—. Pero quizá quería tiempo para planificarlo todo. O para buscar dinero. ¿Robar un banco, por ejemplo?

—No creo que haya habido un atraco a un banco por aquí desde enero —comentó Barbarotti.

—Tal vez se fue a otro sitio a hacerlo —sugirió Backman.

—Un tipo muy listo —dijo Barbarotti.

—Un genio criminal —añadió Backman—. ¿Tú lo crees?

—No —dijo Barbarotti.

—Entonces, ¿qué piensas?

Gunnar Barbarotti dejó los cubiertos y se reclinó en la silla.

—No lo sé muy bien, la verdad —reconoció—. Pero si consideramos esto un asunto policial, supongo que nos permitiría hablar con gente. ¿Con quién quieres empezar?

—Esa amiga —respondió Eva Backman tras dudar un par de segundos—. La que sostiene que el hombre salía del restaurante Ljungmans acompañado de una mujer joven.

—Perfecto —dijo Barbarotti—. La teoría de la amante se basa total y exclusivamente en su testimonio.

—Tampoco vendría mal publicar un anuncio de su desaparición con una descripción —apuntó Eva Backman—. Puede que haya sido visto en algún sitio. Como hasta el momento solo es su mujer la que lo ha echado en falta... por así decirlo.

—Por así decirlo, en efecto —convino Gunnar Barbarotti—. Me parece muy bien anunciar su desaparición. Encárgate tú, ¿quieres?, creo que sería oportuno que yo me mantuviera apartado de Asunander. Por cierto, ¿no quieres saber cómo va la persecución del escurridizo grafitero fantasma?

—Ahora no —rehusó Eva Backman—. Si me disculpas, creo que prefiero pedir la cuenta y volver a nuestros respectivos despachos. Pero te mantendré informado sobre Roos.

—Gracias —dijo Barbarotti—. ¿Me haces el favor de pasarme las muletas?

Capítulo 30

La fotografía del desaparecido Ante Valdemar Roos se publicó en el periódico local del jueves, y a las diez y media de esa misma mañana llegó la primera llamada a la centralita de la policía procedente del gran detective que es la ciudadanía.

Era de una mujer que se llamaba Yolanda Wessén; trabajaba en un ICA de Rimmersdal y afirmaba que el hombre de la foto había hecho recientemente la compra en esa tienda en varias ocasiones. También se había presentado como Valdemar.

Sin embargo, llevaba unos días sin verlo. Si mal no recordaba, habría pasado una semana desde la última vez. Quizá incluso diez días.

—¿Rimmersdal? —dijo Eva Backman cuando, al cabo de un rato, pudo hablar con la mujer—. O sea, ¿hacia la zona de Vreten?

Yolanda Wessén confirmó que Rimmersdal se ubicaba a unos cinco kilómetros de Vreten, y también contó que tenía buena memoria para las caras. Le gustaba hablar con sus clientes, aunque solo estaba en la caja y apenas iba más allá de un par de comentarios rápidos sobre el tiempo.

Backman le preguntó cuánto hacía desde que había visto a Valdemar Roos por primera vez. Yolanda Wessén explicó que debía de hacer un mes, más o menos, y entonces Backman decidió ir a Rimmersdal para mantener una conversación más a fondo con la señora Wessén.

Mientras tanto, es decir, entre las once y las once y media de la mañana del jueves, el inspector Barbarotti se encargó de Gordon Faringer, el psiquiatra amigo de la familia Ekman-Roos, que se había entrevistado con Valdemar un par de semanas atrás acerca de su estado psicológico general y su posible depresión.

Gordon Faringer era un hombre larguirucho de cincuenta y cinco años. Presentaba un aspecto bronceado y feliz, le pareció a Barbarotti, y lucía un pañuelo violeta doblado con elegancia en el bolsillo del pecho de la americana, pero su mayor recurso en un encuentro con un paciente sin duda debía de ser su voz.

Profunda y sonora, recordaba al tono de un violonchelo y hacía que toda palabra que pronunciara diera la impresión de ser resultado de una larga reflexión y de una gran sabiduría. Barbarotti se dio cuenta de que no era fácil dudar de nada que saliese de su boca por mucho que se esforzara en hacerlo.

—Es cierto que solo hablé en una sola ocasión con Valdemar sobre su estado emocional —explicó, por ejemplo—. No se trataba de una consulta profesional, pero aun así considero que no estaba deprimido en un sentido clásico.

—Entiendo —dijo Gunnar Barbarotti.

—Nunca ha sido una persona entusiasta, estamos todos modulados de manera diferente en ese sentido. Pero no, no creo que su desaparición se deba a algún tipo de inestabilidad psíquica.

—Dejó su trabajo hace cinco semanas —le recordó Barbarotti—. Sin mencionárselo a su mujer.

—Sí, estoy al tanto —dijo Faringer—. Alice me llamó ayer y hablamos largo y tendido. Me resulta igual de incomprensible que a todos los demás.

—¿Comentó su mujer algo acerca de la posible existencia de otra mujer?

Gordon Faringer asintió con la cabeza, con cara preocupada, mientras se pasaba el dedo por la sien derecha, arriba y abajo, un gesto inconsciente (o de lo más consciente) de reflexión, probablemente. Carraspeó y se ajustó las gafas.

—Sí —respondió—. Me lo contó también. Al parecer se trataba de la observación de una amiga. Muy extraño, no quiero decir que Valdemar sea una persona asexual, pero que engañara a Alice con una amante joven parece tan inverosímil que nos cuesta mucho imaginárnoslo... Me refiero a mi esposa y a mí.

—Hmm —murmuró Barbarotti—. Pero que dejara Wrigmans es un hecho irrefutable. Quizá ha llegado el momento de una completa reevaluación de Valdemar Roos, no sé si me entiendes.

—Entiendo muy bien a lo que te refieres —aseguró Gordon Faringer, y esbozó una fugaz sonrisa—. Todos, como es evidente, tenemos facetas que permanecen ocultas a nuestro entorno. A menudo ni siquiera nosotros mismos somos conscientes de ellas.

—¿Ah, sí? —dijo Barbarotti—. De modo que, en una determinada situación, esas facetas desconocidas de nuestra personalidad podrían salir a flote y dar como resultado... ¿acciones inesperadas?

Faringer volvió a rozarse la sien con los dedos.

—No es una mala descripción —reconoció—.

Quizá se podría añadir que suele ser necesario un factor desencadenante. Un catalizador.

—¿Y podría ser así en el caso de Valdemar?

—No podemos excluirlo —dijo Gordon Faringer—. Aunque desconozco por completo cuál podría haber sido el catalizador.

Barbarotti reflexionó un momento.

—¿Dirías que conoces bien a Valdemar Roos?

—Para nada —contestó Gordon Faringer—. Soy más bien amigo de su mujer, la verdad. Nos conocemos desde hace veinte años, al menos. Valdemar entró en su vida hará unos diez años. Pero no nos vemos mucho tampoco, un par de veces al año quedamos para cenar, poco más.

—Entiendo —dijo Barbarotti—. Por cierto, ¿cómo interpretas la reacción de Alice de callarse su desaparición durante tanto tiempo antes de contárselo a nadie?

Faringer se encogió de hombros.

—Es una reacción bastante natural —explicó—. El hecho de que tu marido te deje sin mediar palabra genera un sentimiento de profunda vergüenza.

—Si es que ese es el caso —comentó Barbarotti.

Por primera vez se asomó una sombra de sorpresa en el rostro del doctor.

—Y si no, ¿qué podría haber pasado? —preguntó.

—Tú mismo acabas de decir que te cuesta creer en la existencia de otra mujer —dijo Barbarotti.

—Sí, claro —admitió Gordon Faringer, y se permitió otra fugaz sonrisa—. Pero no he dicho que fuese necesaria la existencia de otra mujer para que Valdemar dejara a Alice.

Barbarotti volvió a tomarse su tiempo para reflexionar antes de continuar.

—¿Lo que estás diciendo es que no te sorprendería si Valdemar Roos en estos momentos estuviera tomándose tranquilamente una sangría en Málaga?

—O una cerveza Singha en Phuket —sugirió Gordon Faringer, y consultó el reloj—. Sí, creo que apostaría cien coronas por esa alternativa. Disculpa, pero tengo una reunión en el hospital en un cuarto de hora. ¿Podríamos...?

—Sí, claro —dijo Barbarotti—. Es posible que vuelva a contactar contigo, si resultara necesario por algún motivo.

—Y siempre serás bienvenido a hacerlo —indicó el doctor Faringer.

Se levantó, le dio la mano a Barbarotti y se marchó.

Una vez solo, Barbarotti levantó con cuidado la pierna hasta la mesa, se reclinó en la silla y entrelazó las manos detrás de la nuca. Siguió sentado así durante al menos diez minutos, mientras intentaba que la imagen que tenía en su cabeza de Valdemar Roos se volviera más nítida.

Para empezar, pudo constatar que las descripciones que le habían hecho hasta el momento —su esposa, Red Cow, Gordon Faringer— coincidían bastante.

¿No era así? Valdemar Roos era introvertido, aburrido, socialmente inadaptado y poco querido. Un tipo lerdo, tedioso y previsible, que no alegraba la existencia a nadie y del que nadie se esperaba nada especial o sorprendente.

Bueno, más o menos así era el panorama. Pero ¿y si...?, empezó a argumentar Gunnar Barbarotti poniéndose a sí mismo a prueba, ¿y si Valdemar Roos a la hora de la verdad resultara ser una persona mucho más compleja de lo que su entorno quería imaginarse?

¿Qué sabía, por ejemplo, Alice Ekman-Roos acerca de las capas más profundas de la personalidad de su marido? De los sueños y los anhelos y los motivos de su comportamiento, ¿qué sabía Red Cow? ¿O Gordon Faringer?

¿Era posible que una persona tuviera un interior que correspondiera a esa imagen exterior que la familia y los conocidos de Ante Valdemar Roos habían descrito? ¿Un mueble? ¿No tenía todo el mundo el derecho a su propio concepto del mundo y su propia visión de las grandes cuestiones de la vida? La superficie era la superficie, pero la profundidad era profunda, y muchos elegían no dejar entrar a cualquiera en sus espacios interiores más privados. Por motivos varios, pero que podían ser perfectamente legítimos. ¿Con qué fundamento se puede afirmar que Roos no era una persona interesante y polifacética solo porque se negaba a convertir su vida interior en un espectáculo a la vista de todos?

Y con toda la razón.

Barbarotti se reclinó en la silla y miró por la ventana. ¿Y adónde quiero ir a parar con este razonamiento cuasifilosófico?, pensó. ¿Por qué no puedo aceptar sin más que la mayoría de los muermos son muermos y punto?

¿Es porque resulta más interesante si esconden algo por dentro? ¿Porque yo quiero que la vida sea así?

La vida tiene que ser un relato, en caso contrario carece de sentido. Por consiguiente, resultaría insoportable. Es eso, ¿verdad? *¿Verdad?*

Llamaron a la puerta y Asunander asomó la cabeza.

—¿Cómo va el tema de las pintadas? ¿Alguna solución a la vista?

Barbarotti cortó de inmediato todos los hilos de

pensamiento sobre Valdemar Roos y sobre la vida, e intentó enderezarse en la silla sin bajar la pierna de la mesa, lo cual le provocó una fuerte punzada de dolor en la espalda.

—¡Ay! —soltó—. Gracias, comisario, va estupendamente. Justo ahora estaba valorando un par de pistas.

—¿De veras? —dijo Asunander sin entrar en el despacho—. ¿Qué pistas son esas?

—Es un poco complicado —se excusó Barbarotti—. Estaba pensando en ir a tu despacho para ponerte al corriente del estado de la investigación mañana... o el lunes.

—Bien —contestó Asunander—. Estoy deseando oírte. Pero no quiero que me cuentes más rollos, ni que vengas con más carpetas tampoco. Quiero pararle los pies a ese condenado gamberro y espero que consigas resultados.

—Claro —dijo Barbarotti—. Lo veo como una cuestión de tiempo, nada más.

—Haces bien —zanjó Asunander, y cerró la puerta.

El problema, pensó el inspector Barbarotti, el problema más importante es que ese grafitero no me interesa lo más mínimo. ¿Qué era eso en lo que estaba pensando sobre Valdemar Roos?

—Escúchame bien —anunció Eva Backman—. Esto es muy interesante.

Barbarotti asintió y echó un vistazo al reloj. Eran las cuatro y media. Había prometido ir a buscar a Marianne a las cinco y cuarto para hacer la megacompra semanal en el Coop de Billundsberg. Era el entretenimiento habitual de los jueves. Si había algo en el mundo que a Barbarotti no le hiciera nada de gracia, aparte de los grafiteros y la música rap y el periodismo sensacionalista, eso era hacer la compra semanal. Pero se daba cuenta de que para una familia de ocho a diez personas suponía un componente vital bastante bien justificado. A pesar de que hubiera miembros de la familia con muletas.

—No tengo mucho tiempo —dijo—. ¿No podrías haber venido un poco antes?

—Intenté contactar con Karin Wissman también —explicó Backman—. Esa testigo del restaurante. Pero al parecer sigue en su congreso en Helsinki. Debería haber regresado hoy, pero resulta que no viene hasta el sábado.

—No me digas —comentó Barbarotti—. ¿Y qué me tenías que contar que era tan interesante?

—Yolanda Wessén —dijo Eva Backman—. La mujer del ICA de Rimmersdal que ha llamado esta mañana. He estado allí hablando con ella durante una hora y media. Una conversación bastante enriquecedora, no solo en lo que respecta a Valdemar Roos.

—¿De mujer a mujer? —preguntó Barbarotti.

—Si lo quieres reducir a tu propio nivel de comprensión... —contestó Backman.

—Perdona, pero ¿qué te ha contado de Valdemar Roos?

Eva Backman abrió su cuaderno.

—Bueno, esta mujer extraordinariamente simpática, Yolanda Wessén, o Yolanda Pavlovic, que es como se llamaba antes de venir a nuestro maravilloso país y casarse con un colérico panadero, afirma que Valdemar Roos ha estado en su tienda haciendo la compra en al menos cinco ocasiones el último mes. A excepción de la última semana, durante la cual no ha dado señales de vida.

—Espera —dijo Barbarotti—. Esta tienda, por tanto, se encuentra en Rimmersdal, que está a unos ¿treinta o cuarenta kilómetros de la ciudad?

—Treinta y cinco —puntualizó Backman—. Hacia Vreten, mi hermano vive por esa zona.

—¿Y se trata de un ICA?

—Correcto.

—¿Qué compraba?

—Alimentos básicos —dijo Eva Backman—. Leche y pan y café y huevos. En fin, los productos indispensables.

—¿Qué indica eso? —preguntó Barbarotti.

—¿A ti qué te parece que indica? —repuso Backman.

Barbarotti reflexionó.

—Ahora no vamos a sacar unas conclusiones apresuradas —dijo.

—Dios nos libre —repuso Eva Backman.

—Es fácil precipitarse.

—Dios nos libre.

—Quizá se llevaba esas compras a su casa en Fanjunkargatan.

—Hombre, claro —soltó Eva Backman—. Ahí has dado en el clavo. Se mete en el coche por la mañana, recorre unos treinta y cinco kilómetros hacia el oeste, para en un bonito ICA y se hace con las provisiones básicas para llenar la despensa. Luego regresa a casa con la compra. Setenta kilómetros, ida y vuelta.

—Eso es —asintió Barbarotti—. Un comportamiento completamente normal para un hombre sueco de su categoría.

—¿O sea? —dijo Backman.

—O sea que tiene otra casa —constató Barbarotti—. A la que va.

—Llegaré a ese punto también —apuntó Backman.

—Bien —dijo Barbarotti.

—¿Quizá la casa de la amante?

—Es posible. Aunque me cuesta creer en la teoría de la amante.

—A mí también —convino Backman—. Sea como sea, la casa tiene que estar por esa zona. La región en torno a Rimmersdal. ¿No crees?

—Se me antoja lo más probable, sí —afirmó Barbarotti—. ¿Ha comentado algo más, Yolanda Wessén? Al parecer, también se presentó con nombre y apellido, ¿verdad?

—Sí.

—¿Tú sueles presentarte a las cajeras cuando haces la compra?

—No —dijo Backman—. Para ser sincera, suelo callarme quién soy.

—Igual que yo.

—Pero según Yolanda se portaba de manera muy educada y era simpático, le parecía que tenía ganas de charlar. Y bueno..., luego dice precisamente eso.

—¿Qué? —preguntó Barbarotti.

Backman se rascó el pelo y le salió una arruga de preocupación en la frente.

—A ella le suena que él dijo algo en esa línea. Que iba a volver a la tienda más veces porque... porque acababa de mudarse a esa zona.

—¿Mudarse a esa zona? —repitió Barbarotti—. ¿Dijo eso? Bueno, entonces ya no cabe ninguna duda, ¿no?

—Es que... —continuó Backman—. Es que ella no se acuerda de si pronunció con exactitud esas palabras. Era más bien..., bueno, era más bien la impresión que le dio. Y luego, como aparecía un par de veces por semana, esa impresión se fue reforzando.

—¿Pero no se acuerda si realmente dijo que tenía una casa por allí?

—No, no lo puede jurar. Puede que ella haya llegado a esa conclusión por sí sola.

—Hmm —dijo Barbarotti—. Bueno, interesante sí que es, desde luego. ¿Algo más?

—No hay mucho más —suspiró Backman—. Por desgracia. ¿Qué crees que debemos hacer ahora?

Barbarotti permaneció callado durante unos diez segundos mientras se rascaba la escayola.

—Pensarlo todo bien —dijo—. Sentarnos a reflexionar sobre qué coño puede significar todo esto. Y hablar con esa testigo, por supuesto... ¿Cuándo venía? ¿El sábado?

—El sábado por la noche —confirmó Backman—. Lo que nos deja al menos dos días para la reflexión pura y dura. Si es que es eso lo que queremos. Al fin y al cabo..., no es más que un muermo que ha desaparecido.

Barbarotti asintió con la cabeza.

—Ya lo sé —dijo—. Tampoco entiendo por qué me interesa tanto este hombre mueble.

Eva Backman dio la impresión de estar buscando una respuesta, pero por lo visto no encontró ninguna, porque cerró el cuaderno y desvió la mirada a la ventana.

—Parece que va a llover —comentó.

—Sí, tiene toda la pinta —dijo Barbarotti—. En cualquier caso, las reflexiones puras y duras se me dan de miedo. Pero, claro, eso no hace falta que te lo diga.

Eva Backman puso los ojos en blanco y consultó el reloj.

—¿No tenías que ir a hacer la compra con tu amada?

—¡Mierda, es verdad! —exclamó Barbarotti—. ¿Dónde están las muletas?

Capítulo 31

La conversación con Eva Backman del jueves por la tarde se le quedó rondando por la cabeza.

¿Qué era entonces lo que resultaba tan interesante de Valdemar Roos? No solo siguió rondándole el tema durante la noche del jueves, sino también durante el viernes, día en el que nada nuevo surgió en la investigación, durante el sábado, día que libró y en el que Roger el Cuñadísimo por fin cumplió con su promesa de regresar a su casa en Lycksele —o al menos a Bollnäs, donde, sostenía, pensaba pasar la noche en casa de un amigo—, y durante la noche entre el sábado y el domingo, cuando Marianne y él hicieron el amor por primera vez desde la caída a la carretilla hacía doce días.

Por supuesto, no tenía la historia de Valdemar Roos en la cabeza todo el tiempo —desde luego no durante el complicado acto amoroso—, pero retornaba con una insistencia irritante. Por lo tanto, cabía preguntarse por qué.

¿La desaparición de un muermo?

Posiblemente un buen título para una obra de teatro, se le antojó, pero ¿qué pasaba con el contenido concreto de esa obra? ¿Qué era aquello que otorgaba a esta triste historia de un hombre de sesenta años que abandona su trabajo y a su familia... un fulgor tan atrayente?

¿Fulgor?, pensó Barbarotti, y constató que el radiodespertador acababa de pasar de 02:59 a 03:00. ¿De dónde venía esa palabra? Si hubiera una palabra que no encajaba con la vida de Valdemar Roos, esa palabra tenía que ser *fulgor*. No, debe de tratarse de otra cosa.

Me da pena, se le ocurrió. Es mi profunda humanidad la que hace que me interese este tipo de destinos lúgubres. Nadie en todo el mundo se preocupa por Valdemar Roos, y por eso lo hago yo. Quiero llegar al fondo de esto, al margen de Asunander y sus grafiteros; es mi deber hacia uno de estos hermanos míos menos afortunados.

Pero ese ángulo filantrópico tampoco le resultaba demasiado convincente, cosa que tuvo que reconocer tras unos momentos de examen de conciencia. Por mucho que le hubiera gustado que ese fuera el motivo. Eva Backman sentía la misma curiosidad que él por lo que había pasado con Roos, y quizá había puesto el dedo en la llaga el viernes, cuando le había explicado que todo era cuestión de un sueño húmedo común para todos los mortales.

Tal vez sobre todo para los mortales del sexo masculino, había añadido Eva Backman tras unos segundos de reflexión. Poder salir de tu vida como si fuera una prenda vieja de la que te has cansado. De un día para otro cambiar toda tu existencia. Deshacerte de toda rutina aburrida: trabajo, mujer, casa, familia, y empezar algo nuevo y fresco en otro sitio.

¿Tentador?, pensó Barbarotti. Seguro, al menos para ciertas personas en determinadas situaciones vitales, pero sin duda también un poco ingenuo. El césped no es más verde al otro lado de la valla, y estés donde estés siempre cargas contigo mismo.

¿Y era en realidad eso, al fin y al cabo, lo que constituía el meollo de esta extraña historia?

En tal caso, era un plan muy peculiar el que Valdemar Roos había ideado. Si quería dejar a su mujer e hijas, ¿por qué no había pasado a la acción directamente? ¿Por qué dimitir y luego guardar las apariencias fingiendo ir a trabajar todos los días? Durante un mes entero. ¿Qué sentido tenía un plan así? ¿Y por qué cogía el coche hacia la zona de Vreten? ¿Qué había allí? ¿Una amante?

Buenas preguntas, quizá. ¿O unas preguntas del todo equivocadas? Sea como fuere, Barbarotti no encontró ninguna respuesta que tuviera sentido; llevaba varios días sin conseguirlo, y a lo mejor era justo este el motivo por el que el muermo desaparecido no lo dejaba en paz.

Porque era una historia tan extraña...

Y porque el inspector Barbarotti no tenía ni la más remota idea de lo que había pasado, y eso le tocaba la moral.

Habló con Marianne sobre el tema el sábado por la noche, después de la cena, cuando todos los niños los habían dejado solos con todos los platos sucios.

—Puede ser —dijo— que esta historia solo sea interesante mientras no sepamos qué es lo que ha pasado. En cuanto nos enteremos, en el mismo momento en el que las cartas estén sobre la mesa, va a parecer una historia banal y aburrida y nada más.

—Bueno, pues eso es lo que pasa con la vida misma —respondió Marianne tras un momento de reflexión—. Son las preguntas y todo aquello que no se ha explorado lo que importa, no las respuestas ni las cosas evidentes.

—¿Y la búsqueda de las respuestas? —preguntó Barbarotti—. ¿No es eso un correr tras el viento, como decíamos?

—No siempre —contestó Marianne, pero Barbarotti vio que no estaba contenta con la respuesta.

—¿Dios?

—¿Dios? No lo sé, pero al menos estoy segura de que un dios sin preguntas y misterios a su altura como mucho podría ser un ídolo. La idea no es que lo entendamos todo. Mucho menos a él.

Luego ella le dio un beso que duró un tiempo un poco excesivo para lo que el momento, el lavado de los platos y el más allá exigían.

Maravilloso, pensó Gunnar Barbarotti. Es maravilloso estar casado con una mujer que entiende mucho más de la vida de lo que lo hace uno mismo.

Pero ¿cómo será para ella estar casada conmigo?

El domingo por la mañana llamó a Eva Backman.

—Perdona —dijo—. Sé que es domingo y que tienes hockey sala y esas cosas, pero ¿pudiste hablar con la testigo anoche?

—¿Cómo va la reflexión pura y dura? —respondió Eva Backman.

—Aún no ha llegado a buen puerto —dijo Barbarotti—. Pero ya llegará. ¿La testigo?

—Bueno. Hablé con ella. Pero me temo que no logró arrojar mucha luz. En tal caso te habría llamado.

—Te lo agradezco —dijo Gunnar Barbarotti—. Pero algo habrá aportado, ¿no?

—Nos ha dado una descripción bastante buena de esa niña —constató Backman.

—¿«Niña»? —repitió Barbarotti.

—Sí —confirmó Backman—. Usó esa palabra. Como mucho tenía veinte años, según ella. Quizá aún menos.

—¿Una adolescente? —se sorprendió Barbarotti—. Dios mío, pero si Valdemar Roos tiene casi sesenta años.

—Ya lo sé —dijo Backman—. Bueno, la teoría de la amante parece cada vez más absurda. Y a la testigo..., bueno, se llama Karin Wissman, por cierto..., también le costaba creer en esa teoría cuando la presioné un poco. Aunque, por otra parte, tampoco creía en ninguna otra cosa. Valdemar Roos salió de un restaurante con una mujer joven hace poco más de dos semanas, a grandes rasgos es lo único que podemos determinar con certeza.

—Y dos días más tarde, cuando su mujer le dice que ha sido observado con dicha mujer joven, desaparece.

—Exacto —asintió Backman—. Resulta bastante obvio que esa conversación telefónica debe de haber sido algún tipo de factor desencadenante. Pero por lo demás..., bueno, no hemos avanzado nada.

—Vaya mierda —soltó Barbarotti.

—Ya —suspiró Backman—, es una manera de resumirlo. De todos modos, por eso no consideré que mereciera la pena llamarte ayer.

—Lo entiendo —dijo Barbarotti.

—Aunque había otra cosita.

—¿Ah, sí?

—Solo una anécdota curiosa, pero estuve hablando con otra persona ayer también.

—¿Con quién?

Eva Backman dudó unos segundos.

—No será nada importante. Una mujer que había hablado con Valdemar en un bar.

—¿En un bar?

—Sí, en el Prince de Drottninggatan. Aunque esto se remonta a hace dos meses. O mes y medio, no se acordaba de la fecha exacta. Pero lo reconoció en la foto del periódico, y por eso se puso en contacto con nosotros.

—¿Y?

—Estaba un poco bebido, al parecer. La había invitado a unas copas, y estuvieron hablando una hora más o menos, afirma.

—¿En el Prince de Drottninggatan?

—Sí.

—No pensaba que Valdemar Roos fuese el tipo de hombre que conversa con señoritas desconocidas en bares.

—Yo tampoco —convino Eva Backman—. Ya te digo que resulta raro, la mujer se va a pasar por la comisaría mañana por la tarde para que podamos tomarle declaración detenidamente.

—Bien —dijo Barbarotti—. Creo..., bueno, creo que todo esto suena muy pero que muy raro.

—Al parecer las cosas que dijo también eran raras.

—¿Qué? ¿Las cosas que dijo quién?

—Valdemar Roos. Esta mujer sostiene que en realidad no hablaba más que de una sola cosa todo el tiempo. De que estaba paseando por el bosque con su padre.

—Ahora no te sigo —se quejó Barbarotti.

—Lo entiendo —continuó Eva Backman—. Pero eso es lo que dijo. O sea, lo que *él* dijo. Algo sobre unos pinos iluminados por el sol y que era el momento más importante de su vida...

—¿Cuando paseaba por el bosque con su padre?

—Exacto —dijo Eva Backman.

Barbarotti permaneció callado un momento.

—¿Crees que está loco? —preguntó al cabo de un rato—. ¿Simple y llanamente?

—No lo sé —respondió Eva Backman—. Vamos a ver qué nos cuenta mañana esta testigo. Pero estoy de acuerdo en que suena bastante extraño.

—Extraño no, lo siguiente —puntualizó Barbarotti, y luego colgaron.

Pero hubo otra conversación con Backman ese nublado domingo otoñal.

Fue ella quien llamó, y eran las diez y media de la noche.

—Perdona que te llame a pesar de que sea domingo, día de rastrillar hojas en el jardín y de reflexiones puras y duras y todo eso —empezó.

—Mujer de piel blanca hablar con lengua bífida —dijo Barbarotti.

—Creo que hemos hecho un avance.

—¡Joder! ¿Pero qué me estás contando? —exclamó Barbarotti.

—Puede que sea así —dijo Backman—. Pero no estoy segura.

—Venga, dime.

—Acabo de hablar con un tal Espen Lund.

—¿Espen Lund?

—Sí. Es agente inmobiliario y viejo amigo de Valdemar Roos. Ha estado de viaje, pero ha vuelto hoy y hace una hora más o menos ha visto la foto en el periódico. Afirma que le vendió una casa a Valdemar hace aproximadamente un mes. Por la zona de Vreten. ¿Qué me dices?

—¿Que qué te digo? —respondió Gunnar Barbarotti—. Que vamos a meter a ese agente inmobiliario en un coche y que vamos allí de inmediato. ¿Qué cojones si no?

—Yo llegué más o menos a la misma conclusión —matizó Eva Backman—. Aunque decidí aplazarlo hasta mañana. Son las diez y media de la noche y el agente inmobiliario dice que tiene *jet lag*.

—Vale, de acuerdo —aceptó Barbarotti—. Vamos mañana entonces. ¿A qué hora?

—Espen Lund va a pasarse por la comisaría a las nueve —informó Eva Backman.

—¡Mierda! —soltó Barbarotti.

—¿Por qué no paras de soltar palabrotas todo el tiempo?

—Porque tengo que presentarme con esta pierna en el hospital mañana por la mañana. Creo que tengo que...

—Eso es lo que te pasa por meter las narices, y las piernas, en carretillas donde no te llaman —comentó Eva Backman, y por poco provocó otra palabrota de boca de Barbarotti.

—Lo voy a posponer —decidió—. O sea, la revisión. ¿Has hablado con la señora Roos sobre estas novedades?

—No —respondió Eva Backman—. Me pareció mejor esperar hasta que hubiéramos hecho una inspección en el lugar.

Gunnar Barbarotti reflexionó un momento antes de reconocer que se trataba de una decisión acertada teniendo en cuenta las circunstancias.

III

Capítulo 32

Llegó a la playa justo después de las seis. El sol aún no había salido.

Pero no estaba lejos. La aurora cubría la mitad del cielo en el este, los pájaros daban vueltas trazando extensas elipses tierra adentro sobre los prados y el mar descansaba calmo y quieto, como a la expectativa.

¿A la expectativa?, pensó. ¿Acaso hay algún estado mejor?

Decidió dirigirse hacia el sur. Al cabo de unos centenares de metros, se paró para quitarse los zapatos. Los dejó en la arena, ocultos por una vieja y desconchada barca de madera puesta del revés, que estaba abandonada a un buen trecho del borde del agua. Metió los calcetines, uno en cada zapato. Pensó que nadie se molestaría en echar el guante a un par de mocasines tan feos y desgastados, y si aun así alguien se tomara la molestia, podría entrar descalzo en la pensión sin problema.

Tenía un par de sandalias de reserva. Las había comprado en Malmö cuando fueron de compras antes de cruzar el estrecho a Dinamarca; ella le había dicho que le quedaban bien pero que bajo ningún concepto podía llevar calcetines con ellas, y todavía no se las había puesto.

La pensión se llamaba Paradis; habían pasado cuatro noches allí y esa era la primera noche en la que no era capaz de dormir. No sabía por qué; se había quedado dormido a eso de la medianoche después de haber estado haciendo un crucigrama, pero a las tres se despertó, y luego no hubo manera de volver a conciliar el sueño. A las cinco menos cuarto se levantó con sigilo, se dio una buena ducha y después se vistió y salió a escondidas. La pensión se hallaba dentro del pueblo, en una casa rosa de madera de dos plantas rodeada de multitud de lilas y árboles frutales; el mar no estaba a más de cinco minutos andando.

Y Anna seguía durmiendo cuando salió. Tendida como de costumbre, acurrucada con las manos entre las rodillas y la almohada encima de la cabeza. Se detuvo en la puerta y se quedó parado un par de segundos contemplándola. Qué raro, pensó, qué rápido se ha vuelto el centro de mi vida, casi me resulta imposible imaginar que hayamos estado antes el uno sin el otro.

La llevaba en la retina ahora también, mientras andaba despacio hacia el sur a lo largo de la infinita playa. Por lo que él sabía, la playa seguía todo el camino hasta la frontera alemana, o incluso más allá. Sí, el mundo es infinito, pensó de repente. Así es. Nuestras vidas y nuestras posibilidades son ilimitadas; solo se trata de descubrirlo y asimilarlo.

Y cada día es un regalo.

Habían pasado catorce. Dos semanas y una noche desde esa tarde de domingo en que su vida entró en una nueva e inesperada vía. Ante Valdemar Roos sabía que este tiempo con Anna —con independencia de lo que les esperara, de que terminara en clave menor o mayor— era lo más importante que le había pasado nunca. Quizá, había empezado a pensar, quizá era ese el sentido de todo. De su nacimiento, su infancia y su paso por este valle de lágrimas. Pasar un tiempo con esta singular chica.

Había seguido escribiendo sus aforismos en el cuaderno negro, uno al día. A veces eran citas, a veces algo que él mismo había conseguido formular. En dos ocasiones, cosas que había dicho Anna. Las palabras del día anterior eran, una vez más, de ese escritor rumano.

> Todavía alimentaba la ilusión de que caminaba solo, de que era él el que se movía y no el mundo bajo sus pies, de que él podía ir en cualquier dirección, de que el cauce que seguía —su propia, única vida— solo se veía a su espalda y era fruto de las huellas que dejaban sus laboriosos pasos. Aún no entendía que el mismo cauce se extendía igual de profundo e implacable delante de él.

Así era antes, pensó Ante Valdemar Roos. Así solía imaginarme mi vida. Como profundos surcos o inscripciones en una lápida ya preparada. Como si... como si esa lápida —y la lectura infinitamente lenta de sus inscripciones— hubieran sido el objetivo y el sentido de su vida.

No estaba seguro de que Cărtărescu realmente se refiriese a eso, pero da igual, pensó con una repentina alegría al mismo tiempo que le daba una patada a una pelota de goma roja mandándola bien adentro del agua. ¡Da igual!, ¡qué más da! Una vez jugó como interior derecho en las categorías juveniles del club de fútbol Framtiden IF, y la pegada del pie derecho seguía allí. Son la emoción y el camino lo que merece la pena, no las palabras ni la posible solución de la ecuación.

Anoche había cantado para él; solo dos canciones, ya que el cansancio pudo con ella de nuevo. Una era *Co-*

lours, una antigua canción de Donovan; le pareció raro que ella conociera tantas canciones de los remotos años sesenta. La otra la había compuesto ella misma y hablaba de él. *Valdemar, the Penguin*. No se dio cuenta hasta después de que había estado llorando al escucharla.

Y había sentido una enorme gratitud. Una profunda gratitud por no haber sucumbido ante el pánico y el miedo después del grotesco suceso en Lograna y, en cambio, haberse tomado el tiempo necesario para llevarse algunas cosas en el coche. La guitarra de Anna, por ejemplo. La mayoría de sus pertenencias también. La idea quizá hubiera sido la de intentar eliminar todas las huellas de ella en la casa, pero cuando llevaban unas horas conduciendo ya entrada la primera noche, ella se acordó de que se había dejado una bolsa de ropa sucia bajo la encimera de la cocina.

Así que no sería difícil darse cuenta de que una chica había vivido allí también. De que Lograna no solo había sido el lugar de Ante Valdemar Roos en el mundo.

Esto es, si algún día lograban dar con Lograna. Aún no había nada que indicara que lo hubieran hecho, pero tarde o temprano ese momento acabaría llegando. Tarde o temprano, no se hacía ilusiones.

Los primeros días había escuchado con preocupación todas las noticias en la radio, había leído de la primera a la última página todos los periódicos a los que había conseguido echar mano, pero poco a poco la calma de Anna se le contagió. Y cuando decidieron que su herida en la cabeza, a pesar de todo, empezaba a tener mejor pinta y que no hacía falta llevarla al hospital, ese momento supuso también un punto de inflexión. No necesitaban quedarse en el país. Cruzaron el puente del estrecho de Öresund poco más de una semana después de haberse marchado de Lograna. Una soleada mañana otoñal los acompañaba, y dejaban Suecia tras de sí con una sensación de libertad arrolladora. Al menos Valdemar lo sentía así: un pequeño mundo se cerraba, un espacio inmenso se abría.

Se lo había dicho a ella, esas palabras exactas. Ella se había reído y había puesto una mano sobre su brazo.

Si alguien cierra una puerta, Dios abre una ventana, había dicho ella.

¿A qué te refieres con eso?, le había preguntado.

Mi madre lo decía muchas veces, había contestado ella. Se lo decía a mi padre, cuando yo era pequeña. Me gustaba mucho. Solía pensar en la frase en la cama por las noches después de que ellos se hubieran pasado la tarde discutiendo.

A mí también me gusta, había reconocido Valdemar. Si alguien cierra una puerta, Dios abre una ventana. ¿Echas de menos a tu madre?

Un poco.

¿Cómo está tu cabeza?

Durante los primeros días había hecho demasiadas preguntas.

¿Te duele? ¿Quieres tumbarte un rato en el asiento de atrás? ¿Te ayudo a cambiarte la venda?

Con demasiada frecuencia, pero no era de extrañar que se preocupara. Cuando la encontró, yacía inconsciente en el jardín, y le llevó varios minutos conseguir que se despertara. Toda la parte izquierda de su cabeza estaba cubierta de sangre pegajosa, y una vez que la hubo lavado con la ayuda de toallas mojadas, apareció la herida de casi diez centímetros de longitud. Por encima de la oreja izquierda, una hinchazón y una gruesa media luna que llegaba hasta la sien, justo hasta el nacimiento del pelo; el oxidado tubo de hierro con el que la habían golpeado estaba a un par de metros al lado, justo bajo el manzano.

La hinchazón había persistido los primeros días, pero pronto encontró una manera de peinarse de modo que no se viera prácticamente nada. Ya en el primer hotel, la segunda noche, se habían registrado como padre e hija Eriksson. Ella sufría un intenso dolor de cabeza mientras estaban en la recepción registrándose, pero la herida y la venda se hallaban bien ocultas bajo su gruesa cabellera castaña oscura.

Se quedaron en ese hotel de Halmstad tres días. Ella pasaba la mayor parte del tiempo en la cama, él la cuidaba como si en realidad fuese un buen padre con una hija enferma. Se había asegurado de que bebiera mucha agua y de que al menos comiese alguna que otra cosa. Compró analgésicos en la farmacia, así como tiritas, gasas y vitaminas. Y se había quedado sentado en el borde de su cama vigilándola.

Preguntando si necesitaba algo. Si le dolía.

Demasiadas preguntas. La mañana del cuarto día ella se levantó, se duchó, le explicó que tenía que dejar de darle la lata ya y preguntó si no era hora de que siguieran el viaje.

Por un momento le pareció que no la reconocía. Que no entendía muy bien quién era esa persona que se asomaba por la estrecha puerta del cuarto de baño, envuelta en las toallas blancas del hotel, una alrededor del cuerpo y otra alrededor de la cabeza, hablándole como si fuera Signe o Wilma. Hablándole como ellas solían hacer cuando él, otra vez más y por razones poco claras, no lograba colmar sus expectativas.

Pero luego Anna vio que él se ponía triste, y atravesó la habitación en tres zancadas para darle un fuerte abrazo.

Perdón, no quería ser borde. Pero ¿no te parece que va siendo hora de que nos vayamos de aquí?

Le dio miedo ese momento, y no era fácil quitárselo de encima. Se quedó suspendido en un recoveco de su alma como un presagio malvado o un mal augurio que se negaba a desaparecer.

Había conducido a Karlskrona por alguna razón. Quizá para que les llevara un poco más de tiempo. Pues era en el coche y en la carretera donde estaba su hogar, al menos estos días. Como si el propio movimiento fuera el único terreno de juego imaginable para lo que sucedía. Pero solo pasaron una noche en la provincia de Blekinge —ella durmiendo trece horas seguidas— y después siguieron hasta el Hotel Baltzar de Malmö.

El dolor de cabeza de Anna iba y venía. Vomitó un par de veces. Él compró varios tipos de analgésicos. Treo, Ipren, Alvedon. Ella dijo que le gustaba más Treo, por lo que cuando cruzaron el estrecho llevaban doce cajas de provisiones.

Pero la hinchazón bajó y la herida presentaba cada vez mejor aspecto. El sábado en Malmö ella decidió pasar olímpicamente de toda gasa y tirita, y se dieron un largo paseo por el parque Pildamm. Es cierto que ella acabó cansada, pero después le prometió seguirlo hasta el fin del mundo, con la condición de que él aportara el dinero para gasolina y un poco de comida.

Había sacado quinientas mil coronas ya en Halmstad. Cuando le preguntaron en el banco qué demonios iba a hacer con tanto dinero en efectivo, contestó que se trataba de la compra de un barco y que el vendedor era un poco excéntrico, así que no le quedaba otra que conformarse.

Lo había visto en un libro, eso de la compra de un barco, de modo que sintió gratitud por haber leído bastante. Porque si no, esa idea no se le habría ocurrido jamás.

Así que dinero para gasolina y comida no les iba a faltar. En Malmö lo había cambiado a treinta mil euros y veinte mil coronas danesas sin ningún tipo de problema.

Sin tener que hablar de barcos ni nada.

Se detuvo y consultó el reloj.

Las seis y media. El sol había salido del todo, pero la playa seguía desierta. No se había cruzado con una sola alma; quizá a los daneses les gustaba quedarse en la cama por las mañanas. Al fin y al cabo, tenían cierta reputación en esa línea.

Eso pensó Ante Valdemar Roos, que bostezó y empezó a dirigir sus pasos de vuelta hacia el pueblo. O tal vez tenían otras cosas más importantes que hacer, se corrigió al cabo de un rato. ¿Trabajar o algo del estilo? ¿Sin tiempo para pasear al alba a lo largo de playas maravillosas, aunque estas estuvieran a la puerta de casa?

En todo caso, no le habían robado sus zapatos ni sus calcetines.

—He soñado una cosa muy rara.

Valdemar asintió con la cabeza. Anna le había hablado de sus sueños en otras ocasiones. Sobre todo cuando desayunaban, casi se había vuelto una costumbre.

—Resultaba muy real, cuando me he despertado

me ha costado mucho creer que solo hubiera sido un sueño.

Valdemar pensó que si la vida solo consistiera en un único día, no le importaría que empezara así. Primero, pasear una hora a lo largo de una playa desierta. Después, desayunar en el jardín de una pensión mientras escuchaba a esta singular chica contarle un sueño.

—¿De qué iba? —preguntó.

Ella tomó un trago de té y comenzó a untar mermelada en una rebanada de pan. Bien, pensó él, está recuperando el apetito.

—Creo que en el fondo iba sobre la muerte y que no hay que temerla.

—¿Ah, sí? —dijo Valdemar—. Es verdad, no hay que tenerle miedo a la muerte.

—Tú salías. Mi hermano pequeño y mi madre también, pero la protagonista era yo. Y yo era la muerte.

—¡¿Tú eras la muerte?! —exclamó Valdemar, atemorizado en contra de su voluntad—. Ahora creo que...

—Que sí —le aseguró—. Yo era la muerte, era a mí a la que todos tarde o temprano debían regresar. Yo lo sabía y por eso no tenía prisa con nada. Mi madre, Marek y tú estabais en un barco en un río...

—¿Marek, tu hermano pequeño?

—Sí. Estabais en un barco que iba a la deriva y se acercaba a una catarata, y vosotros como que habíais perdido el control de todo. Aunque no os habíais dado cuenta, porque la corriente no era muy fuerte al principio, y pensabais que no era más que una pequeña aventura emocionante. Y yo os esperaba allí delante, donde la corriente se hacía más fuerte, donde sabía que ibais a comprender que se trataba de un asunto serio y que estabais en peligro.

—¿Nos conocíamos? —preguntó—. ¿Tu madre, tu hermano y yo?

—Sí, claro, y a mí me hacía mucha ilusión veros a todos. Porque yo llevaba mucho tiempo muerta y la última vez que os había visto había sido en mi entierro, y ese día parecíais muy tristes y como abandonados de alguna manera.

—¿Abandonados?

—Sí, eso es lo que se siente cuando el muerto deja a los vivos.

—¿Cómo lo sabes?

—Lo comprendí en el sueño y, además, es de esas cosas que se saben. —Ella acompañó sus palabras con movimientos de asentimiento con la cabeza antes de continuar—. Casi todo el sueño lo pasé esperando a que llegarais hasta mí con la corriente. Sabía que al principio estaríais aterrorizados, pero luego, cuando todo hubiera pasado y finalmente llegarais, todo estaría bien.

—¿Tu madre, tu hermano pequeño y yo?

—Sí.

—¿Y qué ocurrió? ¿Nos caímos a la catarata?

—No, lo raro es que no. Lo cierto es que no sé lo que pasó. Quiero decir, no teníais ni remos ni nada, y aun así la barca consiguió dar con una corriente diferente y llegar a tierra. Estaba allí esperando y la verdad es que me sentía un poco decepcionada, pero no mucho. Porque sabía que vendríais otro día. Y en su lugar apareció él.

—¿Él? ¿Quién?

—Él.

—¿Steffo?

—Sí. Y a él no lo quería ver en absoluto, avanzaba a toda pastilla sobre el agua en su vespa, y justo antes de que me alcanzara, llegaste tú. Quizá Marek y mi madre también, no lo sé, pero tú le soplaste y se esfumó.

—¿Yo le soplé?

—Sí, era como si respiraras sobre él de alguna manera. Era suficiente, te inclinabas abajo desde el cielo, creo, vi tu cabeza al revés, eso sí, y luego respiraste sobre Steffo y de repente ya no estaba. Te di un beso y entonces me desperté.

—Dios mío, Anna. Ahora me da...

—¿Qué?

—Vergüenza.

—¿Te da vergüenza que yo te dé un beso en un sueño?

—Pues sí, claro que sí.

—Vale, intentaré controlarme mejor la próxima vez.

Ella se rio. Él se rio. Él pensó que era la mañana más feliz de toda su vida.

Nunca mejor que esto.

Por la tarde estaban sentados en tumbonas en la playa. El sol venía ahora de la dirección correcta.

—¿Sigues sin recordar? —preguntó él.

Ella asintió con la cabeza.

—Sí.

—¿No lo vas recordando poco a poco?

—No. Salgo corriendo y consigo llevarme el cuchillo del fregadero. Oigo que se me acerca. Me tropiezo con esa raíz que hay en el jardín y me caigo. Luego..., bueno, luego todo está en blanco.

—Bien —dijo él—. Quizá está bien que no te acuerdes de nada más.

—No lo sé. Tal vez, pero al mismo tiempo me gustaría recordar. —Anna hizo una pausa reflexionando—. En cualquier caso, debo de haberlo matado. Al mismo tiempo que él me golpeó con ese tubo de hierro. No podría haber pasado de otra manera, ¿verdad?

—Nunca podremos saberlo. Y... ¿Anna?

—¿Sí?

—Sea lo que sea lo que ocurrió, no tengas mala conciencia.

—Entiendo que pienses así. Yo también. Pero tu conciencia no puedes controlarla.

Valdemar permaneció callado contemplándola un rato. Dos corredores, un hombre y una mujer que llevaban ropa de deporte roja y negra, pasaron por delante un poco más abajo hacia el agua.

—¿Te duele? ¿Quieres que volvamos para que puedas descansar bien?

Ella hizo una mueca rápida que él no fue capaz de interpretar.

—¿Cuánto tiempo vamos a estar aquí, Valdemar?

—¿Cuándo quieres seguir el camino?

—No lo sé. Mañana quizá. O pasado.

—Vale, entonces quedamos en que lo decidimos mañana.

Ella asintió y puso su mano sobre la de él un momento.

—Me pasa algo en el brazo, Valdemar.

—¿Qué? ¿En el brazo?

—Sí, el derecho. Lo siento pesado y raro.

—¿Has...?, quiero decir, ¿llevas mucho tiempo así?

—Lo noté anoche cuando tocaba la guitarra. Sentía los dedos gordos y torpes.

—¿Crees que es grave? ¿Crees que tiene algo que ver con...?

—No, seguro que se me pasará si descanso un poco. Mira, ¿eso qué son? ¿Cisnes?

Valdemar entornó los ojos hacia el sol.

—Garzas, creo que son garzas.

—Casi parece un espejismo.

—Sí, casi.

Capítulo 33

—¿Ha hecho algo? —preguntó Espen Lund—. Quiero decir, ¿es sospechoso de algún delito?

Eva Backman negó con la cabeza y se abrochó el cinturón de seguridad.

—Lleva dos semanas desaparecido —le informó el inspector Barbarotti desde el asiento de atrás—. ¿No tendrás por casualidad alguna idea de lo que puede haber pasado?

Se colocó un pequeño cojín debajo de la pierna pensando que, una vez que le quitaran la escayola y pudiera andar como Dios manda, nunca jamás le dedicaría un solo pensamiento a ese maldito pie. Ya había recibido más atención de la que merecía.

—¿Yo? —dijo Espen Lund—. ¿Y por qué diablos tendría que saber yo dónde se ha metido Valdemar Roos?

—Le vendiste esa casa —señaló Eva Backman—. Nadie más parece estar al corriente de esa operación.

—Discreción ante todo —dijo Barbarotti.

—Madre mía —gimió Espen Lund—. Yo vendo treinta casas y pisos al mes. No sabía que también tuviera la responsabilidad de conocer el paradero de todos mis compradores.

—Venga, tranquilo —dijo Barbarotti—. Solo intentamos llegar al fondo del caso. Sois viejos amigos, ¿no?, Valdemar Roos y tú. Te habrá contado para qué quería esa casa. ¿Y por qué no quería que su mujer lo supiera?

Espen Lund dudó un segundo.

—Era una persona un poco reservada.

—¿Reservada? —repitió Backman.

—Sí. Quería que la compra se llevara a cabo con discreción..., igual que decía... ¿Cómo te llamabas?

—Barbarotti —contestó.

—Vaya, así que tú eres Barbarotti. ¿Qué te ha pasado en el pie?

—Me peleé con un gánster —dijo Barbarotti.

Espen Lund soltó una risa forzada.

—Y el otro está en el hospital, ¿verdad?

—En el cementerio —apostilló Eva Backman—. Bueno, ¿y por qué se mostraba tan reservado? Te picaría la curiosidad al menos, ¿no?

Espen Lund suspiró.

—Valdemar es un soso de campeonato —empezó—. La verdad es que ahora no nos vemos casi nunca, pero hubo una época en nuestras vidas en la que quedábamos de vez en cuando. Después de su divorcio y eso. Fuimos amigos de niños, no lo podía remediar; pero durante los últimos quince años no creo que lo haya visto más que cuatro o cinco veces.

—¿Así que te llevaste una sorpresa cuando llamó y dijo que quería comprarte una casa?

—Tanto como sorpresa no sé —comentó Espen Lund, y se metió un poco de *snus* bajo el labio—. Tras unos años en este negocio nada te sorprende. Valdemar Roos quería comprar una casa rústica en el campo para buscar un poco de paz y tranquilidad. ¿Qué tiene de raro?

Eva Backman se encogió de hombros mientras entraba en la rotonda de Rocksta. Barbarotti pensó que él, por su parte, nunca le compraría nada a este agente inmobiliario tan pasota. Pero también era verdad que si eras propietario de un inmueble de trescientos cincuenta metros cuadrados que necesita una reforma, quizá no te hacían falta más casas.

—¿Estuviste en contacto con él después? —preguntó—. ¿Desde que se cerró la operación, por así decirlo?

Espen Lund negó con la cabeza.

—*Niente*. Firmamos los papeles con la anterior propietaria, y tras eso no le he visto el pelo.

—¿Cuándo fue exactamente? —preguntó Backman.

—Firmamos el veintiséis de agosto —respondió Espen Lund—. Y le di las llaves el uno de septiembre. Bueno, ese día sí que lo vi, como es evidente, pero solo durante diez segundos. Comprobé las fechas ayer después de haber hablado con vosotros.

—De acuerdo —dijo Barbarotti—. No conoces a su mujer, ¿verdad?

—Nunca he tenido el gusto, no —contestó Espen Lund.

—¿Y a su primera esposa?

—Tampoco.

—Vaya, vaya, qué mala suerte —intervino Eva Backman—. Ahora está empezando a llover.

Gunnar Barbarotti miró por la ventana y constató que tenía razón. Luego consultó el reloj.

Eran las nueve y veinte. Era lunes, 29 de septiembre, y de las sucesivas aventuras de Ante Valdemar Roos seguían sin saber nada de nada.

Pero dentro de media hora habrían llegado a su casa en el bosque. Algo es algo, pensó Barbarotti.

Algo es algo.

No habían traído ninguna orden de registro, pero daba igual. Encontraron el cuerpo al cabo de algún que otro minuto y en ese instante la pequeña casa de campo se transformó en el escenario de un crimen y todo cambió de forma radical.

A pesar de la pierna escayolada, el inspector Barbarotti logró forzar la puerta de la casa al segundo intento; quizá habría sido más correcto quedarse en el coche al amparo de la lluvia esperando refuerzos, pero a la mierda el procedimiento, pensó. Eva Backman sin duda estaba de acuerdo. Se lo vio en la cara, y no protestó. Había reglas y reglas.

—Está bien poder estar bajo techo al menos —comentó mientras paseaba la mirada por la cocina y su sencillo mobiliario.

Eva Backman dio con la luz y encendió la lámpara del techo. Era por la mañana, pero la lluvia había traído una sombría penumbra. Backman sacó su teléfono y pidió refuerzos. Explicó la situación a grandes rasgos durante un minuto y colgó.

Barbarotti la contempló y se dio cuenta de que ninguno de los dos tenía muchas ganas de salir a inspeccionar el cuerpo sin vida.

—¿Por qué siempre tiene que llover cuando encontramos un cadáver? —se quejó—. Siempre nos pasa lo mismo.

—Es el cielo, que llora —dijo Eva Backman—. De momento nos quedamos aquí dentro, ¿vale?

Barbarotti asintió con la cabeza.

—No tiene mucho sentido salir y empaparse.

—No.

Espen Lund sollozó. El agente inmobiliario había empalidecido considerablemente al avistar el cadáver, y ahora estaba sentado delante de la mesa de la cocina con el cuerpo hundido y la cabeza apoyada en los brazos. Backman y Barbarotti dieron una vuelta por la pequeña casa. Un salón y una cocina, nada más. Un mobiliario sencillo, cierto, pero en definitiva una casa habitada, pensó Barbarotti. La cama estaba hecha y había comida en la nevera. Periódicos de hacía un par de semanas, algo de ropa y un radiodespertador que funcionaba.

Pero nada que pudiera dar una pista de por qué yacía un hombre muerto en el jardín.

¿Qué coño habrá pasado aquí?, pensó Gunnar Barbarotti. Este caso se vuelve cada vez más raro.

Los refuerzos policiales llegaron al cabo de media hora, el médico y el equipo forense dos minutos después.

Mientras tanto, la lluvia arreciaba y Espen Lund se fumó tres cigarrillos fuera a la intemperie.

—¿Cigarrillos además de *snus*? —le preguntó Barbarotti, pero sin recibir ninguna respuesta.

Espen Lund no había pronunciado ni una sola palabra desde que habían descubierto el cuerpo; Barbarotti suponía que era la manifestación de algún tipo de shock, y que lo mejor era dejarlo en paz.

La víctima estaba tendida detrás de la bodega de raíces, justo en el lindero del bosque, pero bien visible una vez que se entraba en el jardín. Se trataba de un hombre joven de entre veinte y treinta años, pero, como algunos de los animales del bosque se habían acercado a servirse de partes de su cara, resultaba difícil hacer una valoración más precisa. En cualquier caso, yacía de espaldas con los brazos a lo largo de los costados, y aunque quizá las causas de la muerte podrían debatirse, la sangre seca, que cubría la cazadora azul claro desde el ombligo hasta los pezones aproximadamente, daba una indicación bastante buena. A todas luces los animales también se habían dado un festín con esa parte del cuerpo, y cuando el inspector Barbarotti intentó examinarlo más de cerca por segunda vez, no le costó nada comprender por qué Espen Lund se había quedado un poco pálido y callado.

—Las cuchilladas en el abdomen, ¿qué me dices de eso? —preguntó Eva Backman mientras el fotógrafo hacía fotos desde todos los ángulos posibles y los técnicos del equipo forense esperaban impacientes a poder montar su carpa de plástico para al menos no tener que calarse hasta los huesos durante su delicada labor.

—Una teoría no del todo descabellada, desde luego —dijo Barbarotti—. Además, creo que lleva un buen rato aquí.

—Sin duda —convino Eva Backman—. Hace dos semanas desde que desapareció Valdemar Roos. Si hay alguna lógica en esta historia, este chico llevará muerto más o menos ese tiempo.

—¿Lógica? —repitió Barbarotti—. ¿No querrás decir que encuentras alguna lógica en todo esto?

—Al menos no es él —constató Backman antes de coger un paraguas que uno de los asistentes le había tendido.

—¿Qué?

—No es Valdemar Roos.

Barbarotti contempló el cuerpo maltrecho otra vez más.

—Correcto —dijo—. Su mujer no mencionó nada de un piercing en la ceja.

Tres horas más tarde estaban de nuevo en el coche, de vuelta a Kymlinge. Habían mandado al agente inmobiliario a casa con un transporte anterior, de modo que al menos se habían quitado de encima esa preocupación. La lluvia había cesado, aunque solo de forma momentánea. El cielo sobre la línea de árboles en el horizonte del sudoeste se veía oscuro y malhumorado; sin duda había que esperar más lluvia.

—Venga —dijo Eva Backman—. ¿Intentamos resumirlo un poco?

—Muy bien —convino Barbarotti—. Empieza tú.

—Hombre de unos veinticinco años —comentó Backman—. Asesinado de varias cuchilladas en el abdomen.

—En la aorta —puntualizó Barbarotti—. Han dado en el blanco, pérdida inmediata de sangre. Debió de morir en menos de un minuto.

—Inconsciente al cabo de treinta segundos —continuó Backman—. Pero puede que se haya movido unos metros antes de caerse.

—Ninguna indicación de que alguien lo haya arrastrado o llevado en brazos al lugar.

—Pero alguien ha extraído el cuchillo. El arma del crimen no se ha hallado.

—Con toda probabilidad un cuchillo grande. Tipo cocina.

—No me gusta cuando empleas esa palabra —le criticó Backman—. *Tipo*.

—Ya lo sé —dijo Barbarotti—. Bueno, paso de la pedantería lingüística y sigo. Identidad desconocida. Ninguna cartera. A todas luces lo han matado en el lugar, probablemente hace entre doce y dieciocho días.

—Vamos a decir dos semanas —apostilló Backman—. Por motivos lógicos.

—Por motivos lógicos —convino Barbarotti.

—Esa noche de domingo —comentó Backman—.

Porque es bastante probable que fuese entonces cuando algo sucedió. Pero ¿el qué? ¿Y quién es él?

—Buenas preguntas —dijo Barbarotti—. ¿Qué más tenemos?

—Tenemos una vespa roja marca Puch —señaló Backman—. Matrícula SSC 161. Apareció a unos cien metros de la casa, en el camino. Aún no sabemos a quién pertenece, pero con un poco de suerte daremos con el nombre de la víctima por esa vía.

—¿Tú crees?

—Sorgsen debería llamarnos pronto —indicó Backman—. Lleva ya media hora con eso.

—Ya nos llamará. ¿Y qué me dices de la casa?

—Roos ha vivido allí —constató Eva Backman—. La ha tenido como una especie de refugio en lugar de ir al trabajo. De eso no cabe duda.

—¿Por qué? —preguntó Barbarotti.

—No sé —admitió Backman.

—¿Además...? —continuó inquiriendo Barbarotti.

—Además parece que también ha vivido una mujer allí. ¿O diremos chica? Esas bragas y camisetas de la bolsa de la colada apuntan a alguien bastante joven.

—¿Unos veinte años o algo así? —aventuró Barbarotti.

—Tipo veinte, sí —dijo Backman, y se llevó un dedo índice a la sien.

—¿Por lo tanto?

—Por lo tanto podemos suponer que la testigo Wissman hizo una observación correcta aquel viernes a la salida del restaurante Ljungmans. ¿Verdad?

—Sí, en efecto —confirmó Barbarotti—. Pero ¿quién diablos es?

—¿Y adónde se han ido? —se preguntó Backman.

Barbarotti reflexionó un momento.

—¿Qué nos dice que no están ellos también tirados en el bosque con puñaladas en el abdomen? —aventuró Barbarotti—. Nada, por lo que yo veo.

—Calla, calla —le pidió Eva Backman—. Con un cadáver ya tenemos bastante.

—Vale —dijo Barbarotti—. Entonces, ¿dónde están?

—En dos semanas te da tiempo a ir lejos —comentó Backman.

—Al otro lado de la luna, si quieres —precisó Barbarotti.

Backman se quedó callada unos instantes mordiéndose el labio inferior.

—Muchos interrogantes —constató al final.

—Muchos —convino Barbarotti con un suspiro—. Además, creo que me he mojado la escayola. Está como un merengue con toda esta maldita lluvia.

Eva Backman echó un vistazo por encima del hombro para contemplar a Barbarotti medio tirado en el asiento de atrás.

—¿Te llevo directo al hospital? —preguntó.

—Sí, por favor —dijo Gunnar Barbarotti—. Prometí estar a las dos, y ya es la una y media.

Eva Backman asintió con la cabeza.

—Creo que vamos a tener que sentarnos a poner orden en esto luego. Sylvenius va a ser el fiscal a cargo del caso, y yo llevaré la investigación. ¿Crees que podrás pasar por comisaría cuando hayas acabado?

—Claro que sí —dijo Barbarotti—. Solo me van a poner un poco de escayola fresca, estará hecho en un periquete. Aunque...

—¿Sí?

—Tengo también una cita con Asunander sobre el tema de las pintadas, espero que me deje aplazarla.

—¿Un asesinato a cuchilladas no tiene prioridad sobre unas pintadas?

—Creo que sí —dijo Barbarotti—. Pero no estoy seguro.

En realidad tuvo que pasar gran parte de la tarde en el hospital —con varios períodos prolongados de espera—, por lo que le sobró tiempo para reflexionar sobre los hallazgos en Lograna.

La finca se llamaba así, le había explicado Espen Lund mientras todavía conservaba la capacidad del habla, «Lograna»; resultaba poco claro si el nombre se refería al lugar o a la propia casa. En todo caso, la anterior propietaria se llamaba Anita Lindblom, al igual que la famosa cantante, la de *Sånt är livet*, y el importe de la transacción había ascendido a 375.000 coronas.

Poco antes de llegar, Barbarotti le había preguntado de nuevo si Roos no había mencionado a una mujer, y Lund había vuelto a negar que así fuera.

¿Y no sospechabas que podría ser algo así?, había intentado saber Backman.

Para nada. El agente inmobiliario Lund se había mantenido firme. Bien era cierto, decía, que ya no conocía muy bien a Valdemar Roos, pero que él hubiera empezado a perseguir a mujeres a estas alturas de su vida le parecía tan impensable como..., bueno, ni siquiera sabía con qué compararlo.

Eso lo hemos oído antes, pensó Barbarotti mientras maniobraba para elevar su pie merengue bien alto en la sala de espera. Todas y cada una de las personas que se habían pronunciado sobre este Ante Valdemar Roos habían coincidido en eso. Todos habían recalcado hasta qué punto resultaba inverosímil que el hombre tuviera una amante.

Y, aun así, ese parecía ser el caso. Había tenido a una chica joven en su casa secreta. Todos los indicios apuntaban en esa dirección. No solo la bolsa de ropa sucia, sino también otras cosas: un par de largos pelos castaños en la cama, por ejemplo, compresas en una bolsa de basura en el cobertizo.

¿Cabía dudar?

¿Podía ser, a pesar de todo, que esa mujer no existiera?

Era posible, pensó Barbarotti —la sombra de una duda, como se solía decir—, pero le costaba mucho convencerse de que pudiera ser así. La testigo de Ljungmans, los indicios en la casa, el comportamiento de Valdemar Roos durante las últimas semanas según lo que la esposa y otros le habían contado... No, decidió el inspector Barbarotti, todo indicaba que había una mujer joven implicada en esta extraña historia.

Pero ¿quién era?

¿De dónde salía y dónde la había conocido?

¿Y quién era la víctima? ¿El hombre que había recibido unas puñaladas en el estómago, se había desangrado y se había quedado tirado detrás de una bodega de raíces durante dos semanas sin que nadie encontrara el cuerpo?

No llevaba ningún documento de identidad. Ningunas características especiales, al menos no habían descubierto nada todavía. Vaqueros, zapatillas de deporte, jersey de cuello vuelto y una cazadora de color claro.

Eso era todo. Esas lesiones secundarias que había sufrido cuando se habían acercado los animales eran repugnantes. Le habían comido los ojos. Barbarotti se acordaba de que su anterior esposa, Helena, tenía una de esas tarjetas de donación de órganos en su monedero en la que declaraba que estaba de acuerdo en donar sus órganos al fin que se estimara oportuno en caso de que sufriera un accidente mortal, pero que no podían tocar sus ojos.

¿Había llegado a Lograna en esa vespa? Sabían quién era el propietario registrado, de eso le había informado Backman por teléfono. Sin embargo, se trataba al parecer de un callejón sin salida: el vehículo pertenecía a un tal Johannes Augustsson de Lindesberg, pero este había denunciado su robo a principios de junio. Johannes Augustsson tenía dieciocho años, el inspector Sorgsen había hablado con él por teléfono y no había motivo para dudar de sus informaciones. La vespa había desaparecido después de dejarla en el aparcamiento del parque acuático Gustavsvik, a las afueras de Örebro, y nunca la había vuelto a ver.

Lo que era la casa, la habían peinado de arriba abajo. O lo estaban haciendo, mejor dicho. Buscando tanto huellas dactilares como otras cosas, y se habían enviado algunas bolsas de contenido variado al Laboratorio Nacional de Investigación Forense de Linköping para su análisis. Así estaban las cosas. Al tratarse de ciertos procedimientos, era mejor atenerse a la rutina.

No obstante, el inspector Barbarotti no se sentía demasiado optimista, y se preguntaba por qué. Quizá era solo porque le dolía el pie, y porque Marianne parecía triste al salir de casa.

¿Solo eso?

Marcó el número de Marianne, pero no hubo respuesta.

Bueno, pensó. Esta noche voy a decirle cuánto la

quiero y que preferiría estar muerto antes que perderla; y en lo que respectaba al misterio de Valdemar Roos, al menos habían avanzado un poco. ¿Verdad?

Habían encontrado una casa y un cadáver. Podría haber sido peor.

Barbarotti consultó el reloj. Las tres y cuarto. El doctor Parvus ya se había retrasado media hora. La sala de espera estaba decorada en tonos verdes grisáceos y llevaba allí a solas cuarenta y cinco minutos. Echó mano a un viejo número de la revista *Svensk Damtidning* bien manoseado. Era del mes de junio de 2003 y en la portada salía una sonriente princesa en traje regional.

Interesante, pensó el inspector Barbarotti, y se puso a hojear la revista.

No volvió a la comisaría hasta las cinco y media. Enseguida se dirigió al despacho de la inspectora Backman para que le pusiera al tanto de las últimas novedades. En la puerta se cruzó con Sorgsen, que estaba saliendo.

—Una extraña historia —comentó Sorgsen—. Muchos desconocidos.

—Dos —precisó Barbarotti—. Si he contado bien. ¿A Valdemar Roos al menos habría que contarlo como de identidad conocida?

—Aunque desaparecido —dijo Sorgsen—. Bueno, ahora me tengo que ir a casa. Seguiremos con esto mañana.

Se despidió con un movimiento de cabeza de Barbarotti y de Backman y se marchó.

—¿Qué le pasa a ese? —quiso saber Barbarotti—. Nunca suele tener prisa por llegar a casa, ¿no?

—Su mujer está en fase muy avanzada de su embarazo. ¿Se te ha olvidado? Una escayola muy bonita —dijo Backman, aunque sonaba triste.

—¿En qué estás pensando? —preguntó Barbarotti.

Eva Backman suspiró y se hundió un poco en su silla detrás del escritorio.

—En todo un poco —dijo—. Ese chico, por ejemplo. Se me ha quedado grabado en la retina. Nadie debería morir de esa manera. ¿Y si nunca conseguimos averiguar quién es?

—Claro que vamos a averiguarlo —aseguró Barbarotti, apoyó las muletas contra el radiador y se sentó en la silla de plástico amarilla—. Ahora me tienes que poner al día, voy con horas de retraso.

La inspectora Backman se quedó contemplándolo unos instantes con la expresión de tristeza todavía suspendida en su cara.

—¿Sabes? —dijo—. Aparte de que hemos enviado un montón de consultas de un lado para otro y algunos comunicados de prensa, no ha sucedido nada de interés. Lo único que ha ocurrido es que Alice Ekman-Roos ha pasado a ver el cadáver.

—¿Y no lo ha reconocido? —preguntó Barbarotti.

—No —dijo Backman—. Pero le ha vomitado encima.

Tiene razón, pensó Barbarotti. A este día de hoy le falta fulgor.

Eva Backman se despertó de golpe.

Miró el reloj. Las cifras rojas pegaron un salto a las 05.14.

Dios mío, pensó. ¿Por qué me despierto a las cinco y cuarto de la mañana?

Ville estaba acostado de lado respirando pesadamente. En el dormitorio reinaba la oscuridad total, y se oía la lluvia azotando el follaje del jardín. Dio la vuelta a la almohada y decidió intentar dormirse de nuevo. Faltaba hora y media antes de que debiera levantarse, ¿qué sentido tenía estar aquí despierta y...?

Pero antes de que los dígitos cambiaran a las 05.15 lo comprendió.

Se había acordado de algo que había soñado, y ese recuerdo la había hecho subir del pozo del sueño. Algo importante. Tenía que ver con... con Valdemar Roos y con... con su padre.

La llamada.

Esa llamada por teléfono que había hecho para hablar con él hacía... ¿Cuánto hacía? ¿Dos semanas?

Sí, hará dos semanas. Desde entonces no había hablado con él; tampoco con su hermano o su cuñada. Naturalmente, había pensado en ellos el día anterior en Lograna. Ya durante el viaje en el coche se había dado cuenta de que la casa debía de estar cerca de Rödmossen, pero no le había mencionado esa conexión a Barbarotti. Que su propio padre, su hermano y la familia de este vivían a tan solo unos pocos kilómetros del lugar donde habían hallado al hombre asesinado a cuchilladas. Es que no le había parecido que... que tuviera relevancia.

Excepto para su propio sistema de coordenadas geográficas.

Hasta ahora. Apartó el edredón y se fue al cuarto de baño. Encendió la luz, se quitó el camisón y se metió bajo la ducha.

¿De qué demonios había estado hablando su padre? ¿Cómo había empezado la conversación?

Le había dicho que había visto un asesinato, ¿no era eso?

Se había dado un paseo y había sido testigo de cómo una persona mataba a otra. ¿No era eso lo que le había dicho? Y sangre, hablaba del color de la sangre, de eso se acordaba Eva Backman.

Luego la conversación había tomado otros derroteros, como solía pasar cuando Sture Backman se ponía a contar algo. Ella no se había molestado en prestarle mucha atención, pero si mal no recordaba había iniciado la conversación hablando de un asesinato.

Que había visto algo terrible y que por eso llamaba a su hija.

Ya que ella era policía.

Sí, así era.

Y dos semanas después de esa conversación habían encontrado un cadáver a un kilómetro de la casa de su padre.

¿Y por qué no se me ocurrió ayer?, pensó Eva Backman mientras cambiaba por un momento de agua caliente a agua fría; al parecer servía para activar el cerebro un poco. ¿Por qué aparece esto luego, por la noche, en un sueño?, se preguntó irritada. Está claro que estoy perdiendo la agudeza mental.

¿O quizá era justo para ese tipo de cosas para lo que servían los sueños?

Abandonó el baño, salió a la cocina y se puso a preparar café.

Pobre papá, murmuraba en silencio para sí misma. Se habrá dado un susto tan grande, tan grande...

Porque así era. A Sture Backman lo invadía a menudo la ansiedad y la inquietud cuando ya no entendía la realidad que lo rodeaba. Cuando la nube oscura penetraba en él y dejaba sus capacidades mentales en la sombra. Cuando se daba cuenta de que estaba a punto de perder el control de todo eso que siempre, sin el menor esfuerzo, había controlado durante toda su vida.

Como un eclipse solar, solía decir. Es como un eclipse solar, Eva.

¿Qué debía hacer ella?

¿Interrogarlo? ¿Tomarle declaración sobre lo que había visto aquel día?

¿Acaso tenía algún sentido? El riesgo de que lo hubiera olvidado todo era bastante grande. Con toda seguridad le inquietaría. No comprendería de qué estaba hablando, quizá incluso se pondría a llorar. Le resultaba..., bueno, indecoroso, de alguna misteriosa manera que no podía explicarse ni para ella misma.

Pero, por otra parte, ¿y si realmente hubiera sido testigo de algo importante? ¿Y si, a pesar de todo, fuera posible repescar algo de su confusa memoria?

¿Lo llevarían al lugar del crimen?

Eva Backman tomó el primer trago de café del día y de repente se sintió mareada.

Capítulo 34

Se fueron de Grærup el martes 30 de septiembre a mediodía. Anna había dormido hasta las diez cuando el dolor de cabeza la despertó.

Se había tomado dos Treo y se había dormido media hora más. Había tenido un extraño sueño sobre peces muertos arrojados a tierra en una pequeña isla llena de palmeras, donde se encontraba por completo sola y abandonada. Sus sueños se habían vuelto cada vez más raros desde que partieron de viaje, y al mismo tiempo cada vez más nítidos. Más reales que la realidad, por decirlo de alguna manera.

Valdemar había salido a comprar café y pasteles *wienerbröd* recién hechos, pero a ella le resultaba difícil comer nada. Como era habitual, también se habían fumado una pipa juntos en el pequeño balcón, pero tampoco le había sabido bien. Decidió pedirle que le comprara cigarrillos en su lugar. No en ese mismo momento, pero más tarde durante el día. Sabía que para él tenía un significado especial compartir una pipa con ella, pero a ella ya le daba igual. Estaba cansada de eso.

Estaba cansada y punto. De nuevo había dormido casi doce horas seguidas. Nunca le había pasado en toda su vida; siete u ocho horas había sido la dosis habitual, quizá hasta diez cuando la falta de sueño se había ido acumulando. Pero ¿doce? ¿Incluso trece? Jamás.

Sé que no estoy bien, pensó. Debió de pasarle algo a mi cabeza ahí fuera en Lograna; no sé qué, pero algo debe de haberse roto.

Luchaba con los recuerdos. Tanto cuando estaba despierta como cuando dormía.

Pero lo que los sueños le traían de aquel día nunca resultaba tan nítido como tantas otras cosas. Nunca lograba sacarlo a la superficie, aparte de en alguna ocasión aislada, sentada en el asiento del copiloto al lado de Valdemar, o acostada en los asientos de atrás; entonces, de repente, le llegaba una imagen, o una breve secuencia; una película que durante un segundo o dos atravesaba su conciencia como un torbellino y desaparecía.

La cara de Steffo. Sus ojos enfermizos, tan cerca el uno del otro. Un brazo que se levanta, con algo alargado en la mano, no le da tiempo nunca a percatarse de qué es. Su propia mano que agarra el cuchillo...

Pero nada permanece. No es capaz de retener esas imágenes; es como si el dolor de cabeza las apartara y las ahuyentara en cuanto aparecían.

¿Quizá tampoco quiere que sean nítidas?

¿Quizá tampoco quiere saber lo que sucedió?

¿De qué le serviría saberlo?

Pero de vez en cuando hay momentos de transparencia. Otro tipo de verdad.

De una repentina lucidez y de preguntas serenas y justificadas.

¿Qué está sucediendo? ¿Qué estoy haciendo?

Estoy en un coche con un hombre de casi sesenta años al que conozco desde hace menos de un mes.

Estamos dirigiéndonos hacia el sur, nos alojamos en diferentes hoteles y pensiones y hemos matado a una persona. Estamos a la fuga.

¿He matado *yo* a una persona?

Me fugué del centro Elvafors, y ahora me estoy fugando de algo completamente diferente. Junto con este hombre que tiene edad para ser mi padre. Casi mi abuelo. Y sin tener ningún destino en particular.

¿Adónde vas, Anna Gambowska? *Young girl, dumb girl.*

¿Crees de verdad que todo esto acabará bien?

Pero son breves, esos momentos de clarividencia. Dispersados a lo largo de días y noches cuando reina otro tipo de temperamento. Un estado onírico, un poco irreal, el pasado y el futuro ceden ante el presente, lo único que existe es el aquí y ahora. La habitación en la que se encuentran, el ruido del coche, las vacas que pastan en el campo iluminado por el sol y el deseo de tomar un café en la próxima parada. Como si se hallara dentro de una burbuja de cristal; sí, exactamente así. Un cristal esmerilado, no del todo transparente, a través del cual no puedes hacerte una idea muy clara de lo que está ocurriendo en el mundo que te rodea. Y tampoco quieres hacerlo.

Y hay buenos momentos, abundan los buenos momentos.

Cuando Valdemar le cuenta historias de su infancia y adolescencia. Habla de eso a regañadientes, se lo tiene que sonsacar ella. Así es, como un viejo oso gruñón al que hay que hacer cosquillas en la barriga para que se anime.

Es que tienes que entender, Anna, dice. Que llevo toda la vida callándome la boca, y de pronto me encuentro con un pequeño trol como tú. Tienes que perdonarme si te parezco un poco duro de mollera.

Duro de mollera como el alce, dice. El alce de Gråmyren. Nunca mejor que esto.

Hemming, le recuerda ella, porque no ha pillado lo del alce. Tu primo Hemming, el que murió cuando hacía la mili. ¿Y qué pasó en realidad cuando atacasteis ese centro de jardinería Pålman?

Valdemar suspira, rebusca entre sus recuerdos y palabras y se pone a contar.

¿El coche del profesor Mutti?, le insiste un poco más tarde.

¿No te he explicado ya que yo no tuve nada que ver?, protesta él.

Creo que me dormí hacia el final, le dice ella exhortándolo a que lo vuelva a contar.

Hmm. Bueno, menuda historia la del Volkswagen del profesor Mutti, empieza. Si los hubieran pillado, seguramente los habrían expulsado del instituto a los tres.

Buenos momentos. No son historias muy excepcionales las que cuenta Valdemar Roos —a veces son bastante triviales, y le pide disculpas por eso—, pero vienen de un país olvidado y casi perdido.

Como, por ejemplo, que quizá su padre, en el cielo de los suicidas, habría estado mejor si le hubiesen dejado en paz encima de su nube, desde donde contemplaba la eternidad, desde ese ángulo que él había elegido ahora adoptar para sí mismo, o que le había sido conferido por alguna autoridad superior y más sensata.

Justo así lo formulaba... «que le había sido conferido por alguna autoridad superior y más sensata». A veces ella no puede evitar sonreír al escuchar sus lentas y enrevesadas palabras.

Pero Valdemar martiriza a su padre. Vuelve a hablar de él con una insistencia que Anna no siempre entiende. ¿Te imaginas, hija mía?, dice. Todavía puedo ver sus ojos delante de mí. Eran tan azules, tan azules, que mi madre solía afirmar que esos ojos eran la desgracia de ambos, tanto la de él como la de ella. Y la mía. Deberían haber estado en la cabeza de otro, pero sin esos ojos yo nunca habría llegado al mundo. Eso decía mi madre, y yo no me podía imaginar lo que en realidad significaba, solo era un niño. Pero me acordaba de las palabras, y poco a poco, según me iba haciendo mayor, adquirieron otro significado, claro... Bueno, hablo demasiado; ahora te toca a ti. Tu abuela de Polonia, me gustaría saber más de ella.

Y ella cuenta, también. Habla de *babcia* y los *pierogi* y la sopa de remolacha, del olor a vaca de Varsovia y de los patos en el jardín de su abuela. La verdad es que ni siquiera sabe si sigue con vida, ya que no tienen teléfono móvil. Se rompió cuando Valdemar lo tiró en la guantera aquel domingo, y mejor así. Están mejor sin móvil.

Así no los pueden rastrear.

Habla de su madre también, de lo sentimental que es y de sus depresiones. De los cambios repentinos entre luz y oscuridad, su mal genio... Siempre había querido mucho a su madre, pero no había sido fácil. Le habla de Marek, su hermano pequeño, y al final también le cuenta cosas de ella misma; cómo llegó a alejarse cada vez más de su casa y ese colegio en Örebro, cómo se pasaba el día vagando como una especie de *mall-rat* por los centros comerciales y empezó a faltar a clase y a fumar porros y beber cerveza, una *mall-rat* inmigrante de segunda generación en tierra de nadie que...

¿*Mall-rat*?, pregunta Valdemar. ¿Qué diablos es eso? Ella se ríe. No, no creo que hubiera en tus tiempos, Valdemar.

Buenos momentos.

Pero algo ha pasado también. Los buenos momentos están rodeados por otros momentos. Son oasis verdes en medio de una ciénaga. Algo va mal en su cabeza. Toma pastillas analgésicas todo el tiempo y se pasa la mitad del día durmiendo.

Y la mano, todo el brazo derecho, más bien, no le obedece como debería. Lo nota pesado y como dormido de alguna misteriosa manera. Si aprieta el puño y cierra los ojos, al cabo de un rato no puede determinar si la mano sigue cerrada en un puño o no.

Pero se le pasará. Ir al hospital está descartado, en eso están de acuerdo Valdemar y ella. Han dejado un cadáver tras de sí y están a la fuga.

De ese tema no hablan casi nada.

Valdemar le contó el primer día en Halmstad cómo se la había encontrado en el jardín, la había despertado y se la había llevado adentro. Cómo había sacado el cuchillo del estómago de Steffo y había enterrado el arma cubierta de sangre en el bosque. Y el tubo de hierro también.

Pero luego no han vuelto a comentarlo. Ella no se acuerda de lo que sucedió; su recuerdo termina cuando tropieza con esa raíz y se cae en el jardín. Bueno, sí, él le pregunta a veces si le han aparecido nuevas imágenes de lo ocurrido, y ella dice que no. Y él se contenta con eso.

No hay que hurgar innecesariamente.

Por la noche están en Alemania. Han cruzado la frontera mientras ella dormía, han puesto un país entero entre ellos y el cuerpo sin vida en Lograna.

Valdemar entra en una ciudad que se llama Neumünster. Se alojan en un hotel por el centro. A través de la ventana ven una plaza adoquinada, fachadas bonitas, el ayuntamiento, una iglesia. El reloj suena cada cuarto de hora, a ella le gusta mucho. Valdemar sale para comprar unas cositas.

Unas cositas, lo dice siempre.

Sí, han puesto un país entero entre ellos y Steffo y Lograna, y no entiende muy bien cómo ha conseguido un periódico sueco. Pero quizá lo ha comprado en la estación de tren, le suena que suelen vender prensa internacional en las estaciones de tren.

En cualquier caso, se le ve pálido cuando se lo enseña.

Mira, dice. Ya lo han encontrado.

Ahora vienen a por nosotros.

Ella apenas está despierta y el dolor sordo de su cabeza no le da tregua, pero aun así percibe el tono de nerviosismo en su voz. *Ahora vienen a por nosotros.*

¿Quieres que te lo lea?, pregunta él.

No, piensa ella. No, no quiero saber nada.

Sí, si no te importa, Valdemar, dice. Léemelo, por favor.

Capítulo 35

—No podemos permitir que inspectores escayolados se encarguen de investigaciones de asesinatos —zanjó Asunander—. Barbarotti, tú sigues centrándote en el grafitero.

—Por supuesto —dijo Barbarotti.

—Es posible que necesite su ayuda —intervino Eva Backman—. Es una historia complicada.

—Pero solo cuando sea estrictamente necesario —advirtió Asunander—. Ya tienes al inspector Borgsen a tu disposición. Y a Toivonen también. Más un montón de efectivos de todo tipo de rango. ¿Entendido?

—Entendido —repitió Eva Backman—. La mujer de Gerald va a dar a luz cualquier día de estos, pero he entendido la situación.

—¿Gerald?

—El inspector Borgsen.

—Pero no es él el que está embarazado, ¿verdad?

—Correcto —confirmó Backman, y cerró su cuaderno—. Es su mujer. ¿Algo más?

—De momento, no —concluyó el comisario Asunander—. Sería el puto colmo si no recibiéramos un poco de ayuda de los lectores del periódico con este tema.

—Creo que hay motivos para ser optimistas en ese sentido —comentó Barbarotti.

La suposición de Asunander resultó sostenerse en cierta medida. Cuando Eva Backman convocó una reunión a las 15 horas del martes —presentes: ella misma, el inspector Sorgsen (aún sin parir), el inspector Toivonen, los agentes Tillgren y Wennergren-Olofsson, así como el inspector Barbarotti (quien había conseguido librarse temporalmente de la investigación grafitera)—, empezó con un resumen de los frutos de la publicación del llamamiento pidiendo información sobre el caso en los principales periódicos, así como en la radio y la televisión.

En primer lugar, había quedado claro que Valdemar Roos estaba en efecto acompañado por una mujer joven y que con toda probabilidad partieron de la casa en Lograna la noche del domingo 14 de septiembre o la mañana del día siguiente.

Se habían registrado en el Hotel Amadeus de Halmstad el lunes 15, a eso de las dos del mediodía. Con los nombres Evert y Amelia Eriksson. Como padre e hija, explicó el recepcionista con excitación mal disimulada; tenía el periódico con la fotografía de Valdemar Roos delante y no le cabía duda de que era él. Ninguna duda en absoluto. El recepcionista se llamaba Lundgren y estaba dotado de buena memoria para las caras.

En Halmstad habían permanecido tres días, aprovechando la estancia para sacar medio millón de coronas de una cuenta que Valdemar Roos había abierto seis semanas antes, y cuya existencia su mujer, Alice Ekman-Roos, decía ignorar por completo. A pesar de la importante suma retirada, todavía quedaban seiscientas mil coronas en la cuenta; de dónde había obtenido Valdemar ese dinero resultaba igual de incomprensible que todo lo demás, explicaba la mujer al borde de las lágrimas.

El lugar donde Valdemar Roos y su compinche femenina habían pasado la noche entre el 18 y el 19 de septiembre no estaba claro, pero el 19 se habían alojado en el Hotel Baltzar de Malmö y su estancia allí fue de tres noches. Después de esa fecha todas las pistas desaparecieron.

—Dinamarca —dijo Eva Backman—. No sería una teoría demasiado descabellada decir que han cruzado el estrecho, ¿verdad?

El inspector Sorgsen hojeó su agenda.

—El lunes pasado —constató—. A estas alturas podrían haber llegado a Málaga.

Eva Backman asintió.

—Ojalá existieran todavía los controles de pasaportes en Europa. Pero bueno, las cosas son como son.

—¿Y no podemos rastrearlos a través de sus teléfonos móviles? —preguntó el agente Wennergren-Olofsson.

—Me temo que no —se lamentó Eva Backman—. La última vez que Valdemar Roos utilizó su móvil parece haber sido cuando habló con su mujer aquel domingo.

—Muy listos —opinó Wennergren-Olofsson—. No utilizan móviles ni tampoco tarjetas de crédito. Entonces no los podemos rastrear. ¿Era medio millón lo que sacó en metálico?

—Correcto —confirmó Backman.

—Me pregunto cómo será —continuó Wennergren-Olofsson—. O sea, tener tanta pasta entre las manos.

—Sigamos —intervino Barbarotti con algo de impaciencia—. ¿Qué sabemos de la chica y de la víctima?

—No mucho —admitió Eva Backman—. Los buscamos entre las personas denunciadas como desaparecidas, pero todavía no ha dado resultado. Tampoco tenemos unas buenas descripciones. Del aspecto de la chica no sabemos casi nada. La testigo Karin Wissman, que la vio en Ljungmans, dice que no guarda ningún recuerdo nítido de ella. Una chica delgada, no muy alta, pelo castaño, unos veinte años..., eso es todo lo que ha podido recordar. Pero el recepcionista del hotel de Halmstad vendrá mañana, y vamos a intentar hacer un retrato robot de ella.

—¿Y la víctima? —continuó Barbarotti.

—En cuanto a la víctima, como es obvio, tenemos todos los datos que quieras: altura, peso, grupo sanguíneo, estado dental..., pero, como sabéis, su rostro no estaba en condiciones para ser fotografiado para los periódicos.

—Ahora no sé si te sigo —intervino Wennergren-Olofsson.

—Animales hambrientos —le informó Backman.

—Joder, qué asco —soltó Wennergren-Olofsson.

Barbarotti pasó el pie escayolado por el suelo con irritación produciendo un ruido áspero.

—Örebro —dijo—. La vespa fue robada en Örebro, ¿a que sí? ¿Eso nos dará alguna indicación, al menos?

—Por supuesto —contestó Backman—. Quizá tenga algún vínculo con esa ciudad, y quizá la chica también. Resulta probable que haya algún tipo de conexión entre los dos, claro, pero recuerda que no son más que especulaciones. No tenemos ni idea de lo que se esconde detrás de este asesinato, no nos queda más que seguir trabajando y esperar que se vaya aclarando. Determinar la identidad de la víctima es, por supuesto, nuestra primera prioridad.

—Y la de la chica —añadió Sorgsen.

—Y la de la chica —suspiró Backman.

El inspector Toivonen, hombre reacio a intervenir a menos que el tema de la conversación fuera la pesca con mosca o la lucha grecorromana, carraspeó y se ajustó las gafas.

—He oído... —empezó—, he oído que nuestro hombre muerto llevaba marcas de pinchazos. Por lo tanto, ¿hemos podido confirmar que se trata de un toxicómano?

—Sí, seguramente es así —corroboró Eva Backman—. Se han detectado sustancias de todo tipo en su sangre... lo que quedaba de ella. Así que sí, se trata de un consumidor de drogas, se me olvidó mencionarlo.

—¿Había otras huellas de drogas en la casa? —preguntó Toivonen.

Eva Backman negó con la cabeza.

—No, nada —respondió antes de hacer una pausa para hojear sus papeles—. Hemos emitido también una orden de busca para el coche. Suponemos que todavía viajan en su Volvo. Pero como pueden encontrarse en cualquier sitio de Europa, no creo que debamos depositar demasiadas esperanzas en esa vía.

—Se quedaron una semana entera en Suecia antes de cruzar el puente a Dinamarca —apuntó Sorgsen—. Bastante arriesgado, ¿no os parece? Quiero decir, no podían haber contado con que se tardara tanto en descubrir el cuerpo.

—Hmm —dijo Eva Backman—. Creo que debemos tener claro que estos dos no son precisamente unos criminales muy curtidos. Hay bastantes cosas que se antojan arbitrarias e irracionales en esta historia..., o quizá es solo en mi cabeza que lo parece. ¿Qué? ¿Podemos terminar la reunión ya o alguien quiere aportar algo más?

El agente de policía criminal Tillgren, que no llevaba más que un mes en la casa, se armó de valor y resumió la situación.

—Es un caso bastante peliagudo este, ¿a que sí?

Y que lo digas, pensó el inspector Barbarotti cuando hubo conseguido no solo volver a su despacho, sino también levantar el pie a la mesa. En eso tenía razón, el joven Tillgren.

Un caso peliagudo.

Un muermo de cincuenta y nueve años dimite de su vida.

Desaparece con una mujer joven y desconocida.

Deja tras de sí a un hombre joven y desconocido, asesinado a puñaladas.

Eso era todo en formato de haiku, se podría decir. Durante unos minutos estuvo intentando reformularlo para convertirlo en un poema haiku de verdad —siete sílabas, cinco sílabas, siete sílabas, si mal no recordaba—, pero cuando tomó conciencia de lo que estaba haciendo, hizo una bola con el papel y la tiró a la papelera.

Sin duda solo era cuestión de tener paciencia. Con el tiempo empezarían a entrar más datos. Aparecerían testigos. Hablarían con personas en posesión de pequeños fragmentos de información sobre esto y lo otro, y poco a poco todo se iría aclarando y se haría comprensible. Como solía pasar. Y ese proceso no era para nada tan peliagudo como la realidad que posiblemente desvelaría.

Pero a la espera de que los molinos terminaran de moler, tenía otras cosas a las que dedicarse.

Investigaciones sobre pintadas, por ejemplo.

El problema —el problema más acuciante— era que sin querer había colocado su pie escayolado encima de la carpeta que necesitaba.

Qué pena, pensó el inspector Barbarotti, cerró los ojos y se reclinó en la silla. Una verdadera pena, pero echarse una cabezada también constituía una alternativa más que aceptable.

A la espera de que esos molinos terminaran de moler.

La inspectora Backman acababa de tomar la decisión de marcharse a casa, cuando le pasaron una llamada desde la centralita.

—¿Es la policía? ¿Hablo con la policía de Kymlinge?

Eva Backman confirmó que así era.

—¿Y es usted quien está encargada de ese asesinato por la zona de Vreten?

También lo confirmó. Se presentó y supo que la mujer al otro lado de la línea se llamaba Sonja Svensson.

—Disculpe, puede que lo que le voy a decir no tenga pies ni cabeza, pero se me ocurrió que a lo mejor tengo una información que puede ser de utilidad.

—¿Sí?

—Es que yo soy la directora del centro de rehabilitación Elvafors, no sé si lo conoce.

—¿Elvafors? —repitió Eva Backman—. Sí, creo que sí. En las proximidades de Dalby, ¿verdad?

—Eso es —corroboró Sonja Svensson—. Lo gestionamos desde 1998 mi marido y yo. Nos encargamos de chicas jóvenes cuyas vidas han ido un poco por mal camino, por decirlo de alguna manera. Jóvenes toxicómanas. Les ofrecemos la oportunidad de reconducir sus vidas.

—Entiendo —dijo Eva Backman—. Sí, creo que incluso he visto el centro. He pasado con el coche por esa zona en alguna ocasión.

—A sesenta y cinco kilómetros de Kymlinge —informó Sonja Svensson—. Aunque sin pasar por Vreten, claro.

—Eso es —dijo Backman—. Entonces, ¿qué era lo que quería comunicarnos?

Sonja Svensson se aclaró la voz prolijamente.

—Lo que pasa —empezó— es que aquí nos vienen chicas de todo tipo. Con la mayoría nos apañamos. Las mantenemos alejadas de las drogas, nos ocupamos de sus problemas, les damos una nueva confianza en sí mismas... Bueno, en resumen, las preparamos para un nuevo comienzo en la vida. Y con casi todas tenemos éxito, imponemos una disciplina firme pero justa. Si no te atreves a establecer unas exigencias, no vas a ninguna parte con esta clase de señoritas. Al cabo de algún tiempo, aprenden a valorarlo; es que no hay que andarse con demasiados miramientos, así no se ayuda a nadie...

—Creo que lo entiendo —repitió Eva Backman—. ¿Quizá me puede decir...?

—Cuento esto solo para situarla un poco —continuó Sonja Svensson—. Para darle una pequeña idea de nuestra filosofía, por así decirlo. El programa de doce pasos es un componente esencial, por supuesto, y, como he dicho, a la mayoría de nuestras chicas les va bien. Pero alguna que otra, por desgracia, elige emprender otros caminos. Piensan que lo saben todo mejor que nosotros, y eso también puede significar que ejerzan una influencia desafortunada sobre las otras chicas. No sucede muy a menudo, pero a veces sí.

—Sí, claro —dijo Eva Backman—. Creo que me ha quedado claro, pero...

—Muy bien —la interrumpió Sonja Svensson—. No hay que complicar las cosas de forma innecesaria. Ahora voy a lo que quería contar. Hace poco más de un mes, una de las chicas se escapó del centro. O sea, una de estas chicas problemáticas. Aquí no cerramos las puertas con llave ni nada por el estilo. Todas están aquí por voluntad propia, han firmado un contrato en el que se comprometen a permanecer en el centro y respetar nuestras normas. Si no quieren quedarse, en principio son libres de interrumpir el tratamiento cuando sea. He usado la palabra *escaparse*, pero, evidentemente, no es la más adecuada en este contexto. En cualquier caso, estaba pensando en esa chica a la que buscan... y, bueno, se me ocurrió que podría ser ella, nada más.

Eva Backman dudó un segundo.

—¿Qué le hace pensar que podría ser ella? —preguntó.

—No mucho —reconoció Sonja Svensson—. Las fechas cuadran más o menos... y la geografía. Pudo haberse marchado por la carretera de Dalbyvägen, y nadie la ha visto desde entonces.

—¿Nadie la ha visto? —preguntó Backman—. Entonces, ¿cuándo denunciaron que había desaparecido?

—Hace poco —dijo Sonja Svensson.

—¿Hace poco? —repitió Backman—. ¿Qué quiere decir con eso?

—El otro día —concretó Sonja Svensson.

—¿Pero desapareció hace un mes?

—Sí.

—¿Por qué ha esperado tanto tiempo?

Sonja Svensson se aclaró la voz de nuevo.

—También hay que darles una oportunidad —explicó—. Ocurre a veces que una chica se va para luego volver al cabo de unos días. Se arrepienten. Y si lo denunciamos enseguida a los servicios sociales, echamos a perder sus oportunidades.

—Entiendo —dijo Eva Backman, pensando que había algo en eso que no entendía demasiado bien, pero que no era el momento de indagar más—. ¿Cómo se llama la chica? —preguntó.

—Anna Gambowska.

—¿Me lo puede deletrear?

Sonja Svensson lo hizo y Backman apuntó el nombre.

—Me imagino que está en posesión de sus datos.

—Sí, de todos.

—Y dice que no... que no se ha dejado ver desde que desapareció.

—Por lo que yo sé, no —indicó Sonja Svensson—. Lo más habitual, claro, es que se vayan a Estocolmo o Gotemburgo o una ciudad así. Es donde hay drogas, y donde pueden mantenerse escondidas un tiempo. Así que evidentemente no puedo decir nada con seguridad..., solo me vino a la mente esa chica al leer sobre el asesinato.

—¿Y sus padres? —preguntó Backman.

—No he podido contactar con ellos —respondió Sonja Svensson—. Del padre no sé nada, y la madre no coge el teléfono.

—¿A quién han informado de su desaparición?

—A los servicios sociales de Örebro. Fueron ellos los que la enviaron aquí.

¿Örebro?, pensó Eva Backman, y sintió que algo

hacía clic en su interior. Las piezas del rompecabezas empiezan a encajar.

—¿Una fotografía? —preguntó—. ¿Disponen de alguna buena fotografía de esta Anna Gambowska?

—Tengo una fotografía excelente —aseguró Sonja Svensson.

—¿Puede mandármela por fax?

—Podría intentarlo, pero llevamos unos días que el fax no nos funciona muy bien. Si no consigo hacerlo, tengo otra propuesta.

—Dígame —dijo Backman.

—Tengo que ir mañana a Kymlinge a hacer unas gestiones. Podría pasar por la comisaría y darles toda la información que necesitan. Incluidas las fotos.

La inspectora Backman se lo pensó durante dos segundos.

—Estupendo —terminó diciendo—. Quedamos en eso. ¿A qué hora podría pasar?

—¿Sobre las diez? —propuso Sonja Svensson—. ¿Eso le vendría bien?

Eva Backman aseguró que le vendría perfecto, dio las gracias por la llamada y colgó.

Una vez que hubo colgado se dio cuenta de que también a esa hora el recepcionista Lundgren, de Halmstad, había prometido presentarse.

Perfecto, pensó. ¿Quién mejor que él para ver las fotografías?

Esto avanza, se dijo, y apagó la lámpara. Que me aspen si esto no está avanzando un poco de repente.

Capítulo 36

El jueves 2 de octubre Ante Valdemar Roos se despertó a las cinco y media de la mañana y no tenía ni idea de dónde se encontraba.

Al principio ni siquiera entendía en qué tipo de habitación estaba. Los techos eran altos y una farola, u otra fuente de luz, arrojaba un haz de destellos amarillentos entre unas pesadas cortinas que no se habían cerrado del todo hasta un espejo colgado en la pared opuesta que los reflejaba dibujando una telaraña más pálida, pero todavía amarillenta, sobre la cama y el armario.

Un hotel. Lo comprendió al cabo de unos segundos. Estamos alojados en un hotel, así es.

¿«Estamos»? Sí, claro, Anna y él. Durante unos segundos en blanco ella también se había ausentado de su mente, cosa que no le había ocurrido nunca. No desde que dejaron Lograna; si algo dominaba sus pensamientos y atenciones, ese algo era ella, en definitiva.

Anna, su Anna.

Giró la cabeza y la contempló. Se hallaba a tan solo medio metro de él, en la misma cama grande, acurrucada como siempre. Le daba la espalda y casi no se la veía bajo el grueso edredón.

Mi pequeño pajarillo, pensó, y se rio un poco. Porque era justo como debería ser. Un pajarillo que dormía envuelto en edredones. Más segura y protegida imposible.

Por el grueso edredón también recordó que estaban en Alemania; se había alojado en hoteles en Alemania un par de veces antes en su vida. Pero por mucho que se devanara los sesos no le venía a la cabeza el nombre de la ciudad. Se acordó de que habían llegado tarde al hotel la noche anterior; habían conducido durante varias horas por carreteras más pequeñas, evitando las autopistas. Era la segunda noche que pasaban en Alemania, pero en la última gasolinera se le había olvidado comprar un mapa y..., y para ser sincero, anoche tampoco estaba seguro de dónde se encontraban; de modo que no se le había olvidado, pues nunca lo había sabido.

Pero ¿qué más daba si habían acabado en una u otra ciudad alemana?, pensó. Aquí estaban en una enorme cama de matrimonio, envueltos en edredones de plumón y unas almohadas que también eran gigantescas y parecían llenas de nata montada o espuma de afeitar, así de blandas y suaves eran. ¿Se podía pedir más? ¿Podía la vida ser mejor que esto?

Aun así, se había despertado. Le llevaba pasando varias mañanas seguidas. Anna dormía sin problema hasta las nueve o las diez aunque se hubiese acostado pronto, debía de ser por algo relacionado con ese golpe que había recibido en la cabeza, pero a él le costaba cada vez más conciliar el sueño. El cansancio que sentía tanto en el cuerpo como en el alma pedía a gritos unas horas más, al menos una hora o incluso media, pero no servía de nada. Salía a flote como un corcho a un estado despejado, y luego no había manera de volver a quedarse dormido.

Las seis menos veinte. Anna sin duda seguiría durmiendo tres o cuatro horas más. Descubrió que había una butaca y una pequeña lámpara de pie junto a la ventana; si descorriera las cortinas un poco más, a lo mejor ni siquiera le haría falta encender la lámpara. Se podría contentar con la sucia luz amarillenta que proyectaba la farola, y la del amanecer, que no podía estar lejos.

Se fue a sentar en la butaca. Dio con el crucigrama medio terminado del día anterior, el que había encontrado en el periódico sueco que había comprado antes de ayer. El mismo diario en el que se podía leer que habían hallado a un hombre joven asesinado en la zona de Vreten, entre Kymlinge y la frontera con Noruega, y que se buscaba al hombre de la fotografía.

Se preguntaba si habría sido Alice la que les había facilitado la foto. Probablemente era así, y sin duda habría tenido que hacer un gran esfuerzo por encontrar alguna. Buscó la página de la foto y la examinó una vez más. Era una de las peores fotos de él que había visto jamás. Por mucho que lo intentara, no podía recordar cuándo se la habían hecho. Estaba sin afeitar y todo sudoroso, y tenía la boca medio abierta y una expresión en los ojos como si acabara de sufrir un derrame cerebral. O como si estuviera en el váter haciendo fuerza. Joder, pensó Ante Valdemar Roos sombríamente, no basta con que te busquen por asesinato, además te tienen que retratar como un cerdo borracho.

Suspiró y pasó al crucigrama. Siete, verticales. *Escándalo nabokoviano*. Seis letras: la segunda o, la cuarta i.

Doping, pensó Valdemar Roos. Era obvio; aunque en un sueco correcto se llamaba en realidad *«dopning»* con dos enes, pero los creadores de crucigramas no siempre estaban tan preparados como deberían. Nabokov, en todo caso, era un esquiador ruso; había ganado la medalla de oro en las olimpiadas y luego le habían detectado sustancias prohibidas en la sangre. Hacía años de aquello, pero es que ciertos nombres se te quedaban grabados.

Escribió la palabra, bostezó y continuó.

Debió de haberse quedado dormido en el sillón, a pesar de todo, porque se despertó cuando el reloj de la iglesia de la ciudad dio las siete. En esta ocasión fue perfectamente consciente de dónde se hallaba: o sea, un viejo hotel sin especificar en una vieja ciudad alemana sin especificar, y como suponía que el restaurante de la planta baja habría abierto, se vistió y bajó a desayunar.

La primera hora matinal en la habitación había sido agradable, pero cuando llegó a la desierta sala de desayunos, decorada en mustios tonos pardos —que, para más inri, estaba ubicada en el sótano—, y se encontró con una cansada camarera de mediana edad con cara malhumorada que de inmediato lo atacó con preguntas sobre su número de habitación y si quería té o café, se le cayó el alma a los pies. Le gustaría haber podido explicarle que preferiría que no le trajera el café enseguida, sino después de haber tomado un poco de yogur y cereales y un huevo pasado por agua, si es que eso no era mucho pedir, pero sus deficientes conocimientos lingüísticos pusieron trabas insuperables para mantener una conversación de esas características. En su lugar se limitó a decir «*Vier eins sechs. Kaffee, bitte*» antes de sentarse en la mesa indicada de la esquina. Al entrar había cogido un periódico que era gordo como una novela y que se llamaba *Welt am Sonntag*. Descubrió que era de hacía unos días, pero empezó a hojearlo para tener algo en lo que fijar la mirada.

Durch, für, gegen, ohne, um, wieder, pensó Ante Valdemar Roos cuando el café aterrizó delante de sus narices. Las preposiciones que regían alguno de los casos, no se acordaba de cuál, y tampoco, a decir verdad, tenía muy claro lo que era un caso. «*Danke schön*», dijo, y la cansada camarera se marchó arrastrando los pies, y lo abandonó a su destino con el periódico y el café.

Bueno, pues ¿cuál es mi destino?, pensó. ¿Cómo he acabado aquí?

Buenas preguntas, sin duda, y como los textos del periódico se negaban a penetrar en su consciencia, empezó a buscar respuestas apropiadas. Sin mayores exigencias ni de profundidad ni de precisión, pero aun así.

Había entendido hacía ya mucho que lo que sucedía estos días y estas semanas constituía el sentido mismo de su vida. El encuentro con Anna Gambowska había sido anotado en algún tipo de partitura en el más allá, grabado en su lápida sepulcral, había sido igual de inevitable que el amén en misa y las verrugas en los pies de Alice. Lo sé, constató sin levantar la mirada del diario, sé que es ahora, ahora mismo, cuando el fuego de mi espíritu arde. Es lo que hago de estas circunstancias por lo que me van a juzgar en el día del juicio final. Por esto y nada más.

Con todo, esta mañana me siento tan desanimado y cansado y frágil en esta desconocida sala de desayunos de hotel, pensó luego. Llevo la vida y el futuro de Anna en mis manos, haberme conocido es su destino, en la misma medida que ocurre al revés, claro está, pero a veces..., a veces es como si no lo entendiera. Es tan joven..., y quizá solo necesita tiempo. Tiempo y recuperación, se pasa la mayor parte del día durmiendo, y no es justo, o a lo mejor sí lo es..., y soy yo, yo solo, quien debe llevar la carga y asumir toda la responsabilidad durante este difícil período de nuestra relación. Y lo que me está sucediendo en estos momentos de debilidad es simplemente que empiezo a flaquear. Pesa tanto, tanto, esta carga, esta cruz que llevo a cuestas... Pero ¡joder! ¿Por qué diablos estoy delirando con este desgraciado estado de decaimiento? ¿Cargas y cruces a cuestas? ¿Qué patéticas maneras son esas? Que no, maldita sea, decidió Ante Valdemar Roos, ahora lo que tengo que hacer es asegurarme de que... de que las cosas se sostengan, de que se sostengan, de que se sostengan... Debería haberme traído el libro de ese rumano en lugar de este incomprensible periódico, claro que sí... Mientras seamos capaces de ponerles las palabras *adecuadas* a las circunstancias en las que nos encontramos, veremos también, en general, la luz al final del túnel.

Se tomó un trago del tibio café y se detuvo en ese último pensamiento una vez más.

«Mientras seamos capaces de ponerles las palabras adecuadas a las circunstancias en las que nos encontramos, veremos también, en general, la luz al final del túnel.»

Muy bueno, pensó Ante Valdemar Roos, condenadamente bueno; esas palabras serán el aforismo de hoy. Las voy a apuntar en el cuaderno en cuanto vuelva a la habitación.

Y así fue. Luego se quedó en el sillón leyendo lo que había anotado en el cuaderno desde que lo había empezado tres semanas atrás, y esas palabras, todos esos pensamientos abstractos pero bien formulados sobre la vida y sus laberintos le subieron poco a poco el ánimo. Al menos lo suficiente como para que se sintiera capaz de ocuparse de un poco de planificación práctica. Resultaba ciertamente necesario; en todo caso, le daba la sensación de que Anna así se lo exigía. O su estado de salud. Fuera cual fuera la diferencia.

Ella seguía durmiendo de la misma manera y en la misma posición que cuando él se había ido a desayunar. Eran las ocho y cuarto y con toda seguridad no se despertaría hasta dentro de una hora. Ojalá, pensó Ante Valdemar Roos, ojalá no durmiera tanto. Es como si estuviera ausente durante la mayor parte de este tiempo tan importante.

Pero debía tener paciencia, lo sabía. La curación necesita descanso y cuidados, tampoco mucho más, y en unos días o una semana sin duda volvería a ser la Anna de antes. Para entonces también les habría dado tiempo a llegar un poco más al sur. Quizá a Francia o Italia, no lo sabía muy bien; quizá lo que necesitaba para su recuperación era el aire de las montañas, o quizá el del mar.

Después le vino a la mente otra cosa. Anoche había tenido que mostrar su documento de identidad al registrarse en el hotel. El flaco conserje con el chaleco de cuero negro y la alargada cara de caballo había aceptado la excusa de que les habían robado los pasaportes, pero algún tipo de documentación resultaba imperioso, le había dado a entender. Aunque pagaba al contado y por adelantado; ya era otra época, y además no era ese tipo de establecimiento.

¿Ese tipo de establecimiento? En todo caso, no veía que el peligro resultara muy grande. Bien era cierto que quedaría registrado por los tiempos de los tiempos que se habían alojado en este pequeño hotel, en esta pequeña ciudad alemana, fuera cual fuera su nombre, pero que esa circunstancia llegara a conocimiento de la policía sueca no se le antojaba demasiado probable. Y si les llegaba la información un día, a pesar de todo, a esas alturas estarían ya lejos, muy lejos de aquí. Aunque tuviera que enseñar su permiso de conducir un poco por todas partes, pensó, no se expondrían a un riesgo muy elevado de ser localizados. En Suecia sí, habría sido una soberana estupidez, pero en el continente era otra cosa, constató Valdemar Roos. Otra cosa bien distinta. Si tu patria cierra una puerta, el mundo abre una ventana.

La idea era que se quedaran en este hotel de esta ciudad otro día más. Había pagado por dos noches, y quería aprovechar bien el día. Lo primero que se había propuesto era comprar un mapa de carreteras en condiciones, y lo segundo, averiguar el nombre de la ciudad y su ubicación.

Luego tendría que ir a una farmacia; las provisiones de analgésicos para Anna se estaban acabando. Después, una vez resueltas esas gestiones, quizá podrían sentarse un rato en algún agradable café. No parecía hacer mal tiempo en absoluto allí, al otro lado de las pesadas cortinas: la amarillenta farola se había apagado y había sido sustituida por unos generosos rayos de sol.

Sentarnos en un café, hablar un poco de la vida y hacer planes juntos. Le habría gustado también que ella tocara la guitarra y le cantara algo. Habían pasado unos cuantos días desde la última vez, pero no quería pedírselo por si no le apetecía.

Porque el deseo de hacerlo debe estar bien fundamentado, pensó. Y todo debería ser así, pero en mi vida las cosas no se han hecho de esa manera. Esa ha sido la pieza que me ha faltado. Muchas otras también, pero sobre todo esa.

Y por si ella no tenía ganas de cantar o de explicar

nada, él contaba con un par de buenas historias en la recámara. Se le habían venido a la cabeza la noche anterior cuando ella se había dormido, y aunque en realidad trataban de otras personas, en otras circunstancias, no le harían falta muchos reajustes para que él adoptara el papel protagonista.

Y eso, pensó, demostraba que ella no solo llevaba el futuro de él en sus frágiles manos, sino que también cambiaba su pasado. No estaba del todo seguro de lo que implicaba, si realmente podría ser algo bueno, a largo plazo, reescribir su propia historia. Pero quizá no se trataba de ningún plazo largo, lo que le quedaba de vida; quizá solo era cuestión de algún que otro año, o incluso unos pocos meses.

Y el presente, formuló Ante Valdemar Roos en silencio y con gran satisfacción, es ante todo una cuestión de *ahora* y *hoy*. Tienes que estar presente justo donde te encuentras en el tiempo y en el espacio, mañana puede que sea demasiado tarde, y si no...

Un ruido y un movimiento procedentes de la cama interrumpieron el flujo de pensamientos, y al instante dejó el sillón y se acercó a ella.

Estaba en el suelo, se había caído de la cama, y algo le había pasado.

Estaba temblando. Su cuerpo se tensaba y arqueaba, y el camisón, que en realidad solo era una camiseta blanca grande, se le había subido hasta las axilas de modo que asomaba uno de los pechos y a través de las finas bragas podía ver su vello púbico. Se maldijo a sí mismo por no ser capaz de desviar la mirada de esa indeseada intimidad, pero así estaba construido el ojo del hombre, le pese a quien le pese, pensó a modo de excusa mientras intentaba reprimir el terror que de repente le brotó en el pecho y que amenazaba con asfixiarlo. ¿Qué está pasando, querida Anna? ¿Qué demonios está pasando?

Intentó torpemente parar las sacudidas que recorrían el cuerpo de Anna. La agarró de los brazos y se esforzó por establecer contacto visual con ella, pero su cara se giró hacia atrás alejándose de él. De su garganta salía una especie de gorgoteo entrecortado, y los temblores se propagaron al cuerpo de él, al mismo tiempo que, gracias a Dios, remitían en fuerza y fueron disminuyendo para al final cesar por completo.

Todo el proceso, desde que ella se había caído de la cama hasta que los temblores desaparecieron, seguramente no había durado más que un minuto, pero después, cuando estaba sentado con el relajado cuerpo de la chica entre sus brazos, Valdemar pensó que había sido el minuto más largo de su vida.

Ella seguía respirando de forma entrecortada, y al tomarle el pulso se dio cuenta de que estaba muy acelerado. Sus ojos erraban de un lado para otro, como había visto en personas ciegas... Por lo que más quieras, Anna, pensó, ¿qué te está pasando?

Y se sorprendió a sí mismo rezando a Dios.

Le bajó la camiseta y elevó una oración a Dios.

Unos minutos más tarde —cinco o quince o solo tres, no lo sabía—, ella abrió los ojos y le sonrió. Una sonrisa un poco desconcertada y apagada, pero una sonrisa al fin y al cabo.

¿Valdemar?, susurró. Valdemar, ¿por qué estamos en el suelo?

Capítulo 37

—Yo creía que ibas a dedicarte al caso de las pintadas —dijo Marianne—. Y no al de Valdemar Roos.

—Y lo estoy haciendo —se defendió Gunnar Barbarotti—. Quiero decir, me dedico plenamente a la cuestión de los grafitis, pero hay algo en ese Valdemar Roos que no me deja en paz.

—Eso tengo entendido —indicó Marianne—. Y, para serte sincera, me preocupa un poco que ese hombre te parezca tan interesante.

—¿Por qué? —preguntó Barbarotti, sorprendido, mientras metía dos rebanadas de pan en la tostadora—. ¿Qué tiene de malo que uno se interese por su trabajo?

Marianne suspiró, contemplándolo desde el otro lado de la mesa y a través de los restos dejados por cuatro niños tras desayunar. De momento no eran, de hecho, más que un cuarteto, ya que Sara y Jorge habían logrado convertir su apartamento de Kavaljersgatan en un sitio lo bastante habitable como para empezar a pasar las noches en él. Quizá se convertiría en algo permanente, pero aún no se sabía seguro.

Y Roger el Cuñadísimo ya no era más que un mero recuerdo. Eran las ocho y media, y Marianne disfrutaba de la mañana libre. Gunnar tenía horario flexible.

Y ella, por tanto, estaba preocupada por él.

—A algunas personas no hay manera de entenderlas bien —intentó precisar Barbarotti—. Y eso las hace interesantes. Creo que Valdemar Roos es una de esas personas.

Marianne bufó.

—¿Interesante? El típico viejo verde, por lo que veo. Engreído y medio chalado. Ha dejado a su mujer sin una palabra de explicación, ¿y eso te parece que le hace interesante?

—Hmm —murmuró Gunnar Barbarotti.

—Si lo he entendido bien, la chica tiene veinte años. Han matado a un chico joven y se han dado a la fuga. Como comprenderás, me preocupa cuando dices que eso te parece interesante.

Barbarotti se quedó pensando.

—Una yonqui joven y un viejo putero —zanjó Marianne antes de que a Barbarotti se le ocurriera una buena respuesta—. Por decirlo de manera un poco cruda.

Barbarotti carraspeó intentando así disipar su desconcierto.

—¿Qué... qué es lo que te estás imaginando exactamente? —dijo—. ¿Que guardo en secreto el sueño húmedo de coger el coche y escapar de todo con una chica adolescente a mi lado? ¿Es eso lo que crees? En tal caso, te puedo asegurar que... —Perdió el hilo al tiempo que una punzada de dolor le subió por la pierna.

—¿Que qué? —inquirió Marianne.

—Que quiero a mi mujer por encima de todo en esta Tierra y que mi interés por Ante Valdemar Roos es única y exclusivamente... de naturaleza psicológica y humana.

—Bravo —exclamó Marianne juntando las palmas de las manos, y por un momento a Barbarotti le dio la impresión de que la conversación se parecía a la séptima toma de una pésima escena de un *reality show* de bajo presupuesto aún más pésimo grabado para la televisión matinal. ¿Existían programas así? ¿De bajo presupuesto y que se emitían por las mañanas? Y, si existían, ¿en realidad se molestaban en repetir las tomas?

»Pero dime una cosa —continuó su esposa—. Si resulta que este policía tan considerado y tan interesado en la psicología humana de veras quiere tanto a su esposa como sostiene, ¿cómo puede ella estar segura de que dice la verdad? ¿Y que no intenta solo venderle la moto?

—Pero ¿qué narices te pasa? —se quejó Gunnar Barbarotti, y empezó a rascarse la escayola con nerviosismo—. Lo cierto es que no entiendo cómo puedes...

Pero de pronto se dio cuenta de que ella estaba sonriendo, y de que... de que su bata se había abierto de esa manera suya que hacía que todo de repente pasara a significar otra cosa; algo radicalmente diferente a un *reality* de bajo presupuesto que se emitía por las mañanas.

—Ven aquí —le pidió, y le tendió la mano.

—¿Qué quieres decir? —repuso Marianne.

—Así que ahora vienes —dijo Eva Backman levantando la mirada de su ordenador.

Llego un poco tarde, pensó Barbarotti. Es que mi mujer y yo hemos estado follando durante dos horas esta mañana. Lo siento, pero cuando vas escayolado se tarda más.

Eso habría dicho también si no fuera porque daba la casualidad de que el inspector Sorgsen se hallaba en el despacho. El inspector Sorgsen era demasiado sensible respecto a ese tipo de franqueza, y además tenía una esposa en avanzado estado de gestación.

Sea cual sea la relevancia de este último dato...

—Tenía que comprobar una pista del caso de las pintadas —explicó, y se sentó—. ¿Cómo ha ido?

Eva Backman lo observó con una arruga de sospecha en la frente.

—Bien —dijo—. Ha ido bien. Creo que podemos afirmar con un elevado grado de certeza que hemos identificado a la chica.

—¿Era ella?

—En efecto —confirmó Backman—. Nuestra pequeña polaca. Sonja Svensson de Elvafors y Lundgren de Halmstad estaban de acuerdo por completo.

El inspector Sorgsen asintió y se puso a leer de un folio.

—Anna Gambowska. Nacida en Arboga el 1 de agosto de 1987. De madre polaca, llegó a Suecia en 1981. Pasó su infancia en Örebro..., o sea, la chica. Terminó el colegio en 2003, pero abandonó el instituto. Los servicios sociales de Örebro se hicieron cargo de ella este año a finales de julio a petición de la madre. Manifiestos problemas de drogadicción, ingresó en el centro Elvafors el 1 de agosto.

—¿El día de su cumpleaños? —intervino Barbarotti.

—Correcto —confirmó Sorgsen.

—Estamos esperando más datos de Örebro —explicó Backman—. Pero tenemos una foto buena de ella y nos hemos enterado de bastantes cosas gracias a Sonja Svensson.

—¿Como por ejemplo? —quiso saber Barbarotti.

Backman se aclaró la voz.

—Como por ejemplo que al parecer es una tipa dura y conflictiva. Trastorno de empatía, con toda probabilidad, y dificultades de cooperación. Se niega a seguir las reglas, es obstinada, va por su lado y no quiere participar en las actividades en grupo. De trato difícil, según Sonja Svensson. Después de su huida, el ambiente del centro mejoró enseguida.

—Ajá —dijo Barbarotti—. ¿Y cuándo huyó?

—A principios de septiembre —contestó Backman.

—¿Y han esperado casi un mes antes de denunciarlo?

—Sí.

—Un poco raro, ¿no?

—No la presioné en ese punto —reconoció Backman—. Pero estoy de acuerdo, es un poco extraño.

—¿Y cómo diablos llegó a conocer a Valdemar Roos?

—No lo sabemos —dijo Backman.

—¿Y no hay ninguna relación previa entre ellos?

Eva Backman negó con la cabeza.

—Parece que no. ¿Por qué iba a haberla? Aunque no lo podemos afirmar con toda seguridad todavía.

—¿Supongo que Roos no tiene antecedentes registrados en relación con drogas?

—Nada de nada —constató Sorgsen—. Forman una pareja muy singular esos dos, desde luego.

—¿Y la víctima? —preguntó Barbarotti—. ¿Todo esto nos ha dado alguna pista de quién es la víctima? También tenía sustancias en la sangre, ¿verdad?

—¿Pueden haber vivido los tres en la casa? —sugirió Sorgsen.

—La chica, seguro —afirmó Backman—. Hay un montón de huellas dactilares que con toda probabilidad son de ella. Pero, que sepamos, ni una sola de la víctima.

—¿Y su relación? —preguntó Barbarotti—. O sea, de la víctima y la chica.

—Hasta ahí no hemos llegado todavía —reiteró Backman—. Pero una vez que recibamos el material de Örebro, podremos empezar a tirar de ese hilo. También tenemos un contacto establecido en la policía de allí. El comisario Schwerin, no sé si te acuerdas de él.

Gunnar Barbarotti sonrió.

—¿Schwerin? Estupendo, entonces no tenemos nada de que preocuparnos.

—Exacto —convino Backman—. Puede que lleve su tiempo, pero no hace falta que nos preocupemos.

El inspector Borgsen paseó una inquisitiva mirada entre sus dos colegas.

—El otoño pasado —lo iluminó Backman—. El Campo de la Muerte a las afueras de Kumla.

—Ajá —dijo Sorgsen—. Todo bien entonces.

—Todo bien —confirmó Barbarotti.

Se quedó un rato en el despacho de Backman después de que se hubiera marchado Sorgsen.

—¿Qué piensas de esto realmente? —preguntó.

—No lo sé —admitió Backman—. No sé qué creer.

—¿Ha sido prostituta la chica?

Backman suspiró.

—No se sabe. Al menos no hay nada registrado, pero, por otra parte, ¿por qué tendría que estar registrado?

—Sí, ¿por qué? —convino Barbarotti.

—Una chica tampoco tiene tantas formas de conseguir dinero para drogas —constató Backman con voz sombría—. Aunque solo tiene veintiún años y, al parecer, lo que ha consumido ha sido sobre todo hachís. Quizá no ha caído tan bajo todavía. Ha tenido algunos trabajos después de abandonar el instituto; así que es posible que se las haya apañado económicamente.

—Es posible —asintió Barbarotti.

—También es posible que haya vendido, pero la verdad es que Sonja Svensson no sabía mucho de su pasado. Quieren mirar hacia delante en el centro, decía. No hurgar en el pasado, es parte de su filosofía.

—¿Filosofía? —preguntó Barbarotti.

—Ese fue el término que empleó.

—Y se supone que se trata de una tipa dura y conflictiva, ¿no era eso lo que dijo?

—En efecto —confirmó Eva Backman—. Eso dijo. Pero es lo normal, ¿no?, la dureza misma es un requisito indispensable en ese mundo. Ya lo sabes, si no te proteges con un caparazón, te rompes. Joder, a veces doy gracias a mi buena estrella por tener solo chicos.

—Es verdad —admitió Barbarotti—. Es más fácil ser hombre. Pero solo la mitad de interesante.

—Una cuarta parte —corrigió Eva Backman al tiempo que esbozaba una sonrisa—. Maldita sea, ¿por qué siempre tenéis que exagerar tanto los machos?

—Perdona —dijo Barbarotti—. Me he dejado llevar por la soberbia un poco. Pero ahora nuestra querida y durilla amiga va a tener el gusto de ver su foto en la prensa. ¿A que sí?

—Sí, claro. Y, como comentamos, son una pareja muy interesante. No me cabe duda de que los tabloides van a ir a por todas mañana. No son precisamente Bonnie y Clyde, pero un hombre de sesenta y una chica de veinte que se fugan juntos... Bueno, algún que otro periódico venderán, sin duda.

—Con un cadáver a sus espaldas —completó Barbarotti—. Sí, me temo que tienes razón. Aunque...

—¿Sí?

—Aunque no creo que los vayamos a encontrar gracias a nuestra grandiosa prensa. Me imagino que a la gente del continente europeo se la traen sin cuidado los titulares del *Expressen*. ¿O tú qué crees? Como yo solo dispongo de una cuarta parte de capacidad cerebral...

Eva Backman se rio.

—No hay nada más atractivo que un hombre modesto. Por cierto, ¿de qué tamaño crees que es el cerebro de Valdemar Roos?

—Buena pregunta —constató Barbarotti.

—¿Verdad? Medio millón en metálico y una tía toxicómana de veinte años. Un asesinato a puñaladas en una casa secreta en medio del bosque y luego se lanza a la fuga por Europa..., lo que está claro es que empieza a perder la fama de tipo aburrido.

Barbarotti permaneció callado un rato reflexionando.

—Tiene que haber comprado la casa primero —opinó—. Quiero decir, dejar el trabajo y comenzar una nueva vida secreta y todo eso... ¿No creerás que se relacionaba con Anna Gambowska ya desde el principio? ¿Que la conociera ya cuando estaba en Elvafors... o incluso antes?

—No, lo dudo mucho —dijo Eva Backman—. Sonja Svensson no tenía ni idea de quién era, en cualquier caso. Todo parece tan inverosímil... Quizá... quizá se conocieron de pura casualidad.

—Ya, podría ser, es así como razonamos, supongo —comentó Barbarotti.

—¿Qué quieres decir?

—Cuando no pillamos la conexión entre las cosas, entonces le echamos toda la culpa a la casualidad.

—A veces eres demasiado listo —dijo Eva Backman—. Casi que me inclino a pensar que Dios te ha equipado con dos cuartas partes de un cerebro.

—Gracias —dijo Barbarotti—. En fin, ahora tengo que volver a mi despacho y darle los toques finales al misterio grafitero. Avísame si hay novedades.

—¿Toques finales? —se sorprendió Eva Backman—. ¿No estarás diciendo que...?

—Tengo una teoría —reconoció Gunnar Barbarotti—. ¿Dónde diablos he puesto las muletas?

Su padre parecía más viejo que nunca.

Y era viejo, no cabía duda, pero al ver su rostro chupado, ceniciento, y cruzar con él su inquieta mirada, pensó que ya no le debía de quedar mucho.

Eva Backman intentó recordar cuánto tiempo hacía que no lo veía. Junio, dedujo, el fin de semana antes de la fiesta de Midsommar. Habían pasado casi cuatro meses.

Era vergonzoso, se dijo, no dio con otra palabra mejor. Es cierto que había hablado con él por teléfono cinco o seis veces desde entonces, pero Erik y su familia lo tenían cerca de ellos todos los días. Cada hora de cada día.

Esa sensación de vergüenza no le hacía más fácil contactar con él. Ellen tenía el día libre, al parecer, e intercambiaron unas palabras cuando Eva llegó, pero no muchas; luego los dejó solos en la cocina y cerró la puerta.

Solos con una cafetera y un plato de bollos de canela recién horneados.

¿Cuándo fue la última vez que hice bollos de canela para mi familia?, pensó Eva Backman. ¿Qué tipo de persona soy en realidad?

Apartó la autocrítica y sirvió un poco de café a su

padre. Al fin y al cabo, ¿qué tenían que ver los bollos de canela con las cualidades humanas?

—Nada de azúcar —le avisó el padre—. He dejado el azúcar.

—Ya lo sé, papá —lo tranquilizó ella—. Dejaste de tomar azúcar con el café hace ya cuarenta años.

—No es bueno tomar demasiado azúcar —explicó—. El doctor Söderqvist me recomendó dejarlo, y así lo hice.

—¿Cómo te va todo últimamente, papá? —preguntó ella.

—Bien —respondió el padre antes de pasear la mirada a su alrededor, nervioso, como si la pregunta tuviera trampa—. Estoy muy bien. Vivo aquí con Erik y... Ellen.

—Sí, aquí estás bien, papá —dijo ella—. ¿Sigues dando paseos por el bosque?

—Todos los días —repuso enderezando la espalda—. Hay que hacerlo para mantener el cerebro en forma... o el cuerpo por lo menos. —Como si se diera cuenta de que su cerebro ya no daba mucho más de sí.

Ella tragó saliva y decidió ir al grano. Su padre siempre se mostraba más lúcido al principio de un encuentro, en cuanto el cansancio lo invadía, se desconcentraba, perdía la capacidad de centrarse en el tema de la conversación.

—Hace un par de semanas me llamaste para contarme que habías visto algo terrible, papá. ¿Te acuerdas? Me dijiste que habías visto un asesinato.

El padre levantó la taza de café, solo para volver a depositarla encima del platillo. De pronto tuvo otra expresión en los ojos, y Eva Backman podría haber jurado que también cambió el color de su cara. Una especie de saludable rubor se extendió por sus mejillas y su frente. Bien, pensó. Se acuerda. Mantenlo ahora en la cabeza, por favor, querido papá.

—Sí —dijo—. Claro que me acuerdo. Te llamé para contártelo porque eres policía. ¿Os habéis ocupado del caso ya?

—Sí, papá, en eso estamos. Pero me gustaría...

—¿Estáis tras la pista de alguien?

—¿Qué? Pues sí, en efecto. Pero me gustaría que me contaras una vez más lo que viste.

Alzó la taza y en esta ocasión se la llevó a la boca y se tomó un sorbo de café. Puso de nuevo la taza en el platillo y soltó un chasquido de satisfacción con la lengua.

—La verdad es que me gustaba más con azúcar —constató—. Creo que volveré a echarle un poco cuando sea mayor.

—¿Qué fue lo que viste ese día, cuando me llamaste? —insistió Eva Backman—. ¿Por esa casa en el bosque? Lograna, se llama así, ¿no?

—Yo qué sé cómo se llama la casa —dijo Sture Backman—. Pero sé lo que vi.

Se calló. Por favor, papá, sigue, pensó Eva Backman. No dejes que ese recuerdo se pierda en la oscuridad.

El padre tosió y se dio un par de golpes en el pecho con el puño.

—Maldita tos —se quejó—. ¿Quieres que te hable del asesinato?

—Sí, por favor, papá.

Carraspeó y tomó impulso.

—Estaba paseando por el camino —dijo—. ¿Sabes de qué camino estoy hablando?

—Sí, papá.

—Muy bien. Bueno, pues iba andando tranquilamente por ahí y silbando un poco, suelo silbar a veces cuando estoy de paseo... o cantar si es que hace buen tiempo, no me da vergüenza reconocerlo. Sobre todo canciones de las de antes, de esas que eran populares cuando yo era joven. Mamá y yo solíamos ir a bailar...

—¿Qué viste en esa casa? —lo interrumpió ella.

—Pero si te lo estoy contando —respondió con un poco de irritación—. No me interrumpas, hija mía. Salen corriendo de la casa, primero ella y luego él, el que murió.

—¿El que murió?

—El que murió. Estaban peleando, él tenía algún tipo de palo con el que la golpeaba, pero ella le clavó el cuchillo en la barriga.

—¿Lo viste?

—Claro que lo vi. Sangraba como un cerdo. Dio vueltas tambaleándose entre los groselleros y luego se desplomó. Y con toda seguridad murió, porque... porque la sangre le salía a borbotones, era de un rojo muy claro y yo estaba aterrado. ¿Puedes entender, Eva, lo aterrado que estaba?

—¿Qué pasó con la chica? —preguntó.

—¿Qué?

—La chica. La que le clavó el cuchillo, ¿qué pasó con ella?

Sture Backman se encogió de hombros.

—Yo qué coño sé. Solo lo vi a él, tambaleándose y sangrando como un cerdo en la matanza. Luego puse pies en polvorosa, pensé que era mejor salir de allí cuanto antes. Cualquiera habría hecho lo mismo.

—¿Viste algún hombre mayor?

—¿Qué dices?

—Un hombre mayor. ¿Había alguna otra persona

aparte de esas dos de las que hablas, en la casa... o en los alrededores?

Sture Backman sacó el labio inferior, y ella no pudo determinar si ese gesto indicaba que estaba dándole vueltas a algo o que los recuerdos se le estaban desvaneciendo. Eva permaneció callada esperando.

—Allí solo había un señor mayor —respondió al final—. Y ese hombre era yo, y yo estaba en el camino.

—Gracias, papá —dijo Eva, y se dio cuenta de que tenía lágrimas en los ojos.

Sture Backman se estiró para coger un bollo de canela.

—¿En qué año fue? —preguntó.

—¿Qué?

—Esto de lo que estamos hablando, ¿qué va a ser? ¿En qué año sucedió?

—Hace un tiempo —dijo ella—. La verdad es que tampoco hace tanto.

—Bueno, yo ya no paso por esa casa. Es una pena, porque era un paseo agradable. ¿Crees...?

—¿Sí?

—¿Crees que las cosas están más tranquilas como para que pueda volver a dar una vuelta por allí?

—Yo creo que sí, papá —dijo ella—. Con toda seguridad; puedes pasear por allí cuando quieras.

Al padre se le iluminó la cara.

—Mira qué bien —dijo—. Gracias por venir a informarme de la situación, Eva.

—Gracias a ti, papá —contestó Backman—. Y prometo que pronto vendré y daremos un paseo juntos. ¿Qué tal lo tienes la próxima semana?

Sture Backman se tomó un trago de café y se lo pensó.

—La semana que viene creo que voy a poder cogerme un día libre —dijo, y extendió su mano por encima de la mesa buscando la de ella—. Pero, por todos los demonios, ¿por qué estás llorando, hija mía? Pero si eso no es nada como para que lloriquees así.

Capítulo 38

De nuevo en la carretera.

Esto es lo que más me gusta, pensó ella. Estar de camino.

Sería genial si se pudiera vivir así. Siempre de camino.

Se dio cuenta de que Valdemar también se mostraba de buen humor. Había algo en su postura, en su forma de tamborilear el volante con los dedos y en su manera de vigilarla con el rabillo del ojo. Había estado terriblemente preocupado después de lo que había pasado el día anterior en la habitación del hotel. Ella, por su parte, no se acordaba de nada, había intentado explicarle que seguramente no se trataba más que de un sueño. Había soñado algo y se había caído de la cama, ¿qué tenía de raro?

Sin embargo, sabía que no se trataba de un sueño. Había pasado el resto del día durmiendo, más o menos. Sin siquiera salir de la habitación, y el brazo no había mejorado. El dolor de cabeza iba y venía, pero él había salido a buscarle unos analgésicos nuevos; y esta mañana, antes de que se pusieran en camino, se había tomado tres, y le habían aliviado el dolor un poco. Parecían tener más efecto que las Treo suecas, de las que debía de haber tomado centenares.

Algo le pasaba con sus pensamientos también, aunque había sido así todo el tiempo desde que se marcharon. Revoloteaban como mariposas, aparecían y desaparecían, y cambiaban de contenido más rápido de lo que parpadea un cerdo.

¿De dónde salía esa expresión? ¿Más rápido de lo que parpadea un cerdo? Debía de ser algo que había leído hacía mucho tiempo, ¿no era así? Decidió preguntárselo, quizá él lo sabía.

—Más rápido de lo que parpadea un cerdo, ¿de dónde viene, Valdemar? Me gusta la expresión, ¿a ti también te gusta?

—Sí, claro —dijo mientras se rascaba la barbilla, pensativo—. Creo que de hecho es de Astrid Lindgren. De *Las travesuras de Emil* o algo del estilo.

—¿No me puedes contar una historia, Valdemar? —le pidió ella—. Podemos fingir que tú eres Astrid Lindgren y yo una niña que quiere escuchar un cuento emocionante.

—¿Astrid Lindgren? —dijo él riéndose—. No puedo pretender medirme con ella. Pones el listón demasiado alto. Pero quizá te pueda contar otra cosa.

—Sí, por favor, Valdemar.

—¿Y de qué quieres que se trate?

—Eso lo decides tú, Valdemar.

Se puso a tamborilear el volante con los dedos durante un rato.

—Te podría hablar de Signe Hitler. ¿Qué me dices?

—¿Signe Hitler?

—Sí. ¿Quieres oírlo?

—Sí, claro.

—Aunque es una historia un poco horripilante.

—No me importa, Valdemar.

—O quizá no horripilante. *Cruel* seguramente es una palabra mejor.

—Entiendo. Y si empiezas, tal vez yo pueda decidir si es horripilante o cruel.

Tras un ligero carraspeo, Valdemar comenzó.

—La verdad es que creo que nunca he contado esta historia a nadie. Por razones obvias, como comprenderás. Signe Hitler era una maestra que tenía en el colegio. Se llamaba en realidad Signe Hiller, pero la llamábamos Hitler por su tremenda maldad.

—¿Sí? —dijo Anna.

—Sí, así era —continuó Valdemar—. Cruzarte con personas que son malas hasta la médula no es nada común, a mí al menos no me ha pasado mucho. Pero en el caso de Signe Hitler, se trataba definitivamente de una de esas personas. Una mujer muy siniestra. Odiaba a los niños y todo lo que les gusta hacer a los niños..., jugar, reírse, pelearse entre ellos, jugar a *brännboll*; aunque ahora que lo pienso, creo que los adultos le caían igual de mal.

—No parece muy simpática —comentó Anna.

—No, no era muy simpática. Estaba soltera, como no podía ser de otra manera, una vieja solterona, aunque no tendría más de cuarenta y cinco años cuando nos tocó como tutora. Y Dios santo, le teníamos un miedo que no veas. Ya por la mañana, mientras cantábamos levantados el salmo matinal, nos clavaba la mirada. Se acercaba a cada uno de nosotros y nos fijaba sus penetrantes ojos amarillentos, y entonces ya sabías que estabas perdido. No había nada que hacer. Si apartabas la vista significaba que tenías mala conciencia por algo que habías hecho, y si la sostenías quería decir que te mostrabas contestatario. Un chico que se llamaba Bengt solía mearse encima durante ese primer cruce de miradas con Hitler, y luego el aula apestaba a pis todo el día, pero, por raro que pueda parecer, a ella le daba igual. Quizá quería que estuviéramos tan aterrados que nos meáramos encima todos.

—¿*Contestatario?* —le interrumpió Anna—. ¿Es como *descarado*? ¿O qué significa?

—Creo que sí —dijo Valdemar—. En cualquier caso, mantenía un auténtico régimen de terror en esa aula. Nunca te pegaba, pero te clavaba sus afiladas uñas en la nuca y luego las giraba hasta que llorabas de dolor; o en los lóbulos, o más bien en el borde superior de la oreja, ahí duele más, no sé si te has dado cuenta. Y jamás dirigía ni una sola palabra amable a ninguno de la clase. Si sacabas un diez en un control de matemáticas o en un dictado, solo te decía que mejor que no se te subieran los humos. Te podía castigar por tener hipo o por haber dado una respuesta equivocada a una de sus preguntas, y una vez echó a una niña y la expulsó tres días por llevar el cuello sucio.

—Pero eso no se puede... —protestó Anna.

—No, hoy en día, no —explicó Valdemar—. Pero en esa época, en los años cincuenta, o quizá era a principios de los sesenta, entonces se hacía. Los padres nunca se interesaban por lo que pasaba en el colegio con tal de que mantuvieran el orden y la disciplina. Y, claro, con Signe Hitler al timón, orden no faltaba, un orden de la hostia. Al final simplemente no aguantamos más.

Aquí hizo una pausa retórica, y Anna llenó ese silencio porque sabía que era lo que esperaba de ella.

—¿Ya no podíais más? ¿Y qué hicisteis?

—Decidimos matarla —explicó Valdemar.

—¿Matarla? —repuso Anna—. ¿No lo dirás en serio?

—Ya lo creo que lo digo en serio —respondió Valdemar, que se estiró un poco y cambió de carril para adelantar—. Nos pareció la única salida, y hoy sigo pensando lo mismo. Hitler llevaba veinte años atormentando a los niños, y si no hacíamos nada, seguiría otros veinte más.

—¿Cuántos años teníais? —preguntó Anna.

—Diez, once, por ahí —dijo Valdemar con un tono un poco evasivo—. Los suficientes como para poder planificar un asesinato, pero no como para ingresar en prisión. ¿Qué teníamos que perder?

—Ya..., pero aun así —comentó Anna—. ¿Y qué pasó?

Valdemar se rascó la nuca mientras meditaba la respuesta. No porque le hiciera falta rebuscar en la memoria, parecía, sino más bien entre las palabras.

—Teníamos un club —explicó—. El Club Secreto de los Seis. Cuatro chicos y dos chicas, y fuimos nosotros los que de alguna manera asumimos..., ¿cómo se dice?..., ¿la responsabilidad colectiva? Porque toda la clase estaba de acuerdo, es importante que eso te quede claro, Anna.

—Vale, comprendo —dijo Anna.

—Muy bien. Pues uno de los chicos del club se llamaba Henry, su padre guardaba algo de dinamita en el sótano de su casa. No sé de dónde la había sacado, y evidentemente no es nada que se suela tener por ahí tirado en tu sótano, pero allí estaba. Creo que el hombre era un viejo dinamitero o algo así. El plan era muy sencillo: entre los del club echamos a suertes quién iba a llevar a cabo el ataque, y nos tocó a mí y a Henry. Muy práctico, puesto que de todos modos Henry era el que tenía que proporcionar la dinamita.

—Dios mío —exclamó Anna—. Una historia así no la contaría nunca Astrid Lindgren.

—Vete tú a saber —dijo Valdemar—. En cualquier caso, todo es verdad, eso es lo que pone la guinda al pastel o al broche de oro o como se diga...

—La guinda del pastel de oro, quizá —sugirió Anna.

—Sí, ¿por qué no? Sea como fuere, pasamos a la acción una oscura y lluviosa noche de noviembre. Henry y yo nos fuimos a la calle Trumpetgatan en la parte norte de la ciudad, donde vivía Signe Hitler en un apartamento situado en la última planta de un edificio de tres pisos. Habíamos llegado a la conclusión de que era una suerte que su casa se ubicara allí, ya que el efecto de la explosión probablemente se dirigiría hacia arriba y así no haría daño a nadie más. Entramos en el portal y subimos por la escalera. Delante de la puerta de su apartamento, Henry sacó los palos de dinamita que llevaba ocultos bajo la cazadora; luego yo prendí fuego a las mechas y él los fue introduciendo por la ranura del buzón. Acto seguido tocamos el timbre y echamos a correr escaleras abajo como alma que lleva el diablo. Salimos a la calle y a los pocos metros de repente se oyó una tremenda detonación.

—Estás loco, Valdemar. ¿No me vas a decir que lo hicisteis de verdad?

—Tenlo por seguro —ratificó Valdemar—. Pero tú eres casi la primera persona que lo sabe..., aparte de los demás miembros del Club Secreto de los Seis, claro. Hubo una investigación policial y toda la pesca, pero nunca nadie averiguó cómo se había llevado a cabo. Bueno, el procedimiento sí, claro, no era difícil de deducir, pero no los que andaban detrás.

—Pero... ¿qué pasó con Hitler?

Valdemar carraspeó y se quedó callado un momento buscando las palabras apropiadas.

—Todo salió bien —dijo al final—. Sí, en definitiva, esa es la valoración que hay que hacer, no tiene nada que ver con el arrepentimiento ni la culpa ni nada por el estilo.

—No lo entiendo muy bien —repuso Anna.

—Bueno, lo que pasó fue lo siguiente —explicó Valdemar—. La mujer no murió de la explosión, pero se quedó tanto ciega como sorda, casi sorda al menos, y después fue como si se hubiera convertido en una persona muy diferente. Cuando volvió del hospital, era la persona más mansa y amable que te puedas imaginar. Como es evidente, no podía seguir trabajando de profesora, así que se alistó en el Ejército de Salvación, donde se ocupó de niños pobres y gatos callejeros y Dios sabe qué más. Todos los sábados se plantaba en la plaza para cantar canciones edificantes y recaudar dinero para los necesitados de otros países. Era como un milagro, ni los médicos ni nadie podían explicar lo que le había pasado. Murió dos días antes de su ochenta cumpleaños, arrollada por una máquina quitanieves, puesto que no la pudo ver ni oír. La iglesia estaba tan abarrotada en el funeral que muchos se quedaron de pie.

—Valdemar —dijo Anna—. ¿Pretendes que me crea todo eso? ¿Cómo podía cantar si estaba sorda?

—Casi sorda, ya te lo he dicho —respondió Valdemar un poco enfurruñado—. Hay un largo artículo de periódico sobre ella en la biblioteca de Kramfors. No ponen nada de lo bruja que era antes de la explosión y tampoco habla de los que ideamos el atentado, pero te juro que todo es verdad, hasta la última palabra. ¿Por qué iba a mentirte?

—No sé —dijo Anna—. Siempre..., siempre has dicho que tu vida ha sido muy aburrida. Y lo que cuentas parece de todo menos aburrido. ¿Qué fue lo que pasó con tu vida?

—Eso es, ¿qué pasó? —repitió Valdemar meditabundo—. Si yo lo supiera...

A continuación permaneció callado un buen rato. Ella empezó a sentirse adormilada y comprendió que pronto caería dormida del todo. Debería hablarle de Steffo, pensó ella. De verdad debería hacerlo.

Pero no sé si lo quiere saber. No hemos hablado casi nada de lo que pasó al final en Lograna. Debería hacerlo en serio.

Pero tampoco en esta ocasión llegó a hacerlo.

Quizá sea mejor así, pensó. Él le había preguntado una sola vez quién era ese Steffo, y ella le había dicho la verdad. Que habían estado juntos durante un par de meses antes de que ella ingresara en el centro Elvafors, y que con él vivió aterrada.

¿Estuvisteis juntos?, le preguntó.

Sí, eso es, le contestó.

¿Viviste aterrada?

Sí, eso es.

¿Era por eso por lo que le había contado esa extraña historia sobre Signe Hitler? ¿Para que ella comprendiera que se tiene derecho a matar a personas malvadas? ¿O, al menos, que eso opinaba él? *Intentar* matarlas.

Él es raro, pensó ella. Debería asegurarme de...

No puedo seguir así, tengo que...

Pero sus pensamientos no dieron con ningún sitio donde asirse. ¿Qué iba a hacer ella sola? ¿En ese estado? Antes de tomar ningún tipo de decisión sobre su futuro, tenía que ponerse bien. Apenas sentía el brazo derecho, y el dolor de cabeza acababa de despertar de nuevo. Se quedó contemplando a Valdemar discretamente: se había callado y se le veía un poco hundido sobre el volante, como si su relato lo hubiera dejado exhausto. ¿Ya se había esfumado el optimismo de la mañana? ¿O es solo una sensación mía?, pensó. ¿Es mi propia desesperanza lo que intento proyectar sobre él? ¿Qué hago aquí? ¿Por qué... por qué voy en un coche con este viejo atravesando Europa? Nunca voy a ser capaz de explicármelo a mí misma en el futuro. Nunca jamás.

Si es que hay algún *futuro*.

¿Estamos obligados a imaginarnos siempre un *futuro*?

Oía un tictac en su cabeza, y los pensamientos continuaban descarrilando. Él dijo algo, no oyó lo que era. ¿Signe Hitler?, pensó, cerró los ojos y se dejó llevar por el sueño.

A eso de las seis de la tarde llegaron a un hotel nuevo en una ciudad nueva. Al parecer, se llamaba Emden. Llovía, y un sucio anochecer borraba todos los colores. Tuvieron que andar varias manzanas entre el aparcamiento y el hotel, y cuando estaban subiendo en el ascensor a la habitación, ella sintió de repente que estaba a punto de desmayarse. El campo de visión se redujo a un estrecho túnel, y le invadió una sorda pulsación rítmica que iba creciendo hasta que apenas fue capaz de respirar, y luego todo se volvió blanco.

Cuando se despertó estaba tendida en una cama. Se dio cuenta de que había vomitado, tenía un sabor asqueroso en la boca. Él estaba sentado en una silla al lado de la cama y le cogía la mano.

No lo sentía, porque era la mano derecha, pero lo vio cuando giró la cabeza un poco. También advirtió que él estaba aterrorizado. Tardó en percatarse de que ella había abierto los ojos, por lo que pudo estudiar sus facciones durante unos segundos sin que él hubiera tenido la oportunidad de recomponer el gesto. No cabía duda de que ahí dentro reinaba una gran desesperanza.

Como alguien que velaba a una persona moribunda.

Al principio eso era todo lo que ella veía y entendía. No sabía quién era esa persona. No sabía dónde estaba. Estaba acostada en una cama en una habitación desconocida, y a su lado había un viejo desesperado que la cogía de la mano.

Quizá estoy muerta, pensó. Quizá este viejo es el mismísimo Dios y quizá esto es lo que se siente al morir. Nunca más voy a poder moverme.

Pero ¿por qué Dios iba a tener miedo? ¿Por qué Dios iba a parecer desesperado?

Acto seguido él descubrió que estaba despierta.

¿Anna?, susurró.

¿Hitler?, pensó ella. No, ese no era el nombre.

¿Valdemar? Sí, eso es, así se llamaba. Y no era ni Dios ni Hitler.

Capítulo 39

—Me temo que debo preguntarte si reconoces a esta chica —dijo Barbarotti y, con cuidado, empujó la fotografía por encima de la mesa hacia la mujer.

—No, no sé quién es —respondió Alice Ekman-Roos sin mirar—. Y no hace falta que vuelva a ver la fotografía.

—¿La has visto en el periódico? —preguntó Barbarotti.

Ella hizo un mínimo movimiento de cabeza que Barbarotti interpretó como un asentimiento.

—Sé que te resulta doloroso —dijo—, pero es nuestra obligación hablar contigo una vez más. Por el bien de todas las posibles eventualidades.

—¿Qué tipo de eventualidades? —repuso Alice Ekman-Roos—. Ya no quiero saber nada de todo esto.

—Entiendo que lo veas así cuando se trata de tu marido —explicó Barbarotti—. Pero no solo se trata de su desaparición, sino del caso de un asesinato.

—Ya, ya lo sé —dijo Alice Ekman-Roos—. Pero, como te comenté, no tengo ni idea de quién es esa chica. No quiero saber nada de ella. Estamos deshaciéndonos de todas las cosas de Valdemar, que no piense que puede volver e intentar pedirnos perdón después de todo lo que ha pasado.

—Me parece una reacción de lo más comprensible —reconoció Barbarotti.

—Vamos a quemar su ropa —continuó ella—. Los libros y demás cosas, lo donaremos todo a la tienda del Ejército de Salvación.

—¿Ah, sí?

—Quiero que las niñas se olviden de él cuanto antes.

—Entiendo —dijo Barbarotti.

Sopesó su respuesta intentando determinar si de verdad lo entendía. Pues sí, probablemente sí, fue su conclusión. Quizá incluso más que entender: la determinación de ocuparse de gestiones concretas en esta situación resultaba no solo comprensible sino también en cierto modo admirable. Aunque ese espíritu resolutivo a veces podía tomar sus propios caminos.

No, no era el comportamiento de Alice Ekman-Roos lo que resultaba incomprensible, constató mientras se rascaba distraído la escayola, sino el de su marido.

—¿Y no tienes ni idea de su paradero?

—No, ni idea.

—¿Y si tuvieras que adivinarlo? ¿No se te ocurre ningún sitio en Suecia o en el continente europeo adonde podría haberse dirigido... por el motivo que sea?

—No —repitió Alice Ekman-Roos.

—¿Y no ha habido ningún intento de contacto por su parte?

—No.

Barbarotti se preguntó por qué no había decidido realizar esta entrevista por teléfono, pero es que tenían sus rutinas.

—No me podía imaginar que el caso evolucionaría

de esta manera cuando viniste a verme en el hospital —comentó—. Lo siento.

Ella se lo quedó mirando con semblante serio durante unos segundos.

—Gracias —dijo—. Sé que eres un buen policía, pero no sirve de nada lamentar las cosas. Las niñas y yo tenemos que seguir adelante con nuestras vidas, eso es lo que importa ahora.

—Me alegro de que poseas la fuerza de planteártelo así —indicó Barbarotti—. Es lo mejor para todas las partes.

¿Qué coño he querido decir con todas las partes?, pensó, pero ella pareció pasarlo por alto.

—¿Querías algo más? —fue lo único que dijo.

—No, eso era todo —contestó el inspector Barbarotti.

Cuando la mujer se hubo marchado, Barbarotti consultó su reloj. Tomarle declaración a Alice Ekman-Roos le había llevado justo cuatro minutos.

—Schwerin tiene una pista en Örebro —anunció Sorgsen—. Una chica que se llama Marja-Liisa Grönwall afirma que a lo mejor conoce la identidad de la víctima.

Eva Backman cerró una carpeta.

—Ya era hora —dijo—. Lleva ya muerto casi tres semanas.

—Pero solo hace cinco días que lo encontramos —apuntó Sorgsen antes de ponerse a leer el papel que tenía en la mano—. Stefan Ljubomir Rakic. Nacido en Zagreb en 1982. Llegó a Suecia a la edad de cinco años y no es un desconocido para la policía de Örebro. Si finalmente resulta que se trata de él.

—¿Y por qué debería ser él? —preguntó Backman.

—Según la informante, tenían una relación —dijo Sorgsen—. O sea, la señorita Gambowska y Rakic. Al parecer, el hombre también vivió con ella, al menos por épocas. Este verano pasado, por lo visto..., bueno, tampoco sé mucho más.

—¿Y ha desaparecido? —quiso saber Backman.

Sorgsen se encogió de hombros.

—En eso estamos. Nadie ha denunciado su desaparición, pero por lo visto lleva... o llevaba... una vida algo desordenada. Schwerin está investigando el asunto y en cuanto se entere de algo nos avisará.

—Bien —dijo Eva Backman—. Asegúrate de mantener el contacto con él, porque a veces le da por jugar al golf en lugar de trabajar. Ahora me voy a ocupar de otro tipo de interrogatorio.

—¿Otro tipo? —se preguntó Sorgsen.

Ella asintió con la cabeza y se levantó.

—Voy a indagar más sobre el carácter de Anna Gambowska. Hay un hombre que al parecer ha conocido a la chica. ¿Qué tal está tu mujer?

—Ya está a punto —dijo Sorgsen con una amplia sonrisa.

El testigo que había conocido a Anna Gambowska se llamaba Johan Johansson.

—Me llaman Doble Johan —empezó—. Por alguna misteriosa razón...

Ese comentario lo sueltas siempre, ¿verdad?, pensó Eva Backman, pero no dijo nada.

En su lugar se dedicó a observarlo mientras fingía buscar una página importante en su cuaderno. Se trataba de un hombre bastante alto, un poco fofo, que rondaba los sesenta años. Algo encorvado, ligeramente hundido. Vestía vaqueros, camisa a cuadros y una americana de cuero. Zapatillas Adidas que parecían nuevas; sin duda para intentar dar una impresión juvenil, pensó Eva Backman.

Sin mucho éxito. Eva Backman activó la grabadora, hizo la introducción formal y se reclinó en la silla.

—Vale —dijo—. ¿Y qué era lo que querías contarnos?

Johan Johansson se ajustó sus gruesas gafas y carraspeó.

—Creo que tengo informaciones sobre esa chica que pueden ser de vuestro interés.

—Ajá —dijo Backman.

—La cosa es que tuve que vérmelas con ella hace un mes más o menos.

—¿Tuviste que vértelas con ella? —repitió Eva Backman.

—Es una elección de palabras consciente —aclaró Johan Johansson—. No encuentro mejor manera de describirlo.

—¿Me puedes contar lo que pasó? —pidió Backman.

—Claro que sí —dijo Johan Johansson—. Por esto estoy aquí. Bueno, lo que sucedió fue lo siguiente. Yo vivo en Dalby, tengo la jubilación anticipada desde hace dos años, las cosas como son. Tengo la espalda fatal.

Se estiró con mucho cuidado en la silla como para demostrar lo mal que estaba su espalda.

—Cosas que pasan —comentó Backman—. Con la espalda no se juega.

—Exacto. No todo el mundo lo entiende, pero así es. A veces no puedo dormir por las mañanas y entonces suelo salir a dar una vuelta con el coche. En ocasiones sigo todo el camino hasta aquí en Kymlinge para comprar algo en Billundsberg o, si no, voy por otras carreteras...

—Entiendo —intervino Backman—. ¿Estás casado?

—No —respondió Johan Johansson—. He estado casado, pero ya no.

—Continúa —pidió Backman.

—Vale —dijo Johansson—. Aquella mañana, debía de ser el seis de septiembre, pero no estoy cien por cien seguro, estaba conduciendo hacia el sur por la carretera 242. Habrían pasado unos diez o quince minutos desde que había dejado atrás Elvafors, y entonces vi a una chica que iba caminando por el borde de la calzada. En la misma dirección en la que iba yo. Creo que levantó el dedo para hacer autostop, pero no estoy seguro de eso tampoco. En cualquier caso, pensé que podía llevarla un trecho; amenazaba lluvia y me daba un poco de pena.

Hizo una pausa. La inspectora Backman le pidió con un gesto de la cabeza que continuara.

—Así que paré el coche y la invité a subir. O sea, a la chica que estáis buscando. De eso no cabe ninguna duda, la reconocí en el periódico enseguida. La tía yonqui, ¿me sigues?

—No pone nada de ninguna drogadicción en el periódico —señaló Backman.

—Ya, pero eso lo puedo deducir yo solito —explicó Johansson.

—Te sigo —dijo Backman—. ¿Puedes decirme la hora aproximada a la que la recogiste con el coche?

—No estoy cien por cien seguro —repitió Johan Johansson—. Pero creo que serían en torno a las seis y media, quizá un poquito más tarde o un poquito antes.

—¿Tan pronto por la mañana? —se sorprendió Backman.

—Sí, aunque no reparé en eso entonces. Supongo que me imaginé que había perdido el autobús para ir al colegio o algo así. Aunque era sábado... y enseguida comprendí que se había escapado del centro.

—¿El centro de rehabilitación Elvafors?

—Sí.

—¿Te lo dijo?

—Se lo pregunté y me reconoció que así era.

—Entonces, ¿qué hiciste? —quiso saber Backman.

Johan Johansson se ajustó las gafas y la posición de la espalda antes de contestar.

—Bueno, pues —empezó— no quería ayudar a una chica a escaparse, en absoluto. No sé nada de ese centro, pero por algo estarán allí, digo yo. Así que pensé que lo mejor sería que ella se bajara del coche. Además..., bueno, además pensé que seguramente sería ilegal; o sea, ayudarla, por así decirlo. De modo que paré el coche y le pedí que bajara.

—¿Cuánta distancia habíais recorrido hasta entonces? —preguntó Backman.

—No mucha. Algún kilómetro quizá. Y fue entonces cuando ocurrió: apenas había detenido el coche en el borde de la carretera cuando me atacó.

—¿Te atacó? —dijo Backman.

—No hay otra palabra —respondió Johansson.

—¿Puedes describirlo con más detalle?

—No me dio tiempo a percatarme muy bien de lo que pasó —se excusó Johan Johansson—. Porque perdí el conocimiento. Pero debía de tener algún tipo de arma, un martillo o..., bueno, yo qué coño sé. Me golpeó en la cabeza, en cualquier caso, y caí redondo. Cuando recuperé la conciencia se había largado y yo estaba sangrando como un cerdo. Dos mil coronas me birló también.

—¿De tu cartera? —preguntó Backman.

—Sí. La llevaba en el bolsillo interior, como siempre. Supongo que la sacó y cogió el dinero. Estaba tirada en el asiento del copiloto, vacía como la teta de una tía de Biafra.

—¿La teta de una tía de Biafra?

—Bah —soltó Johan Johansson—. Es solo una expresión. Me quitó la cartera y se largó. Y luego me cobraron dos mil por limpiar la sangre del coche, así que la aventura me costó la friolera de cuatro mil en total. Pero las gafas me las arreglaron gratis en la óptica, y quizá tendría que estar agradecido de haber salido de allí con vida. O sea, teniendo en cuenta..., bueno, lo que ponen en los periódicos.

Eva Backman asintió con la cabeza y reflexionó un momento.

—¿No denunciaste este incidente? —preguntó.

—¿Incidente? —repitió Johansson.

—La agresión —aclaró Backman.

Negó con la cabeza.

—No, no lo hice. Debería haberlo hecho, cierto, pero es que luego lees tanto de todos los delitos que quedan sin resolverse... Supongo que pensaría que no tenía sentido. Aprendí una lección también, esa tía es de mucho cuidado, eso que no os quepa duda. No merece la pena echar una mano a nadie en este país.

—Quizá no siempre —convino Eva Backman—. Si lo he entendido bien, no te dio tiempo a hablar mucho con ella.

—No la tuve en el coche más que unos tres minutos —explicó Johan Johansson—. Pero, a pesar de todo, quería venir aquí a contároslo. Para que veáis de qué tipo de persona se trata.

—Te lo agradecemos —dijo Eva Backman—. ¿No te diría, por casualidad, hacia dónde se dirigía?

Johan Johansson negó con la cabeza.

—Qué va.

—¿Los planes que tenía o por qué se había escapado?

—Negativo.

Eva Backman apagó la grabadora.

—Muy bien, señor Johansson. Te agradecemos que nos hayas dedicado tu tiempo. Quizá volvamos a contactar contigo más adelante.

—¿Ya hemos terminado?

—Sí.

Johan Johansson carraspeó y colocó las manos encima de las rodillas.

—¿Y si, a pesar de todo, me planteara pedir algún tipo de indemnización, en tal caso qué...?

—Entonces tendrás que seguir el procedimiento habitual y poner una denuncia —explicó Eva Backman—. Y hablar también con tu compañía de seguros.

—Bueno, ya me lo pensaré —dijo Johan Johansson antes de levantarse laboriosamente de la silla—. ¿La habéis detenido?

Eva Backman no contestó a esa pregunta, sino que se limitó a guiarlo amable pero firmemente hacia la salida.

Eran las cinco menos cuarto de la tarde del viernes cuando la inspectora Backman llamó a la puerta de Barbarotti y asomó la cabeza.

—¿Pintadas? —preguntó.

—Pintadas —dijo Barbarotti—. Muy liado.

—Creía que tenías una teoría.

—No está del todo confirmada todavía.

—De acuerdo. Entonces supongo que no tienes tiempo para una cerveza en el Älgen... Con esa familia tuya tan grande y tu pie y todo. Y, encima, las pintadas.

—Me temo que así es, por desgracia —suspiró Barbarotti con cierto agobio—. Pero para un café y un rato de deliberaciones geniales aquí dentro, sí. ¿Qué me dices de eso?

—El Älgen puede esperar —convino Backman—. Porque la verdad es que necesito comentar algunas cosas. No sé por dónde coger esta historia.

—Yo tampoco —reconoció Barbarotti—. Vete tú a por un café y un pastelito mazarin, anda; como ves, estoy discapacitado...

Eva Backman desapareció y volvió tres minutos más tarde con una bandeja.

—Los mazarin se habían acabado —explicó—. Tendrás que contentarte con una bolita de chocolate y ron.

—De acuerdo —dijo Barbarotti—. La vida nunca sale como te lo esperas de todas maneras. Dime, ¿qué es lo que te ronda por la cabeza?

—Ese maldito Roos —se quejó Eva Backman con un suspiro—. Sé que los hombres sois como sois, pero ¿cómo es posible que alguien se meta en este tipo de líos?

—¿Qué quieres decir? —preguntó Barbarotti.

—Para empezar, la chica que va con él parece más bien una pequeña psicópata.

—¿Es lo que dice el testigo ese?

Eva Backman asintió.

—Y no solo él, sino también la gerente del centro de rehabilitación. Anna Gambowska es una tipa de mucho cuidado, de eso podemos estar seguros. Pero ¿cómo es posible que un hombre de sesenta años sea tan ingenuo para no darse cuenta? ¿Cómo puede estar colado por ella? Esa es la pregunta a la que quiero que me contestes.

—¿Desde mi perspectiva masculina? —preguntó Barbarotti.

—Por ejemplo —dijo Backman.

—Supongo que solo hay una respuesta —continuó Barbarotti—. La de siempre.

—¿Cuál?

—Que no es fácil ser un viejo macho cachondo.

—Joder, qué horror —soltó Eva Backman.

—¿Por qué dices eso? —quiso saber Barbarotti.

—Es cierto que nadie se ha deshecho en halagos hacia Valdemar Roos —constató—. Pero tú eres el primero en describirlo precisamente en esos términos.

—Vale, vale —dijo Barbarotti mientras levantaba las manos en el aire—. Era una sugerencia, nada más. Y querías un criterio masculino, ¿verdad?

Eva Backman dio un mordisco a su bolita prefiriendo no contestar.

—¿Quién de los dos crees que lo hizo? —preguntó Barbarotti al cabo de un momento de silencio—. Es algo que apenas hemos comentado.

—No tengo ni idea —dijo Eva Backman.

—No pueden haberle clavado el cuchillo los dos.

—No, no creo —convino Backman, y a Barbarotti le pareció que, por algún motivo, no le apetecía hablar de ese tema.

—En cualquier caso, ella se aprovecha de él —continuó Barbarotti—. ¿A que sí? Debía de estar viviendo en su casa antes de que todo esto sucediera..., no sé por cuánto tiempo, pero unos cuantos días como poco.

—Doble Johan afirma que la recogió en su coche el seis de septiembre por la mañana.

—¿Doble Johan?

—Se le conoce con ese apodo en Dalby. O sea, al testigo. En cualquier caso, podría haber llegado a la casa de Roos ese día perfectamente, y fue el catorce cuando desaparecieron. O el quince.

—Casi diez días —constató Barbarotti.

—Más o menos —dijo Eva Backman—. Y ahora han transcurrido casi otras tres semanas más. Nuestro amigo Doble Johan sostiene que ella intentó matarlo después de tres minutos. Y que le robó su dinero también, dos mil coronas.

—¿Matarlo?

—En cualquier caso, llegó a perder el conocimiento.

Barbarotti asintió y permaneció callado un rato de nuevo. Miraba de reojo por la ventana hacia la vieja fábrica de zapatos de Lundholm e Hijos, actualmente en proceso de derribo, intentando esquivar esa conclusión retórica a la que esperaba llegar. Al final se dio por vencido.

—Entiendo lo que quieres decir —dijo—. Valdemar Roos sacó medio millón. ¿De cuándo es la última señal de vida que tenemos de él?

—Del veintidós de septiembre —informó Eva Backman—. El Hotel Baltzar en Malmö.

—¿Sabes si la chica tiene carné de conducir?

—No, no lo tiene.

—Quizá sabe conducir de todos modos.

—Quizá él le haya enseñado.

Barbarotti se quedó pensativo.

—Han pasado catorce días desde que estuvieron en Malmö —indicó—. Estamos buscando a dos personas, cuando en realidad sería suficiente con que buscáramos a una. ¿Es ahí adonde quieres ir a parar?

—Una persona viva y otra muerta —dijo Eva Backman—. Serían dos a pesar de todo, pero no, no es ahí adonde quiero ir a parar. Preferiría... —Se calló.

Barbarotti desvió la mirada de la vieja fábrica de zapatos y la dirigió a ella.

—¿Qué preferirías? —preguntó.

—Preferiría que no fuera así —comentó Eva Backman—. Solo eso. ¿Te parece raro?

—No, para nada —contestó Barbarotti—. Además, si Valdemar Roos estuviera muerto, nunca tendríamos la oportunidad de hablar con él. Y si hay algo que deseo es oír de su boca lo que tiene que decir.

—¿Por qué? —quiso saber Eva Backman—. ¿Por qué es tan importante para ti hablar con Valdemar Roos?

—No lo tengo muy claro —admitió Gunnar Barbarotti—. Marianne se pregunta lo mismo. Y ella cree que se debe a que me falta un tornillo.

—¿A ti también? —dijo Eva Backman—. ¿No solo a él?

—A mí también —confirmó Barbarotti.

Eva Backman permaneció callada un rato. Luego se levantó.

—Creo que me basta por hoy —sentenció, y abandonó el despacho.

Capítulo 40

La lluvia azotaba con fuerza.

No recordaba cuándo había sido la última vez que había conducido con un tiempo tan espantoso. Es cierto que durante sus recorridos entre su casa y el trabajo en Svartö habría llovido cientos o incluso miles de veces, pero esto era otra cosa. La furia de los elementos, o lo que fuera que se solía decir. Además, la lluvia parecía golpear desde todas las direcciones, no solo desde el furioso cielo; especialmente molestos resultaban los grandes camiones —ahora mismo estaban detrás de uno— que levantaban cascadas de agua sucia desde la empapada calzada.

Aun así, avanzaban a baja velocidad, no más de cincuenta o sesenta kilómetros por hora. ¿No llevan guardabarros?, pensó Valdemar Roos al tiempo que ponía los limpiaparabrisas a máxima velocidad. Y yo que me imaginaba que habían alcanzado al menos cierto grado de civilización aquí abajo.

Resultaba imposible distinguir la matrícula del enorme y embarrado vehículo, pero daba por descontado que venía de algún lugar del sur de Europa. O quizá del este. En cualquier caso, no era nórdico, ni siquiera alemán. Tampoco merecía la pena adelantar, las vistas en el retrovisor eran tan malas que sería una maniobra peligrosísima. De vez en cuando un Mercedes loco pasaba silbando a toda pastilla por el carril exterior, arrojándole una cascada también desde ese lado. No había más remedio que conformarse y quedarse pegado al culo de ese tráiler monstruoso. O como se llamen ahora. De todas formas, estaba contento con la frase. Podría ser un buen título para un libro, pensó: «Pegado al culo de un tráiler monstruoso. Recuerdos de la carretera».

Dios mío, pensó luego. Menudas chorradas, necesito hacer una pausa pronto. Y los ojos se me empiezan a secar también, esto puede ser un peligro... Hacía tiempo que había decidido desviarse a una gasolinera o un área de descanso, pero habían pasado al menos veinte minutos sin que hubiera aparecido nada. Típico, sea lo que sea lo que busques nunca está a mano, una verdad que había aprendido ya de niño. Si cuento hasta ciento veintiocho, resolvió —era uno de sus números favoritos, aunque ya no se acordaba de por qué—, y si entonces no ha aparecido al menos un área de descanso, no le vendría mal tampoco buscar un sitio donde hacer pis, adelantaré al monstruo sí o sí, pase lo que pase.

Y todos esos pensamientos, esa eterna y accidentada corriente de palabras, tan vacías de sangre como de sentido y de contenido, y que se movían en su cabeza cual pájaros desorientados y condenados, no perseguían otro objetivo que mantener a raya el abismo y el pánico. Lo sabía, todo el tiempo era como si un río de lágrimas se hallara contenido dentro de él, detrás de su hueso frontal, detrás de la muralla de palabras, sí, justo ahí, esperando el momento de abrir brecha, nada podía ser más claro.

Pero no quiero ceder, pensó. *No voy a ceder*.

Anna estaba durmiendo en el asiento de atrás. Él miró la hora y constató que ya llevaban más de cuatro horas en el coche. A excepción de un ratito al principio, ella había dormido todo el viaje; girando de un lado para otro un par de veces, inquieta, cuando soñaba algo, pero por lo general había estado tranquila. Con que descanse bien, pensó, se recuperará. No hay mejor médico que un buen sueño reparador; y, además, ¿qué otras alternativas tenían?

Sí, ¿qué alternativas había? Llevarla al hospital sería sinónimo de rendirse. Así de mal estaban las cosas; no los recibirían en ningún sitio sin que antes tuvieran que identificarse e informar sobre sus circunstancias, y luego... luego los molinos de los dioses empezarían a rodar, no, *moler*, se decía *moler*, y tarde o temprano saldría a la luz que estaban a la fuga y que los buscaban por un asesinato en Suecia.

No, pensó Ante Valdemar Roos, y se dio cuenta de que había dejado de contar hasta ciento veintiocho hacía mucho, ya que no podía pensar y contar a la vez... No, esa alternativa no existía. Ella se pondrá bien, se pondrá bien. Solo es cuestión de un buen descanso, cuidados y amor, y eso se lo voy a proporcionar yo.

Los mejores cuidados del mundo, pero me gustaría que...

Sí, ¿qué es lo que me gustaría en realidad?, murmuró en silencio para sí mismo, al tiempo que el largo camión del sur o del este de Europa arrojaba una nueva ducha sobre el parabrisas y, por un momento, redujo la visibilidad a cero.

Vaya pregunta más estúpida. Le gustaría que ella abriera los ojos, evidentemente. Que lo mirara y le mostrara esa sonrisa un poco pilla, como solía hacer mientras todavía estaban en Lograna, antes de la catástrofe. Que le dijera que se sentía mucho mejor y que le contara algo de su vida, de los patos de su abuela o de ese curioso tío Pavel o lo que fuera, y que... que tuviera hambre.

Eso sería una buena señal. Que le apeteciera comer algo. Llevaba casi dos días sin comer; él se había asegurado de que bebiera, pero eso era todo. Agua y zumo y un par de latas de Coca-Cola, había oído que esta última y dudosa bebida en realidad constituía un buen remedio para una variedad de dolencias, el dolor de estómago y los tornillos oxidados que se habían atascado, entre otras cosas, pero no estaba seguro.

Pero ¿y si... y si no mejora?

Bueno, sí, había un plan de reserva. Un plan B, una salida como último recurso.

Ese plan llevaba ya un tiempo chapoteando en su cabeza. Como una medusa arrastrada por las olas pero que él no quería llevar a tierra, ni examinar demasiado de cerca. Pero allí estaba flotando, transparente y triste. En concreto, desde aquella mañana en que ella se había caído de la cama y le había dado un susto de muerte. Solo que ni en sueños, maldita sea, quería saber nada de ese plan.

Aun así, allí estaba. Como un pasadizo secreto subterráneo.

Lo apartó de su mente, aún no era cuestión de planteárselo. Ni de lejos. ¿Cómo que medusas?, pensó. ¿Y pasadizos secretos? Vaya sarta de tonterías.

No era más que una solución de emergencia a la que recurrir si... si ella no mejoraba.

El plan B.

A pesar de la escasa velocidad, por poco se le pasa el desvío; hasta el último segundo no puso el intermitente y giró a la derecha hasta el área de servicio. Estaba lleno de coches mojados, y enseguida pudo constatar que tenía el mismo aspecto que todas las áreas de servicio de todo el mundo. O al menos en Europa; para ser sincero no tenía gran idea del resto del mundo.

Aparcó tan cerca de la entrada al restaurante como pudo y, tras apagar el motor, comprobó que Anna seguía durmiendo plácidamente en el asiento de atrás. La tapó un poco con la manta, le acarició la mejilla con mucho cuidado y se bajó del coche.

Corrió los veinte o treinta metros que lo separaban de la puerta, pero aun así se empapó de la cabeza a los pies. Se puso en la cola de la cafetería detrás de dos chicas jóvenes que chachareaban con entusiasmo en una lengua que no le sonaba. De la edad de Anna, quizá un poco más jóvenes; ojalá Anna pudiera hablar con ese ánimo, pensó. Querido Dios, no dejes que se abra una brecha en el dique de contención mientras estoy aquí en la cola.

¿El dique?, pensó luego. ¿Qué dique? ¿De qué estoy hablando? Ya ni siquiera me entiendo a mí mismo.

Sentado junto a la pared en una de las mesas rojas de plástico al lado de los aseos, no paraba de darle vueltas a si había cerrado el coche con llave o no. Probablemente lo había hecho; era una de esas acciones automáticas, esos pequeños movimientos aprendidos que realizas tantas veces que no hace falta implicar al cerebro. Era suficiente con la mano y la llave del coche.

Pero la verdad era que, haber cerrado, no suponía nada bueno, porque si Anna empezaba a moverse en el asiento de atrás podía saltar la alarma, y el coche estaría pitando y parpadeando con las luces, algo que llamaría la atención. No les vendría bien llamar la atención, pensó Ante Valdemar Roos. Todo lo contrario: si tenían mucha mala suerte, podría incluso resultar fatídico.

Durante unos segundos estuvo a punto de levantarse para salir a la lluvia y comprobarlo, pero desistió. ¿Era mejor dejarla en un coche sin cerrar con llave? Cualquiera podría abrir una de las puertas de atrás y raptarla. Se convertiría en una víctima indefensa de..., ¿cómo se llamaba?..., ¿trata de blancas?

O sea, que es cuestión de elegir entre dos males, pensó Ante Valdemar Roos. Cerrado con llave o no, las dos cosas son igual de malas.

No, se corrigió. Por supuesto que no. Que se llevaran a Anna evidentemente era mucho peor que el hecho de que se activara la alarma.

En cualquier caso, no había motivo alguno para prolongar la estancia de forma innecesaria en esta tediosa y ruidosa cafetería de carretera, decidió. Se apresuró a terminarse el sándwich de jamón y queso, apuró el café y se fue al baño. Mejor aprovechar y hacer pis, pensó, aquí se trata de otro tipo de dique de contención, pero donde también se puede abrir una brecha; al menos para no tener que ponerse en la cuneta de la carretera bajo la lluvia.

Y mientras estaba allí aliviando la vejiga en el apestoso urinario de chapa, el aforismo del día apareció en su cabeza.

> Lo peor que le puede pasar a una persona es perder la memoria en una gasolinera de un país extranjero.

Quizá un poco demasiado categórico, pensó, y lo reformuló:

No tiene ninguna gracia perder la memoria en una gasolinera en un país extranjero.

Luego, por alguna razón, un escalofrío le recorrió el cuerpo, quizá por culpa de la ropa mojada. O por el aforismo. Salió de los aseos y del restaurante con paso acelerado y atravesó el aparcamiento corriendo hacia el coche.

No estaba.

Durante uno o dos empapados segundos estuvo seguro de que se iba a desmayar.

O morir.

Sentía como si el mojado asfalto bajo sus pies estuviera disolviéndose, o quizá era él mismo el que estaba a punto de disolverse, y cuando ese proceso hubiera concluido, fuera cual fuera de los dos, entonces él sería absorbido por la vorágine, por un torbellino de agua negra que se lo tragaría para siempre hasta las entrañas de la Tierra. Como el pis en un urinario, justo así, Ante Valdemar Roos sale de escena, ni llorado ni añorado por nadie, joder, qué final...

Después de unos segundos, una fina raya de reflexión consiguió penetrar su cerebro y se dio cuenta de lo que había pasado. Había salido corriendo en la dirección equivocada. Así de sencillo, había atravesado el aparcamiento tirando a la derecha en lugar de a la izquierda.

Hay que ver lo tonto que eres, pensó Valdemar Roos, y en el mismo instante en el que descubrió el coche, aparcado allí donde lo había dejado, se dio cuenta de que era una expresión que se le había pegado de Wilma. *Hay que ver lo tonto que eres*. Justo esas palabras solía decirle siete veces por semana mientras ponía los ojos en blanco con aire de preguntarse en qué vertedero habría encontrado su madre a ese repulsivo vejestorio, con el que encima había tenido el mal gusto de casarse.

Bueno, querida Wilma, pensó Valdemar Roos, al menos ese disgusto te lo he quitado.

Sí, había cerrado el coche con llave, pero Anna, a todas luces, no se había movido. En cualquier caso, no había activado la alarma. Tras sentarse al volante y cerrar la puerta, estiró la mano y le tocó la frente.

Estaba fría y mojada. Mejor que esté así, pensó, que seca y caliente. Ella murmuró algo y se giró, pero no se despertó. Volvió a taparla, arrancó el coche y dio marcha atrás para salir del estrecho hueco del aparcamiento y dirigirse hacia la salida a la autopista.

No había recorrido más de cien metros cuando advirtió que algo no iba bien. El coche no andaba como debía. Pasaba algo con la rueda delantera derecha, y tenía que girar el volante con fuerza hacia la izquierda para que el coche avanzara en línea recta. Además, se movía dando como pequeñas sacudidas y traqueteos, y al cabo de unos segundos se dio cuenta de lo que era.

Un pinchazo.

Dios mío, pensó Ante Valdemar Roos. Con los coches modernos no se tienen pinchazos.

Lloviendo.

En un país extranjero. A la fuga.

Aún no había enfilado la autopista, todavía se hallaba en la salida ligeramente curvada del área de servicio. Llevó el coche al extremo derecho de la calzada, activó las luces de emergencia y paró.

Sintió cómo la marea chocaba una y dos veces contra el dique de contención, pero apretó los dientes e intentó recordar la última vez que había sufrido un pinchazo.

Hará treinta años, pensó. O veinticinco. Mucho antes de que conociera a Alice, de todas formas. Mucho antes de que empezara a trabajar en Wrigmans Elektriska.

Los coches modernos no sufren pinchazos.

Luego lo invadió un pensamiento de esos que solía tener con unos diez años. Y cuando su padre se ahorcó. Entonces, recordó, le había sido especialmente útil.

Si doy marcha atrás y vuelvo a la cafetería —así empezó el razonamiento— y me siento en la misma mesa, esa mesa roja junto a la pared, y hago como si no hubiese pasado nada..., como si ni siquiera hubiera dejado la mesa ni hubiera ido a los aseos a mear en el apestoso urinario, ni tampoco hubiera salido por la puerta ni atravesado el aparcamiento en una dirección equivocada para dar con el coche..., entonces el coche estará en perfecto estado cuando lo arranque. Nada de pinchazos, porque sería imposible que algo así sucediera dos veces el mismo día.

Durante un buen rato estuvo seriamente sopesando esa alternativa, pero al final desistió. *A man's gotta do what a man's gotta do*, pensó. Le palpó la frente a Anna una vez más —seguía fría y mojada— antes de buscar el manual de instrucciones en la guantera.

La pista de salida entre el área de servicio y la autopista era lo bastante ancha como para que no hiciera falta mover el coche. Sobre todo al tratarse de la rueda delantera derecha, algo que le permitía trabajar protegido por el coche.

De la lluvia, sin embargo, no había manera de protegerse. Toda la condenada operación le llevó al menos media hora: sacar la rueda de repuesto del maletero, dar con el gato y la llave de cruceta, destornillar los fastidiosos pernos (Coca-Cola, Coca-Cola, pensó mientras tiraba con todas sus fuerzas), quitar la rueda pinchada y poner la nueva. Y durante todo el tiempo no paró de llover.

Aun así, llevó a cabo la labor con una especie de estoica y mecánica tranquilidad. Paso a paso, maniobra a maniobra, perno a perno, en una ocasión le pareció que Anna le gritaba algo desde dentro del coche, pero decidió que solo eran imaginaciones suyas, por lo que no se molestó en levantarse para echar un vistazo. Los coches que salían del área de descanso desfilaron por delante de él en una caravana intermitente, algunos le hacían señales con los faros, pero la mayoría no, y justo cuando había vuelto a bajar el coche a las cuatro ruedas y había conseguido, con no poca maña, quitar el gato, se dio cuenta de que un coche patrulla se había detenido detrás de él, muy cerca, con una parpadeante luz azul y roja activada. Un agente de uniforme verdoso y con un paraguas igual de verdoso se le acercaba.

Enderezó la espalda, todavía con el gato en la mano, y pensó que nunca en su vida había visto a un policía uniformado con un paraguas.

—¿Hay algún problema? —preguntó el agente en inglés.

Valdemar supuso que se había dado cuenta de que el coche era sueco, de modo que contestó, también en inglés, que había tenido un problema, pero que ya lo había solucionado.

—¿Me puede enseñar su permiso de conducir? —le pidió—. Está prohibido parar el coche aquí.

Valdemar explicó amable pero firmemente que *shit happens*, y que tenía el carné dentro del coche. El policía le pidió que lo buscara. Sonaba más impertinente de lo necesario, le pareció a Valdemar. Impertinente y prepotente de una manera muy engreída. Un cerdo.

—*Fucking weather to get a puncture in* —dijo Valdemar para distender un poco el ambiente.

El agente no respondió. Le insistió con un gesto de la cabeza para que Valdemar buscara el permiso de conducir. Valdemar abrió la puerta delantera derecha y alargó la mano hacia dentro del vehículo. Al mismo tiempo se encendió la luz de la cabina del coche, y el agente se acercó con un par de pasos y miró adentro.

—¿Qué le pasa a la chica? —preguntó.

—No le pasa nada —dijo Valdemar—. Está durmiendo.

Pero cuando la miró, se dio cuenta de que se había medio deslizado al suelo, y de que parecía que le pasaba algo. Tenía la cara vuelta hacia arriba y se la veía sudorosa y lívida. De las comisuras de los labios le salía algo que Valdemar no entendía lo que era, pequeñas burbujas de algún tipo, o quizá solo era saliva. Además, una de las piernas sufría espasmos.

—Salga del coche —ordenó el policía—. Ponga las manos encima del coche y no se mueva.

Acto seguido sacó una radio de comunicaciones del bolsillo del pecho de su uniforme y empezó a pulsar los botones. Valdemar retrocedió unos pasos para salir del todo del asiento del copiloto y se dio cuenta de que todavía llevaba el gato plegado en la mano.

Se lo pensó durante medio segundo, antes de asestarle al policía un golpe en la cabeza con el pesado objeto de acero empleando todas sus fuerzas.

Un minuto más tarde estaban de nuevo en la autopista.

IV

Capítulo 41

Les llevó una semana, más o menos, concluir la identificación con absoluta certeza. Desde el momento en el que Barbarotti y Backman se quedaron observando con atención por primera vez el cadáver al lado de la bodega de raíces en Lograna hasta que Miroslav Rakic, con voz compungida y llorosa, constató que era el cuerpo de su hijo el que yacía delante de él encima de la fría mesa de acero, y que él en persona se ocuparía de pegarle un tiro en la frente al sueco hijoputa que lo había matado.

Miroslav Rakic tenía cincuenta y cuatro años, y llevaba viviendo en Suecia desde 1989. Lo habían ido a buscar al centro penitenciario de Österåker, donde estaba cumpliendo una sentencia de ocho años por robo a mano armada, intento de homicidio, lesiones y otras infracciones varias. La madre de Stefan Rakic había fallecido hacía tres años y no tenía hermanos ni otros familiares.

Aparte de esta identificación, que tuvo lugar el lunes 6 de octubre por la mañana, también disponían de unos registros dentales que coincidían con la víctima, de modo que ya no existía ninguna duda acerca de quién había estado tirado ahí fuera bajo la lluvia con una herida mortal en el abdomen infligida por un arma blanca.

La duda que todavía quedaba única y exclusivamente tenía que ver con los autores del crimen. Es decir, la extraña pareja que había abandonado la casa en relación con el asesinato de Stefan Rakic; también existía la posibilidad de que el autor del homicidio fuera otro, alguien desconocido para la policía, pero nadie del grupo de investigación liderado por la inspectora Eva Backman se inclinaba de momento a adherirse a esa teoría.

Ante Valdemar Roos y Anna Gambowska, de esos dos se trataba. Eran esos dos a los que buscaban.

¿Dónde diablos se habían metido?

¿Cómo encontrarlos?

—¿Alguien cree que han cambiado de vehículo? —preguntó Eva Backman.

Nadie lo creía.

—Bien —dijo Eva Backman—. Yo tampoco. Viajan por lo tanto en un Volvo S80 azul con matrícula UYJ067. Podrían encontrarse en cualquier sitio de Europa, y ya que no utilizan ni tarjetas de crédito ni teléfonos móviles sin duda podrán, si quieren, seguir pasando desapercibidos durante mucho tiempo.

—Además, dinero no les falta —intervino el agente Wennergren-Olofsson.

—Sí, les debería durar un buen rato —dijo Eva Backman.

—La hostia de pasta —precisó Wennergren-Olofsson.

—Pero están en busca y captura —recordó Tillgren, el otro agente recién incorporado a la policía criminal—. Solo tenemos que esperar a que los descubran.

—¿Cuántos coches crees que hay en Europa? —preguntó Backman.

—La hostia de coches —apuntó Wennergren-Olofsson.

—Y si, por ejemplo, han escondido el vehículo en algún viejo granero en Skåne para coger el tren —sugirió Barbarotti antes de levantar el pie encima de una silla—, entonces pasará bastante tiempo antes de que nadie dé con ellos. Pero es verdad, no hay gran cosa que podamos hacer. ¿Cuántos de nosotros deberíamos estar a la espera? ¿Dos? ¿Cinco? ¿Diez?

—Tarde o temprano se les acabará el dinero —intervino Wennergren-Olofsson.

—O en un descuido recurrirán a una tarjeta de crédito —añadió Tillgren.

—¿Tú crees? —dijo Barbarotti.

—Quizá no —admitió Tillgren.

—Al menos podemos mantener viva la orden de búsqueda —suspiró Backman—. Para que los compañeros del continente se den cuenta de que esto va en serio. La Unión Europea está muy bien, pero geográficamente hablando el continente europeo no se ha reducido de tamaño que se diga.

—Ahora no sé si te sigo —repuso Wennergren-Olofsson.

—Luego te lo explico —dijo Backman.

—Hmm —murmuró Barbarotti—. ¿Dónde está Sorgsen? ¿Ya ha...?

—Todavía no —le interrumpió Backman—. Pero la ingresaron esta mañana, así que será a lo largo del día, supongo.

—¿Niños? —preguntó Wennergren-Olofsson.

—Exacto —respondió Eva Backman—. Un bebé.

Barbarotti se quedó en el despacho de Eva Backman después de que los dos agentes se hubiesen ido.

—Hay algo más —dijo—. Lo veo en tu cara.

—Pues no sé —repuso Eva Backman—. No sé muy bien.

—¿Qué es lo que no sabes?

—No sé cómo valorarlo. Hablé con esa chica de Örebro esta mañana. Marja-Liisa Grönwall, la que conocía a Anna Gambowska. Schwerin también ha hablado con ella, como es natural, y da una imagen un poco diferente de la chica.

—¿Una imagen diferente de Anna Gambowska?

—Sí. Aunque de alguna manera igual debería considerarse amiga, así que puede que no sea muy imparcial.

—¿Y qué es lo que dice?

—Dice que Anna es amable y cariñosa y un poco tímida, para nada una de esas tipas duras como pensábamos.

—«De alguna manera igual debería considerarse amiga»... ¿Es así como lo has expresado? ¿Eso qué significa?

—Significa que no creo que se conozcan muy bien. Aunque puede que me equivoque. En cambio, la señorita Grönwall, al parecer, también ha sido pareja de nuestra víctima. Y respecto a ese hombre tenía bastantes cosas que comentar.

—A ver, cuéntame —pidió Barbarotti.

—Estoy esperando a que Schwerin nos envíe su interrogatorio con ella, yo solo estuve con ella diez minutos...

—Algo es algo. ¿Y qué tenía que decir acerca de Stefan Rakic? ¿Te habrá dado una impresión general al menos?

Eva Backman permaneció callada unos momentos con una expresión que Barbarotti creía que representaba vacilación. O quizá solo era cansancio.

—Que era un auténtico cabrón —explicó luego—. Resumiendo. Utilizó palabras como *siniestro*, *peligroso*, *psicópata*... y más cosas por el estilo. El problema es que..., bueno, ya lo sabes.

—¿Que se trata de su ex?

—Exacto. Es difícil saber hasta qué punto es digno de crédito.

El inspector Barbarotti meditó su respuesta.

—¿Y esto cambia algo en lo que se refiere a los hechos? —preguntó—. Si es que lo que dice es verdad.

Eva Backman seguía con cara de vacilación o cansancio.

—Todo y nada —concluyó—. Estrictamente hablando quizá no tenga demasiada importancia... Quiero decir, respecto a lo que es el propio trabajo de la investigación. En cambio, si te interesa un poco la psicología habría una diferencia tremenda. ¿A que sí? Creía que era esa problemática la que te interesaba a ti.

—Cierto —reconoció Barbarotti—. Pero tanto la directora del centro de rehabilitación como ese tío Doble al que pegó en el coche estaban bastante de acuerdo..., ¿no?

—Sí, sin duda —constató Eva Backman—. Está claro que hay algo que no cuadra aquí, y lo más probable es que sea Marja-Liisa Grönwall la que nos falla un poco.

Gunnar Barbarotti asintió.

—Avísame cuando te llegue la transcripción de ese interrogatorio de Schwerin. Y, por cierto, tiene que haber más gente capaz de pronunciarse sobre el carácter de la chica, ¿no?

—Esperemos que sí —dijo Eva Backman.

Llamaron a la puerta y el agente Tillgren asomó la cabeza.

—Perdón, pero hemos encontrado a la madre.

—¿La madre de Anna Gambowska? —preguntó Barbarotti.

—Sí, eso es —dijo Tillgren—. Está en un hospital en Varsovia. Al parecer, su madre..., o sea, la abuela de Anna..., acaba de morir.

—Dios mío —exclamó Eva Backman.

Le llevó un buen cuarto de hora a Eva Backman dar con un número de teléfono con el que poder contactar con Krystyna Gambowska, y luego se quedó sentada en su escritorio otros diez minutos más antes de decidirse a marcarlo.

Hasta donde Backman sabía, nadie había informado a Krystyna Gambowska de la situación en la que se hallaba su hija, y si acababa de perder a su madre, había motivos para medir bien las palabras. Motivos de sobra.

Sin embargo, la madre de Anna, como era obvio, tenía derecho a saber; ocultarle la verdad por una especie de consideración humanitaria solo sería retrasar el problema para otro momento. Eva Backman había cometido errores de juicio en este tipo de situaciones, y sabía que no había soluciones cómodas.

Además, no solo era por el deber de informar por lo que Eva Backman quería intercambiar unas palabras con esta mujer polaco-sueca. También había un interés legítimo en lo que se refería a la investigación, de eso no cabía duda.

Aunque una madre recién fallecida y una hija fugada envuelta en un caso de homicidio..., bueno, requería un poco de concentración mental antes de marcar el número.

La línea era mala.

—¿Kristina Gambowska?

—Sí, soy yo. Krystyna.

Backman se presentó y precisó de dónde llamaba.

—Se oye mal —dijo Krystyna Gambowska—. O sea, ¿de la policía, decía?

Tenía un ligero pero inconfundible acento eslavo. Eva Backman se aclaró la voz.

—Sí, soy policía. Sé que usted acaba de perder a su madre, pero aun así debo informarle de otro asunto.

—No lo entiendo —dijo Krystyna Gambowska.

—Llevamos un tiempo intentando contactar con usted. ¿Cuánto tiempo hace que está en Polonia?

—Oh... —dijo Krystyna Gambowska—. Semanas. Me enteré de que mi madre no estaba muy bien, que quizá ya no le quedaba mucho, así que vine... bueno, el 10 de septiembre creo que fue. Ha muerto esta mañana.

—Ya me lo han dicho —comentó Eva Backman—. La acompaño en el sentimiento.

—Era ya muy mayor y estaba enferma. Me alegro de haber podido estar a su lado estos últimos días.

—Entiendo —dijo Eva Backman—. Llamo con motivo de su hija. ¿Ha estado en contacto con ella últimamente?

—¿Con Anna? —De repente su voz se llenó de inquietud y temor.

—Sí, Anna. ¿Cuándo fue la última vez que supo de ella?

Permaneció callada un largo rato.

—No he tenido mucho tiempo para mi hija durante el último mes —explicó Krystyna Gambowska, y se oía que le faltaba poco para echarse a llorar—. ¿Qué le ha pasado?

—No lo sabemos muy bien —dijo Eva Backman—. Pero nos gustaría contactar con ella. Ha habido una muerte aquí en la zona de Kymlinge, y parece ser que ella está implicada.

—¿Implicada? —jadeó Krystyna Gambowska—. ¿En una muerte? ¿Cómo? No entiendo lo que me está diciendo.

—¿Stefan Rakic? —tanteó Backman—. ¿Le suena ese nombre?

Nuevo silencio. Luego dijo con una voz muy débil:

—Creo que sí.

—Está muerto —anunció Eva Backman—. Fue hallado hace una semana, pero llevaba muerto más tiempo. ¿De qué conoce ese nombre?

—¿Muerto? —susurró Krystyna Gambowska, y ahora apenas se percibía su voz—. ¿Ha dicho que está muerto?

—Sí —corroboró Eva Backman—. Stefan Rakic está muerto. ¿No lo sabía, entonces?

—Claro que no —afirmó Krystyna Gambowska con una voz un poco más fuerte—. ¿Cómo iba a saberlo? ¿Cómo... cómo murió?

Eva Backman eligió no entrar en detalles.

—¿De qué conoce a Stefan Rakic? —preguntó.

Krystyna Gambowska tardó tanto en responder que Eva Backman creyó por un momento que se había cortado la conexión.

—¿Oiga? —dijo.

—Sí, sigo aquí —contestó Krystyna Gambowska—. Perdone, todo esto no me resulta muy real. Primero mi madre, luego... Bueno, era el novio de Anna, ese Steffo. Al menos eso creo, aunque ya no.

Fue antes..., bueno, hace tiempo que terminaron la relación.

—Sabemos que Anna ha estado ingresada en un centro de rehabilitación —dijo Eva Backman.

—Sí —confirmó Krystyna Gambowska—. Es correcto, estaba viviendo en un centro...

—¿*Estaba?* —preguntó Backman—. Dice *estaba.*

—Sí, ella... creo que ella se escapó de allí.

—¿Cómo lo sabe?

—Me llamó y me lo contó.

—¿Cuándo? —insistió Backman.

—¿Por qué... por qué pregunta todo esto? —quiso saber Krystyna Gambowska—. ¿Qué es lo que ha pasado?

Eva Backman carraspeó.

—No sabemos con exactitud lo que ha pasado. Pero, como he dicho, Stefan Rakic está muerto, y su hija guarda relación con el caso y ha desaparecido.

—¿Ha desaparecido? —repitió Krystyna Gambowska.

—Sí, eso parece —confirmó Backman.

—Vaya...

Eva Backman esperó, pero Krystyna Gambowska no dijo nada más. Solo hubo silencio, acompañado por un débil chisporroteo de la línea. ¿Por qué no me hace más preguntas?, pensó Backman. ¿No sería lo más natural?

—Necesitaría hablar con usted en persona —explicó Eva Backman al final—. Siento mucho haber tenido que llamarla en este momento, pero no hemos conseguido su número de teléfono hasta ahora. Lo que sobre todo quiero saber es la última vez que estuvo en contacto con su hija. Quiero decir, eso es algo que necesito saber ahora mismo... Todo lo demás lo podemos dejar para más adelante.

—Entiendo —dijo Krystyna Gambowska después de otra pausa—. Sí, hablé con Anna nada más llegar a Varsovia. Hará unas tres semanas..., un poco más de tres semanas.

—¿Y desde entonces no ha sabido nada de ella?

—No.

—¿Hablaron por teléfono?

—Sí, me llamó y me contó que...

—¿Sí?

—Me contó que ya no estaba en ese centro.

—De acuerdo —dijo Eva Backman—. ¿Dijo algo acerca de dónde se encontraba?

Krystyna Gambowska se quedó pensando.

—Creo que dijo que estaba en un sitio que empezaba por Lo... algo.

—¿Lograna?

—Eso es. Lograna. No sé dónde está eso.

—¿Cuándo podría haber sido cuando llamó? ¿Y solo se trató de una llamada?

—Sí, solo llamó una vez. Tuvo que haber sido a mediados de septiembre, cuando acababa de llegar a Polonia. Mi hijo Marek, el hermano de Anna, vino una semana más tarde. Estamos en casa de unos familiares aquí... Marek solo tiene ocho años.

—¿Dijo Anna algo más cuando llamó? —preguntó Backman—. ¿Acerca de cómo vivía y eso?

—Dijo que vivía en casa de alguien de forma temporal... y que podría quedarse allí un tiempo.

—¿Dijo en casa de quién?

—No.

—¿Era un hombre o una mujer?

—Creo que era un hombre. No, espera, creo que no lo dijo..., quizá solo me lo imaginé.

—¿Algo más?

—No, nada más.

—¿Algo de cómo estaba y eso?

—Me... me dijo que estaba bien. Que no había estado a gusto en el centro, y que...

—¿Sí?

—Dijo que no... que no me preocupara.

De pronto se le quebró la voz y se echó a llorar. Eva Backman le dijo de nuevo que sentía mucho haber tenido que llamar en un momento así, pero que no había tenido otra elección.

Pasaron unos segundos, luego Krystyna Gambowska también pidió perdón, se sonó y volvió al teléfono.

—¿La podría llamar un poco más tarde? —preguntó—. ¿Esta tarde o quizá mañana? Creo que tengo que tranquilizarme un poco.

Eva Backman contestó que podía llamar cuando quisiera, le dio su número de móvil y se despidió.

Luego buscó un kleenex en el cajón inferior de su escritorio y se sonó, ella también.

Después se quedó sentada mirando fijamente por la ventana durante diez minutos. Podía ver dos tilos podados; eran los mismos tilos que solía mirar siempre, y pensó que cuando ella misma estuviera muerta, otra persona estaría en esa misma silla contemplándolos.

O quizá en otra silla, pero la ventana y los tilos serían los mismos.

No se trataba de ninguna idea muy original, pero se le quedó grabada. La fugacidad de la vida y la acumulación de los días que iban pasando. Ahora, con toda probabilidad, no era a ella a quien le tocaba irse de esta vida, pero a su padre era posible que no le quedara mucho. Tenía ochenta y un años, y aunque siguiera viviendo unos cuantos años más, le aguardaba otra clase de oscuridad. Había estado inusualmente lúcido cuando lo había visitado el otro día, como si lo que había visto en Lograna fuera un recuerdo que necesitaba compartir antes de olvidarlo. Parecía ser así, en efecto, porque anoche, al llamarla, sonaba más despistado que nunca y ni siquiera se acordaba de que se habían visto hacía tan solo un par de días.

Pero iría a verlo el próximo fin de semana para dar un paseo, eso se lo había prometido tanto a él como a sí misma.

Se preguntaba por qué no le había dicho nada a Barbarotti sobre el testimonio de su padre. A lo mejor tenía algo que ver con los límites. Los límites entre lo privado y lo público. ¿Acaso debía arrastrar a su padre a la comisaría y dejar que otra persona le tomara declaración? Desde el punto de vista policial, no tenía sentido. Él no se acordaría de nada, solo estaría allí sentado en una silla lleno de ansiedad y vergüenza por no entender nada de lo que le preguntaran. Por no entender qué querían de él. Sería como... ¿humillarlo? Sí, eso es, *humillar* era la palabra exacta.

Aunque, aun así, tarde o temprano tendría que contárselo a Barbarotti. Únicamente a él. A pesar de todo, su padre había sido testigo de un asesinato, o de un homicidio al menos, pero de momento bastaba que ese conocimiento permaneciera en la cabeza de su hija. Que siguiese en la del padre distaba mucho de ser seguro.

Por cierto, ¿qué idea era esa que había decidido comentar con Barbarotti?

¿Por qué tenemos que envejecer mucho más rápido que las huellas que dejamos?

Quizá no se trataba de una idea muy original, esa tampoco, comprendió, pero aun así le habría gustado desgranarla un poco con Barbarotti. Por ejemplo, ¿se trataba de una reflexión optimista o pesimista?

Luego le vino a la mente otra cuestión: ¿por qué ni siquiera se me ocurre hablar de este tipo de cosas con mi marido?

Esa era una cuestión más seria, mucho más seria.

Capítulo 42

Las imágenes iban y venían.

Al principio se le antojaron muchas, pero al cabo de algún tiempo se dio cuenta de que en realidad solo eran tres. Y se trataba más bien de secuencias de película que de imágenes; aunque siempre empezaban con una imagen fija. Como si estuviera hojeando un álbum de fotos y detuviera la mirada en una de ellas, y el mero hecho de fijarse en la foto hiciera que se pusiera en movimiento y cobrara vida.

Vienen y van.

Primero el mar. Su mirada descansa sobre una playa infinitamente larga, sobre el mar en calma y de un azul grisáceo, y sobre algo pequeño y blanco revoloteando en el aire, casi como copos de nieve que nunca caen a tierra; al principio no sabe lo que está viendo, pero debe de ser en algún lugar a lo largo de la costa báltica de Polonia. *Nad morzem*. Su padre la lleva a hombros. No lo ve en un inicio, pero intuye que debe ser así; su padre camina con ella a hombros al borde del agua, debe de tener cuatro o cinco años, aún no ha empezado el colegio y sus padres todavía están juntos de vez en cuando.

Es verano, o más bien principios de otoño, han cruzado con el ferri desde Nynäshamn hasta Gdansk, sí, se acuerda del ferri con nitidez; luego han continuado un trecho en coche hacia el oeste y se han metido con todos sus bártulos y trastos en una casa alta, puntiaguda, entre otras casas iguales en medio de un bosque de hayas, en una especie de campamento. Eso era lo que hacían durante aquellos veranos. Durante unos fugaces segundos ve la puntiaguda casa marrón, y el fuego que encendían por las noches fuera, y a otros niños que alborotan y arman jaleo, y extraños refrescos de colores muy vivos y sabores diferentes a los que está acostumbrada; y helados, *lody, lody, dla uchłody*, pero ahora desvía la mirada de todo eso y la vuelve a dirigir a la playa. Está casi desierta y la arena se ve blanca y fina, su padre está cantando algo y ella se agarra a sus orejas para no caerse; se acercan a la madre, un poco más arriba, al amparo de la alta ladera de la playa, donde está tendida encima de una toalla roja, desnuda, tomando el sol.

Y su padre la baja y se echan junto a la madre, arrimándose los dos, cada uno a un lado, y ella se queja un poco porque quiere estar en el centro, pero al final, como le dan un caramelo, se conforma. Allí se quedan tumbados bocabajo los tres, y su madre y su padre se susurran cosas uno al otro y todo resulta cálido y agradable, se siente de verdad muy feliz, piensa, y al cabo de un rato se duerme.

Pero de pronto está sentada, con las rodillas subidas, mirando al mar de donde vienen volando miles de mariposas blancas. Miles y más miles, ahora ve que en efecto se trata de mariposas, son muy pequeñas, tan tan pequeñitas, y entran llevadas por el viento, y despiertan a su madre y a su padre, que todavía siguen muy cerca el uno del otro y parecen dormir, aunque no era así, y pregunta qué tipo de mariposas son y de dónde vienen.

Su padre se apoya en el codo y observa un rato la

invasión de mariposas desde el mar, luego dice: No te preocupes por ellas, *Ania kochana*, son las mariposas de la muerte y vienen atravesando el mar desde Suecia.

Las mariposas de la muerte de Suecia, esas son las palabras exactas y ella no lo olvida nunca. Aunque no entiende lo que significa, siempre lo recordará, lo decide en ese instante allí en la playa.

La segunda película es más corta que la primera. Además, tiene una luz amarillenta, como si las imágenes fueran antiguas o estuviesen dañadas de alguna manera. Está sentada en su pupitre, en aquel colegio de Varberga donde solo estuvo un semestre o tal vez semestre y medio. Se sientan de dos en dos, pero como su compañera de pupitre, Julia de Argentina, está enferma, hoy está sola. La maestra se llama Susanne pero la llaman Snusanne porque toma *snus*; ahora no está, quizá se haya ido a la sala de profesores a buscarse otra dosis de *snus*, lo suele hacer de vez en cuando.

El aula está bastante tranquila a pesar de que la maestra se ha ausentado, todos están trabajando en algún tipo de cuadernos. Pero de repente uno de los niños de la pareja de delante se da la vuelta, tiene ojos porcinos y el pelo de un blanco poco natural; nervioso, esboza una sonrisa burlona y susurra: Sé que tienes el coño del revés, como todas las tías de donde tú vienes. Mi viejo suele ir allí a follar con ellas, así que no vengas con historias.

Lo suelta rápido, en un solo aliento, como si antes hubiese estado ensayándolo, y cuando ha terminado vuelve a darle la espalda igual de rápido. Con toda probabilidad solo ella y el compañero de pupitre del ojo porcino han oído el comentario, pero aun así ella coge su lápiz y se lo clava al chico en la espalda con todas sus fuerzas. Lo empuja adentro girándolo como un taladro, y el chaval se pone a gritar a voz en cuello y justo en ese instante Snusanne regresa al aula.

Jimmy —ese es su nombre— se tira al suelo y llora a lágrima viva mientras se retuerce y grita: ¡Joder! ¡Está loca! ¡Es peligrosísima! ¡Me ha intentado matar! ¡Jodida polaca subnormal! Y: ¡Mierda! ¿Estoy sangrando?, ¿estoy sangrando?

Aunque sobre todo llora y se queja, y la profesora le sube la camisa para inspeccionar la herida; mientras tanto, como todo esto lleva un buen rato, ella sigue tranquilamente trabajando en su cuaderno. Ahora con otro lápiz, porque la punta del anterior sigue clavada en la espalda de Jimmy Ojos de Cerdo.

Y luego, cuando le toca dar explicaciones de por qué lo hizo, porque tanto Snusanne como el orientador, el de las sandalias, y el director y todo tipo de gente lo quieren saber, no dice nada. Nada. Ni una sola palabra atraviesa sus labios. Ni siquiera a su madre le cuenta nada, pero mientras mira ahora estas amarillentas fotos no termina de entender que fue ella la que hizo aquello. No debía de tener más que diez años, y no recuerda haber sido nunca tan dura como aquella vez. Ni antes ni después.

Y Jimmy Ojos de Cerdo no se le acerca durante los recreos, sus amigos tampoco, y unas semanas después de este incidente ella cambia de colegio, ya que su madre, una vez más, ha encontrado algo más barato y mejor.

La tercera película es la más rara.

Su hermano pequeño está enfermo de nuevo y está tendido en una cama en una habitación que al principio no reconoce, pero pronto entiende que debe de estar en la casa de Lograna. Acaba de terminar de pintar las paredes, por alguna razón es importante para la recuperación de Marek que haya podido concluir la tarea de pintar. Parece tan pequeño y frágil allí en la cama..., y de pronto se da cuenta de que cambia de tamaño. Cuando ella se acerca a la cama, Marek encoge, y cuando se mantiene un poco más alejada, se le antoja de tamaño más o menos normal.

Intenta acercarse lo máximo posible a su hermano, porque quiere tocarlo, pero cuando estira la mano hacia él, se encoge tanto que de repente ya no se le puede ver, y le susurra que no tenga miedo, que es solo ella, Anna, su hermana, que quiere acariciarlo un poco y ayudarlo a ponerse bueno, y cuando aun así no lo puede ver, le invade un miedo atroz y corre hasta un rincón de la habitación, tan lejos de la cama como puede. Y entonces, pero no de inmediato, se vuelve visible.

Esta película es la más terrible, y en ella solo se repite la misma escena todo el tiempo; se acerca a su hermano pequeño, él se encoge y desaparece y ella, aterrada, se aleja con pasos apresurados de la cama. Lo peor son esos segundos cuando llega al rincón y se gira sin saber si su hermano volverá a aparecer o no. Quizá sea demasiado tarde, quizá no debería haber intentado tocarlo una vez más.

En ocasiones, entre las secuencias fílmicas, se despierta. O casi, porque Valdemar está con ella y él no es un recuerdo ni un sueño. Él representa la realidad, la de verdad, y es parte de lo que realmente está sucediendo.

Se pasan todo el día en el coche, Valdemar en el asiento delantero, ella en el de atrás. A veces paran, a veces están en movimiento; de tanto en cuando él la ayuda a bajar para que pueda hacer pis al lado de la carretera, pasa un frío terrible cuando se agacha detrás de algún arbusto, y después siempre llega el dolor de cabeza.

Valdemar habla con ella, le dice cosas, pero ella no se entera de casi nada de lo que intenta comunicarle. Es más fácil volver a caer en el sueño y ver las películas oníricas, aunque le gustaría que aparecieran otras imágenes nuevas. Pero siempre se repiten aquellas tres: la playa, Jimmy Ojos de Cerdo, Marek.

Se da cuenta de que él también escucha la radio. La mayoría del tiempo solo música, pero de vez en cuando lo que parecen noticias; ella no entiende el idioma, pero quizá sea sueco, a pesar de todo, piensa. Como tampoco entiende lo que Valdemar le dice, y él sin duda habla en sueco. Puede que pronto vuelvan a estar en casa.

En casa. Es una expresión extraña, con un significado diferente para cada persona en el mundo entero, pero aun así todos saben lo que quiere decir, y ella, por su parte... no, espera, hay una persona que no lo sabe, y es ella.

Le inquieta durante unos instantes, pero luego piensa que Valdemar seguramente lo sabe. Sí, seguro que sí, y le gustaría decírselo, que lo aprecia, que lo quiere mucho, y en cuanto se mejore, decide, le va a dejar todo eso muy claro, y le tocará la guitarra y le cantará para que no le quepa duda de que es así.

Young girl, dumb girl... No, esa canción no. Además, no es una canción, solo un estúpido canturreo. Tiene que ser otra canción, una que a él le guste y que reconozca. *Valdemar, the Penguin*, esa que escribió para él, quizá.

Pero si no puede porque se muere, entonces lo va a

visitar en sus sueños. De modo que, pase lo que pase, solo puede terminar con un final feliz.

Ahora vuelve a ver las mariposas; es extraño que sean tantas y que puedan volar tan lejos sin necesidad de descansar. Agarra las orejas de su padre para no tener que poner los pies en el agua ella tampoco.

Capítulo 43

—Explícate —dijo Asunander.

Era martes por la mañana y en el despacho del comisario había seis personas reunidas. Delante de la ventana se sentaba el fiscal Sylvenius con una cara como si acabara de morder un clavo. El propio Asunander estaba cómodamente instalado detrás de su mesa. Backman, Barbarotti y el agente Tillgren se apretujaban en el sofá de cuero mientras que Wennergren-Olofsson prefería estar de pie. Posiblemente porque no quedaba ningún otro sitio donde sentarse en el despacho.

—No sabemos si esto es digno de crédito —dijo Backman.

—¿Y qué es lo que sabéis en realidad? —inquirió Asunander.

—Es que es poco más que una ocurrencia —precisó Backman.

—Déjate de tonterías y al grano —refunfuñó Asunander.

La inspectora Backman carraspeó.

—Puede que sean ellos, pero también podrían ser otros. La verdad es que resulta mucho más probable que se trate de alguna otra persona.

—¿Dónde está el inspector Borgsen? —le interrumpió Asunander, como si todo pudiese quedar más claro que el agua con Sorgsen presente.

—Fue padre anoche —explicó Backman—. Una niña.

—Hmm —gruñó Asunander—. Entiendo. Bueno, ¿comenzamos?

Eva Backman suspiró y continuó:

—La policía alemana está buscando un Volvo desconocido. Probablemente un S80, probablemente azul oscuro o verde oscuro, posiblemente sueco...

—¿Probablemente, posiblemente? —intervino Sylvenius—. ¿Qué coño significa eso?

—Significa justo lo que suele significar —repuso Backman—. O sea, lo que ha pasado es que un agente alemán ha sido atacado de forma brutal en un área de servicio..., para ser más exactos, en la vía de salida de un área de servicio. Está con respiración asistida, inconsciente, no saben si saldrá de esta o no.

—¿Atacado, cómo? —inquirió Sylvenius.

—Al parecer, con algún tipo de objeto contundente —explicó Backman—. Podría ser casi cualquier cosa. Sucedió ayer por la tarde, y se ha emitido una orden de búsqueda del coche en toda Europa, como era de esperar, pero no disponen de una descripción mejor que la que acabo de daros.

—¿Probablemente, posiblemente...? —repitió malhumorado el fiscal Sylvenius antes de proceder a limpiarse las gafas con la corbata.

—Eso es —dijo Backman—. Las circunstancias más detalladas las imprimiré para que podáis estudiarlas tranquilamente por vuestra cuenta, es una traducción provisional del alemán, y, en resumen, se trata de...

—¿De qué se trata? —preguntó Sylvenius.

—¿Puede el señor fiscal hacer el favor de no interrumpir todo el tiempo? —intervino Asunander—. En esta comisaría no tenemos un tiempo ilimitado.

—Gracias —dijo Backman—. Bueno, pues las circunstancias son más o menos estas: el agente en cuestión, que por desgracia y por casualidad se hallaba solo en esta ocasión puesto que a su compañero le había surgido algún tipo de imprevisto urgente, lo normal es que sean siempre dos..., fue encontrado al borde de la calzada junto a su coche patrulla en la vía de salida a la autopista de un área de servicio. Inconsciente, golpeado con algún tipo de objeto contundente. Varios testigos han afirmado que pasaron por delante del coche patrulla, aparcado y con las luces azules puestas, y que... que también había otro vehículo. Otros dicen haber pasado por delante de ese Volvo..., si es que suponemos que es un Volvo..., o sea, antes de que llegara el coche patrulla..., y el conductor, al parecer, había sufrido un pinchazo. Caía una intensa lluvia y el hombre, por lo visto, estuvo maniobrando un buen rato para cambiar la rueda. El coche estaba un poco mal situado, puede haber sido el motivo por el que el policía decidiera interesarse por la situación. Por cierto, se llama Klaus Meyer.

—¿Y esto dónde tuvo lugar? —quiso saber Asunander.

—Cerca de Emden —informó Backman.

—¿Dónde está eso? —preguntó Sylvenius.

—En Alemania —dijo Barbarotti.

—Pero ¿por qué... por qué iban a ser precisamente ellos? —intervino Tillgren con voz vacilante—. Quiero decir, debe de haber miles de coches que encajan con esa descripción. Decenas de miles.

—Por eso estamos aquí —murmuró Asunander.

—Para decidir si darles una matrícula o no —aclaró Backman.

—No me gusta esto —comentó Sylvenius.

—Pero Roos y Gambowska ya están en busca y captura —intervino Wennergren-Olofsson—. ¿Verdad?

—Sí, es cierto —reconoció Backman—. Pero matar a un policía en una *autobahn* tendría un poquito más de prioridad para los alemanes que buscar a unos fugitivos de Suecia... No sé si me explico.

—¿Ah, sí? Vale —dijo Wennergren-Olofsson.

—¿*Creemos* que son ellos? —preguntó Barbarotti—. Quiero decir, ¿por qué diablos iba a noquear a un policía?

—Es una buena pregunta —comentó Backman—. Pero puede que haya sido un momento de pánico.

—Y si además da la casualidad de que se tiene una buena arma a mano —completó Barbarotti—. Bueno, pues sí. Es posible. ¿Y cómo va la investigación, puede haber más testigos? ¿Alguien que quizá se haya fijado en la matrícula o algo así? ¿O que haya visto si el coche era sueco?

—Sí, podría haber más —dijo Backman—. El caso ha originado un enorme despliegue policial. Sin duda habrá muchos que hayan advertido la presencia del coche parado al borde de la vía. En la radio y la televisión no paran de hacer llamamientos para encontrar a más testigos, aunque es verdad que resulta difícil captar detalles si solo pasas por delante metido en tu coche en medio de la lluvia. ¿Qué hacemos? ¿Les damos la matrícula de Valdemar Roos a los alemanes o esperamos un poco?

—¿Por qué esperar? —preguntó Wennergren-Olofsson.

—Porque... —empezó Asunander al tiempo que le clavaba la mirada al agente—, porque si los alemanes piensan que hay un asesino de policías en ese coche, en el momento en el que lo encuentren lo atacarán con un lanzagranadas. Y las preguntas las harán después. Así es, vamos a esperar al menos hasta que nos confirmen que se trata de un Volvo con matrícula sueca. Backman, mantenme informado.

—Por supuesto —dijo Eva Backman.

—De manera continua —insistió Asunander.

—De manera continua —confirmó Backman.

—¿Apostamos? —sugirió Barbarotti.

—Con mucho gusto —dijo Backman—. Son ellos; no sé cómo, pero lo sé.

—Puede que haya cincuenta mil Volvos de color oscuro en Europa.

—Puede —admitió Backman.

—Es muy poco probable, pero muy poco.

—Bueno, pues apuesta en contra. ¿No querías apostar?

Barbarotti suspiró y subió el pie a la mesa.

—*Sorry* —dijo—. De eso nada. Yo también creo que son ellos. Aunque...

—¿Aunque qué?

—A pesar de todo, tengo la sensación de que es mejor guardarnos la matrícula de momento. No me preguntes por qué.

—¿Por qué? —preguntó Eva Backman.

—Espera un momento —dijo Barbarotti—. Se me ocurre una cosa. ¿No tienen cámaras de vigilancia en las gasolineras alemanas? ¿Para que no te vayas sin pagar?

—Sí —dijo Backman—. En una *autobahn* seguro que las tienen.

—Y si este conductor llenó el depósito antes de seguir y sufrir el pinchazo... entonces debería haber imágenes del coche, ¿no? No tienen más que comprobar las grabaciones.

—No sé cómo funciona aquello —indicó Eva Backman—. Puede que las borren enseguida. En cualquier caso, no hemos recibido ninguna lista de matrículas para comprobar.

Barbarotti se quedó pensativo.

—¿Cómo va eso en realidad? —se preguntó—. ¿Están obligados a consultar a la policía sueca para buscar un vehículo sueco? ¿No pueden contactar directamente con el registro de tráfico..., o sea, el nuestro?

—Pues sí, creo que sí —dijo Backman—. Esto es, si tienen a alguien que hable sueco. Y... bueno, ya se ha emitido una orden de busca para nuestro Volvo, así que cuando lo encuentren, y si encima tienen una imagen a su disposición, pueden perfectamente...

—Empezar a lanzar granadas sin tener que consultarnos ni avisarnos de nada —completó Barbarotti.

—En efecto —confirmó Backman—. Podría pasar. Aunque también es posible que no repostaran. Igual solo pararon para tomar un café. ¿O qué? Y en tal caso no habrá ninguna imagen de ellos.

—Es verdad —dijo Barbarotti—. Tienes razón. Y que no se nos olvide que es solo uno entre cincuenta mil.

La inspectora Backman asintió con la cabeza y se quedó un rato callada con un aire sombrío. Luego echó un vistazo al reloj.

—Hora de comer —anunció—. ¿Crees que tienes fuerzas para arrastrar ese pie hasta el Kungsgrillen?

—Estoy dispuesto a hacer un intento —dijo Barbarotti.

Después de la comida se ocupó de rematar la investigación de las pintadas con los últimos toques. Hacían falta dos bolsas de papel para guardar todas las carpetas. Habría sido mejor con una de esas bolsas grandes negras de basura, pensó Gunnar Barbarotti, pero estaban obligados a archivar todo el material, aunque nadie nunca lo volviera a consultar. Quizá lo tirarían dentro de diez o quince o veinte años, cuando necesitaran espacio en alguna estantería. Para poner otras carpetas nuevas.

Puso un post-it amarillo en una de las bolsas —«Archivado»— y las dejó en el pasillo. Acto seguido llamó a la centralita para preguntar si las personas convocadas se habían presentado.

Le informaron de que ya lo estaban esperando. Se llevó la grabadora, el cuaderno y el boli, y abandonó su despacho.

Si cuela, cuela, pensó.

Y si no, Asunander me arrojará a los lobos.

Poco antes de las cinco pasó de nuevo por el despacho de Backman.

—¿Novedades?

Ella negó con la cabeza.

—Pareces cansada.

—Gracias.

—*Sorry*, no quería ofenderte. Menuda mierda de caso, ¿verdad?

—No es eso —dijo Eva Backman.

—¿No? ¿Qué quieres decir?

Ella vaciló unos segundos.

—¿Tienes cinco minutos?

Barbarotti entró, cerró la puerta tras de sí y se sentó.

—¿Qué te ocurre? —preguntó.

Ella no contestó. Ni le devolvió la mirada. Siguió mirando fijamente por la ventana. Lo llevaba haciendo desde que Barbarotti había asomado la cabeza por la puerta. Me cago en la mar, pensó. Ha pasado algo. Nunca la he visto así.

Colocó el pie encima de la otra silla para visitas y se quedó esperando.

—Es Ville —dijo al final sin girar la cabeza—. Gunnar, ya no aguanto más.

Barbarotti carraspeó, pero no dijo nada.

—No... aguanto... más.

Pronunciaba cada palabra, cada letra, como si pretendiera grabar el mensaje en una piedra rúnica. Lo cual sin duda era de lo que se trataba.

Irrevocable. Pensó que si se trataba de un juego para adivinar la palabra, habría pensado en *irrevocable* enseguida.

—Joder —dijo—. Quiero decir...

Por fin giró la cabeza y lo miró.

—Estoy aquí porque no quiero irme a casa —explicó—. ¿Te lo puedes creer?

—Creo que sí. ¿Y qué es lo que va mal?

—Todo —soltó ella.

—¿Todo? —repitió él.

—Puedo hacerte una lista si quieres, pero sería más rápido hablar de lo que va bien.

—¿Y qué es lo que va bien?

Ella reflexionó.

—Ninguno de los dos ha sido infiel —indicó ella—. Al menos no lo creo —añadió—. Y los dos queremos mucho a nuestros hijos. Bueno, ya está. Nada más.

—Hmm... No es gran cosa como base para una relación. ¿Y mucho deporte también o...?

—Estoy... hasta... el mismísimo... coño... del puto... deporte —dijo Backman retomando el ritmo de las inscripciones rúnicas—. Vivo con cuatro fundamentalistas. Como si no fuera suficiente con los entrenamientos y partidos del condenado hockey sala ocho días por semana, también tienen que ver todos y cada uno de los programas de deporte de la tele, sea fútbol, hockey sobre hielo o balonmano o atletismo o natación, y ahora, encima, han empezado a seguir el golf y las carreras de caballos..., y por las noches la liga NHL de hockey sobre hielo. ¡Y boxeo! Tenemos como cien canales, y en sesenta ponen deportes las veinticuatro horas del día. Y apuestan juntos, quiero decir, a los caballos..., se pasan horas hablando de sistemas de apuestas y probabilidades y dobles y de Harry Boy y qué sé yo... Gunnar, ¡no... aguanto... más! ¡Ni un solo segundo más!

—¿Has... has hablado con Ville de esto? —preguntó Barbarotti con voz vacilante.

—Durante quince años —dijo Eva Backman—. Pero ahora el hablar se ha terminado.

—¿Estás diciendo que...?

—...

—¿...que realmente piensas dejarlo?

—Sí.

—¿Se lo has dicho?

Pareció dudar un momento. Luego se rio.

—No. Pensé que tú deberías saberlo primero.

—Yo... aprecio la confianza —contestó Barbarotti—. Pero...

—Voy a llamar para decírselo ahora —informó Eva Backman.

—¿Ahora?

—Sí. Estoy aquí reuniendo el valor.

—¿No deberías ir a casa y hacerlo cara a cara?

Ella negó con la cabeza.

—No, no. No quiero correr el riesgo de darle con la sartén en la cabeza. Esta noche me quedo a dormir aquí.

—¿Aquí? —exclamó Gunnar Barbarotti—. Pero ¿cómo coño vas a pasar la noche aquí?

—Se puede hacer perfectamente —explicó Eva Backman—. He dormido en el cuarto de descanso antes, y tú también, ¿no? No te preocupes, sé muy bien lo que estoy haciendo.

—¿Te lo has pensado bien? ¿De verdad? —insistió Barbarotti.

—Durante diez años, ¿te parece suficiente?

—Vale —suspiró Barbarotti—. Pero venga, vente a dormir a nuestra casa. Ya sabes que no hay problema.

—Gracias —dijo Eva Backman—. Otro día, quizá. Pero ahora quiero hacerlo así, luego ya veremos. Es...

—¿Sí?

—Es un alivio haber tomado la decisión. Y habértelo contado a ti... Ahora ya no hay vuelta atrás.

—¿Cómo que no hay vuelta atrás? Siempre puedes...

—¿Pero no lo entiendes? Joder, no quiero ninguna vuelta atrás.

—De acuerdo. Sí, lo entiendo.

—Por cierto, quizá me quede un tiempo con mi hermano y mi cuñada... y mi padre. Aún no he hablado con ellos, pero creo que podría ser una buena solución temporal.

—Bien —dijo Barbarotti—. Pero no olvides que nosotros tenemos la casa medio vacía. Y Marianne te aprecia mucho, ya lo sabes.

—De acuerdo, lo tendré en cuenta —contestó Eva Backman—. Me alegro de que me digas eso. Pero ahora vete, tengo que hacer una llamada importante.

—Suerte —dijo Gunnar Barbarotti—. Te llamaré más tarde para ver cómo estás.

—Gracias. Lo digo de corazón.

Capítulo 44

Ante Valdemar Roos se despertó por el frío.

Estaba tumbado en el asiento delantero. Una oscuridad total rodeaba el coche y la rama de un árbol batía el parabrisas con insistencia. Ya no llovía, pero de vez en cuando venían unas fuertes ráfagas de viento que hacían balancearse el coche.

O quizá no eran más que imaginaciones suyas. Quizá eran sus propios movimientos interiores que se correspondían con los tonos ascendentes y descendentes que se oían como silbidos ahí fuera en la noche cerrada. No sabía dónde estaban, solo se acordaba de haber tomado el desvío a una zona de aparcamiento porque había estado a punto de quedarse dormido al volante. Después de medianoche, a las doce y algo, debía de haber sido. Antes de dejarse llevar por el sueño, había salido a enterrar la bolsa de plástico con el gato. Al fondo de una cuneta, no había visto nada, había estado tan a oscuras como ahora y había cavado con las manos. Lo había hecho con poco más que viejas hojas y ramitas, pero creía que lo había enterrado bien. ¿Quién andaría buscando nada en una cuneta detrás de un aparcamiento?

Si se nos vuelve a pinchar una rueda, no tendremos gato, había pensado antes de dormirse. Recordó ese pensamiento ahora; resultaba un poco raro, pero quizá lo había acompañado al sueño.

Por otra parte, tampoco tenían rueda de repuesto, había constatado también, y se acordó de que eso le había dado risa.

Era una buena señal que todavía poseyera la capacidad de reírse.

Anna estaba durmiendo en el asiento de atrás, extendió la mano para comprobar su pulso. Era débil pero normal, le pareció. Ni muy rápido ni muy lento. Su muñeca era tan fina..., casi como la de una niña. Tiritó de frío mientras se incorporaba en el asiento. Le dolían las lumbares. Claro que me duele, maldita sea, se dijo, las espaldas de sesenta años no deberían pasar la noche curvadas en los asientos delanteros de un coche.

Arrancó el motor para entrar en calor. Lo dejó en marcha mientras salía a orinar en un árbol. Como un perro, pensó. Estoy meando en un árbol como un perro sin amo.

Volvió a subir al coche y sacó el mapa. En algún momento durante la noche habían llegado a un cruce de la autopista y había girado sin saber siquiera hacia qué punto cardinal se dirigía. Luego había seguido al volante dos horas más hasta que, de repente, ya no pudo más. El recuerdo de un letrero apareció en su cabeza; poco antes de parar en ese aparcamiento probablemente:

AARLACH 49

Nunca había oído hablar del lugar, y no lo encontró en el mapa. Bueno, tampoco tenía importancia. Sobraban los lugares en Europa de los que no había oído hablar.

Consultó el reloj. Eran las cuatro y media. Pronto

amanecería, constató mientras se frotaba los ojos. Hora de acometer un nuevo día.

Advirtió que olía mal. Una incrustada peste a sudor y ropa sucia. Llevaba casi dos días sin cambiarse. Era el caso de Anna también, de modo que con toda probabilidad ella tampoco olería a rosas, ahí tirada en el asiento de atrás, envuelta en mantas, toallas y otras cosas diversas. Todo para que no cogiera frío. Él, por su parte, solo tenía su camisa de franela y una cazadora fina con las que taparse, no era de extrañar que pasara frío.

Ajustó el retrovisor para contemplar su cara durante unos segundos. Dios mío, pensó. Ese tipo parece un vagabundo. Una auténtica ruina de hombre. Además, tenía las manos sucias después de haber estado cavando en la cuneta. Se las olisqueó: apestaban a tierra y putrefacción.

Reajustó el retrovisor a la posición normal para no tener que verse la cara. Luego se quedó sentado quieto con las manos en el volante, mientras sentía que el calor se apoderaba de su cuerpo lenta pero inexorablemente. Al cabo de un momento empezó a buscar un chicle para quitarse el mal sabor de boca, pero no encontró ninguno. Debía de haber un paquete en algún sitio, lo sabía, lo había comprado la noche anterior en esa gasolinera.

Había comprado un periódico también, en el que había podido leer sobre ese agente de policía que había sido atacado en otra gasolinera. Por lo visto, se debatía entre la vida y la muerte. Klaus Meyer, mujer y dos niños; había una foto también, pero Valdemar no lo reconoció. Se buscaba al autor del crimen en todo el país con un gran despliegue policial. *Der Täter*, eso significaba «autor del crimen», ¿no?

¿Yo?, se preguntó al leer la noticia. ¿Se supone que yo, Ante Valdemar Roos, estoy implicado en eso?

Der Täter.

Tiene que haber un malentendido. No había pasado de esa manera, pensó, para nada, y si no hubiera metido sus malditas narices donde no lo llamaban, ese Klaus Meyer, no habría ocurrido nada. Además, si tienes mujer e hijos hay que ir con un poco de cuidado. Había una enorme... una enorme injusticia en todo eso, decidió Valdemar Roos con rabia, una especie de falta de rectitud a la que no era capaz de ponerle palabras ni para sí mismo. Aun así, la veía como algo determinante. Él llevaba la vida y el destino futuro de Anna en sus manos, así era, ese era el quid de la cuestión, y ese Klaus Meyer había intentado impedírselo. La verdad era que no tenía derecho a meter sus narices en... Maldito idiota.

Valdemar sacudía la cabeza al tiempo que agarraba fuerte el volante. Tengo que apartar esas imágenes, pensó, junto con la indecisión y todas las adversidades sin trascendencia, ahora se trataba de..., se trataba de mirar hacia delante. ¿Qué era lo más importante en este momento?

Buscar alojamiento, pensó. Era evidente.

Encontrar una habitación de hotel donde poder ducharse, cambiarse y descansar en una cama en condiciones. Era cierto que no tenían ropa limpia, ni él ni Anna, solo la habían lavado una vez en esa pensión en Dinamarca, pero de eso hacía mucho tiempo. Cuánto tiempo exactamente, no lo sabía.

Si lograba meter a Anna en una cama, podría tomar una ducha caliente y después salir a la calle y comprar todo lo que necesitaban. Luego... luego la despertaría, y ella se metería bajo la ducha... o en la bañera, un baño sería aún mejor; podía comprarle alguna espuma de baño aromática para mujeres cuando saliera a buscar provisiones...; tomarían un desayuno como Dios manda... o un almuerzo o lo que fuera... y, al final, mientras estuviesen disfrutando del café, con el estómago lleno y contentos..., él con su pipa y ella con un cigarro..., podrían decidir por dónde seguir su viaje. Así, justo así lo harían.

Italia, quizá. ¿Francia?

Contento con esa sencilla planificación —y visualizando el escenario en su imaginación— se abrochó el cinturón de seguridad, puso el coche en marcha y salió del aparcamiento.

El amanecer trajo una especie de iluminación a la mente de Valdemar.

¿Quizá esa era la verdadera misión de la luz del amanecer?, pensó. Quizá era esa su razón de ser, para bien y para mal; el mal en este caso consistía en la idea de ir a una nueva ciudad, aparcar en algún sitio, buscar un hotel, acercarse al conserje y...

¿En este estado?, pensó antes de tomarse un trago de agua tibia de la botella de plástico. ¿Con este aspecto? Sería francamente imposible. Si Anna hubiese estado despierta y en buena forma, tal vez, pero... arrastrarla por la recepción, explicar que era su hija, que necesitaban una habitación para una o dos noches, que les habían robado los pasaportes, que querían pagar al contado..., con lo mal que olían y las pintas que traían... No, eso estaba fuera de cuestión.

Por otra parte, tenían que salir del coche. Sí o sí. Y encontrar algún tipo de alojamiento; esa cama y la ducha y la ropa limpia constituían una absoluta necesidad. Una imperiosa necesidad, pensó Ante Valdemar Roos.

¿Se podía decir así? ¿Las necesidades podían ser *imperiosas*? ¿Acaso no lo eran siempre?

Menuda cuestión con la que devanarse los sesos. ¿Por qué no podía simple y llanamente...?

—¿Valdemar?

Se sobresaltó y entró con las ruedas sobre la banda sonora que se extendía al borde de la calzada.

—¿Qué es lo que suena?

Era lo primero que había dicho en doce horas, como mínimo doce horas. La voz se le antojó muy frágil, como papel de arroz.

—¿Anna? —contestó, y enderezó el coche al tiempo que reducía la velocidad—. ¿Cómo te encuentras?

—¿Dónde estamos? ¿Nos queda mucho?

—No —dijo—. Dentro de poco llegaremos. ¿Cómo te sientes? ¿Quieres beber algo?

Ella respiraba pesadamente mientras intentaba incorporarse un poco.

—Me siento muy rara, Valdemar. Tengo el cuerpo como... como entumecido.

Valdemar extendió la mano y le dio unas palmaditas en el brazo.

—Enseguida paramos —indicó—. Vamos a buscar algún hotel para que puedas descansar en una cama en condiciones.

—¿Descansar? —repitió—. Pero si no...

—¿Sí?

—Valdemar, no he hecho otra cosa que descansar.

—Pronto te pondrás bien —la tranquilizó—. Necesitas además comer algo. ¿No tienes hambre?

Ella tardó en contestar, como si examinara con atención si sentía hambre o no.

—No, Valdemar... —respondió—. No tengo hambre..., ni una pizca.

—Tenemos que cuidar de ti, Anna —comentó—. ¿Te duele?

Anna volvió a pensárselo un rato.

—No, no me duele... Es solo ese entumecimiento.

—¿Entumecimiento?

—Sí.

—Entiendo. ¿Necesitas ir al baño?

—No creo. ¿Cuánto nos queda?

—Una hora solo. Descansa un poco más, y luego te despierto cuando lleguemos.

—Vale —dijo ella. Volvió a acurrucarse dándole la espalda y tapándose la cabeza con la manta.

Valdemar suspiró y dirigió toda su atención hacia delante. Un nuevo letrero apareció al borde de la carretera.

MAARDAM 129

Perfecto, pensó Ante Valdemar Roos. Ya me lo imaginaba. Plan B.

A la mujer de detrás del mostrador le pasaba algo en un ojo. El párpado le colgaba y le cubría la mitad del ojo, Valdemar suponía que estaba ciega de ese lado.

Si no, podría haber sido muy guapa, pensó. Unos cuarenta y cinco años, morena, acaso con una pinta un pelín vulgar, pero si se trabajaba tras el mostrador de un hotel de carretera, ese seguramente era el aspecto que había que tener.

—*You speak English?* —preguntó él.

Ella confirmó que sí, un poco. La voz daba testimonio de whisky y cuarenta cigarrillos al día. Durante una larga serie de años.

Bien, pensó, esta es una mujer que no hará preguntas innecesarias.

—Llevo toda la noche conduciendo —explicó—.

Había pensado seguir, pero mi hija ha empezado a marearse un poco, así que...

—No pueden entrar antes de las dos —lo interrumpió la mujer.

—Puedo pagar un poco más —añadió Valdemar.

—Voy a ver lo que puedo hacer —dijo la mujer—. ¿Una noche, entonces?

—Una noche —contestó Valdemar.

Se puso a hojear una carpeta.

—Pueden quedarse en la habitación doce —dijo—. Cincuenta extra por entrar antes de tiempo.

—Está bien —aceptó Valdemar.

—Pago por adelantado. Pueden aparcar el coche aquí delante del hotel.

—*Thank you. Thank you so much.*

—*You're welcome* —respondió la mujer.

Cuando se disponía a pagar se le ocurrió otra cosa.

—¿A cuánto está Maardam desde aquí?

—A cuarenta y cinco kilómetros —informó la mujer.

—¿Hay alguna otra localidad más cerca?

—Está Kerran.

—¿A cuántos kilómetros?

—Seis o siete. Hay un cartel unos quinientos metros más adelante.

Ella señaló con la mano. Valdemar asintió con la cabeza y pagó.

Dio las gracias una vez más, y la mujer repitió su «de nada». Luego salió al coche.

Cuando hubo arropado a Anna, se quedó sentado un rato en el borde de la cama acariciándole la mejilla con el dorso de la mano. No parecía dormir del todo, pero tampoco estaba despierta. De vez en cuando murmuraba algo, pero Valdemar no captó lo que quería decir.

Quizá no era nada importante, quizá solo estaba hablando para sí misma. Se le vino a la mente la imagen de un pajarillo al que había salvado la vida cuando era niño. Tenía el ala rota y otras heridas también; lo había guardado bajo su cama en una caja de zapatos llena de algodón, hierba y otras cosas. De alguna manera ese pajarillo le recordaba a Anna, y se acordaba de la ternura que había sentido cuando lo rozaba con las puntas de sus dedos. Como ahora.

Aunque una tarde, cuando llegó a casa después del colegio, el pajarillo se había muerto, así que no era lo mismo a pesar de todo.

—Salgo un rato —dijo—. Voy a ir a comprar unas cosas. Volveré dentro de un par de horas.

Ella no contestó.

—¿Entiendes lo que te digo, Anna?

Ella murmuró algo que él interpretó como un sí. Como que a ella le parecía bien que Valdemar se ocupara de eso.

—Tres horas máximo. Hay agua y refrescos aquí en la mesilla. No te preocupes.

Ella suspiró y se giró para ponerse de lado. Estupendo, pensó Valdemar, va a dormir unas horas, luego cuando vuelva se podrá tomar una ducha.

—Te voy a comprar tabaco también. Y un poco de ropa interior limpia. ¿Alguna talla en especial? ¿O color?

Ella no contestó. Valdemar se levantó, sintió otra punzada de dolor en las lumbares, y salió con sigilo de la habitación.

Capítulo 45

El inspector Barbarotti estaba leyendo la Biblia.

Al menos la tenía abierta sobre sus rodillas, pero, a falta de inspiración, lo dejó estar. Todavía era martes 7 de octubre, y a pesar de que el reloj marcaba las diez de la noche, se estaba bien en la terraza. Con una manta sobre las piernas, cierto, pero aun así. Marianne estaba a su lado, con las piernas cubiertas por una manta ella también, y acababa de comentar algo acerca del tiempo. Del calor excepcional. Apocalíptico, había dicho. Resulta como apocalíptico, ¿no te parece? Como si todo el mundo estuviera aguardando a que se produjera un gran cambio.

—¿Una catástrofe? —preguntó Barbarotti—. No sé..., a mí solo me parece que hace un calor agradable.

—A mí también —dijo ella—. Solo intento ser un poco dramática. ¿Quieres más vino?

Lo quería. Si les iba a caer encima una catástrofe, mejor llevar un poco de vino en las venas. Marianne tiene mañana el día libre, pensó. Si todos los críos se meten en la cama, igual podríamos hacer el amor un ratito.

Quizá no aquí mismo. Pero podríamos bajar al muelle.

El que construyó su hermano. Hacer el amor al aire

libre en el mes de octubre, pensó. En un muelle y con la pierna escayolada; no cabe duda de que el mundo está fuera de quicio.

El tiempo, al menos. Gracias de todos modos, Roger el Cuñadísimo.

Aunque eso del muelle no era más que una ocurrencia; todavía parecía haber bastantes niños despiertos. Iban y venían; desfilaban delante de sus padres —ahí plantados bajo sus mantas— a intervalos irregulares preguntando sobre esto y aquello, como, por ejemplo, qué hacían ahí sentados sin hacer nada.

No todos los niños querían saber esto último, pero algunos sí. Y los padres se quedaron sentados sin moverse. Por una vez.

—¿No os dais cuenta de que es una noche mágica? —le preguntó Marianne a uno de ellos, a lo que la niña respondió: Venga ya, menuda magia, y a continuación explicó que tenía examen de mates la mañana siguiente.

Los padres sonreían, brindaban en silencio y se rozaban un poco. Al cabo de un rato, Gunnar Barbarotti decidió que ya iba siendo hora, metió el dedo índice al azar en la Biblia, la abrió y leyó:

> Cada cual comerá la carne de su brazo: Manasés se alimentará de Efraín, Efraín se alimentará de Manasés.

—¿Manasés y Efraín? —exclamó asombrado—. ¿Cómo diablos voy a interpretar eso? ¿La carne de mi brazo?

—¿Sabes qué? —dijo Marianne—. No estoy segura de que Nuestro Señor aprecie siempre tu forma de leer la Biblia.

—¿Ah, no? —repuso Barbarotti con sorpresa—. ¿Quieres decir que a mi *approach* le faltaría un poco de... método?

—A veces, quizá.

—¿Y no puede ser que haya algún que otro versículo aquí dentro que tampoco sea perfecto del todo? —propuso Barbarotti.

—Alguno que otro —convino Marianne.

—Eva Backman se va a divorciar —contó media hora más tarde, cuando tanto Manasés como Efraín estaban ya archivados y todos los niños probablemente se habían metido entre las sábanas. Pero antes de que hubieran llegado al muelle. Además, que acabaran llegando al muelle resultaba harto difícil, eso lo entendía Barbarotti, pero ¿por qué descartar la idea antes de tiempo?

—¿Divorciarse? —repitió Marianne—. Muy bien, ya era hora.

—¿Qué? —dijo Gunnar Barbarotti—. ¿Qué quieres decir?

—Que hace bien, claro —contestó Marianne—. Eso es lo que quiero decir. Si hubiera esperado dos años más, igual sería demasiado tarde.

—Pero si solo has visto a su marido una vez, ¿no?

—Sí —admitió Marianne—. A veces no hace falta más.

—Yo no veía que tuviera nada de malo.

—Un vaso de agua tampoco tiene nada de malo.

Gunnar Barbarotti se quedó pensativo.

—Creo que lleva bastante tiempo planteándoselo.

—Sí, claro, eso es lo que te estoy diciendo —dijo Marianne—. ¿Cómo está? ¿Necesita que le echemos una mano?

—Pues... no sé. Necesita hablar, claro... Le dije que podía venir aquí si quería, pero ha preferido quedarse a dormir en el cuarto de descanso de la comisaría.

—¿Esta noche? —dijo Marianne, y miró el reloj.

—Sí.

—Entonces, ¿cuándo se lo ha dicho?

—Hoy, esta tarde. Por teléfono. Y luego pensaba pasar la noche en la comisaría.

Marianne se incorporó en la silla.

—Gunnar, le has dicho que tenemos sitio de sobra aquí, ¿verdad?

—Claro que sí.

—¿Y que yo la quiero mucho?

—Sí, todo eso se lo he dicho, pero ha insistido... Supongo que quiere estar sola también. Para...

—¿Para qué?

—Para ver cómo se siente y eso. La he llamado hace un par de horas y me ha dicho que estaba bien.

—Hmm.

Marianne permaneció callada un largo rato, girando la copa de vino en su mano.

—Sí, quizá sea una decisión sensata —añadió luego—. No hay que poner la venda antes de que la herida haya empezado a sangrar de verdad. ¿Sabes qué?

—No —dijo Gunnar Barbarotti.

—Creo que somos muy afortunados tú y yo de estar aquí juntos. Nunca jamás debemos dar por hecho que nos lo merecemos. Es un estado de gracia divina, ¿entiendes?

—¿Te refieres a la casa y el jardín y el lago? —preguntó Barbarotti.

—No, tonto —dijo Marianne—. Me refiero a ti y a mí y a los niños. Tener una casa y un jardín y un lago es muy bonito también, pero no es lo importante.

—Entiendo —asintió Barbarotti.

—¿Seguro?

—Sí, seguro —insistió Barbarotti—. Tampoco se puede pedir noches como esta. Hará unos veinte grados, ¿o qué crees tú? A mediados de octubre. ¿Te apetece... te apetece bajar al muelle un rato?

—¿Al muelle? —dijo Marianne.

—Sí.

—Vale, ¿por qué no?

Nada más despertarse, llamó de nuevo a Eva Backman.

Ella le explicó que todo seguía bajo control, que había dormido cinco horas al menos y que iba a reunirse con su familia para hablar del futuro después de la jornada laboral. Bien era cierto que esa reunión imposibilitaría un importante entrenamiento de hockey sala, pero, tras cierta negociación, todos los implicados habían accedido a asistir.

—¿Lo dices de broma? —preguntó Barbarotti.

—Me temo que no —respondió—. Y no me sorprende. Todo lo contrario, estoy contenta de que al final hayan decidido presentarse todos.

—Joder —dijo Barbarotti.

—Ya está. No hablemos más del tema —decidió la inspectora Backman—. Voy a instalarme unos días en casa de mi hermano a partir de esta noche, y luego ya veremos.

—Hablé con Marianne sobre tu situación anoche —explicó Barbarotti—. Ella también piensa que deberías venir a quedarte con nosotros.

—Te lo agradezco —contestó Eva Backman—. Quizá más adelante, pero no hace falta que lo decidamos ahora, ¿no?

—Claro que no —dijo Barbarotti—. Por cierto, hablando de tu hermano, he pensado en una cosa.

—¿Sí?

—¿No vive muy cerca de Lograna?

—Pues, sí... ¿Por qué lo preguntas?

—Nada, solo pensé que igual deberíamos preguntarles si..., puede que hayan visto algo. No me refiero al asesinato, claro, pero tal vez se hayan cruzado con Valdemar o la chica en alguna ocasión...

—Ya lo he comprobado —dijo Eva Backman—. Lo siento, pero no han visto nada.

—Vale, solo era una ocurrencia. ¿Y no hay noticias de Alemania?

—Es cierto que estoy en la comisaría, pero no de servicio, aún.

—En una hora estaré allí —prometió Barbarotti—. Espero que estés de servicio entonces. Vamos a dar con ese condenado Valdemar Roos hoy, tengo un presentimiento.

—Pues esperemos que podamos confiar en tu intuición masculina —dijo Backman, y colgó.

Capítulo 46

De repente eran las voces, no las imágenes, las que se arremolinaban en su cabeza. A veces podía identificarlas, determinar quién hablaba, pero a veces no.

¡Quédate absolutamente quieta, si te mueves eres mujer muerta!, por ejemplo. ¿Quién había dicho eso? Un hombre, sin duda, eso se oía, una voz áspera que parecía hallarse lejos de ella, y no sonaba tan mal como podía parecer al principio. Se trataba más bien de un consejo que intentaba darle, que no debería dejarse ver o algo así.

Estoy hecha polvo, Anna, tienes que llevar a Marek a la guardería hoy, llevo toda la noche vomitando. Esa, por supuesto, era su madre. *¡Pero date prisa, se van de excursión hoy, tiene que estar en quince minutos!* Y después de una pequeña pausa mientras se enciende un cigarrillo: *Sé que he bebido un poco, Anna, pero tenemos que hablar. Tu padre no es una buena persona, me duele tener que decírtelo, pero es así. Aléjate de él.*

Sí, su madre tenía muchas cosas que decirle, siempre haciendo equilibrios en ese filo de la navaja entre la súplica y la amenaza. No, amenaza no, se trataba de otra cosa; más bien la sensación que te daba de no saber muy bien quién tenía que cuidar de quién.

Y que todo, tarde o temprano, se iría al garete, podías contar con eso. Solo era cuestión de tiempo.

Pero también se oía la voz de Valdemar. *Hija mía, qué bonito ha quedado. Pero ¿dónde has aprendido a tocar tan bien? Dios no creó la prisa, venga, vamos a echarnos una siesta.* Con Valdemar la sensación era más bien la de una vieja radionovela, con él haciendo del buen padre, o incluso de un abuelo, y ella de... Pero nunca oía su propia voz, quizá por interpretar el papel de la hija buena y callada, o quizá ni siquiera participaba en la obra, sino que se limitaba a escucharla en la radio.

Y Steffo. Quería taparse los oídos cuando Steffo decía algo, probablemente llegó a hacerlo; intentaba apretar la cabeza contra el cojín hasta quedarse sorda, pero no servía de nada, ya que las voces venían desde dentro de ella, no desde fuera.

Me perteneces, dijo Steffo. *Me perteneces solo a mí. Ahora quiero que te desnudes y que me enseñes el tatuaje, es mi regalo de cumpleaños y lo he pagado yo.*

Sí, la voz de Steffo sonaba igual de clara que siniestra, pero ¿quién era la persona que decía *Has entregado tu corazón, Anna, y la persona que entrega su corazón está perdida*?

Y: *Te hemos pesado en esta báscula, pero la aguja no marcaba nada. ¿Cómo lo explicas?*

No lo sabía. Aunque eran exactamente las mismas voces y las mismas palabras que reaparecían todo el tiempo. Una y otra vez. Pero poco a poco todo se iba embrollando, las voces se mezclaban, se interrumpían, se enfrentaban por hacerse oír. Aunque nadie gritaba su mensaje, fuera cual fuera, el ritmo se intensificaba, hablaban cada vez más rápido, con un tono más insistente, como si no solo se pelearan por su atención, sino también como si exigieran una respuesta; incluso Valdemar sonaba irritado. Sea como fuere, al final alguien se puso a gritar: *¡No me llamo Hitler, no me llamo Hitler,* *soy una buena persona!*, y sin duda fue eso lo que la despertó.

Pero la frontera entre el sueño y la vigilia le resultaba borrosa y viscosa. Abrió los ojos y fijó la mirada en una mesilla con un radiodespertador y una ventana con las persianas bajadas, pero aun así las voces no desaparecieron del todo. Seguían murmurando como un zumbido de fondo en su cabeza, y cuando se dio cuenta de que estaba despierta y soñando al mismo tiempo, fue presa del miedo. ¿Estoy oyendo voces? Le invadió una especie de temor gélido que le puso los pelos de punta. Comprendió que era la Muerte, que de nuevo le hacía sentir su presencia, solo que esta vez no se mostraba amable y agradable, sino aterradora y amenazante.

Pero ¿de dónde sacaría la fuerza para combatirla? Porque había que combatirla, cualquier otra cosa estaba fuera de toda cuestión. Le dolía la cabeza como siempre, un dolor sordo e incesante, y tenía el brazo derecho entumecido, también como siempre. Un vago mareo estaba creciendo en su interior, y de repente apareció otra voz, que no sonaba para nada como las otras; procedía de algún lugar en lo más profundo de su pecho y al cabo de un momento se dio cuenta de que se trataba de su propia voz.

Sal de esta habitación, decía. Tienes que ir a un hospital. Te estás muriendo. Y no se callaba. *Sal de esta habitación. Tienes que ir a un hospital. Te estás...*

Decidió obedecer, lo decidió casi de inmediato, pero no resultaba fácil. Solo conseguir incorporarse lo suficiente como para poder sentarse en el borde de la cama le llevó varios minutos. Cuando intentó ponerse de pie estuvo a punto de desmayarse, y desplazarse los pocos metros que la separaban de la puerta le supuso un auténtico maratón. El cansancio le pesaba toneladas, como si llevara una mochila atiborrada de bloques de piedra y terror y plomo y angustia, y tuvo que dar órdenes a gritos a sus piernas para que se movieran lo más mínimo.

Esperaba salir a un pasillo o algo parecido, en la medida que esperaba algo... cuando menos un espacio donde hubiera gente; pero se encontró con un aparcamiento. La azotó el viento y se tambaleó, pero apretó los dientes, comprendió que tenía que continuar un trecho más. *Tenía que hacerlo.* Estaba allí parada con la mano todavía sujetando el frío pomo de la puerta, como si de alguna absurda manera intentara sacar fuerzas de ese gesto, y contemplaba los coches que se alineaban en batería con el morro apuntando a ella, como animales hambrientos: uno azul, uno blanco, uno rojo, otro rojo más y una especie de autocaravana... Más allá de los coches, una carretera grande, podía oír el ruido del tráfico que circulaba por ella; y otro poco más allá, una franja verde amarillenta de bosque y unos pájaros volando bajo un cielo inquieto. ¿Dónde estoy?, pensó. ¿Cómo he ido a parar aquí? ¿Son espejismos que vuelan ante mis ojos? ¿Adónde debo ir?

Pero entonces la voz reapareció dentro de su pecho. *Tienes que ir a un hospital. Te estás muriendo.*

Vale, pensó, e inspiró todo el aire que pudo para llenar sus pulmones. Vale...

Soltó el pomo y echó a andar.

Al abrir la puerta a la pequeña recepción del motel —un cuarto minúsculo de unos pocos metros cuadrados, equipado con un mostrador, dos sillas de plástico de un rojo rabioso y una pequeña estantería con folletos— se le acabaron sus fuerzas. Cayó de bruces, se dio con la cabeza en la estantería de folletos, empezó a sangrar por una herida justo encima de la ceja derecha y aterrizó entre las dos sillas como una presa abatida.

La mujer tuerta de detrás del mostrador se levantó a medias, se llevó la mano a la boca y apagó su cigarrillo.

Acto seguido cogió el teléfono y llamó a una ambulancia.

Capítulo 47

—¿Cómo estás? —preguntó Barbarotti.

—Como me merezco —dijo Eva Backman—. Pero me temo que no tenemos tiempo para hablar de mi vida privada.

—¿Por qué?

Ella se encogió de hombros al tiempo que consultaba el reloj.

—Tenemos una cita con Asunander dentro de cinco minutos.

—¿Con Asunander? ¿Otra vez? ¿Ha pasado algo?

—Sí, ya lo creo que ha pasado algo —dijo Eva Backman—. El hijo ha llamado hace media hora.

—¿El hijo? —repitió Barbarotti—. ¿Me puedes hacer el favor de ser un poco más concreta?

—Por supuesto. Greger Roos nos ha llamado esta mañana. Toivonen ha cogido el teléfono, pero yo me he encargado de la llamada a los cinco minutos. Al parecer, está por allí.

—Espera un momento —pidió Barbarotti—. ¿Estás diciendo que Greger Roos, que supongo que es el hijo de Valdemar Roos, nos ha llamado aquí...? ¿Dónde vive?

—En Maardam —informó Backman—. Lleva

quince años residiendo en Maardam, trabaja en un banco o algo así.

—Creía que no tenían contacto —dijo Barbarotti—. Pero da igual, ¿y qué quería?

—Quería contarnos que su padre le había hecho una visita.

—¿Su padre? —dijo Barbarotti—. Entonces..., entonces ¿ya lo tenemos, en otras palabras?

—No exactamente —lamentó Backman—. Por lo visto, solo se trató de una visita muy breve, y se marchó enseguida.

—Mierda.

—Tú lo has dicho.

—¿Lo acompañaba la chica? —inquirió Barbarotti.

—No, no iba con él. Pero le entregó una carta.

—¿Una carta?

—Sí.

—¿Y qué pone en la carta?

—No lo sabemos. El hijo no la ha abierto. Al parecer va dirigida a nosotros.

—¿Qué coño estás diciendo? —exclamó Barbarotti antes de soltar un quejido—. ¿Valdemar Roos ha estado en casa de su hijo en Maardam, nos ha dejado una carta y luego se ha vuelto a ir?

—Lo has entendido perfectamente —dijo Eva Backman—. ¿Vamos a ver a Asunander, y continuamos la conversación allí si te parece?

—Dame las muletas —pidió Barbarotti.

Asunander se asemejaba a un gato que, aunque todavía no se había comido el canario, ya le había arrancado las alas y lo tenía arrinconado sin escapatoria.

En otras palabras, no del todo descontento.

Y los canarios somos nosotros, pensó Barbarotti.

Se sentaron, la inspectora Backman abrió su cuaderno.

—¿Me podéis explicar por qué... —empezó el comisario con una estudiada lentitud—, por qué no hemos investigado esa pista antes?

—Eh, creo que... —intentó responder Gunnar Barbarotti, pero Asunander lo cortó con un gesto de la mano; mejor, pensó Barbarotti, ya que no sabía cómo continuar.

—Tú te encargas del caso de las pintadas —zanjó Asunander—. Preferiría que la inspectora Backman rindiera cuentas de este asunto.

—Por supuesto —dijo Eva Backman, y carraspeó—. Pero el comisario se equivoca; estuve en contacto con Greger Roos ya el día siguiente al hallazgo del cadáver en Lograna. La entrevista queda recogida en el informe que redacté ese mismo día. Lo tengo aquí, por si quieres refrescar la memoria.

Esta mujer, pensó Barbarotti mientras se mordía la mejilla para reprimir una sonrisa.

—¿Qué? —repuso Asunander—. Quiero decir... ¿de verdad? Bueno, pero ¿por qué... por qué no se siguió más a fondo esa pista?

—Porque no había motivos para hacerlo —explicó Eva Backman—. Valdemar Roos no tenía ningún contacto con su hijo. La última vez que se habían visto fue en un entierro hace diez años.

—¿El entierro de quién? —preguntó Asunander.

—De la primera mujer de Valdemar. La madre del chico. Tuvo lugar en Berlín, y el padre y el hijo se vieron un total de cuatro horas.

—Muy poco —comentó Asunander.

—Sí, a todas luces parece poco —convino Backman—. Por lo tanto, no existía ningún motivo para pensar que Greger Roos de alguna manera se viera implicado en este caso. Pero prometió ponerse en contacto con nosotros en caso de que pudiera contribuir con algo. Y eso es lo que ha ocurrido ahora.

El comisario Asunander se reclinó en la silla con cara pensativa durante cinco segundos.

—Tres preguntas —dijo.

—Dispara —contestó Eva Backman.

—La primera: ¿dónde se encuentra Valdemar Roos en estos momentos? La segunda: ¿dónde está la chica? Y la tercera: ¿qué coño pone en esa carta?

—Son exactamente las mismas preguntas que tengo anotadas aquí en el cuaderno —constató la inspectora Backman—. Y otra más: ¿debemos llamarlo para pedir que nos lea la carta?

Asunander frunció el ceño mientras sopesaba la respuesta.

—No sé —dijo—. Está claro que sería lo más rápido... ¿Cómo va aquella historia de la gasolinera? No tenemos una confirmación de que sean ellos los culpables, ¿verdad?

—No —confirmó Backman—. No la tenemos. Y tampoco hay nada nuevo acerca del estado del policía. Creo que los médicos lo mantienen en coma inducido, al parecer se trata de lo recomendable en estas circunstancias, algo que ver con la inflamación en torno al cerebro, si no me equivoco.

—Conozco casos similares —dijo Asunander—. Sea como fuere, debemos decidir si...

Lo interrumpió uno de los teléfonos que había encima de su mesa. Clavó una mirada irritada en el aparato, pero levantó el auricular y contestó. Al cabo de pocos segundos sus dos cejas se enarcaron, aunque no aportó ningún comentario comprensible a lo que le decían desde el otro lado. Se limitó a murmurar algún que otro «sí», y algún que otro «no», así como un «¿de verdad?» poco antes de colgar, al cabo de más o menos un minuto.

Entrelazó las manos delante de él y paseó la mirada entre Barbarotti y Backman.

—Podemos eliminar la segunda pregunta —apuntó—. Han encontrado a la chica. Está ingresada en el Gemejnte Hospital de Maardam.

—¿Qué? —exclamó Backman.

—¿Qué? —exclamó Barbarotti.

—Lo que os digo —murmuró el comisario—. Fue ingresada ayer por la tarde, al parecer. Y se encuentra en un estado bastante delicado.

—¿Estado delicado? —repitió Barbarotti—. ¿Qué quiere decir que se encuentra en un estado delicado?

—No ha quedado claro —dijo Asunander—. Pero he decidido el modo de averiguarlo.

—¿Cómo? —quiso saber Backman.

—Vosotros dos —anunció Asunander, y se inclinó encima de la mesa—. Vosotros dos vais a volar hasta allí, pero ya, ahora mismo, para aclarar todo esto. Y no solo lo de la chica. La carta y ese maldito Roos también. Quiero su cabeza en un plato, ni se os ocurra volver sin él.

—Sí, vale... —vaciló Barbarotti—. Pero...

—¿Hay algo que no ha quedado claro? —preguntó Asunander.

—Nada —explicó la inspectora Backman—. Todo ha quedado más claro que el agua.

En el coche de camino al aeropuerto de Landvetter a la inspectora Eva Backman se le ocurrió otra pregunta más.

—¿Cómo es posible que te haya permitido ir a ti? Creí que estabas en una misión especial como investigador de pintadas. No para de dar la lata con eso.

El inspector Barbarotti carraspeó con modestia.

—Hmm, creo que puede deberse al hecho de que ese caso está resuelto —dijo—. Posiblemente.

—¿Lo has resuelto? —exclamó Eva Backman—. O sea, ¿sabes quiénes son PIZ y ZIP?

—No estoy seguro —dijo Barbarotti—. Pero he dejado una solución en la mesa de Asunander..., por así decirlo.

—¿De qué coño estás hablando? —preguntó Backman.

—A lo mejor podemos comentarlo cuando volvamos —sugirió Barbarotti—. Ahora pienso que debemos concentrarnos en lo que nos espera en Maardam.

—De acuerdo —suspiró Eva Backman—. ¡Mierda!

—¿Qué pasa? —dijo Barbarotti.

—El consejo de familia —gimió ella al tiempo que buscaba con torpeza el teléfono—. Se me ha olvidado desconvocar el consejo de familia. Cállate ahora, tengo que llamar a Ville y explicarle la situación. Si cancela el entrenamiento y yo no me presento, me dejará sin custodia ni casa ni nada de nada.

—Es muy emocionante trabajar contigo —comentó Barbarotti—. Casi todo el tiempo.

—Cállate —soltó la inspectora Backman.

Capítulo 48

No hay que descuidar el final.

Alguien se lo había dicho hacía muchos años, no se acordaba de quién. Debía de haber sido el tío Leopold y en relación con el entierro, con toda probabilidad, pero Valdemar no estaba seguro.

En cualquier caso, recordaba el consejo: No hay que descuidar el final.

Se dio cuenta de que había una especie de ligereza en su interior mientras paseaba por el centro de Maardam comprando las provisiones que necesitaba. En realidad, se trataba solo de dos cosas —un cuchillo endiabladamente afilado y un whisky endiabladamente caro—, pero se tomó su tiempo. No hay que tener prisa tampoco, pensó. En el final.

Comió en una terraza. Estaba situada junto a un canal. Hacía buen tiempo y se permitió dos copas de vino tinto con la pasta, y dejó una generosa propina. Luego se quedó un rato más mientras bebía café, fumaba la pipa y contemplaba la oscura agua, los árboles que casi mojaban sus ramas en el canal y los barcos amarrados que cabeceaban con suavidad.

La gente que transitaba por la calle. Todo tipo de gente.

Nunca mejor que esto.

Le llevó un par de horas encontrar un buen bosque. Condujo hacia el oeste, hacia el sol, todavía sin prisas. Cogió un desvío de la autopista al azar en un lugar que se llamaba Linzhuisen y de allí enfiló una carretera más angosta en dirección sur. Atravesó una pequeña población con un nombre que no sabía pronunciar pero que empezaba por Sz-, y otra aún más pequeña que se llamaba Weid, y al cabo de algún tiempo bajó por una loma boscosa que se extendía en paralelo a la carretera y un riachuelo.

Cruzó el río por un estrecho puente de hierro, giró a la izquierda para entrar en un sencillo camino de grava y continuó subiendo por la loma. El camino serpenteaba en suaves curvas, aparte de un par de giros de horquilla, y al rato llegó a un aparcamiento que también resultó ser el punto de partida de una ruta de senderismo.

Aquí, pensó. Entró, aparcó y apagó el motor. Aquí es.

Todavía hacía una temperatura agradable cuando bajó del coche. Apenas un leve soplo de viento, y al fondo del valle se oía el ladrido de un perro. No había más coches en el aparcamiento, solo un cubo de basura y un pequeño tablón de anuncios donde podía leer que había tres rutas diferentes entre las que elegir: una roja, una amarilla y una blanca.

Optó por la ruta roja. Indicaban que el recorrido era de 6,2 kilómetros. No importa, pensó, no voy a recorrerla entera de todos modos.

Metió sus cosas en una bolsa de plástico y echó a andar.

El whisky, el cuchillo, el cuaderno y un bolígrafo.

Tras unos veinte minutos de caminata, de repente pudo oír la voz de su padre. Resultaba un poco áspera y ajena después de todos esos años; pero, aun así, plenamente reconocible.

Mira a tu alrededor, Valdemar, hijo mío.

Se detuvo. Se secó el sudor de la frente con la manga de la cazadora mientras pensaba que el lugar era perfecto. Un poco a la izquierda del sendero se divisaba un claro en el bosque, no muy grande, como la pista de un circo más o menos, pero había allí unas piedras en las que podía sentarse y desde donde tenía vistas sobre el paisaje. Había pasado la cima de la loma y ahora se encontraba en la otra ladera, hacia el oeste.

Se abrió paso hasta el claro y se sentó encima de una de las piedras, el sol la había dejado bien caliente, a pesar de que estaban ya en el mes de octubre. Es diferente aquí abajo en el continente, pensó. Tanto los veranos como los otoños duran mucho más. Quizá debería haber vivido mi vida aquí. Como Greger.

Descorchó la botella de whisky y echó un trago. Era una botella de un litro, de marca Balblair, y le había costado 229 euros.

Tenía un sabor suave y rico. Más le valía, joder, con ese precio, pensó Ante Valdemar Roos; es el mejor licor que he probado en toda mi vida.

Y ya era hora de que lo hiciera. Sacó la pipa y el tabaco. Se deslizó al suelo y apoyó la espalda contra la piedra. Mejor así. Mucho mejor.

El sol de la tarde en la cara. El aire claro y elevado, pero aun así hacía un calor muy agradable. Árboles de hojas verdes amarillentas y anchas susurraban a su alrededor en la suave brisa.

Encendió la pipa y tomó otro trago del whisky. Sacó el cuaderno.

Allí había anotaciones de gran variedad.

Mientras lenta y resueltamente daba cuenta de la botella de whisky —y mientras el sol se ponía en el horizonte de la misma manera lenta y resuelta dejando campo libre a las sombras en el claro— leyó todo lo que había anotado desde que había empezado hacía cinco o seis semanas, o cuando fuera que hubiera empezado.

Tampoco se apresuró en la lectura. De vez en cuando se detenía para reflexionar, recapacitar y hacer alguna que otra corrección. Cambiaba una palabra por otra o encontraba una expresión mejor. Algunas de las máximas, las que procedían de Anna o el rumano, las dejó sin tocar. Un autor es siempre un autor, pensó. No le incumbía a él tener opiniones al respecto.

La última anotación la había hecho el día anterior, después de que Anna lo hubiera abandonado y después de haber visitado a su hijo en Keymerstraat. Se había quedado sentado mucho tiempo en esa habitación de hotel —había sido la noche más larga de su vida, pero para nada la peor— hojeando el libro del rumano antes de dar con la cita.

> Porque cuando dos personas viajan juntas surge la historia del amor que hay entre ellos, una historia que todo el tiempo es otra y todo el tiempo tiene una personalidad que no se podía prever, como un niño engendrado por sus conciencias en un abrazo apasionado, y de la misma manera el tedioso y leñoso objeto-libro no es el libro en sí, sino la herramienta con la que el libro tiene una oportunidad de ser.

Justo así, había pensado —y lo pensaba ahora también mientras se tomaba otro trago de whisky y paseaba la mirada por el paisaje que se extendía delante de él—, justo así es como no ha sido mi vida. Por lo tanto, no tengo posibilidad alguna de entender esas palabras, y aun así las entiendo.

Aun así las entiendo.

Sentía que el whisky había empezado a cumplir su función. Volvió a cargar la pipa y la encendió para unas últimas caladas, pasó a una página en blanco y se puso a pensar en sus consideraciones finales.

Debería ser algo breve. Con preferencia, algo conciso e incisivo, pero que tuviera también un carácter de resumen.

Y sus propias palabras, no las de otra persona.

Sin embargo, no se le vino a la cabeza ni una sola palabra, sino en su lugar unas cuantas personas, toda una serie de ellas:

Alice.

Signe y Wilma. Wrigman, Red Cow y Tapanen.

Espen Lund. Greger y su mujer, se llamara como se llamara, solo la había visto en una fotografía.

Su padre. Su madre. Alguien que no reconocía pero que afirmaba llamarse Nabokov y que quería hacer algún tipo de aclaración. Hizo caso omiso de él.

Y por último —pero no antes de que los demás hubiesen dado vueltas alborotando por su cabeza un buen rato— Anna. Y cuando ella apareció, todo lo demás pasó a un segundo plano.

Sí, todo lo demás y todos los demás le cedieron su lugar a ella, y él tuvo la sensación de que toda su vida, todas esas horas y días y años de repente se concentraban en un punto. Justo aquí, y justo ahora. Y que, de alguna manera inescrutable aunque al mismo tiempo natural, Anna estaba con él; quizá ella no lo entendiera bien, pero un día lo entendería, él lo sabía. Un día, cuando estuviera recuperada, lo entendería todo, y sabría que lo último en lo que él había pensado había sido en ella. Era ella a la que llevaba en sus manos cuando entraba en las Tierras Crepusculares.

De alguna maldita e inescrutable manera.

Pero con la aparición de Anna también le vinieron a la cabeza las palabras definitivas. Le dio un último trago al whisky mientras las sopesaba con toda tranquilidad, para que quedaran plasmadas correctamente.

Tragó, puso el bolígrafo contra el papel y escribió.

> Los acontecimientos, siempre tan sobrevalorados, no son más que unos paréntesis entre los espacios en blanco. No estaría mal que lo tuvierais en cuenta los que corréis a ciegas de un lado para otro por el mundo creyendo que vais de camino a algún sitio: es en las pausas donde está todo. También cabe apuntar que el whisky caro está mucho más bueno que el barato. Ahora he terminado, no tengo nada más que añadir.

Lo leyó dos veces, asintió con la cabeza a modo de confirmación y sacó el cuchillo.

De repente le invadió la duda.

Capítulo 49

Barbarotti y Backman aterrizaron en el aeropuerto de Sechshafen, a las afueras de Maardam, a las tres y media de la tarde, y cogieron un taxi directamente al Gemejnte Hospital.

Tras unos cuantos malentendidos y giros equivocados, consiguieron al fin llegar a la planta correcta. Los recibió la enfermera jefe, que se llamaba Vlaander, y un inspector de policía que se presentó como Rooth.

La enfermera jefe explicó que la paciente Anna Gambowska, a la que habían ingresado el día anterior, había sido operada por la tarde y no estaba en condiciones de contestar a preguntas. Sin embargo, la operación había salido bien, el doctor Moewenroede, que la había realizado, vendría dentro de una hora u hora y media, y si los oficiales de la policía sueca deseaban mantener una breve conversación con él, no habría problema.

Luego dejó a Barbarotti y Backman con el inspector Rooth en la sala de espera.

—¿Y por qué exactamente estás de servicio aquí, si se puede preguntar? —quiso saber Eva Backman cuando una auxiliar de enfermería les trajo café a todos.

—Órdenes de arriba —contestó Rooth con amabilidad—. Es como se hacen las cosas aquí. Te dan una orden y la obedeces. ¿No es también así en vuestro país?

Backman confirmó que así era. La mayoría de las veces.

—Además, es sospechosa de asesinato —añadió Rooth—. Al menos esa fue la impresión que me dio. Pero de ese tema supongo que vosotros sabéis más.

Backman pudo confirmar eso también.

—¿Sabes cómo se encuentra? —preguntó Barbarotti—. O sea, ¿algo más de lo que nos ha dicho la enfermera Vlaander?

Rooth asintió con la cabeza antes de meterse una galleta en la boca.

—Se va a recuperar del todo, al parecer —dijo—. Pero me cuesta creer que esa pobre niña haya matado a nadie.

—No está del todo claro todavía —explicó Barbarotti—. Está implicada, eso sí. De alguna manera.

—¿Qué órdenes os han dado? —preguntó Rooth.

—Interrogarla cuanto antes —informó Backman—. Llevarla a Suecia, si es posible. Aunque no creo que podamos quedarnos aquí más que un par de días.

—Maardam no es mal sitio —comentó Rooth—. Hay algunos restaurantes que no están mal, si es que tenéis tiempo. Y el otoño es la mejor época.

Barbarotti asintió mientras contemplaba a su colega. Parecía rondar los cincuenta años, tenía una constitución fuerte, una cara cuadrada y pelo ralo. Había algo en él que le resultaba familiar, pero a Barbarotti no se le ocurrió qué podría ser.

—¿Tenéis previsto quedaros a esperar al doctor Moewenroede? —preguntó—. Porque en tal caso...

—Puedes coger un par de horas libres —sugirió Backman—. Si quieres, te podemos llamar cuando nos vayamos.

—Genial —dijo el inspector Rooth—. Hay un par

de cosas que tengo que hacer en la ciudad. Volveré en dos horas.

Intercambiaron sus números de teléfono y Rooth los dejó solos.

—Me suena su cara —comentó Barbarotti.

—A mí también —dijo Backman—. Bueno, pues aquí estamos.

—En efecto. ¿Quizá podría pedirles que le echasen un vistazo a mi pie? ¿Qué te parece?

—Me parece que tal vez sea mejor no tentar a la suerte —le advirtió Backman.

Cuando el doctor Moewenroede apareció, les preguntó si querían una descripción exhaustiva o breve del estado de salud de Anna Gambowska, y Backman dijo que se contentaban con un resumen. Moewenroede les informó de que se trataba de un hematoma subdural, una lesión bastante común tras un traumatismo craneal, que la operación había sido un poco complicada, pero que había salido bien. La paciente necesitaba descansar, con toda probabilidad debían contar como mínimo con una semana en el hospital, pero, si no surgían complicaciones imprevistas, podrían mantener una breve conversación con ella el día siguiente.

Barbarotti y Backman le dieron las gracias, y cedieron la vigilancia policial al inspector Rooth, quien acababa de regresar.

Pidieron un taxi en la recepción y se fueron a Keymerstraat para hablar con Greger Roos, al que, con algo de suerte, esperaban encontrar en un estado más propenso a hablar que el de Anna Gambowska.

Se trataba de un hombre alto y delgado de unos cuarenta años. Quizá un poco menos. Barbarotti buscó enseguida rasgos que de alguna manera pudieran recordarle a su padre, pero no dio con ninguno. Llevaba unos pantalones negros de pana, una camisa blanca desabotonada, y daba una impresión general ligeramente sofisticada. Ninguna de las personas con las que habían hablado había empleado la palabra *sofisticado* cuando intentaban describir a Ante Valdemar Roos, por lo que Barbarotti empezó a convencerse de que eso de que tenían poco en común sin duda correspondía con la verdad.

Aparte de algún que otro gen enterrado bien a fondo.

La mujer y dos hijos de ocho y diez años saludaron para retirarse seguidamente a algún rincón lejano del espacioso piso, decorado con gusto exquisito, y dejarlos solos en el salón con cervezas y un bol con nueces.

—Tenemos entendido que la visita de su padre supuso una gran sorpresa.

—Sí, desde luego, por decir algo —constató Greger Roos—. Me llamó desde el café de aquí abajo, y dos minutos más tarde estaba en la puerta. No nos habíamos visto desde el entierro de mi madre.

—¿Hace diez años? —preguntó Barbarotti.

—Correcto —confirmó Greger Roos—. Es triste tener que admitirlo, pero nunca ha habido unos lazos muy estrechos entre mi padre y yo.

—¿Cuántos años tenía cuando sus padres se divorciaron?

—Cinco. Luego viví con mi madre todo el tiempo. Él... mi padre... es que nunca estuvo presente en mi vida.

—¿Desapareció por completo? —preguntó Barbarotti—. Quiero decir...

—Pasamos unas semanas juntos durante un par de

veranos. Creo que a los dos nos resultaba igual de incómodo. Es una pena, pero así era. Y tampoco hizo ningún esfuerzo por mejorar la relación.

—¿Y su madre?

—¿Respecto a mi padre?

—Sí.

—No creo que tuviera una mala opinión de él. Pero nunca hablamos de mi padre. Creo que... sí, creo que le parecía un muermo terrible.

Otra vez lo mismo, pensó Barbarotti.

—Me acuerdo de que una vez lo describió como un vaso de agua. De agua tibia.

Barbarotti echó una rápida ojeada a Backman y pensó en lo que había comentado Marianne.

—¿Qué dijo cuando estuvo aquí? —preguntó Backman—. ¿Qué impresión le dio? ¿Y cuánto tiempo se quedó?

Greger Roos se rio.

—Lo más raro era que iba muy bien vestido... Bueno, quizá no bien vestido de una manera muy elegante. Pero sí que llevaba ropa nueva. Traje, camisa y corbata; daba la sensación de que lo había comprado todo ese mismo día.

—Tal vez fuera así —sugirió Backman con una fugaz sonrisa—. Teniendo en cuenta que lleva semanas fugado.

—Es posible —dijo Greger Roos—. En cualquier caso, pidió disculpas por presentarse así sin previo aviso, pero quería que lo ayudara con una cosa. O, mejor dicho, dos cosas.

—¿Dos cosas? —repitió Barbarotti.

—Sí. Primero, esa carta. Quería que yo me ocupara de que les llegara bien. Era enormemente importante, dijo, lo explicaría todo, bajo palabra de honor.

—¿Bajo palabra de honor?

—Eso fue lo que dijo —aseguró Greger Roos—. Empleó esas palabras exactas.

—¿Y por qué no podía enviarnos la carta directamente? —preguntó Backman.

Greger Roos se encogió de hombros.

—No lo sé. No se lo pregunté y él no me dio más explicaciones. Verlo me sorprendió tanto que no supe muy bien qué decirle.

—¿Y cuál fue esa otra cosa para la que quería ayuda? —quiso saber Barbarotti.

Greger Roos se tomó un trago de cerveza y se limpió las comisuras de los labios antes de contestar.

—Quería que yo lo perdonara.

—¿Que lo perdonara?

—Sí. Le dije que no había nada por lo que debía pedirme perdón, pero insistió y dijo que me equivocaba. Que por supuesto yo entendía de qué estaba hablando.

—¿Que le había fallado como padre? —dijo Backman.

—Supongo que se trataba de eso, sí. Insistió mucho y al final le dije que sí. Que lo perdonaba. Después de eso no se quedó más que medio minuto. Me entregó la carta y se marchó. Fue...

—¿Sí?

—Fue casi como un sueño. Además, estaba solo en casa, y la verdad es que por un momento pensé que me lo había imaginado todo. Pero me pellizqué el brazo y tenía la carta en la mano, así que comprendí que había ocurrido de verdad, a pesar de todo.

—¿Cuánto tiempo estuvo?

—Cinco minutos como mucho.

—¿Y no mencionó nada de adónde se dirigía?

—No.

—¿Nada acerca de una mujer joven?

—No. Y no me dio tiempo de preguntarle tampoco. Tenía la llamada de la policía sueca en la cabeza, por supuesto, pero todo pasó demasiado rápido.

Eva Backman suspiró.

—Entiendo —dijo—. Pues no es una historia muy normal precisamente. ¿Nos podría dar la carta?

Greger Roos se levantó y fue a buscarla a una habitación contigua. Volvió y la dejó encima de la mesa. Era un sobre grande y gordo. Barbarotti, en su inconsciente, se había imaginado algo más pequeño; esto más bien parecía una especie de pequeño paquete.

—De acuerdo —dijo Eva Backman—. Creo que nos la llevaremos. Nos quedaremos en la ciudad un par de días, y necesitaremos hablar de nuevo con usted, ¿va a estar localizable?

—Sí, no hay problema —aseguró Greger Roos, y les tendió su tarjeta de visita—. Pueden llamarme cuando quieran.

Le dieron las gracias, se estrecharon las manos y dejaron Keymerstraat.

Estaban sentados en la habitación del hotel de la inspectora Backman cuando abrieron la carta.

Barbarotti se dio cuenta de que su corazón latía un poco más rápido de lo normal y vio que a Eva Backman le pasaba lo mismo.

El sobre grande, que iba dirigido a «La policía de Kymlinge», contenía dos sobres más pequeños. En uno de ellos, gordo y sellado, ponía «Anna Gambowska, en mano». El otro sobre, más fino, no estaba sellado y tampoco tenía destinatario.

Tras lanzar una mirada a Barbarotti, quien asintió con un gesto de la cabeza, Eva Backman abrió el sobre y sacó un folio doblado. Estaba redactado a mano y el texto cubría casi las dos caras.

—Léelo en alto —pidió Barbarotti.

Eva Backman se aclaró la voz y se puso a leer:

Escribo esto en plena posesión de mis facultades para que todo quede aclarado y no haya ningún malentendido.

Como ser humano he sido un gran fracaso. Desde que murió mi padre, creo que nadie me ha querido; entonces tenía doce años. Tampoco ha habido motivo alguno para quererme, ni me han caído especialmente bien las otras personas, así que no hay nada más que decir al respecto.

Pero tengo tres vidas en mi conciencia y esto es algo que necesito declarar. La primera es la de aquel chico en Lograna. Se portó como un cerdo con Anna, la amenazó y la golpeó en la cabeza con un tubo de hierro, no sé de dónde lo había sacado. Llegué justo a tiempo, y le clavé el cuchillo porque no me quedaba otra, no me arrepiento.

La segunda vida es la del agente de policía en el área de descanso cerca de Emden. Me dejé llevar por el pánico, el policía fue un entrometido y quería quitarme a la chica. Fue obra de un instante y sé que lo que hice estuvo mal. Fue un acto imperdonable.

La tercera vida es la mía. Estoy harto de ella. Llevo casi sesenta años viviendo, y no ha sido hasta los últimos días cuando he visto algún tipo de sentido a mi vida. Pero comprendo que esos días se han acabado, y he elegido morir por mi propia mano, como se suele decir. Teniendo en cuenta lo que he vivido durante el último mes, me alegro de haber aplazado la decisión tanto tiempo.

Luego tengo una cuarta vida en mi conciencia también, pero en un sentido muy diferente. Desde mi cielo, porque creo que existe un cielo para todas las personas, siempre tendré una mano protectora sobre Anna Gambowska, esa figura luminosa. El dinero que hay en el otro sobre es para ella, es mi propio dinero, ganado en las quinielas, y tengo completo derecho a hacer lo que quiera con él. En el sobre también está la llave de dos taquillas de la estación central de Maardam, donde he dejado su guitarra y demás pertenencias.

Además, quiero que la chica se quede con Lograna; puede venderla si lo desea para poder estudiar y seguir con su vida de la mejor manera. Ella es la única persona, después de mi padre, que ha significado algo para mí.

En cuanto al resto de mis pertenencias, Alice y las niñas sin duda se harán con ellas, y bien merecido lo tienen. Quizá le corresponde también a Greger algún dinero. Tendrán que llegar a un acuerdo entre ellos.

Esta carta ha sido redactada en la habitación de un hotel en Maardam la noche entre el 7 y el 8 de octubre del año 2008, y es mi última voluntad y testamento.

Atentamente,

ANTE VALDEMAR ROOS

Eva Backman le pasó la carta a Barbarotti, quien la leyó en silencio una vez más. Al terminar, advirtió que Backman se había acercado a la ventana y estaba mirando fuera. Había anochecido, una fina lluvia caía sobre la ciudad. Tenía las manos entrelazadas en la espalda y se mecía despacio adelante y atrás apoyándose en los talones y los dedos del pie.

Barbarotti buscó algo que decir, pero por algún motivo no se le ocurrió nada.

Aparentemente a ella tampoco. Permanecieron así durante bastante tiempo, ella frente a la ventana, dándole la espalda, y él sentado en el borde de la cama con la carta de Ante Valdemar Roos en las manos y en la cabeza, y pensó que —por razones que no llegaba a entender del todo— siempre se acordaría de este momento. Un cuadro o una pintura viviente que de manera lenta e implacable se quedaba grabado en su memoria y que nunca se dejaría olvidar del todo.

Al final, ella se dio la vuelta. Lo contempló con aire sombrío y dijo:

—¿Qué te parece si vamos a uno de esos restaurantes de los que nos habló el inspector Rooth?

—Pues sí —convino Gunnar Barbarotti—. Habrá que intentar aclarar todo esto.

Capítulo 50

A la mujer tuerta no le gustaban los policías.

Lo dejaba más claro que el agua, y Barbarotti se arrepintió de no haberse presentado como un familiar.

—*So what?* —dijo ella—. A todas luces la chica se encontraba mal, así que llamé a una ambulancia. ¿Y eso qué tiene que ver con ustedes?

—En realidad nos interesa más el hombre —explicó Barbarotti—. Entonces, ¿se presentó como padre de la chica al registrarse?

—Eso dijo, sí —confirmó la mujer mientras se encendía un cigarrillo.

—¿Cómo reaccionó al regresar? ¿Después de que se hubieran llevado a la chica al hospital?

—¿Cómo reaccionó?

—Sí —insistió Barbarotti—. ¿Qué dijo y qué hizo?

—¿Ha cometido algún crimen? ¿Por qué me pregunta esto?

Barbarotti se lo pensó un momento.

—Está muerto —dijo—. Estamos investigando las circunstancias que rodean a esta muerte y a otras. Haga el favor de responder a mis preguntas. Serán solo cinco minutos ahora, pero cuatro horas si me veo obligado a llevarla a usted a la comisaría.

Tuvo efecto. Al menos, un poco.

—Vale, haber empezado por ahí —se quejó antes de dar dos irritadas caladas a su cigarrillo.

Sacudió la ceniza en un cuenco que había encima del mostrador y que parecía un cerebro disecado partido por la mitad. Barbarotti esperaba que se tratara de una imitación, pero seguro del todo no estaba.

—Bueno, irrumpió aquí como alma que lleva el diablo —continuó diciendo—. Bastante cabreado. Gritó: «¿Dónde está la chica?». Por suerte había otro cliente aquí dentro..., un viejo boxeador, Bausten, que suele pasar la noche por aquí de vez en cuando. Lo empujó contra la pared y le dijo que se callara la boca.

—Entiendo —repuso Barbarotti—. ¿Y luego?

Dio otra calada y se encogió de hombros.

—Sí, luego se fue a su habitación. Pensé que era mejor dejarlo en paz. Media hora más tarde vi que se marchaba.

—¿Y no volvió?

—No, no volvió. Eché un vistazo a la habitación un poco más tarde. Estaba vacía. Había pagado por adelantado, así que no me preocupé más por el tema.

—¿Y no tiene idea de adónde se dirigía?

—Ni la más remota.

Barbarotti se quedó pensando.

—¿Y la chica? —preguntó—. ¿Puede decirme algo acerca de ella?

—Cayó redonda —dijo la mujer tuerta—. Una sobredosis o algo, yo qué sé.

—No se trataba de una sobredosis —aclaró Barbarotti—. El hombre, ¿preguntó por el hospital al que se llevaron a la chica?

—No.

—¿Dijo adónde pensaba ir?

—No.

—¿Hay algo más que pueda añadir?

—No, nada.

Joder, pensó Gunnar Barbarotti. Espero que le vaya mejor a Backman.

Eva Backman contempló a la chica que acababa de abrir los ojos. Pensó que se parecía a un gorrión.

—¿Así que tú eres Anna? —dijo.

—¿Qué? —contestó la chica.

Su voz no era más que un susurro, y Backman le dio de beber del vaso de agua que había encima de la mesilla.

—O sea, ¿tú eres Anna Gambowska?

—Sí... sí, soy yo. ¿Y tú quién eres?

—Me llamo Eva Backman —se presentó Backman—. Soy inspectora de policía de Kymlinge en Suecia. ¿Sabes dónde estás?

—¿Policía?

—Sí. ¿Sabes dónde te encuentras?

Anna Gambowska miró a su alrededor cuidadosamente.

—Supongo..., supongo que estoy en un hospital.

Backman asintió con la cabeza.

—Correcto. ¿Sabes dónde?

Anna Gambowska negó con la cabeza.

—Estás en un hospital que se llama Gemejnte en una ciudad llamada Maardam.

—Maardam... —susurró la chica—. Hablaba de Maardam.

—¿Quién?

No hubo respuesta.

—¿Quién hablaba de Maardam?

—Valdemar.

—¿Valdemar Roos?

—Sí... —Sus ojos erraban inquietos de un lado para otro—. ¿Dónde está?

Eva Backman puso una mano en su brazo. Buscó sus ojos con la mirada y la sostuvo unos segundos antes de contestar. Decidió no andarse por las ramas.

—Creemos que está muerto, Anna.

—¿Muerto? Valdemar... ¿está muerto?

—Probablemente, sí.

—¿Cómo...? Quiero decir..., ¿cómo murió?

—Si está muerto, ha sido por decisión propia.

Al principio no pareció entender muy bien, pero luego asintió con la cabeza. Cerró los ojos al tiempo que apretaba las mandíbulas. Backman permaneció en silencio, esperando. Cuando la chica volvió a abrir los ojos, las lágrimas rebosaban de sus ojos, pero no hacía nada para pararlas. Se limitó a dejarlas correr por su cara, mientras mantenía las manos entrelazadas sobre el pecho. Casi daba la impresión de que estaba rezando. Al cabo de un rato, Backman le tendió un par de pañuelos, la chica los cogió, se secó las lágrimas y se sonó.

—Yo... yo... puedo entenderlo —dijo ella—. Sí, la verdad es que puedo entenderlo.

—¿Quieres decir que entiendes que Valdemar haya hecho algo así?

—Sí.

—¿Sabrías decirme por qué estás aquí? —le pidió Eva Backman—. ¿Qué es lo que te pasa?

La chica aguardó pensativa, paseó la mirada por la cara de Backman como si buscara algo. Una aseveración..., una confirmación de algún tipo.

—Puedes confiar en mí —añadió Eva Backman—. Estoy al tanto de casi todo lo que ha sucedido, pero me gustaría oírlo de tu boca.

Anna Gambowska asintió de nuevo y terminó de secarse los ojos.

—Me golpearon en la cabeza —explicó—. Steffo me golpeó, no lo recuerdo apenas, pero tiene que haber sido así. Luego, cuando me desperté, Steffo había muerto, y estábamos solo Valdemar y yo, y nosotros..., bueno, huimos, se podría decir. Es que no podíamos quedarnos... Eso era imposible.

—Pero ¿Steffo te golpeó en la cabeza con un tubo de hierro?

—Sí... sí, de eso estoy segura. Aunque no me acuerde del golpe.

—¿Cómo murió? —preguntó Backman.

Anna pareció pensárselo bien antes de negar con la cabeza.

—No lo sé. He intentado recordarlo, una y otra vez, pero no puedo. Salgo corriendo de casa y él va a por mí con ese tubo de hierro en la mano... Tengo un recuerdo vago de que levanta el brazo para golpearme, pero luego todo se desvanece...

—¿Pero sabes cómo murió? —insistió Backman.

—Una puñalada —dijo Anna Gambowska—. Valdemar me dijo que fue por una puñalada en el estómago y que murió desangrado.

—¿Quién llevaba el cuchillo?

—Valdemar dijo que fue él.

—¿Pero...?

—Pero no sé. A mí me da que yo llevaba un cuchillo en la mano..., así que quizá... Todo es tan confuso que a veces siento como si lo hubiera soñado todo, pero claro, eso no puede ser, porque...

Eva Backman la interrumpió cogiéndola de la mano.

—Anna —dijo—. Puedes olvidarte de todo eso. Fue Valdemar quien mató a Steffo, como afirma él.

—¿Seguro?

—Seguro —confirmó Eva Backman—. ¿Estás cansada?

Ella asintió con la cabeza al tiempo que se esforzaba por esbozar una sonrisa.

—Bastante.

—Tengo que preguntarte otra cosa. ¿Recuerdas si tuvisteis un pinchazo, Valdemar y tú?

—¿Un pinchazo?

—Sí.

—No, no me acuerdo. Pero hemos pasado tanto tiempo en el coche... Y yo... yo he dormido mucho. Es por lo de mi cabeza, creo...

—¿No recuerdas si Valdemar habló con un policía mientras estaba cambiando la rueda?

Otra sacudida negativa de cabeza.

—No... no, lo siento...

—¿Sabes? —dijo Backman, y soltó la mano de Anna—. Creo que necesitas seguir descansando. ¿Te parece bien si vuelvo esta tarde o mañana para hablar un poco más contigo?

—Sí, está bien —accedió Anna Gambowska—. ¿Voy a...?

—¿Sí?

—¿Voy a ponerme bien?

Eva Backman le mostró una sonrisa.

—El médico dice que vas a ponerte bien del todo.

—¿Sabe mi madre que estoy aquí?

—Estamos intentando organizar el viaje de tu madre para que venga mañana. Y tu hermano también.

Luego podéis regresar a casa juntos una vez que te hayas recuperado del todo.

—Gracias —dijo Anna Gambowska, y cerró los ojos—. Muchísimas gracias. Me da tanta pena que Valdemar... —Y entonces se le acabaron las palabras.

Backman se levantó. ¿Una drogata dura y desalmada?, pensó. Anda ya...

Capítulo 51

Encontraron un buen restaurante también la segunda noche. Se llamaba Grote Flick y estaba ubicado junto a uno de los canales. Consiguieron una mesa tranquila donde nadie los molestaba, bajo un techo abovedado y encalado, y Barbarotti pensó que el inspector Rooth no se había equivocado en absoluto: Maardam era una ciudad en la que se podía vivir.

—Nos quedan un par de cosas que aclarar —dijo una vez que hubieron pedido y les trajeron una jarra de vino tinto—. ¿Verdad?

—Pues sí —afirmó Backman—. Supongo que sí. ¿En qué cosas estás pensando para ser más concretos?

—Si de verdad fue Valdemar Roos quien le asestó la puñalada a Stefan Rakic, esa es la primera.

—Fue él —afirmó Eva Backman.

—No entiendo cómo puedes estar tan segura de eso —replicó Barbarotti.

Eva Backman no contestó.

—La chica no se acuerda y él asume la culpabilidad para que ella no tenga que responder ante la justicia —continuó Barbarotti—. Podría haber sido ella. Y con toda probabilidad saldría absuelta, se consideraría defensa propia.

—Creo que debes dejar de cuestionarlo —sugirió

Eva Backman—. Roos ha confesado, ella no se acuerda. ¿Por qué no te puedes contentar con eso?

—No lo sé —dijo Barbarotti—. ¿Mi afán por encontrar la verdad, quizá?

—No hay ninguna necesidad de plantear ese tipo de problemas de lujo —indicó Backman, y de repente sonó irritada—. Además, hay otro tema respecto a eso, pero no se te habrá ocurrido, claro.

—¿Cuál?

—El padre de Stefan Rakic —dijo Backman—. Es cierto que ahora está en la cárcel, pero ha jurado que va a matar a la persona que acabó con su hijo. Y, para serte sincera, el tipo no me dio muy buenas vibraciones cuando lo conocí.

Gunnar Barbarotti se tomó un trago de vino mientras reflexionaba sobre eso.

—Entiendo —dijo luego—. Tienes razón, no voy a volver a plantear esa cuestión nunca más.

—Estupendo. ¿Tienes más interrogantes?

—¿Por qué no llevó a la chica al hospital? —preguntó Barbarotti—. ¿No era consciente de lo mal que estaba?

Backman dudó.

—No sé —dijo—. La chica dice que seguramente no, pero si ella se pasaba todo el tiempo durmiendo y si además le dieron una especie de ataques epilépticos, a todas luces debería haberse dado cuenta. Pero también puedes optar por cerrar los ojos frente a lo que no quieres ver.

—También —convino Barbarotti—. Eso sin duda se le daba muy bien... o se le *da* bien.

—¿Qué quieres decir con eso?

Barbarotti se encogió de hombros.

—¿Hasta qué punto estás convencida de que en realidad está muerto?

—Bastante convencida —dijo Eva Backman—. En cualquier caso, tarde o temprano lo encontrarán. Con independencia de que esté vivo o muerto. De todas formas, esa carta da la sensación de ser auténtica, ¿no te parece?

—Sí —admitió Barbarotti—. Condenadamente auténtica y condenadamente trágica.

—Eso es —dijo Backman—. Y Klaus Meyer se ha despertado, de modo que al menos esa vida no supondrá una carga en su conciencia. Pero si Valdemar Roos no se ha lanzado al fondo de un lago o un río con su coche, tarde o temprano darán con él. Es raro, pero la verdad es que no me parece en especial importante.

—Si todavía vive es importante —precisó Barbarotti.

Backman guardó silencio unos momentos.

—No está vivo —concluyó al final—. ¿No podemos quedar en eso también?

—Por mí perfecto —convino Barbarotti—. Bueno, entonces solo me queda una cosa.

—Adelante —dijo Eva Backman.

—La chica —señaló él.

—¿Qué te pasa con la chica?

—Esos testimonios acerca de su carácter. Creo que nunca he conocido a una chica con un carácter más suave y humilde. Es cierto que solo estuve con ella un ratito, pero ¿no estás de acuerdo? Eso de que sea una tía drogata dura y desalmada me parece una soberana chorrada.

—Y lo es, sin duda —dijo Backman—. Estoy cien por cien segura. Bueno, me tengo que ocupar de una cosa antes de archivar este caso... o, mejor dicho, de dos cosas.

—¿De qué cosas? —se interesó Barbarotti.

—Ese centro y ese Doble Johan. Si es que tuvo a la chica en su coche, que lo dudo, habrá pasado una cosa bien diferente de lo que nos contó... Se lo preguntaré a Anna también. Y a Sonja Svensson y a su centro de rehabilitación no les vendría mal una inspección.

—Muy bien —convino Barbarotti—. Avísame si necesitas que te eche una mano.

—Tenlo por seguro —repuso Eva Backman.

Luego permanecieron callados un rato. Un pianista empezó a tocar en algún sitio más al fondo del local al tiempo que se reducía la luz un poco. A Eva Backman se le ocurrió algo.

—Ay, sí, ahora que me acuerdo —dijo—. El caso de las pintadas, al final lo resolviste, ¿verdad? ¿O qué pasó con aquello?

Gunnar Barbarotti se rebulló en la silla.

—Bueno, sí, es posible que sea así. Pero ahora está en la mesa de Asunander.

—Sí, ya me lo habías dicho. Adelante, ahora te toca a ti aclarar mis dudas.

—Hmm —murmuró Barbarotti.

—Va, venga.

—Vale, de acuerdo —dijo Gunnar Barbarotti—. Si es como yo creo, no es un caso muy complicado. ¿Te acuerdas de esa empresa que saneaba y limpiaba fachadas?

—¿Cerbero Saneamiento S. L.?

—Exacto. El dueño de la empresa se llama Kent Blomgren. Creo que sus dos hijos son PIZ y ZIP.

—¿Qué? —soltó Eva Backman, a punto de atragantarse con el vino—. ¿Qué coño me estás diciendo?

—Sí, eso parece —afirmó Barbarotti—. Y, de hecho, fue a Sara a quien se le ocurrió, no a mí..., para ser sincero.

—¿A Sara?

—Sí, era compañera de clase de uno de los hermanos, y una noche, en casa, mientras estábamos hablando, se le ocurrió; por lo visto era un auténtico canalla en el colegio, ese Jimmy.

Eva Backman soltó una carcajada.

—Así que lo que estás diciendo..., ¿lo que estás diciendo es que los hijos se ocupan de mantener en pie la empresa del padre? Los hijos pintan y el padre sanea. Vaya vaya, es un montaje genial.

—Tanto como genial, no sé yo —dijo Gunnar Barbarotti—. No era la palabra que empleaba Asunander, pero creo..., bueno, de esto no estoy seguro, claro.

—¿Qué? —dijo Eva Backman.

—Cuando le presenté mi teoría, me pareció ver por un instante el esbozo de una sonrisa en sus labios.

—¿Asunander sonrió?

—Creo que sí.

—¡Mira tú por dónde! —exclamó Eva Backman.

—Hay otra conexión un poco curiosa —continuó Barbarotti.

—¿Cuál?

—Resulta que ese Kent Blomgren..., o sea, el señor Cerbero..., era compañero de clase de Lars-Lennart Brahmin, el redactor jefe del periódico local. En Gotemburgo, hará unos treinta y cinco, cuarenta años. Y es la fachada del edificio donde vive Brahmin la que más pintadas ha sufrido, de modo que parece que detrás de todo esto se oculta alguna vieja rencilla... La clase obrera contra la clase acomodada para empezar, sin duda, pero también algo más. Debe de ser un conflicto más viejo que Matusalén, eso sí, y no he podido investigarlo bien.

Eva Backman asintió con la cabeza con mucho interés.

—Viejos rencores —constató—. Suena un poco perverso, ¿verdad?

—Sí. Y luego hay otro problema.

—¿Cuál?

—Lo niegan rotundamente.

—¿En serio? —dijo Backman—. ¿Los tres?

—Los tres. Y de pruebas, mal asunto. Si es que los chicos han cometido los delitos, el padre ha borrado las pruebas. Literalmente.

—Increíble —resopló Eva Backman, que había intentado tomar un poco de vino pero tuvo que dejar la copa sin beber—. ¿Y Sturegård lleva casi un año trabajando en este caso?

—Sí —dijo Barbarotti—. Pero que no quede ninguna sombra de duda sobre Sturegård. Fue a Sara a quien se le ocurrió esa idea genial. Además, como acabo de decir, no tenemos pruebas concretas.

—¿Y cómo pensáis proceder? —preguntó Backman.

Barbarotti se limpió una mota de polvo del ojo con la servilleta antes de contestar mientras Backman esperaba con paciencia.

—Someterlos al tercer grado —dijo—. Asunander va a interrogarlos a los tres. La idea, supongo, es que todo termine en una especie de... trato.

—¿Un trato?

Barbarotti asintió.

—Con discreción, sí. Asunander mete el miedo en el cuerpo de toda la familia, se quedan tan acojonados que deja de haber pintadas. No hay autores del delito, pero el problema está resuelto.

—¿Final feliz?

—Final feliz —confirmó Barbarotti—. Aunque puede que Cerbero Saneamiento S. L. se vaya a pique. Chinchín.

—Chinchín.

Bebieron y entonces llegaron sus platos. Comieron en silencio un rato. El pianista pasó de *Take the A-Train* a *Smoke Gets in Your Eyes*. Luego Eva Backman dejó los cubiertos y miró a Barbarotti.

—¿Sabes? —dijo—. Y ahora voy a hablar de un tema algo personal. Han pasado justo tres días desde que le dije a mi marido que ya no quería vivir con él. Después de eso, solo he hablado con él una vez, cuando lo llamé para aplazar el consejo de familia... ¿No te parece raro? No ha intentado llamarme ni una sola vez.

Barbarotti asintió.

—¿Quizá se ha quedado paralizado de tristeza?

—No creo —dijo Eva Backman—. Creo que más bien están entrenando y viendo programas de deporte en la tele día y noche ahora que tienen la oportunidad.

Por un momento a Barbarotti le pareció detectar un rasgo de amargura en el rostro de su compañera. En tal caso, sería la primera vez.

La primera vez en todos estos años.

—¿Qué os pasa a los hombres? —se preguntó ella—. Valdemar Roos. Mi marido. Johan Johansson... y Cerbero. ¿Entiendes de lo que estoy hablando?

—Creo que sí —contestó Gunnar Barbarotti con timidez—. Pero no tengo una buena respuesta. Quizá... No...

—Dilo —le pidió Eva Backman.

—Es como si hubiéramos nacido con un agujero.

—¿Un agujero? Y yo que pensé que éramos nosotras las que teníamos un...

—Otro tipo de agujero —la interrumpió.

—Explícate —dijo Backman.

—Bueno, es como una ausencia o un vacío que

tenemos que llenar. En cualquier caso, tenemos una especie de defecto congénito que las mujeres no tenéis. Un interrogante... Algunos intentan buscar la respuesta en los deportes, pues no hay nada tan falto de complicaciones como el deporte... No, no sé cómo explicarlo.

Se calló. Vio que Eva Backman lo estaba contemplando desde el otro lado de la mesa con una sonrisa ambigua en los labios.

—No es la primera vez que piensas en esto —constató.

—Desde que tengo trece años —reconoció Barbarotti—. En cualquier caso, existe una especie de imperfección masculina común, en eso tienes toda la razón del mundo. Muchos de nosotros logramos manejarla, pero no todos.

Backman alzó su copa.

—Me gusta ese término —dijo—. «Imperfección masculina común.» Estamos tocando temas bastante profundos, ¿no te parece?

—Y tanto —convino Barbarotti—. Y me temo que hemos llegado al fondo, al menos en lo que a mí respecta. Además, hay más palabras que pensamientos, ese es otro problema..., aunque eso, pensándolo bien, seguramente es así para los dos sexos.

Eva Backman se rio.

—*Sorry* —dijo—. Siento haber sacado el tema. Y de una cosa a otra: es una pena que hayas vendido tu piso.

—¿Por qué? —quiso saber Barbarotti.

—Podría habértelo comprado —dijo Eva Backman—. Ahora que voy a empezar a vivir como soltera. Me gustaba el balcón.

—A mí también me gustaba. Pero estoy bastante seguro de que existen otros balcones en la ciudad.

—¿Tú crees?

—Juraría que sí —aseguró Gunnar Barbarotti.

Pero antes de que terminara la noche, volvieron una vez más a hablar de Ante Valdemar Roos. Fue cuando lo único que le quedaba a cada uno sobre la mesa era un café expreso y una copita de coñac.

Gunnar Barbarotti se sentía agradablemente achispado, y pensó que le gustaría que los momentos así duraran un poco más. Estar anclado y limitarse a flotar un rato en medio de la corriente del tiempo. Estaba a punto de formular esa idea también, cuando Backman dijo:

—¿Cuál es el mejor final para esta historia, en tu opinión? Para la historia de Valdemar Roos, claro.

—No estoy seguro de entender bien la pregunta.

—Hemos acordado que está muerto —continuó Eva Backman—. Pero te reconcome un poco, ¿a que sí? Admítelo.

Gunnar Barbarotti levantó su copa para oler el noble licor.

—¿Sabías que el coñac es la única bebida que se puede consumir por la nariz?

—Ahora solo quieres ganar tiempo —comentó Eva Backman—. Bueno, te reconcome que nunca vas a poder conocer al muermo de Valdemar, lo sé. Marianne tiene razón, te falta un tornillo.

—Hmm —dijo Barbarotti—. Quizá. Pero si resulta que ha redactado una carta de suicidio falsa, debo reconocer que ya no lo tengo en tan alta estima..., ¿me sigues?

—Por supuesto. Entonces, ¿cuál es el mejor final? Esa era la pregunta.

Gunnar Barbarotti consumió una pequeña cantidad de coñac —a través de la boca— antes de contestar.

—El mejor final es que nunca lo sabremos —concluyó—. Independientemente de si se ha quitado la vida o no, nunca nos enteraremos. Puede estar en el fondo del mar en estos momentos y hasta el día del juicio final, o fallecer por causas naturales en Barcelona dentro de veinticinco años... Da igual, lo importante es que no nos enteraremos.

—¿Lo dices en serio? —cuestionó Eva Backman.

—Sí —afirmó Gunnar Barbarotti—. Lo digo en serio.

Backman se quedó pensando unos segundos, luego sonrió.

—Tienes razón, Gunnar —dijo—. Es una pena que esté un poco achispada, porque creo que acabas de decir algo muy inteligente. Y si no hubiera bebido tanto, estoy segura de que habría sido capaz de desarrollar el razonamiento aún más.

Gunnar Barbarotti también sonrió, mientras se iba llenando tanto del momento presente —el piano que tocaba jazz, la pequeña cantidad de coñac que todavía quedaba vibrando al fondo de la copa, las familiares arrugas de la sonrisa de Eva Backman y el lunar diminuto que tenía por encima de la ceja derecha, los pensamientos adormilados pero siempre presentes en Marianne, en los niños, en la complacencia y armonía que sin previo aviso habían aparecido en su vida, en el murmullo apaciguado y civilizado de las voces en las salas abovedadas de un restaurante de una ciudad desconocida— como de la peculiar satisfacción interior que siente una gallina ciega cuando piensa que por fin ha logrado encontrar un grano.